三國志

3권 삼고초려(三顧草廬)

일신서적출판사

삼국지 3

차례

순욱

조비

사마의

위(魏) 220~265

환관의 양자의 아들인 조조는 기반이 미약했으나 명신들의 도움으로 정권을 확고히 할 수 있었고 220년 11월, 그의 아들 조비가 문제로 즉위, 위를 성립시켰다. 문제 이래 왕권을 계승한 황제들을 보필했던 사마의가 조상과 외척을 제거하고 실권을 장악하였다. 265년, 사마의의 손자인 사마염이 진을 건국함으로써 위는 멸망했다.

조조

촉(蜀) 221~263

유비

장비·관우 등과 함께 오와 연합하여 적벽에서 조조를 이긴 후 221년 제위에 오른 유비는 관우를 죽이고 형주를 빼앗은 오에 보복코자 군사를 일으키나 패해, 장비마저 잃고 결국 223년 병사하였다. 유비의 천하통일의 뜻을 이어 위와 여러 차례 전쟁을 치른 제갈공명마저 234년 병사한 후 환관 황호의 전횡으로 국력이 급격히 약화된 촉은 263년, 사마소가 이끄는 위의 공격을 받아 멸망하였다.

제갈공명

장비

관우

오(吳) 222~280

손견, 손책의 뒤를 이은 손권은 정권을 잡은 후 208년, 적벽에서 조조를 대파해 형주의 중부를 차지했고 여몽의 지략으로 관우를 죽여 남부마저 병합했다. 222년, 손권은 스스로 오왕이라 칭하고 229년, 마침내 황제에 즉위하였다. 손권이 죽은 뒤, 어린 손호가 진에 항복함으로써 280년 멸망했다.

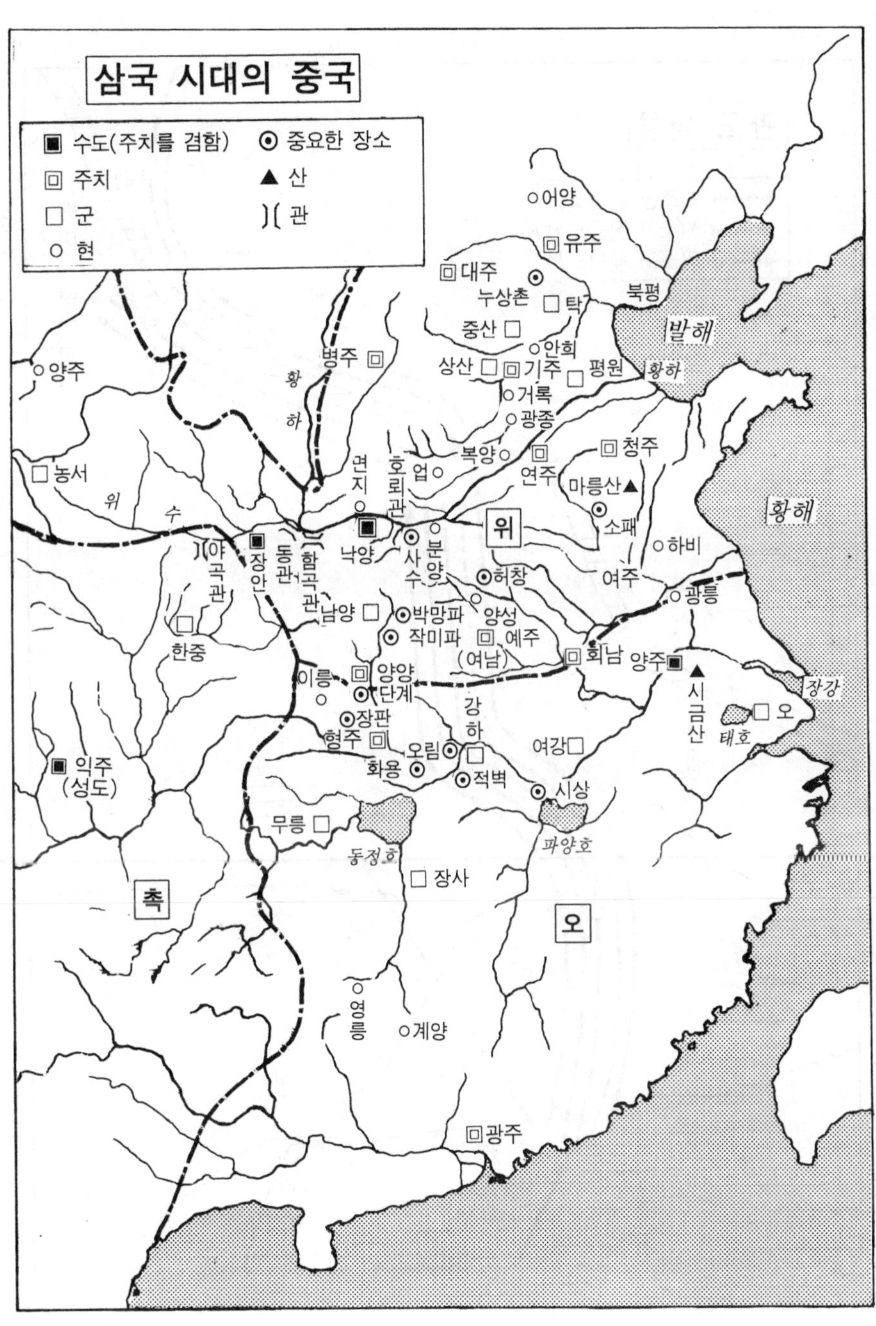

삼국 시대의 중국
■ 수도(주치를 겸함)
⊙ 중요한 장소
▣ 주치
▲ 산
□ 군
)(관
○ 현
어양
유주
대주
누상촌
탁
북평
발해
중산
안희
상산
기주
평원
황하
양주
거록
병주
황하
광종
청주
농서
업
복양
마릉산
위
연주
소패
황해
견지
호뢰관
분양
여주
낙양
사수
위 수
함곡관
동관
허창
하비
야곡관
장안
남양
박망파
양성
광릉
한중
작미파
예주
(여남)
회남
양주
이릉
양양
단계
시금산
오
장판
강
형주
오림
하
여강
태호
장강
화용
적벽
익주
(성도)
시상
무릉
동정호
파양호
촉
장사
오
영릉
계양
광주

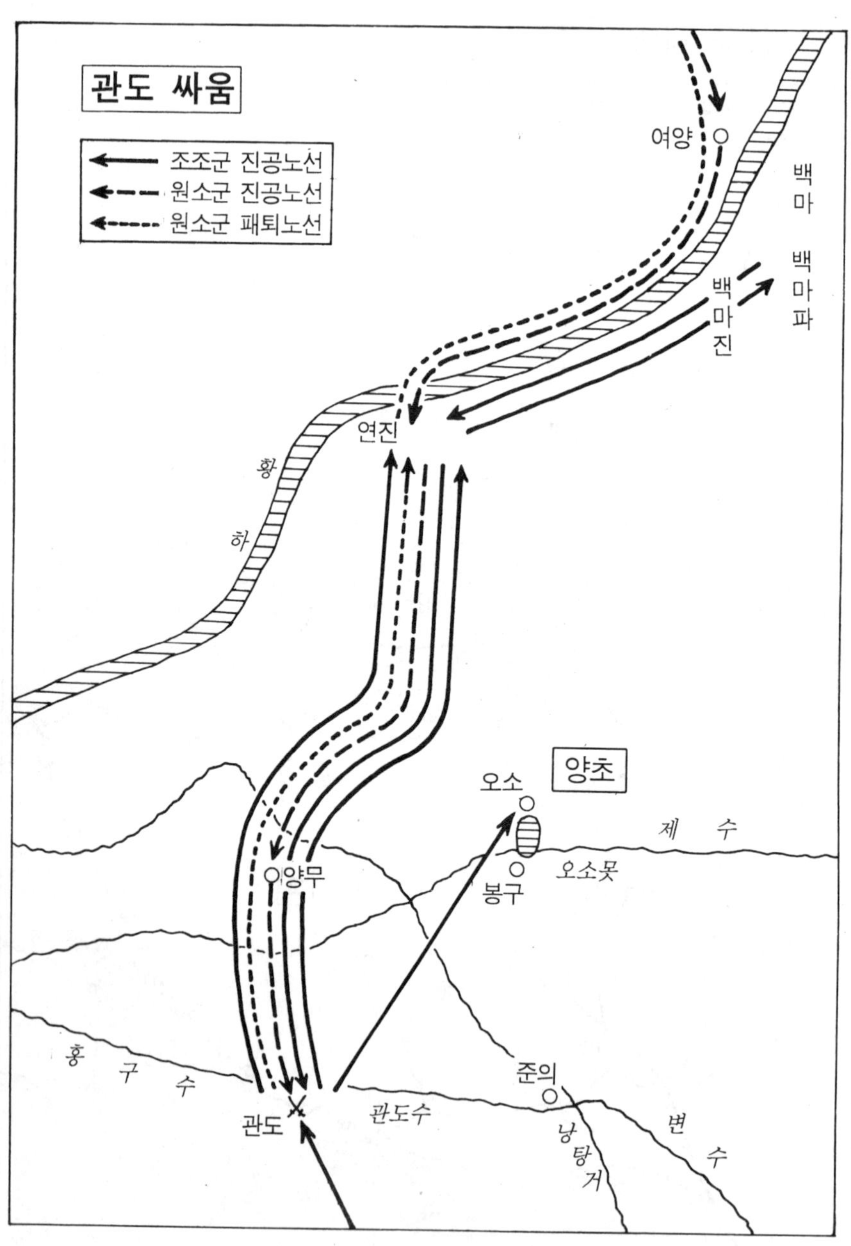

관도 싸움
조조군 진공노선
원소군 진공노선
원소군 패퇴노선
여양
백마
백마파
백마진
황하
연진
양초
오소
제 수
오소못
봉구
양무
홍 구 수
관도
관도수
준의
변 수
낭탕거

제 30 회 기울어가는 원소

전 관 도 본 초 패 적　　겁 오 소 맹 덕 소 량
戰官渡本初敗績　　劫烏巢孟德燒糧

원소는 관도 싸움에서 일패도지하고
조조는 오소를 쳐 적의 군량을 불태우다

조조와 원소의 결전

원소가 군사를 일으켜 관도(官渡)로 향하였다. 이에 하후돈이 조조에게 급보를 전하니 조조는 허도를 순욱(荀彧)에게 맡기고 칠십만 병력을 거느리고 원소와 대항하기 위해 나섰다. 원소가 군사를 동원시킬 때 전풍(田豊)이 옥중에서 원소에게 의견서를 올렸다.

지금 움직이지 마시고 '하늘의 때'를 기다리소서. 무모한 싸움은 위태로움만 가져올 뿐입니다.

원소가 전풍의 글을 읽고 나자 옆에 있던 봉기(逢紀)가 반발하고 나섰다.

"주공께서 모처럼 인의(仁義)의 군사를 일으키신다는데 전풍이 왜 이런 불길한 말을 써서 근심스럽게 만드는지 모르겠습니다."

원소도 화가 나서 전풍을 베어 죽이겠다고 이리저리 난리를 치다가 겨우 측근의 만류로 싸움 뒤에 처분하겠다고 보류하였다. 이리하여 원소는 서둘러 출병을 감행하였다. 군대는 오색 깃발들이 물결 치는 것 같았고, 검과 창이 숲을 이룬 형세였다. 원소는 일단 양무(陽武)로 가서 그곳에 진을 치고 말뚝을 박게 하였다.

이에 저수(沮授)가 아뢰었다.

"우리 아군은 수효가 많지만 사기가 저하되어 있는 반면, 적군은 훈련이 철저히 된 상태이나 식량이 우리처럼 충분하지 못한 약점을 갖고 있습니다. 그러니 식량이 모자라는 적군은 속전속결로 나오려고 할 것입니다. 식량이 풍족한 우리는 느긋하게 시일을 끌고 진지를 지키고만 있으면 적군은 채 싸움에 나서기도 전에 무너져내릴 것입니다."

그러나 원소는 이에 반발하여 소리쳤다.

"전풍이란 놈이 불길한 글을 올려 돌아가는 즉시 그를 참형에 처할 작정으로 있는데 이제 네 놈마저 그따위 기개없고 약한 소리를 지껄인단 말이냐?"

원소는 부하를 시켜 저수를 결박시키게 하고 다시 명하였다.

"조조를 처치하는 대로 이놈도 전풍이란 놈과 같이 없애버릴 테니 영내의 감옥에 가두어라."

원소가 진영을 구축하여 세워보니 그것은 구십여 리에 이를 정도였다. 이러한 정보가 관도에 도착한 조조 진영의 군사들에게도 전해지니 그들 모두가 두려움에 떨며 어쩔 줄 몰랐다. 조조도 군사들의 그러한 분위기를 감지하고 모사들을 불러모아 놓고 작전회의를 열었다.

순유(荀攸)가 먼저 아뢰었다.

"적은 수효가 많지만 뛰어나지 못한 군사들이니 우리 아군 한 명이 적군 열 명을 상대할 수 있을 것입니다. 그러니 속전속결로 대항하셔야지 그렇지 않고 머뭇거리다가는 군량이 떨어져 낭패를 당하고 말 것입니다."

"그래, 자네 말이 맞네."

조조가 수긍하며 즉시 공격 명령을 알리는 북소리를 울리도록 하였다. 원소 진영에서도 출병이 시작되어 드디어 대진이 벌어졌다. 원소의 장수 심배가 궁노수(弓弩手:활과 돌쇠뇌의 사수) 일만 명을 양쪽에 매복시키는 동시에 궁수 오천 명은 진지의 안쪽에 배치하고, 포를 쏘는 것을 신호로 돌과 화살을 쏠 계획을 세웠다. 드디어 북소리가 세 번 울려퍼지니 원소가 금빛 투구와 갑옷을 입고 비단 전포에 옥을 박은 띠를 두르고 군진 앞에 버티고 섰다. 그의 좌우에는 장합·고람·한맹·순우경(淳于瓊) 등이 나란히 섰는데 그들이 들고 있는 대장군의 기에는 화려한 장식이 수놓아 있었 다.

이쪽에서도 조조가 군진 밖으로 나갔는데 그도 역시 허저·장료·서황·이전 등을 거느리고 나섰다.

조조가 채찍으로 원소를 가리키며 소리쳤다.

"내가 전에 애써 황제께 상주하여 그대를 대장군으로 발탁시켰는데, 그러한 나에게 모반을 감행하다니 어찌 그럴 수가 있단 말이냐?"

원소도 지지 않고 대답하였다.

"네 놈이야말로 이름은 한나라 승상이로되 사실은 한나라의 적

이었던 동탁에 견주어볼 때 네 놈은 그들보다 더하거늘 그런 놈
이 나에게 모반이라니, 어찌 함부로 그런 주둥아리를 놀리는 것
이냐?"

조조가 다시 맞받아쳤다.

"너는 내가 네 놈을 치라는 조서를 지니고 있는 줄을 알고나
있느냐?"

"그렇다면, 황제의 밀조에 따라 너를 토벌하려는 것을 모른단
말이냐?"

조조가 성이 나서 장료를 내보내니 원소 진영에서는 장합이
나와 맞섰다. 그러나 사오십 차례나 접전을 벌였는데도 결판이
나지 않자 조조는 장합이 대단하다고 생각하였다. 허저가 장료를
도우러 나서니 원소 진영에서는 고람이 나가 그를 대적하였다.
이리하여 네 장수가 결투를 벌이며 접전하는 모습은 일대 장관
을 이루었다.

조조는 하후돈과 조인에게 각기 삼천 병력을 주어 적진으로
육탄전을 감행하도록 명하였으나 심배가 이를 포착하여 포를 쏘
라는 신호를 보내었다. 그 포가 울리자 일만 명의 궁노수가 좌우
에서 일제히 돌을 날려보내고 진지 안에 매복해 있던 궁수들도
일제히 화살을 쏘아대었다.

끝내 조조 군은 버티어내지 못하고 남쪽으로 패퇴하였다. 원소
군은 포기하지 않고 추격전을 펼친 끝에 조조 군을 공격하여 큰
치명타를 입혔다. 조조는 대패하여 관도로 퇴각하는 수밖에 없었
다.

토산과 발석거

원소는 진지를 관도 가까이까지 이동시키니 심배가 나서서 진

언하였다.

"십만 병력을 관도로 보내어 조조 군의 성채 앞에 흙을 쌓아올려 토산을 만들고 그 위에서 군사들로 하여금 적진을 살펴보며 활을 쏘게 하는 것입니다. 그래서 만일 조조가 그곳을 버리고 달아나면 관도라는 요충지가 우리 손으로 들어오게 되니 허도까지는 한달음에 격파할 수 있을 것입니다."

원소는 심배의 진언을 채택하여 튼튼한 군사들을 골라 그들을 조조 군의 성채 앞으로 보내어 흙을 쌓아올리도록 하였다. 조조의 군진에서는 원소 군의 의도를 추측하면서도 어떤 결단을 내리지 못한 채 그저 관망만 하고 있었는데 막상 흙더미를 쌓아올린 토산이 눈앞에 모습을 드러내자 그냥 좌시할 수는 없었다.

그러나 이미 때는 늦어, 조조 군이 출동하면 토산 위에서 무수히 많은 화살이 날아와 전진할 수가 없었다. 방패로 몸을 가릴 뿐 어떤 공격도 하지 못하고 일방적으로 당하기만 하였다. 조조 군사들이 이렇게 방패로 간신히 몸을 가리고 납작하게 엎드린 모습을 흙산 위에서 굽어보던 원소의 군사들은 실컷 야유를 퍼부으며 기고만장해졌다.

조조는 모사들을 불러놓고 무슨 묘수가 없겠느냐고 물어보았다.

이에 유엽(劉曄)이 앞으로 나서며 제안하였다.

"돌을 날려보내는 발석거(發石車)를 만들어 맞서는 것이 어떻겠습니까?"

조조는 그 발석거라는 것의 구조를 그려 보이게 한 후 흡족해하며 밤을 새워서라도 만들라고 명하였다. 이에 며칠 밤에 걸쳐 몇백 대의 발석거를 만들어 성채의 안쪽에 나란히 늘어놓고 토산 위에 세워진 전망용 운제(雲梯:높은 사다리)에 조준을 맞추었다.

드디어 원소 진영에서 화살이 날아올 때를 기다렸다가 호령에 따라 일제히 발석거에 걸어놓은 돌덩이를 날렸다. 그러자 그 돌덩이들은 궁수들의 머리 위로 떨어져 내려 궁수들은 속수무책으로 죽어갔다. 원소의 군사들은 이 발석거를 '벽력거(霹靂車)'라 부르며 두려워하였고, 그 후로 함부로 운제에 오르는 자가 없었다. 결국 토산은 무용지물이 되어 버렸다.

심배는 또다시 계책을 세웠다. 그 계책은 바로 조조 군의 성채 가까이까지 땅을 파고 들어간다는 것이었다. 이 계획에 따라 괭이를 가지고 땅속을 파는 군사들을 '굴자군(掘子軍)'이라고 불렀다. 그러나 이 계획은 조조 군의 파수병이 토산 뒤에서 그들이 땅을 파고 있는 현장을 발견하고 이를 즉시 조조에게 보고함으로써 뜻밖의 차질을 빚게 되었다.

조조가 급히 유엽을 불러 그들이 땅을 왜 파고 있는지를 물으니 유엽이 생각에 잠겼다가 아뢰었다.

"그것은 아마 원소의 군사들이 토산에서 공격하는 것이 불가능해졌기 때문에 지하로 굴을 파서 공격하려는 계획인 것 같습니다."

"그러면 어떻게 대비하면 좋겠소?"

"성채의 둘레에 둥그렇게 참호를 파놓으면 저들이 제 아무리 땅 속으로 파고들어와도 들통이 날 것이니 어쩔 수 없을 것입니다."

조조는 즉시 참호를 파게 하였다. 이 사실을 까맣게 모르는 원소의 군사들은 지하로 굴을 한참 동안 파 나갔다가 결국 조조 군이 파놓은 참호에 부딪쳐 더 이상 전진할 수가 없게 되었다. 결국 원소의 군사들은 헛수고만 한 결과가 되었다.

조조는 8월부터 9월에 걸쳐 관도를 지키고 있었으므로 그 동안 군사들이 많이 지치고 사기도 크게 저하되어 버렸다. 이에 조조

는 군량도 부족해지니 차라리 관도를 포기하고 허도로 돌아가버
릴까 하는 생각을 하다가 결심이 서지 않아 궁리 끝에 허도를
수비하고 있는 순욱에게 편지를 보내 그의 의견을 물어보았다.
순욱은 곧바로 회신을 보내왔다.

승상께서 어떻게 앞일을 타개해나갈 것인지를 물어오셨기에
저의 우견(愚見)을 말씀드려보겠습니다. 원소는 지금 관도에 모
든 군사를 투입시켜서 탈환하려는 데 온 신경을 쏟고 있으니 주
공께서 처하신 입지는 현재 약한 군사로 강한 군사를 상대하는
국면이옵니다. 여기서 이기지 못하면 다시 일어서기 어려운 것
이 천하를 가르는 싸움입니다.

그러나 원소는 수적으로 우세한 군사를 가졌으나 전술이 부족
하고 지략이 뛰어나지 못하므로 작전에 능수능란하기로 이름이
나신 주공의 적수가 되지는 못합니다. 그러니 주공의 병력이 부
족하기는 하지만 이는 한나라 고조가 초나라 항우와 형양·성고
일대를 놓고 싸우던 그 당시의 불리한 여건에 비겨보아서는 훨
씬 유리하옵니다. 이제 주공께서 군진을 굳게 지켜 적군의 목을
졸라 움직이지 못하게 해놓으면 적은 마침내 동요할 것이니 비
로 그때의 기회를 놓치지 마시고 기습하는 '기(奇)'의 작전으로
일격을 가하십시오. 부디 이 국면을 신중히 통찰하시기 바라옵
니다.

원소의 군량미를 불태운 서황

조조는 순욱의 편지를 읽고 순간적으로 좋은 생각이 떠올라
즉시 장졸들에게 엄명을 내려 한 걸음도 물러서지 말고 관도를
지키라고 명하였다. 때마침 그때 원소는 군사를 삼십 리 가량이
나 뒤로 후퇴시켜 진지를 구축하도록 했으며 조조는 염탐꾼을

보내 그곳의 상황을 탐지하도록 하였다. 그럴 때 서황의 부장 사환(史渙)이 원소 군의 염탐꾼 한 명을 생포하여 서황 앞으로 끌고 왔다.

서황이 직접 그자를 문초하니 이실직고하였다.

"이제 곧 한맹(韓猛) 장군이 군량미를 가지고 오기로 되어 있으므로 미리 나가서 그 길을 살피도록 명을 받고 나온 것입니다."

서황이 이 정보를 조조에게 보고하니 순유가 계책을 말하였다.

"한맹은 그저 저돌적으로 공격하기만 좋아하는 장수에 지나지 않는 자이오니 경기병(輕騎兵) 수천 명을 이끌고 가서 그 길목에 매복해 있다가 식량을 빼앗는 것입니다. 그러면 원소도 당황할 것입니다."

"그럼 누구를 보내는 것이 좋겠는가?"

조조가 묻자 순유가 망설임없이 아뢰었다.

"누구라 물을 것 없이 서황을 보내시면 될 것입니다."

조조는 서황을 사환과 함께 그곳으로 보내고 뒤따라 장료와 허저도 보내어 서황을 도우라고 명하였다.

그날 밤 한맹은 이 사실을 까맣게 모른 채 식량을 가득 실은 수천 대의 수레를 호송하며 원소의 진영으로 향하고 있었다. 그렇게 얼마쯤 가다보니 갑자기 산 양쪽 기슭에서 서황과 사환의 부대가 뛰어나오며 기습하였다. 한맹이 말을 몰아 맞서나가니 서황이 나와서 상대하였다. 두 사람이 접전하는 동안 사환은 수레를 끄는 인부들을 쫓아버리고 그 수레에 불을 질러버렸다. 서황과 맞서 싸우던 한맹은 끝내 그를 당해내지 못하고 도망쳤으며 서황도 수레에 실린 나머지 식량을 모두 불태워버렸다. 원소의 군진에서는 서북쪽 하늘에서 이 밤중에 불길이 솟구쳐오르는 것을 바라보고 놀라는 한편, 이상하게 여겼다.

그때 정찰하러 나갔던 염탐꾼이 돌아와 원소에게 보고하였다.

"한맹 장수가 호송해오던 식량을 실은 수레가 적군의 손에 의해 모두 불타버렸습니다."

원소는 당황하여 급히 장합과 고람을 그곳으로 급파하였는데 이들은 도중에서 식량을 모두 태우고 돌아오는 서황과 사환 부대와 마주쳤다. 이에 장합과 고람이 그들을 상대로 교전을 벌이는데 난데없이 장료와 허저의 부대가 나타나 합세하였다. 결국 조조 군은 장합과 고람을 멀리 쫓고 크게 이긴 후에 당당하게 관도의 성채로 돌아오니 조조가 크게 기뻐하며 그들에게 후한 상을 내렸다. 그러는 한편 군을 재편성하여 성채의 앞쪽으로 진을 치고 삼방과 삼각형의 방어진을 구축하도록 하였다.

한편 호송해오던 군량미를 모조리 잃어버린 한맹이 참담한 몰골로 원소의 군영으로 돌아오니 원소는 크게 노하여 당장 그를 베어 죽이려고 하였다. 그러나 측근들이 간신히 만류하여 죽음은 면하였다.

심배가 다시 건의하였다.

"배가 고파서는 싸움을 할 수 없는 법입니다. 그러니 군량에 대해서는 부디 주의해주시기 바랍니다. 더욱이 오소(烏巢)는 중요한 식량 저장지이오니 병력을 그곳에 충분히 배치시켜서 수비하지 않으면 심각한 사태를 초래할지도 모릅니다. 부디 이 점을 유념하시기 바랍니다."

원소가 심배의 말에 동의하였다.

"나도 생각이 있으니 그 문제는 내게 맡기고 자네는 이제 업도(鄴都)로 돌아가서 식량과 마초를 모아두도록 해라."

심배가 명을 받고 떠나가자 원소는 대장 순우경에게 부장 휴원진(眭元進)·한거자(韓莒子)·여위황(呂威璜)·조예(趙叡) 등과 더불어 이만 병력을 내어주며 오소를 수비하도록 명하였다. 그런데 순우경은 술을 좋아하고 주사가 심해 폭력을 일삼는 자로 유명하였으므로 군사들은 그를 두려워하였다. 그는 오소에 도착하는 날부터 부장들을 모아놓고 술을 마시는 일에만 몰두하고 수비하는 일은 안중에도 없는 듯하였다.

조조에게 간 허유

마침내 조조의 진영에서는 군량이 바닥나기 시작하였으므로 조조는 허도의 순욱에게 한시가 급하니 군량미를 보내라고 서신을 띄워 사자에게 보내었다. 그런데 이 사자는 삼십 리도 가기 전에 원소 군진의 보초병에게 붙잡혀 두 손이 묶인 채로 모사 허유(許攸) 앞으로 끌려왔다. 허유는 자를 자원(子遠)이라 하며 젊어서는 조조의 벗이었던 인물로 지금은 원소의 막하에 있었다.

그는 사자의 몸을 검사해서 조조의 서신을 발견하여 바로 원소에게로 가져가 편지를 보이며 아뢰었다.

"조조는 지금 관도에 발이 묶여 있는 상황이니 허도는 텅 비어 있을 것입니다. 그러니 이 기회에 군세를 나누어 허도를 급습하면 그곳을 점거할 수 있을 뿐더러 조조를 생포할 수도 있으리라 여겨집니다. 지금 그들은 식량도 떨어져 오도가도 못 하니 허도와 관도를 협공하기에 아주 적절합니다."

그러나 원소는 동의하지 않았다.

"조조는 원래 계책을 잘 세우는 놈이니 이 편지도 필시 나를 속이기 위한 눈속임이 분명하다."

허유가 안타까운 듯이 말하였다.

"이렇게 망설이시다가는 나중에 가서 후회하실 것입니다."

이때 업군으로부터 사자가 와서 심배의 서신을 전하였는데, 한 맹이 군량미를 빼앗긴 사실과 함께 그 편지 말미에 적힌 허유에 대한 이야기가 원소의 눈길을 끌었다.

허유는 일찍이 기주에 있을 때 백성들로부터 수시로 뇌물을 받아 챙겨왔으며 자기의 자식과 조카들을 시켜 세금을 징수하여 개인의 욕심을 채워왔습니다. 그러다가 이번에 그런 사실이 발각되어 우선 그의 자식과 조카를 하옥하였습니다.

원소는 심배의 서신을 읽고 앞에 서 있는 허유를 꾸짖었다.

"이 고얀 놈! 똑똑한 척하며 용케도 나를 속여왔구나. 네 놈은 원래 조조의 패거리로 조조의 뇌물을 받아먹고 그놈의 지령에 따라 일부러 우리를 속이기 위해 와 있었던 게 분명하구나. 마땅히 목을 쳐야 할 죄를 저질렀지만 그간의 행동으로 보아 참을 것이니 어서 내 눈앞에서 사라져 두 번 다시 낯짝을 보이지 않도록 하라."

허유는 밖으로 나와 하늘을 우러르며 한탄하였다.

"충언은 귀에 거슬리는 법이니 무슨 말을 하여도 듣지 않는데 무슨 소용이 있으랴. 그리고 내 자식과 조카가 심배의 못된 계략에 걸려들어 해를 입은 것이 분명하니 지금 기주로 간들 무슨 낯으로 고향 사람들을 만난단 말이냐!"

그가 이렇게 탄식하고 칼을 뽑아 스스로 목숨을 끊으려 하자 주위에 있던 사람들이 급히 말리며 칼을 빼앗고는 허유를 달랬다.

"그렇게 가벼이 버릴 목숨이 아니신 줄 아옵니다. 공의 충고를 따르지 않은 원소는 머지않아 조조의 포로가 될 것입니다. 공은 조조와 오래 전부터 잘 알고 지내는 사이인데 어찌 이런 곳에 계시며 돌아갈 생각을 하지 않으십니까?"

이 한 마디가 허유의 정신을 차리게 하여 그 길로 부랴부랴 서둘러 조조에게 달려갔다.

허유는 조조의 성채로 가는 도중에 보초병의 검문에 걸리고 말았다. 보초병이 누구냐고 묻자 허유가 대답했다.

"나는 승상의 옛 벗일세. 남양의 허유가 찾아왔다고 어서 알려주게."

조조는 그때 옷을 벗고 쉬려고 하는 참이었는데 이 전갈을 받고 벌떡 일어나 신발도 채 신지 못하고 맨발로 달려나가 허유를 맞이하였다. 그가 허유를 보자 손뼉을 치고 매우 기뻐하며 손을 잡고 막사로 데리고 들어왔다. 조조가 먼저 허유에게 배례를 하니 허유가 당황하여 조조를 일으켜 세우며 말하였다.

"조공은 한나라의 승상이시고 이 몸은 무위(無位)·무관(無冠)의 평민이온데 조공께서 이러시니 몸둘 바를 모르겠습니다."

"아니, 그대는 나의 옛 벗인데 이 사이에 승상과 무관의 차이가 있을 것이 뭐 있겠는가?"

허유가 말하였다.

"이 몸은 어리석게도 원소에게 몸을 의지하고 있었습니다. 그러나 그에게 무슨 말을 해도 도무지 들으려 하지 않기에 이렇게 결국 그를 등지고 떠나오게 되었으니 이제 옛 인연을 생각해서라도 저를 받아주시기 바랍니다."

조조가 기뻐하며 말하였다.

"그렇게 해준다면 도리어 내가 크게 덕을 보겠네. 자, 그럼 당장 원소를 쓰러뜨릴 계략을 말해주게."

허유가 물었다.

"지금 이곳에는 식량이 얼마나 남아 있습니까?"

"글쎄. 거의 남아 있지 않을 걸세."

조조가 이렇게 답하자 허유가 다시 물었다.

"그럼, 한 일 년치는 있습니까?"

"아니, 그 정도는 아니고 반년치 정도밖에 없을 걸세."

그러자 허유는 자리를 박차고 일어나 막사를 나가려는 자세를 취하고 말하였다.

"저는 진지한 마음으로 이곳을 찾아왔는데 조공께서는 저를 믿지 않으셔서 그러는지 몰라도 그런 말씀을 하시니 실망이 이만저만 아닙니다."

"잘못했네. 내가 사과하겠네. 사실 앞으로 약 석 달치 정도밖에 남지 않았다네."

조조가 사과하며 사실대로 털어놓자 허유가 웃음 지으며 말하였다.

"세상이 조공을 간웅(奸雄)이라고 일컫는데 그 말이 정말 틀림없군요."

조조도 따라 웃으면서 말하였다.

"그렇지만 병(兵)은 간계도 마다하지 않는다고 한 말이 있지 않은가?"

그러고는 허유의 귀에 대고 가만히 속삭였다.

"솔직히 말하겠네. 사실 이 달치밖에 남아 있지 않다네."

그러자 허유가 다시 소리 높여 질책하였다.

"거짓말하지 마십시오. 이미 식량은 바닥이 나 있을 것입니다."

"아니 그걸 어떻게 알았소?"

조조가 낯빛이 파래져 되물으니 허유는 그제서야 조조가 순욱 앞으로 쓴 편지를 꺼내보이며 물었다.

"이 편지는 누가 쓰셨습니까?"

조조가 놀라서 다시 물었다.

"어디서 이것을 입수했소?"

이에 허유가 사신을 생포한 경위를 낱낱이 털어놓으니 조조가 그의 손을 잡으며 말했다.

"모처럼 옛정을 잊지 않고 찾아와주었으니 부디 가르침을 받고 싶네."

이에 허유가 말하였다.

"조공은 지금 고립된 군단으로 큰 적과 대치하고 있는 상태입니다. 이렇게 머뭇거리다가는 멸할 것입니다. 이제 제가 계책을 하나 제시하겠는데 이는 사흘 안에 원소의 백만 대군이 붕괴될 만한 생각입니다. 어떻습니까, 얘기해볼까요?"

조조가 궁금해하며 간청하였다.

"내 어떤 말이라도 따를 테니 꼭 좀 들려주게."

허유가 자세를 가다듬은 후에 천천히 입을 열었다.

"원소는 군량을 모두 오소에 저장하고 있으며 그곳은 지금 순우경이 방어하고 있습니다만 그는 밤낮없이 술만 퍼마시며 방심하고 있으니 이쪽에서 군사를 풀어 그곳을 치십시오. 그리고 오소를 들어갈 때는 원공 휘하의 장수 장기(蔣奇)가 식량을 지키기 위하여 원병을 데리고 왔다고 속이는 것입니다. 그렇게 해서 오소성 안에 들어가게 되면 틈을 보아 그 식량 창고에 불을 질러버리십시오. 그러면 원소의 군단은 사흘도 지나지 못해서 무너질 것입니다."

조조는 허유를 후하게 대접하기 위해 빈객으로 모셨다. 그 이튿날, 조조는 친히 보병과 기병을 포함하여 오천 병력을 선발하고 오소를 향해 출진 준비를 명하였다. 이에 장료가 근심스러운 목소리로 아뢰었다.

"그쪽에서 적군이 대비하고 있을지도 모르니 친히 출병하시는 일은 삼가십시오. 만일 허유의 말이 거짓이라면 목숨이 위험하게 될지도 모릅니다."

조조는 장료를 타일렀다.

"그런 염려는 할 필요 없네. 허유가 이곳으로 와주었다는 것은 곧 하늘이 원소를 버리신 증표라네. 우리는 이미 식량이 바닥나 있으니 이렇게 가만히 있을 수만도 없는 일 아닌가! 그러니 이때 허유의 권고를 듣지 않으면 앉아서 그냥 망하기를 기다리는 꼴이 되네. 만일 허유가 나를 속일 생각이었다면 그가 여기에 머물리가 없다네. 만약 그가 나를 속였다면 나에게도 생각이 있으니 자네도 지나치게 의심하거나 걱정하지 말게.”

“하오나, 적에게 허를 찔리지 않도록 조심하십시오.”

“염려 말게. 내가 어찌 실수를 하겠는가?”

조조는 이렇게 웃으며 순유·가후·조홍 외에 허유도 더불어 그들의 성채를 수비케 하고 하후돈과 하후연을 왼쪽에, 조인과 이전을 오른쪽에 각각 복병으로 숨겨서 적의 내습에 대비하도록 하였다. 조조는 자신이 친히 출진하기로 하고 장료와 허저를 전위에 배치하고 서황과 우금을 후위에 배치하였다. 그리고 오천 명의 군사들에게 조그만 재갈을 물게 하고 말의 주둥이에도 입마개를 끼웠다. 그리하여 해질녘에 관도를 떠나 오소로 향하였다. 하늘은 맑게 개어 수없는 별들이 박혀 있는 아름다운 달밤이었다.

오소를 친 조조

그날 밤 원소의 진지에서는 진언을 하다가 감금된 저수가 감시병에게 부탁하여 마당에 나가 있게 해달라고 했다. 감시병은 흔쾌히 저수를 마당으로 내보냈는데 그가 하늘을 우러러 천문을 살펴보았다. 갑자기 태백금성(太白金星)이 역행하여 두성(斗星)과 우성(牛星)의 별자리 쪽으로 움직이는 것을 관찰했다. 저수는 무척 놀라며 큰 재난이 닥칠 것이라 생각하고 사자로 하여금 즉시 원소에게 면회를 요청하였다.

원소는 술에 취하여 잠들어 있다가 저수가 보고할 것이 있다는 말을 듣고 그를 불러들였는데 저수가 심각한 목소리로 아뢰었다.

"제가 방금 하늘의 별자리를 살펴보았는데 태백성이 유성(柳星)과 귀성(鬼星)의 두 별자리로 들어가 그 두 별자리의 빛이 두성과 우성을 가리키고 있었습니다. 이것은 적의 기습을 받는다는 전조입니다. 오소의 수비가 도무지 염려스러우니 부디 경계를 철저히 해주시기 바랍니다. 누구든지 현명한 자를 보내어 산의 여기저기에 복병들을 세워 만약의 조조 군 침략에 대비하셔야 합니다."

그러나 원소는 화를 내며 저수를 야단쳤다.

"네 이놈! 죄인인 주제에 어찌 나를 위협하는 따위의 말을 하느냐? 당장 이놈을 끌어내어 가두도록 하라."

원소는 죄인을 밖으로 내보냈다는 이유로 그 자리에서 감시병의 목을 쳐버렸다. 저수는 그런 원소의 행동을 보고 아무 말도 하지 못하고 감옥으로 돌아왔다. 그는 눈물이 흘러내리고 앞이 캄캄해짐을 느꼈다.

"이제 눈앞에는 패배만이 다가올 뿐이니 이내 몸의 주검은 과연 어느 곳에 묻힐 것인가!"

조조는 밤길에도 쉬지 않고 행군을 감행하여 원소의 성채 하나를 지나가게 되었다. 감시병이 누구냐고 묻기에 군사를 시켜 대답하게 하였다.

"우리는 장기 장군의 부대인데 지금 오소의 수비를 보충하기 위해 가는 길이다."

이때 수비군은 자기들과 똑같은 원소 군단의 깃발을 내세우고 있었으므로 더 이상 의심하지 않고 통과시켰으며, 조조 군은 이렇게 몇 군데의 관문을 무사히 통과할 수 있었다. 그들이 오소에 이른 것은 한밤중이 지나서였다. 그들은 우선 짚과 장작 등을 쌓아 불을 붙이고는 북을 울려 공격하였다. 한밤중에 불길 가운데서 전투가 벌어지기 시작하였다.

이때 만취한 상태로 잠들어 있던 순우경(淳于瓊)은 요란스러운 함성 소리에 놀라 눈을 뜨고 소리쳤다.

"왜 이리 밖이 소란스럽느냐?"

그러나 순우경의 말이 채 끝나기도 전에 조조의 군사들이 뛰어들어 그를 결박하여 끌고 나갔다. 이때 휴원진과 조예(趙叡)가 식량을 싣고 돌아오다가 식량 창고에 불이 붙은 것을 보고 급히 그곳으로 달려왔다. 이를 본 조조 군사가 급히 조조에게 보고하였다.

"적들이 지금 뒤로도 오고 있으니 먼저 그들을 쳐야 합니다."

그러나 조조는 소리 높여 그를 꾸짖었다.

"그냥 앞으로만 공격하라. 뒤는 내가 알아서 할 것이다."

이 말에 따라 군사들은 앞으로만 전진하며 공격해가니 그 일대는 온통 불바다로 변하였다. 휴원진과 조예가 달려가 공격하려 하니 조조가 뒤돌아서서 맞대응하였다. 그러나 그들은 조조의 상대가 되지 못하여 순식간에 죽음을 당하였고 그들이 가져온 군량미와 마초들은 모두 잿더미로 변하였다. 순우경은 여전히 만취한 상태로 정신을 차리지 못한 채 조조 앞에 끌려 나왔다. 조조는 그의 귀와 코, 그리고 손가락을 자르게 하고 말 위에 묶어 일부러 원소의 진영으로 쫓아보내었다.

그 사이에 원소는 막사에서 북쪽 하늘이 불길에 휩싸였다는 보고를 받고 소리쳤다.

"이는 필시 오소가 조조 군의 습격을 받은 것이다."

그는 급히 막사 밖으로 뛰어나가 문무백관들을 불러모아 대비책을 강구하였다. 이에 장합이 나서서 아뢰었다.

"제가 고람(高覽)과 더불어 구원병을 이끌고 나가겠습니다."

그러자 곽도가 나서서 외쳤다.

"잠깐만 기다리시오. 이 야습은 분명히 조조가 친히 나와 지휘하고 있을 것이오. 그러니 지금 본거지인 성채가 비어 있을 것이니 우리는 그쪽으로 출병하여 그 허를 찌르도록 합시다. 그러면 조조가 그 소식을 듣고 부랴부랴 달려올 것이니 이는 손빈(孫臏)의 '조(趙)를 구하기 위해 위나라를 포위하여 한나라를 구한다'는 계책을 실행하는 셈이 됩니다."

그러나 장합도 물러서지 않고 아뢰었다.

"조조는 빈틈이 없는 자이니 오소로 갈 때는 내부도 튼튼히 수비하도록 지시하고 갔을 것이오. 만약 여기서 적의 성채를 함락시키지 못하게 되면 순우경은 그 사이 포로가 될 것이고 우리도 역시 모두 붙잡히고 말 것이오."

그래도 곽도는 양보할 줄 몰랐다.

"조조는 야습에 눈이 멀어 급히 공격했으니 본진에 병력을 남겨놓았을 리가 없소."

결국 원소는 장합과 고람에게 오천 병력을 주어 관도에 있는 조조의 본진을 치게 하였다. 그리고 오소를 구하기 위해 장기에게 일만 병력을 내주었다.

무너지는 원소 진영

한편 조조는 순우경의 부대를 격파하고 그들의 갑옷과 옷 등의 전리품들을 모두 빼앗아 자기 군사들에게 입히고 깃발도 빼앗아 들도록 하여 순우경의 패잔병으로 위장토록 했다. 그렇게 하고 산길을 지나가는데 그곳에서 장기(蔣奇)의 부대와 마주쳤다. 장기가 누구냐고 검문을 하자 오소의 패군들로 본진으로 돌아가는 중이라고 둘러대었다. 이에 장기는 별의심을 하지 않고 보내주고 자신은 계속 전진을 하였다. 그런데 갑자기 눈앞에 장료와 허저의 부대가 나타나 소리쳤다.

"장기, 이놈 게 섰거라!"

장기가 당황하는 사이에 장료의 칼이 날아와 그를 베어 죽였다. 그리고 장기 휘하의 장졸들도 모두 섬멸하였다. 또한 장료는 원소에게 위장된 사자를 보내 장기가 오소의 적군을 모두 무찔렀다고 고하게 했으므로 원소는 더 이상 오소를 돌아보려고 하지 않고 관도로 더 많은 구원부대를 보냈다. 장합과 고람이 조조의 성채에 이르자 왼쪽에서는 하후돈 휘하의 복병들이, 오른쪽에서는 조인의 군사들이, 그리고 중앙에서는 조홍이 이끄는 군사들이 한꺼번에 뛰어나오며 그들과 맞서니 원소 군이 대패하였다. 뒤따라 원소의 구원부대가 달려왔지만 조조가 다시 군사들을 거느리고 배후에서 공격하였으므로 결국 겹겹으로 포위되어 장합과 고람은 겨우 목숨만 부지한 채 달아나버렸다.

원소의 군진에는 오소에서 패한 군사들이 하나둘씩 모여들었다. 순우경도 코와 귀, 그리고 손가락이 잘린 모습으로 돌아오니 원소가 그 책임을 물었다.

"어찌하여 오소를 빼앗겼느냐?"

이에 침묵을 지키는 순우경 대신 패잔병들이 일러바쳤다.

"순우경 대장이 수비에는 관심도 두지 않고 밤낮없이 술에 취해 자고 있었는데 어찌 우리가 이길 수 있겠습니까?"

원소는 화가 치밀어 순우경의 목을 베어 버렸다.

한편 곽도는 장합과 고람이 마음에 걸려 자기의 작전이 잘못되었다는 책임추궁을 받을까봐 미리 원소에게 모함을 하였다.

"장합과 고람은 주공의 이번 패전을 내심 유쾌하게 생각하고 있을 것입니다."

"그건 무슨 뜻이냐?"

"그들은 본디 조조에게 투항할 생각을 하고 있었으므로 이번에 그의 성채를 공격하러 가서도 열의없는 자세를 취했기 때문에 지고 만 것입니다."

원소는 대노하여 즉시 사자를 보내어 장합과 고람을 불러들이라고 명하였고 그보다 한발 앞서 곽도가 사람을 보내어 장합과 고람에게 원소가 두 사람을 참할 생각이라고 전하였다.

이때 원소가 보낸 사자가 당도하니 고람이 물었다.

"주공께서 무슨 일로 우리를 부르시는가?"

"저는 잘 모르겠습니다."

그러자 고람이 느닷없이 그 사자의 목을 베었고, 장합이 놀란 표정으로 어리둥절해하자 고람이 그에게 제의하였다.

"원소는 남을 이간질시키고 헐뜯는 거짓말밖에는 믿지 않는 인물이니 언젠가는 조조의 손에 당할 것이오. 그러니 우리가 휘말려 희생양이 될 필요는 없지 않은가? 어떤가, 아예 조조에게 투항하지 않겠나?"

"사실은 나도 그럴 생각이었네."

이리하여 장합과 고람은 각기 자기 휘하의 군사들을 이끌고 조조의 진영으로 가서 투항하였다. 그러나 하후돈은 그들의 투항이 의심스러워 조조에게 살며시 말하였다.

"저놈들의 투항이 본심인지 위장인지 미심쩍습니다."

그러나 조조는 전혀 개의치 않았다.

"내가 저들을 소중히 대해주면 설혹 본심으로 투항하지 않았더라도 저절로 본심이 될 것일세."

그러고는 성채의 문을 열어 그들을 맞이하니 장합과 고람은 세모창을 내던지고 갑옷도 벗어버리고는 땅바닥에 엎드려 절을 올렸다. 조조가 그들에게 말하였다.

"원소가 만약 자네들의 말을 들었더라면 그렇게 대패하지는 않았을 것이다. 이렇게 자네들이 나를 찾아와준 것은, 이를테면 미자(微子)*가 은나라 주왕(紂王)을 떠나고, 또 초나라를 버린 한신(韓信)이 한나라로 귀순한 것과 같네.”

그리고 그들을 편장군으로 임명하여 장합을 도정후(都亭侯)로, 고람을 동래후(東萊侯)로 봉하니 두 장수는 기뻐서 어쩔 줄 몰랐다. 원소는 이미 허유를 잃어버린 터에 장합과 고람마저 놓쳤을 뿐 아니라 오소의 식량을 모두 잃어버린 상황이 되고 말았다. 이에 휘하 장졸들도 군심이 일시에 흔들리고 사기마저 땅에 떨어져버렸다.

허유가 조조에게 이 기회에 병력을 총동원시켜 공격하라고 진언하자 장합과 고람이 자청하면서 나섰다.

“그러시다면 우리를 선봉으로 보내주십시오.”

조조는 그렇게 하기로 결정하고 그날 밤중에 군사를 일으켜 원소의 진지를 세 방향에서 총공격하였다. 새벽녘까지 계속 싸우다가 서로 물러났는데 원소 군은 이때 이미 절반의 군사를 잃어버렸다.

순유가 다시 조조에게 진언하였다.

“이번에는 군사들로 하여금 헛소문을 퍼뜨리게 하십시오. ‘한 부대는 산조(酸棗)와 업군(鄴郡)을 공격한다고 하고, 또 한 부대는 여양(黎陽)으로 나가 원소 군의 군량미 보급로를 끊어버린다’라고 말입니다. 그러면 원소는 질겁하여 병력을 이리저리 분산시켜 방어할 테니 그때 총공격을 가하면 원소는 그것으로 무너질 것입니다.”

이에 조조의 군사들이 헛소문을 사방으로 흘리고 다니니 원소

---

*미자(微子):은(殷)나라의 충신. 미(微)는 나라 이름. 자(子)는 작위. 이름은 계(啓:원래는 개(開)). 주왕(紂王)의 배다른 형으로, 주왕을 누차 타일렀으나 듣지 않자 나라를 떠나 주공 단(周公旦)에게 가서 은나라 후예로 송(宋)에 봉해졌다. 기자(箕子)·비간(比干)과 함께 은나라 삼인(三仁)으로 불려졌다.

의 귀에도 이 말이 들어갔다. 당황한 원소는 원담에게 오천 병력
을 내주어 업군으로, 또 신명(辛明)에게 오천 병력을 내주어 여양
땅으로 급히 보내었다. 원소가 군사들을 나누어 보냈다는 소식을
들은 조조는 순식간에 군사들을 모아 원소의 본진을 향해 돌격
해 들어갔다.

 원소 군의 장졸들은 대적할 의욕을 모두 잃어버리고 눈더미
무너지듯이 와르르 무너지며 패퇴하였다. 원소 역시 갑옷을 입을
겨를조차 없이 두건에 평상복만 걸친 꼴사나운 모습으로 말 위
에 올라타 어린 아들 원상(袁尙)을 데리고 도망치기 시작했다. 조
조 군의 장료·허저·서황·우금 등의 맹장들이 그 뒤를 쫓자
원소는 도망치는 일에 혈안이 되어 지도와 각종 문서를 비롯하
여 수레와 병장기, 그 밖에 금·은·단자 따위를 도중에 모두 버
리고 간신히 황하를 건너갔다. 그때 그를 수행한 병력은 고작 팔
백여의 기마병밖에 되지 않았다. 조조 군은 끝내 원소를 따라잡
지 못하고 그들이 길에 버리고 간 노획물들을 가지고 철수하였
다. 결국 조조는 이 싸움에서 대략 팔만여 명의 병력을 죽이고
대지의 이곳저곳을 피바다로 만들어버렸으며, 이를 피해 달아나
다가 황하에 빠져 죽은 적군의 수효만도 부지기수였다.

 전승을 거둔 조조는 노획한 전리품들을 모두 군사들에게 나누
어주었다. 그런데 지도와 문서 가운데 편지 한 뭉치를 발견한 조
조가 이를 살펴보니 이는 허도를 수비하던 몇몇 아군 장졸들이
원소와 내통하여 보낸 밀서들이었다.

 그를 본 주위 측근들이 조조에게 아뢰었다.

 “누가 보냈는지 일일이 밝혀내어 모두 처벌하심이 가할 줄로
아뢰오.”

 그러나 조조는 고개를 흔들며 답하였다.

 “원소의 권세는 강했고 우리는 막아내는 일이 힘들었던 상황에

서 벌어진 일이니 그냥 넘기기로 하겠다."

조조는 그 편지 뭉치들을 그대로 불더미 속에 던져버리고는 발신자의 이름을 애써 보려고도 하지 않았다.

한편, 원소가 도주할 때의 일이었다. 감금되어 있어서 달아나지 못하고 있던 저수가 조조 앞에 끌려나왔다. 조조는 그와는 과거에 몇 번의 안면이 있었으므로 그를 알고 있었으나 끌려나온 저수는 아랑곳하지 않고 조조를 향해 소리쳤다.

"나는 절대로 항복하지 않겠소."

이에 조조가 타일렀다.

"원소는 어리석은 자여서 그대의 충언을 듣지 않았는데 그대는 어찌하여 그렇게 고집을 부렸는가? 그대가 일찌감치 내게로 와 주었더라면 내게 큰 도움이 되었을 것을……."

조조는 이렇게 말하며 그를 풀어주게 하고 진중에 머무르도록 하여 우대하였다. 그러나 저수는 그러한 우대에도 불구하고 몰래 군마를 훔쳐 타고 원소에게 가려 하다가 발각되었다. 조조는 화가 나서 잡혀온 그의 목을 당장 베어 버렸는데 저수는 형장에 목을 내민 마지막 순간까지도 낯빛 하나 바뀌지 않았으므로 그의 목을 베어 버린 후에 조조는 가슴 아파하며 후회하였다.

"내가 너무 성급하게 충의로운 사람을 죽여버렸구나."

이에 조조는 그의 장례에 예를 갖추어 성대히 치뤄주고 황하의 나룻터 가에 그의 무덤을 만들어주었으며, 그 묘비에 '충렬저군지묘(忠烈沮君之墓)'라고 써서 세우도록 하였다.

조조는 이후로 계속하여 기주를 공략하라고 명을 내렸다.

결국 조조의 약한 군세는 단합하여 승전했고 원소의 강한 군세는 흩어져서 패망하였다.

과연 상황은 어떻게 벌어질 것인가?

제 31 회 조조의 연승

조조창정파본초　현덕형주의유표
曹操倉亭破本初　玄德荊州依劉表

조조는 창정에서 원소를 격파하고
유비는 형주의 유표에게 의지하다

전풍의 죽음

　조조는 원소에게 숨돌릴 겨를도 주지 않고 몰아부쳤다. 원소는 말 그대로 속옷 차림으로 겨우 팔백여 기만 거느린 채 여양의 북쪽 기슭으로 정신없이 도망쳤다. 대장 장의거(蔣義渠)가 성채에서 마중나와 원소를 맞이하니 원소는 조조에게 패한 경위를 들려주었다. 이야기를 들은 장의거는 패잔병들을 모았고, 원소가 여양에 있다는 소식을 듣고 모여든 군사들을 재정비하였다.

　그럭저럭 군사들을 모으고 원기를 회복한 원소는 다시 군사를 일으켜 기주 땅을 향해가다가 어느 황량한 산중에서 야영을 하게 되었다. 피곤에 지쳐 잠이 막 들려는 순간 원소의 귀에 뭐라 말할 수 없는 구슬픈 울음소리가 들려왔다. 원소는 이 울음소리가 어디서 나오는가 하고 알아보았더니 패잔병들이 모여 앉아 울면서 내는 한탄의 소리였다. 이들은 어버이나 형제들, 그리고 벗과 생이별을 하여 고생하게 된 일에 대해 그칠 줄 모르는 한탄과 원성을 해대었다.

그들은 입을 모아 이렇게 말하였다.

"주공께서 전풍(田豊)의 진언을 들었더라면 우리가 이 고생을 하며 이 꼴을 당하지는 않았을 텐데……."

몰래 이 말을 들은 원소도 자기가 전풍의 말에 귀 기울이지 않은 것을 후회하였다. 이튿날 다시 군사를 이끌고 행군을 계속하는데 봉기(逢紀)가 원소를 마중나와 주었다.

원소가 그에게 말하였다.

"전풍의 충언을 듣지 않아 내 체면이 말이 아닐세. 그러니 무슨 낯으로 성으로 가서 그를 만나겠는가!"

그러자 봉기는 전풍을 모함하였다.

"아닙니다. 그놈은 주공께서 패하셨다는 소식을 듣고 감옥 안에서도 손뼉을 치며 '내 말을 듣지 않고 고집을 피우더니 그 지경이 되었다'고 기뻐하면서 비웃었다고 합니다."

원소는 이 말에 낯빛이 파랗게 변해서 소리쳤다.

"무엇이라고? 감히 그 엉터리 유생 놈이 그런 말을 지껄이다니! 좋다. 내 어디 그놈을 살려두나 보자."

원소는 사자에게 자기 검을 내어주며 먼저 기주로 가서 감옥에 있는 전풍의 목을 베라고 명하였다. 그 무렵 옥중에 있는 전풍에게 옥리가 다가와 말했다.

"축하하옵니다."

“무엇을 축하한다는 말인가?”

전풍이 의아해하며 물었더니 옥리가 말하였다.

“이번에 주공께서 공의 말에 따르지 않았다가 조조에게 크게 패하여 돌아오신다고 하니 틀림없이 앞으로는 공을 소중히 대하실 것이 아닙니까?”

그러자 전풍은 단호하게 말하였다.

“그렇지 않네. 나는 죽게 될 걸세.”

옥리가 놀라 물었다.

“왜 그런 말씀을 하시지요? 모두들 공께서 다시 풀려나실 것이라고 말하는데 죽다니요?”

“원 장군은 겉보기로는 큰 인물 같지만 기실 마음은 좁은 사람이라 신하의 충성을 돌볼 수 있는 분이 아닐세. 이번에 만일 승리하여 돌아오셨다면 혹시 나를 용서하실지도 모르겠지만 패하여 부끄러운 상태로 돌아올 경우에는 내가 살아날 길은 전혀 없을 것일세.”

옥리가 믿을 수 없다는 표정으로 있는데 바로 그때 원소가 보낸 사자가 들이닥쳤다. 옥리들은 놀라서 눈물을 흘렸다.

전풍이 말하였다.

“세상에 남아로 태어나 주인을 분별하여 잘 섬기지 못했으니 어이 부끄러운 일이 아닌가! 이리 되는 것은 인과응보일세.”

이렇게 말한 전풍은 검을 들어 자결하였다. 전풍이 이렇게 옥중에서 자결하였다는 소문을 들은 백성들은 모두 그의 죽음을 안타까워하였다.

원소는 기주로 돌아와서도 마음이 편치 못하고 어수선하여 정사를 제대로 돌보기는커녕 일상사에서도 안정을 찾지 못하고 있었다. 그때 부인 유씨가 속히 후계자를 정하라고 원소에게 권유

하였다. 원소에게는 아들이 셋 있었는데 맏아들 원담(袁譚)은 자를 현사(顯思)라 하고 청주(青州)를 지키고 있었으며, 둘째 아들 원희(袁熙)는 자를 현혁(顯奕)이라 하여 유주(幽州)를 지키고 있었다. 그리고 셋째 아들 원상(袁尚)은 자를 현보(顯甫)라 하는데 이 아이가 유씨의 소생이었다.

원상은 어려서부터 용모가 뛰어나고 믿음직하여 원소는 평소에도 이 막내 아들을 매우 아껴 늘 곁에 가까이 두고 있었다. 그런데 원소가 관도에서 패하고 돌아오니 유씨가 이 막내 아들을 후사로 정해달라고 졸라대어 원소는 심배·봉기·신평·곽도를 불러 이 일을 의논하였다. 이들 네 사람 가운데 심배와 봉기는 원상을 지지하였으나 신평과 곽도는 장남 원담을 지지하고 있었다. 이렇게 네 사람의 의중이 다른 가운데 원소가 먼저 입을 열었다.

"지금 외환(外患)이 모두 해결되지 않은 상태이지만 안을 든든히 굳힐 필요가 있다고 생각하기에 나는 지금 후사를 정하고자 한다. 내가 보기에 장남 원담은 성격이 너무 굳고 강하며, 둘째 원희는 너무 얌전하고 우유부단하여 별쓸모가 없다. 그런데 셋째 원상은 영웅의 자질도 있고 남을 대할 때도 부드러운 면이 있으니 나는 이 아이를 후계자로 세울 생각인데 그대들의 의견은 어떠한지 말해보라."

이에 곽도가 이의를 제기하고 나섰다.

"예로부터 장자를 제쳐놓고 아래 자식을 후계자로 세우면 으레 불화의 씨를 키우는 결과를 가지고 오는 법입니다. 바야흐로 우리는 지금 패하여 군사들의 사기가 떨어졌고, 적군이 국경 가까이까지 육박해 있는데 여기서 어찌 형제간의 다툼으로 내분을 자처하려고 하십니까? 먼저 적군을 물리치고 나서 후사 문제는 좀더 시일을 두고 심사숙고해야 할 일이라 여겨집니다."

그러나 원소는 결정을 내리지 못하고 망설이고 있는데 그때 둘째 아들 원희가 육만 병력을 이끌고 유주로부터, 큰아들 원담이 오만 병력을 이끌고 청주로부터, 조카 고간(高幹)도 오만 병력을 이끌고 병주로부터 기주를 돕기 위해 달려왔다. 원소는 크게 기뻐하며 후사 문제는 우선 접어두고 다시 조조를 칠 생각을 갖게 되었다.

십면매복지계

그 무렵 조조가 승리한 병력을 황하 강변 가까이까지 전진시켜 진을 치게 하니 그곳 백성들이 온갖 음식을 가지고 나와서 조조 군을 환영해주었다. 조조는 그 백성들 가운데 머리와 수염이 눈처럼 하얗게 된 노인들을 막사로 모셔 접대해주었다.

조조가 먼저 정중히 물었다.

"춘추가 얼마나 되시옵니까?"

어떤 노인이 대답하였다.

"이제 곧 백 살이 되어 갑니다."

"실은 여러분의 마을에 폐를 끼쳐 여러 가지로 미안하게 생각하고 있습니다."

조조가 미안한 기색으로 답하니 한 노인이 아뢰었다.

"천만의 말씀입니다. 실은 환제 시대에 노란 별이 하늘에 나타난 일이 있었습니다. 그런데 그 시절에 요동 출신의 은규(殷馗)라는 사람이 이 고장에 묵고 계셨는데 그는 천문에 밝은 사람으로 노란 별이 나타난 것을 보고 말씀하시기를, '노란 별이 이곳에 나타나 있는데 앞으로 오십 년 뒤에 반드시 하늘이 내리신 황제가 이 고장에 나타날 것이다' 하셨습니다. 그런데 손꼽아보니 올해가 바로 그 오십 년이 되는 해로 원소는 백성의 재물을 수탈하고 군사를 일으켜 싸움에만 열중하여 원성이 높아갈 뿐이지만 승상께서는 관로에서 백만의 원소 군을 격파하여 우리를 구해주셨으니 이는 바로 은규의 예언에 부합하는 일이 아닐까 합니다. 그리하여 세상은 잘 다스려져 평화스러워질 것입니다.”

조조는 이 말에 기분이 좋아져서 파안대소하였다.

“글쎄, 어떨는지 잘 모르겠소만 아무튼 말만이라도 고맙소.”

조조는 노인들에게 직접 술도 따라주고 돌려보낼 때는 비단도 조금씩 나누어 주었다. 그리고 군사들에게는 백성들의 닭 한 마리라도 죽이는 자는 살인죄로 처벌하겠다고 엄명을 내렸으므로 모든 군사들이 이 명령에 복종하였으며 이를 지켜본 조조도 진심으로 기뻐하였다.

이윽고 원소가 네 주를 통틀어 이삼십만의 병력을 모아 창정(倉亭)에 진지를 구축하고 공격 준비를 갖추고 있다는 보고가 들어왔다. 이에 조조도 군사들을 이끌고 출병하여 원소의 맞은 편에 진영을 구축하였다. 원소는 세 아들과 조카 외에 문관들과 무장들을 모두 거느리고 출진하였다.

조조가 원소에게 소리쳤다.

“원소 이놈아! 너는 더 이상 계책도 없고 군사들도 의욕을 잃었을 텐데 왜 아직도 투항하지 않고 덤비는 거냐? 네 놈의 목덜미에 서늘한 칼날이 닿아야만 후회할 것이냐?”

원소도 성이 나서 주위 장수들에게 소리쳤다.

“누가 나가겠느냐!”

이에 원상이 부친 앞에 솜씨를 보이고 싶어 느닷없이 두 자루의 검을 집어들고 앞으로 나서 말위로 올라타더니 앞으로 치달렸다. 이 모습을 지켜본 조조가 물었다.

“저놈은 누구냐?”

“예, 원소의 셋째 아들 원상이라 합니다.”

이렇게 누군가가 보고하는 사이에 창을 들고 말을 달려 나가는 자가 있었다. 그는 바로 서황 장군 휘하의 부장 사환(史渙)이었다. 두 사람이 맞부딪쳐 여러 차례를 싸우다가 사환이 창으로 원상의 말을 찌르려 하였으나 이를 비껴나간 원상이 그대로 말을 몰아 달아나자 사환이 그 뒤를 쫓았다. 이때 원상이 말 위에서 몸을 돌려 활 시위를 당겨 사환을 향해 날리니 그의 왼쪽 눈에 화살이 박히며 말에서 떨어져 죽어버렸다. 원소는 이 순간을 놓치지 않고 채찍을 높이 들어 전군에게 진격을 명하였다. 한바탕 일대 혼전이 벌어진 뒤에 각기 징을 울려 서로의 진지로 철수하였다.

조조가 결전의 방책을 궁리할 때 정욱이 '십면매복지계(十面埋伏之計)'를 제안하였다.

"먼저 황하 상류까지 아군을 뒤로 물린 뒤에 따로 열 부대로 나누어 군사들을 매복시킵니다. 그러고는 적군으로 하여금 일부러 쫓아오게 합니다. 그러면 아군은 등뒤가 바로 황하인지라 도망칠 수 없으므로 필사적으로 싸울 것이니 이는 사중구활(死中求活:죽을 고비에서 한 가닥 살 길을 찾음)로 반드시 원소를 이길 수 있을 것입니다."

조조는 정욱의 간언에 따라 군을 다섯 부대씩 좌우로 나누어 편성하였는데 왼쪽에는 하후돈·장료·이전·악진·하후연이 이끌도록 하고, 오른쪽에는 조홍·장합·서황·우금·고람이 이끌도록 하였다. 그리고 전위 부대의 선봉으로는 허저가 선임되었다.

이튿날 조조는 먼저 열 개 부대를 배치하여 매복시키고 밤이 되자 허저를 출진시켜 적의 성채에 야습을 감행하였다. 이에 원소의 진영에서는 다섯 개의 군진이 일제히 반격하였다. 허저가 짐짓 달아나는 체하자 원소 군이 그 뒤를 쫓았다. 함성이 온 천지에 퍼져나갔다. 원소 군은 새벽녘에 황하 연변까지 밀고왔는데 조조 군은 바로 뒤가 강물이라 더 이상 물러설 수 없었다.

이에 조조가 군사들에게 크게 소리쳤다.

"뒤로는 물러갈 수 없으니 그대로 부딪쳐서 죽을 힘을 다해 싸우도록 하라!"

조조의 말에 군사들은 다시 몸을 돌려 원소의 군사들과 맞서 싸웠다. 허저가 먼저 십여 명의 적장의 목을 베니 원소 군의 진영이 흐트러지기 시작하였다. 이에 원소가 퇴각 명령을 하니 조조 군이 뒤에서 추격해왔다. 그렇게 정신없이 퇴각하는데 갑자기 북소리가 울리더니 왼쪽에서 하후연이 군사들을 몰고 뛰어나왔다. 원소는 조카와 아들들과 함께 사력을 다해 혈로를 찾아 도망치기에 바빴다. 이렇게 대략 십 리쯤 갔을 때 왼쪽에서 악진이, 오른쪽에서 우금이 부대를 이끌고 쳐들어왔다. 이렇게 되니 원소 군이 지나간 자리에는 주검이 산더미같이 쌓였고 피가 강을 이루었다.

다시 원소 일행이 오륙 리를 더 도망치니 이번에는 다시 왼쪽에서 이전이, 오른쪽에서 서황이 뛰어나와 앞길을 가로막았다. 피가 비오듯이 흩뿌려져 원소 부자들은 살아 있다는 사실조차 실감할 수 없었다. 천신만고 끝에 진영으로 돌아와 밥을 지어 먹으려고 하였더니 미처 밤이 되기도 전에 왼쪽에서 장료가, 오른쪽에서 장합이 쳐들어왔다. 원소는 질겁하여 창정을 향해 말을 몰아 치달려갔다. 말과 군사들은 극도로 피곤에 지쳐 기진맥진한 상태였지만 조금도 쉴 수가 없는 처지였다. 이렇게 사력을 다해 달아나는 원소 앞에 다시 오른쪽에서는 조홍이, 왼쪽에서는 하후돈이 앞을 가로막고 섰다.

이에 원소는 목이 터져라 외쳤다.

"죽을 각오로 통과하라. 이곳을 통과하지 못하면 우리는 모두 포로가 되고 만다!"

사선을 넘었다. 원희와 고간(高幹)도 화살에 맞아 크게 부상을 당하였고 군사들은 태반이 죽었다. 원소는 부상당한 셋째 아들을 안고 울음을 터뜨리고 통곡하다가 그대로 기절하고 말았다.

군사들이 달려와 원소를 부축하니 그는 시뻘건 피를 토하며 탄식하였다.

"내가 지금까지 싸움에 노련하다고 자신만만하였더니 이제와서 이 꼴이 되었구나. 이는 하늘이 나를 버린 것이니 너희들은 모두 각 본진으로 돌아가 조조와 일전을 벌일 태세를 다시 갖추도록 하라."

이에 신평과 곽도를 원담과 함께 청주 땅으로 급히 보내었다. 조조의 손이 그곳으로 미칠까 염려한 때문이었다. 이어서 원희를 유주로, 고간을 병주로 돌려보내어 각기 군비를 갖추도록 명하였다. 원소 자신은 막내 원상과 함께 기주로 돌아가 정양하기로 하고 군사 문제는 원상을 비롯하여 심배와 봉기 등에게 일임하였다.

허도 공략에 나선 유비

조조는 창정에서 큰 승리를 거두고 돌아와 장졸들에게 후한 상을 베풀었다. 그때 기주로 정보를 알아내려고 갔던 염탐꾼이 돌아와 조조에게 보고하였다.

"원소는 지금 앓아누워 있고 셋째 아들 원상과 심배가 기주성을 굳게 지키고 있습니다. 그리고 원담·원희·고간 등은 모두 자기 임지로 되돌아갔습니다."

이에 측근들이 즉시 기주를 공격하자고 했으나 조조가 이를 말렸다.

"기주는 물자가 풍부한 고장이고 심배는 두뇌가 영민한 모사가

이니 공격한다고 해서 쉽게 함락되지는 않을 것이다. 더욱이 논밭에는 아직 곡식들이 익지 않아 싸움을 일으키면 백성들에게 피해를 주기만 할 뿐이니 가을걷이를 마친 후에 공격하기로 하자.”

그때 마침 순욱이 서신을 보내왔다.

유비가 여남(汝南) 땅에서 유벽과 공도 휘하의 수만 병력을 손에 넣었습니다. 그리고 승상께서 하북 땅으로 출진한 것을 알고는 여남을 유벽에게 맡기고 친히 군사를 이끌어 허도를 침범하려고 하오니 어서 돌아오시기 바랍니다.

조조는 대경실색하여 황하의 연변을 조홍에게 맡기고 자신은 대군을 이끌고 유비를 막기 위해 허도로 급히 떠났다.

그 무렵 유비는 관우·장비·조운 등과 더불어 허도를 향해 진격해오다가 양산 가까이에 이르렀을 때 조조 군과 맞부딪치게 되었다. 이에 유비는 양산 기슭에 진을 치고 부대를 셋으로 나누어 관우를 동남쪽에, 장비를 서남쪽에 배치하여 병력을 이끌고 주둔하도록 하였다.

그러나 막상 대진하게 되자 조조가 먼저 유비에게 말을 건네었다.

“유공에게 할 말이 있네.”

이에 유비가 성채 밖으로 모습을 드러내니 조조가 급변하여 호통을 쳤다.

“나는 네 놈을 그토록 빈객으로 대해주었는데 그 보답이 어찌 이렇단 말이냐? 이것이야말로 망은불의(忘恩不義:은혜를 잊는 옳지 못한 일)가 아니고 무엇이냐?”

유비도 이에 지지 않고 응수하였다.

"그대야말로 한나라의 승상이 아니라 영낙없는 한나라의 역적일 뿐이다. 나는 한나라 황실의 혈맥으로 황제의 밀조를 받들어 모반한 그대를 주벌하러 왔노라."

그러고는 말 위에서 소리 높이 황제의 조서를 낭독하니 조조가 크게 성을 내며 허저에게 나가라고 명하였다. 그러자 유비의 등뒤에서 조운이 달려나갔다. 이렇게 두 장수가 서른 차례나 맞붙어 싸웠으나 승패가 판가름나지 않았다.

그렇게 싸움이 계속되는 동안에 갑자기 동남쪽 한 기슭에서 함성이 울리며 관우가 군사들을 거느리고 돌진해왔고 서남쪽에서는 장비가 군사를 이끌고 질풍처럼 달려왔다. 이렇게 세 군데에서 일제히 사투가 벌어졌는데 조조 군은 먼 길을 강행군하여 왔기 때문에 많이 지쳐 있었고, 그래서 관우·장비·조운의 맹장들을 당해낼 힘이 없었다. 결국 조조 군은 끝내 방어하지 못하고 도망쳤으며 유비 군은 쾌승을 거두고 본진으로 돌아왔다.

궁지에 빠진 유비

이튿날 조운을 내보냈으나 조조 군에서는 아무도 나서지 않았다. 이러기를 열흘 동안이나 계속하였는데 그 사이에 조조 군진에서는 아무런 반응도 보이지 않았다. 조운 대신 장비가 나가보았으나 역시 마찬가지였다.

이때 공도가 군량미를 호송해오다가 도중에서 조조 군의 공격을 받고 포위되었다는 소식이 들어왔다. 이에 즉시 장비를 구원군으로 보냈는데 다시 하후돈이 사잇길을 통해 여남으로 나가 공격을 감행하고 있다는 급보가 들어왔다. 유비는 낯빛이 파래졌다.

"앞뒤로 적을 맞이하게 되었으니 이제 돌아갈 곳이 없어졌구나."

유비는 관우를 여남으로 보냈지만 그날 파발꾼이 달려와서 하후돈이 여남을 점령했다고 보고하였다. 유벽은 달아나버렸고 관우의 군사들은 포위당한 상태였다. 유비가 깜짝 놀라 어쩔 줄 몰라 하는데 이번에는 또 공도를 도우러 간 장비도 포위되었다는 소식이 전해졌다. 유비는 철군하고 싶었지만 조조 군의 추격이 걱정되어 쉽게 결정을 내리지 못하였다. 적진에서는 허저가 다시 모습을 보이며 싸움을 걸어왔으나 유비는 일체의 도전에 응하지 않았다.

그러다가 어느 날 새벽 군사들을 배불리 먹이고는 보병을 앞세워 철군을 시작하였다. 그 뒤를 기병이 뒤따랐으며, 성채 안에는 평소처럼 북을 치고 점호를 하는 군사 몇을 남겨 평소와 다름없는 것처럼 위장하였다. 이렇게 몇 리쯤을 철군하여 가는데 한 민둥산 앞을 지나가게 되었다.

그때 갑자기 관솔불이 환하게 켜지며 산 위에서 외치는 소리가 들려왔다.

“똑똑히 듣거라. 승상께서 여기서 기다리신다.”

유비는 이 말에 가슴이 내려앉았으나 조운이 귀에 대고 속삭였다.

“걱정하지 마십시오. 어서 제 뒤를 따라가다가 앞지르십시오.”

조운은 길을 헤치고 앞으로 달려나가니 유비는 쌍고검(雙股劍)을 휘두르며 뒤따랐다. 이에 허저가 바짝 추격해와서 조운에게 덤벼들었다. 우금과 이전이 유비의 뒤를 추격해왔으므로 유비는 뒤돌아보지도 못하고 부랴부랴 도주하였다. 등뒤로 들려오는 고함 소리가 시시각각으로 가까워지자 유비는 조그만 오솔길을 따라 홀로 산 속으로 달아났다.

날이 밝자 갑자기 옆길에서 달려나오는 군사들이 보였다. 유비가 당황하여 자세히 살펴보니 이는 유벽이 일천여 명이나 되는 패잔병들을 이끌고 유비의 가족을 호위하며 오는 길이었다. 그들 곁에는 손건·간옹·미축 등이 따라오고 있었다.

그들이 유비를 만나 호소하였다.

"하후돈을 도저히 당해내지 못하겠기에 성을 버리고 도망쳤습니다. 적들이 끝까지 추격해왔지만 그나마 다행히 관우 장군이 막아주신 덕분에 탈출하여 이곳까지 올 수 있었습니다."

"관우는 지금 어디 있느냐?"

유비가 마음이 초조해져서 묻자 유벽이 답하였다.

"관 장군은 나중에 찾기로 하시고 우선 빨리 전진하십시오."

유비가 몇 리를 더 가니 장합이 일행의 앞을 가로막으며 으름장을 놓았다.

"유비는 어서 말에서 내려 항복하라!"

유비가 군사를 뒤로 돌려 물러나려 하는데 산마루에서 붉은 기가 휘날리며 한 부대가 달려나오는 것이 보였다. 그들의 선두에 선 대장은 고람이었다. 유비는 이제 더 이상 달아날 길이 없어 하늘을 우러러 길게 탄식하였다.

"하늘이시여! 어찌하여 이 몸을 이렇게 버리시나이까? 사태가 이렇게 된 이상 차라리 죽음을 택하는 수밖에 없다."

유비가 검을 뽑아 들고 스스로 목숨을 끊으려 하는데 유벽이 급히 그의 손을 막고 만류하였다.

"제가 목숨을 걸고 반드시 길을 열어드리겠습니다."

유벽은 이 한 마디 말을 남기고 달려나가 고람과 대응하였으나 한두 차례를 맞부딪쳐 싸우다가 이내 싸늘한 시신이 되었다. 유비는 이제 하는 수 없이 자기 방어를 위해 검을 뽑아들고 고람에 맞서려는데 갑자기 고람의 부대 뒤쪽이 시끌벅적해지더니 한 장수가 뛰어들어 고람을 단숨에 창으로 찔러 말에서 떨어뜨렸고, 고람은 이내 목숨이 끊어져버렸다. 유비가 놀라 그 장수를 유심히 살피니 그는 바로 조운이었다. 유비의 기쁨은 이루 말할 수 없을 정도로 컸다.

조운은 말을 종횡무진으로 몰며 먼저 후위를 공격하여 쑥대밭을 만들고 앞으로 나와 장합을 상대하였다. 그가 서른 몇 차례나 부딪쳐 싸운 끝에 장합이 버티지 못하고 달아나버렸다. 조운이 그를 뒤쫓아 달려가니 산 사이의 길목을 지키던 부대가 앞을 가로막았다. 길이 너무 좁아 조운이 진퇴양난에 빠져 있을 때 관우·관평·주창 등이 삼백 명의 병력을 이끌고 구원하러 와주었다. 유비는 이들과 같이 협로를 돌파하고 산세가 험한 골짜기에 일단 진지를 구축하였다. 사태를 진정시킨 유비는 장비를 찾으라고 관우를 내보내었다.

한편 장비는 공도를 구출하러 출병하였지만 그는 이미 하후돈의 손에 죽임을 당한 뒤였다. 장비는 의리를 지키기 위해 하후돈을 물리치고 돌아오다가 악진의 부대에 의해 포위된 것이었다. 관우는 장비를 찾아다닌 끝에 그를 길에서 만나 함께 돌아왔다. 그때 조조 군의 대부대가 내습한다는 소식이 전해졌다. 이에 유비는 손건으로 하여금 어린이들을 보호하도록 한 걸음 먼저 떠나보냈고, 유비 자신도 그 뒤를 따라 관우·장비·조운 등과 함께 싸우다가 후퇴하는 전법을 썼다. 결국 조조는 유비가 멀리 달아나버린 사실을 알고 추격을 단념하였다.

유표에게 간 유비

유비에게는 이제 일천여 명의 병력만 남아 있을 뿐이었으므로 참담한 심정이 될 수밖에 없었다. 정신없이 쫓겨가던 유비는 한강(漢江)이라고 하는 곳에 야영을 하기로 하였다. 그런데 이 고장 사람들이 유비를 알아보고 술과 고기를 가지고 찾아와 바쳤다.

유비는 군사들을 강가의 모래밭에 불러모아 술과 고기를 같이 먹으면서 그들에게 말하였다.

"내가 보기에 여러분들은 모두 유능한 인재들이오. 그러나 불행히도 나라는 사람을 따른 것이 여러분들을 이 지경으로 몰아넣었소. 나 유비는 여러분들에게 피해만 끼칠 뿐 더 이상 의지하여 묵을 곳도 없으니 나를 따르지 말고 부디 이곳을 떠나 각기 마음에 드는 새 주인을 찾아 섬겨 이름을 빛내도록 하시오."

이 말에 일동은 흐느껴 울었다. 이때 관우가 아뢰었다.

"왜 그런 말씀을 하십니까? 옛적에 한나라 고조는 초나라의 항우와 천하를 다투는 중에 매번 항우에게 패하였으나 구리산(九里山)의 한판 싸움에서 크게 이겨 사백 년 한나라의 국기(國基)를 개척하였습니다. 싸움에는 으레 이기고 지는 법이거늘 한 번 졌다고 좌절한대서야 그 어찌 바람직한 일이라고 하겠습니까?"

손건도 거들었다.

"싸움에서 이기고 지는 것은 하늘의 운입니다. 그로 인해 뜻을 잃어 앞을 보지 못하게 되어서는 안 되옵니다. 이곳에서부터 형주까지는 그리 멀지 않으니 그곳으로 가서 유표(劉表)를 만나십시오. 유표는 아홉 군을 다스리고 있으며 군비도 충실한데다가 주공과 함께 한나라 왕실의 핏줄을 이어받은 몸이오니 그에게로 가서 의지하시는 것이 어떻겠습니까?"

그러나 유비가 비관적으로 말하였다.

"그런데 과연 유표가 나를 받아줄지 모르겠군."

"제가 그럼 먼저 가서 유표를 만나 한의 경계선까지 마중나와 달라고 부탁해보겠습니다."

유비는 크게 기뻐하며 즉시 손건을 형주로 보내었다. 유표는 손건을 반갑게 맞이하고 찾아온 이유를 물었다.

"자네는 유비를 따르는 몸인데 웬일로 이곳까지 왔는가?"

손건이 차근차근 아뢰었다.

"유비는 천하의 영웅으로 비록 지금은 병력도 적고 보필하는 장수도 적어 애를 먹고 있지만 그가 가진 뜻은 한나라를 바로 세우는 일에 있습니다. 여남의 유벽과 공도는 모두 유비와 친척 관계도 아닌 남남이었으나 유비를 위해 감히 죽음조차 마다하지 않으셨습니다. 그런데 공께서는 유비와 같은 한나라 황실의 혈연 관계에 계시옵니다. 지난번에 유비가 조조와의 싸움에서 패하여 강동의 손권을 찾아가 의지할 생각을 하였으나 제가 '핏줄의 인연을 외면하고 남을 의지하려는 행동은 온당치 못한 일이옵니다. 지금 형주에는 유표 장군이 계시지 않습니까? 공은 사람을 귀히 여기고 어지시니, 물이 높은 곳에서 낮은 데로 흐르듯이 유 장군을 의지하셔야 하지 않습니까? 더구나 주공과 같은 혈통의 분이지 않습니까?'라고 말하며 말렸습니다. 이에 유비께서 저를 특별히 사자로 보내시어 유 장군을 찾아뵙게 된 것입니다."

유표가 흐뭇한 표정으로 말하였다.

"유비는 따지고 보면 나의 아우뻘이 되오. 내 진작에 유비를 만나보고 싶었는데 기회가 되지 않더니 이번에 이렇게 소식을 듣고 만나게 되어 천만다행일세."

그때 옆에서 듣고 있던 채모(蔡瑁)가 반대하였다.

"다시 생각해보십시오. 유비는 처음에 여포를 따라다니더니 곧 조조에게로 갔고, 또 한동안은 원소를 따랐으니 도무지 유종의 미가 없는 자입니다. 그러니 그런 자의 인격을 알 만할 것입니다. 지금 그를 이곳으로 부르면 조조가 가만히 있지 않고 공격해올 테니 그렇게 되면 여기서 필요없는 싸움만 벌어지게 되는 셈입니다. 아예 여기서 손건의 목을 쳐서 조조에게 보내는 것이 주공을 위해 이익이 될 것입니다."

손건은 채모의 말을 듣고 낯빛을 바꾸어 물었다.

“나는 죽음을 두려워하지는 않소. 그러니 그런 으름장은 조금 삼가주시오. 마음속에 오직 한나라 걱정만 하는 유비가 어찌 조조·원소·여포 등과 비교가 된단 말이오? 그때는 부득이한 사정으로 일시에 몸을 맡긴 것이었소. 듣기에 이곳 유표 장군께서 황실을 아끼고 형제를 위하는 마음이 극진하다고 해서 혈연의 정의를 믿고 멀리 이곳까지 찾아온 이 사람에게 그 무슨 모함을 하려는 것이오?”

손건의 항변을 듣고 유표가 채모를 꾸짖었다.

“내가 결심한 바가 있으니 쓸데없는 말은 삼가도록 하라.”

채모는 얼굴이 붉어진 채 물러갔다. 유표는 유비에게 허락의 뜻을 알리라고 손건을 다시 돌려보내고 자신은 직접 성 밖 삼십 리까지 친히 나가서 유비를 마중하였다. 두 사람은 정중히 예를 나누었고 유비가 관우와 장비 등을 유표에게 소개하니 유표는 이들 일행과 말머리를 나란히 하고 형주로 들어가 숙소도 제공하는 등 극진히 대우하였다.

유비가 유표에게 의지하러 갔다는 소식을 들은 조조는 즉시 형주를 공략하자고 제의하였으나 정욱이 이를 말렸다.

“원소가 아직 처리되지 않았음을 기억하십시오. 형주를 공격하는 동안에 만약 원소가 북쪽에서 다시 군사를 모아 쳐들어오면 형세가 달라질 것입니다. 그러니 그것보다는 일단 허도로 개선하여 군사들을 쉬게 한 뒤에 내년에 날이 따스해지면 먼저 원소를 치시고 다음에 형주를 치는 계획을 세우심이 타당할 줄로 아옵니다. 이는 곧 일거에 남북의 이득을 취하게 되는 길이라 여겨집니다.”

결국 조조는 정욱의 말에 따라 허도로 되돌아갔다.

이듬해인 건안 7년 정월이 되어 조조는 다시 군사를 일으킬 계획을 세웠다. 그는 먼저 하후돈과 만총을 여남으로 보내어 유표를 막게 한 후 다음에는 조인과 순욱에게 허도를 맡기고 자신이 친히 군을 동원하여 관도로 향하였다.

한편 원소는 지난해부터 각혈을 하였지만 근래에 얼마간은 몸이 회복되어 다시 허도를 공략할 생각을 갖게 되었다. 그러자 이를 안 심배가 그것을 제지하였다.

"관도와 창정에서 입은 상처가 아직 낫지 않았습니다. 그리고 무엇보다도 먼저 방어에 만전을 기하여 군사들과 백성들의 힘을 모으는 일에 힘쓰셔야 합니다."

이렇게 협의하는 동안 조조가 출병하여 이곳으로 쳐들어온다는 소식이 들려왔다. 이에 원소가 흥분하여 날뛰었다.

"적들이 공격해와서 성곽의 외호 앞에 줄줄이 늘어설 때까지 이렇게 멍청히 기다리고 있으란 말이냐? 내가 직접 나가서 반격을 하겠다."

그러자 막내 아들 원상이 앞으로 나서며 아뢰었다.

"아버님, 아직 그 몸으로는 원정가시는 일이 무리십니다. 그러니 아버님 대신에 제가 나가겠습니다."

원소는 쾌히 승낙하고 청주의 원담, 유주의 원희, 병주의 고간에게도 통보하여 네 군이 통합해서 원상을 선두로 조조 군과 맞서 싸우라고 명을 내렸다.

이야말로 여남에서의 전쟁 북소리가 채 사라지기도 전에 하북에서 다시 싸움의 북소리가 울려퍼지는 형세였다. 과연 이 싸움에서 원소는 승리할 수 있을 것인지!

제 32 회 원씨 형제의 암투

탈 기 주 원 상 쟁 봉　　결 장 하 허 유 헌 계
奪冀州袁尙爭鋒　　決漳河許攸獻計

기주를 탈환한 원상이 원담과 겨루고
허유는 수공의 계략을 조조에게 건의하다

각혈하여 죽은 원소

　원상(袁尙)은 조조의 장수 사환을 쓰러뜨린 후로는 기고만장하여 원담의 도착을 기다리지도 않고 혼자서 수만 군사를 거느리고 여양으로 나가 조조 군의 전위부대와 맞섰다. 이에 조조 군에서 장료가 대적해 오니 원상이 이를 맞아 창으로 맞섰으나 상대가 되지 못하고 크게 패하여 달아났다. 그러자 장료가 여세를 몰아 그 뒤를 끝까지 쫓아오니 원상은 처참한 몰골로 기주로 돌아왔다.

원소는 이 패전 소식을 듣고 다시 충격을 받아 피를 쏟고는 까무라쳤다. 측근들이 병실로 원소를 모셔왔지만 그의 수명은 바람 앞의 등불과 같았다. 유씨 부인은 마음이 놓이지 않아 안절부절못하다가 심배와 봉기를 불러 뒷일을 의논하였다. 원소는 입조차 놀리지 못하고 손을 들어 허공을 휘저을 뿐이었다.

유씨 부인이 물었다.

"후사로는 상(尙)을 세우실 테지요?"

이에 원소가 고개를 끄덕이니 심배가 눈앞에서 유서를 작성하였다. 원소는 갑자기 몸을 뒤로 뒤틀며 외마디 신음 소리를 내고는 피를 한 말이나 토하고 죽어버렸다.

원소가 죽자 심배의 주간 아래 장례가 치뤄졌다. 이에 유씨 부인은 그 동안 원소가 생전에 귀여워하던 다섯 명의 애첩을 죽여버렸는데 더욱이 그 애첩들이 저승에 가서 원소를 못 만나도록 그들의 머리를 짧게 자르고 얼굴을 칼로 그었으며 몸을 네 토막 내는 만행을 저질렀다. 또 원상은 앙갚음을 할지도 모른다고 생각하고 이들 다섯 애첩의 일가친척을 모조리 잡아다가 죽여버렸다. 이어 심배와 봉기가 원상을 대사마장군(大司馬將軍)으로 받들어 모시며 기주·청주·유주·병주 등의 네 주의 목을 거느리게 한 다음 사자를 각지에 보내어 부고를 전하였다.

두 형제의 암투

한편 원담(袁譚)은 이때 병력을 이끌고 청주를 벗어나 있었는데 도중에 부친의 부고를 듣고 곽도와 신평 등의 모사들을 불러놓고 앞으로의 대책을 의논하였다.

곽도가 먼저 입을 열었다.

"지금 원공께서 기주에 계시지 않은 틈을 타 분명히 심배와 봉기가 선수를 쳐서 원상 공을 후계자로 세웠을 것이니 속히 그곳으로 가셔야 합니다."

그러나 신평이 이에 반대하고 나섰다.

"그것은 위험하오. 심배와 봉기가 공을 함정에 빠뜨릴 계략을 세웠을 것이니 말이오."

원담이 물었다.

"그렇다면 어떻게 해야 하겠소?"

곽도가 진언하였다.

"병력을 일단 성 밖에 머무르게 하고 상황을 살펴보십시오. 제가 먼저 입성해서 알아보겠습니다."

이에 곽도가 기주성 안으로 들어가니 원상이 물었다.

"형님은 어디 계시느냐?"

"지금 병환이 나셔서 못 오셨습니다."

원상이 목에 힘을 주며 말하였다.

"내가 아버님의 유언대로 그 뒤를 이었고 형님을 거기장군(車騎將軍)으로 임명한다고 유언하시었소. 지금 조조 군이 우리 경계를 침범하려 하니 형님께 가서 먼저 출전하도록 이르시오. 나도 물론 준비가 되는 대로 따라 나서겠소."

여기서 곽도가 살며시 제안을 했다.

"그럼 작전에 고문관이 되어줄 사람이 모자라니 심배와 봉기를 보내주십시오."

그러나 원상이 이에 쉽게 응할 리가 없었다.

"그들은 곧 내가 출전할 때 도움을 주어야 하는 이들이니 보낼 수 없네."

"정 그러시다면 두 사람 가운데 한 사람이라도 보내주십시오."

원상은 이마저 거절할 수가 없어서 제비뽑기를 하여 보내기로 하였는데, 봉기가 가게 되었다. 원상은 봉기에게 장군의 인수(印綬)를 가지고 곽도와 함께 원담의 군진으로 따라가라고 명하였다. 그런데 봉기가 곽도를 따라 원담 진영에 당도해보니 원담이 앓아누워 있기는커녕 멀쩡하게 앉아 있는 모습을 보고 가슴이 내려앉았다.

봉기가 대장의 인수를 바치니 원담은 그 자리에서 그의 목을 베려 하였으나 곽도가 이를 말리며 귀엣말로 속삭였다.

"조조 군단이 이곳에 와 있으니 봉기를 당분간 이곳에 머무르게 하여 우선 원상을 안심시키고 먼저 조조 군을 격파한 뒤에 기주로 가는 방책이 합당할 줄로 아뢰옵니다."

원담이 곽도의 말에 따라 봉기를 살려두고 군사들을 일으켜 여양으로 가서 조조 군단과 대치하였다.

원담은 대장 왕소(汪昭)를 내보내고 조조 진영에서는 서황으로 하여금 맞서게 하였다.

한두 차례 맞서다가 서황이 왕소를 단칼에 베니 조조 군이 기다렸다는 듯이 쇄도해와서 원담 군을 쳐부수었다.

원담은 여양의 성으로 도피하여 원상이 달려와 구원해주기를 기다렸다. 원상은 심배와 상의하여 오천 병력을 보내었다. 그러나 조조는 미리 이 정보를 알아내어 악진과 이전을 도중에 매복시켜 그들을 모두 소탕해버렸다.

원담은 원병이 오천 명밖에 오지 않은 데다가 그것마저 도중에서 섬멸된 사실을 알고는 봉기를 불러다놓고 책망하였다.

"제가 주공께 편지를 써서 친히 이곳으로 오시도록 하겠습니다."

원담은 그 제안을 받아들여 편지를 쓰게 한 후 즉시 사자를 원상 진영에 보내어 그것을 전하였다.

원상 진영에서는 심배가 편지를 받아 읽고 원상에게 아뢰었다.

"곽도는 교활하기로 예사내기가 아닌 자로 이것 역시 잔꾀를 부린 것이옵니다. 지난번에 잠자코 물러갔던 것은 조조 군단이 와 있었기 때문이었습니다. 지금 조조 군이 물러가면 반드시 되돌아와서 기주를 내놓으라고 고집을 피울 것입니다. 그러니 저들에게 원군을 보내느니보다는 반대로 조조의 손을 빌려서 원담을 제거해버려야 합니다."

이리하여 원상은 원담 진영에 원군을 보내주지 않았다. 원담은 원상이 일부러 군사를 보내주지 않은 사실을 알고 봉기를 베어 죽이고 말았다. 그러고는 차라리 조조에게 항복해버릴까 하고 분개하기조차 하였다. 이런 사실은 원상 진영에서 몰래 숨겨둔 염탐꾼들의 제보로 낱낱이 보고되었다. 원상은 곧 심배와 상의하였다. 원담이 조조에게 투항하고 그들이 합세하여 공격해오면 큰 낭패라는 판단에서였다.

결국 심배와 다른 대장 소유(蘇由)를 기주에 남게 하고 원상이 친히 대군을 이끌고 여양으로 출병하기로 하였다. 누구를 선봉으로 내세울까를 궁리하고 있는데 대장 여광(呂曠)·여상(呂翔) 형제가 자원하였으므로 원상은 이들에게 삼만 병력을 내어주며 여양으로 내보내었다. 결국 원담은 원상이 친히 온다는 소식을 듣고 조조에게 투항하려는 생각을 바꾸어 자기 병력을 성 안에 들여놓고 아우 원상의 병력을 성 밖에 머무르게 하여 서로 한쪽이 공격을 받으면 다른 한쪽이 그 적군의 후위를 공격하기로 하였다.

얼마 뒤에 원희(袁熙)와 고간이 달려와서 역시 성 밖에 주둔하였다. 이들 세 군진은 날마다 출병하였으나 원상 군사는 싸우는 족족 패하고 조조 군단은 연전연승하였다.

건안 8년 2월에 조조가 각개격파(各個擊破)의 전략으로 원담·

원희·원상·고간을 공격하니 이들은 여양을 버리고 패주하였다. 조조가 그들을 기주까지 추격하여 원담과 원상은 성 안으로 들어가고 원희와 고간은 성 밖 삼십여 리 지점에 진영을 주둔시켰다. 이들은 필사적으로 저항하였기 때문에 조조 군도 쉽게 그들을 공략시킬 수 없었다.

이때 곽가가 조조에게 제의하였다.

"원소가 막내 아들에게 뒤를 물려준 가운데 형제들이 서로 조금도 양보하지 않고 권력 다툼을 벌이는 데 혈안이 되어 있습니다. 그렇지만 형제들이라 위험할 때는 돕는 법이지요. 그러니 위험하지 않게 되었을 때는 서로 헐뜯고 반란이 일어날 것입니다. 이에 차라리 여기에서 물러나 형주에 있는 유표를 치는 것입니다. 그러면 원씨 형제는 그 동안 서로 피를 흘리고 그 피로 피를 씻는 골육상잔(骨肉相殘)의 참극을 벌일 것입니다. 그때 급히 돌아와서 공격하면 쉽게 이들을 이길 수 있을 것입니다."

조조는 이에 동의하여 가후를 여양의 태수로 남기고, 관도는 조홍에게 맡기고는 자신은 형주로 향하였다.

형주를 치러 간 조조

원담과 원상은 조조가 스스로 물러났다는 보고를 받고 안도의 한숨을 내쉬었고 원희와 고간도 물러갔다. 그 무렵 어느 날 원담이 곽도와 신평을 불러 일렀다.

"나는 장자이면서도 선친의 뒤를 잇지 못하였고, 상은 계모의 소생이면서 엉뚱하게 후사를 잇게 되었으니 내 어찌 가만히 있을 수 있겠느냐?"

이에 곽도가 계책을 아뢰었다.

"그러면 성 밖에 병력을 주둔시켜놓고 그런 다음에 술잔치를 벌이겠다며 원상과 심배를 그 진지로 초대하십시오. 그리고 미리 복병을 숨겨놓고 기다리다가 어수선한 틈을 타 그들을 암살해버리면 어떻겠습니까?"

원담이 곽도의 말을 따르기로 결심하고 마침 그곳에 청주에서 별가(別駕:주의 장관 보좌관)의 벼슬로 있는 왕수(王修)가 찾아왔다. 원담은 그가 믿을 만한 사람이라 여기고 암살 계획을 말해보았더니 그가 한 마디로 반대하였다.

"형제는 양손과 같은 법입니다. 가령 남과 싸우는데 자신의 오른손을 잘라버리고 왼손으로만 싸워서 적을 무찌를 수 있겠습니까? 형제가 서로 의지하지 않고 누구에게 의지하려 하십니까? 눈앞의 이익을 추구하는 무리들의 골육을 이간질하는 말을 받아들여서는 절대로 안 됩니다."

원담은 이렇게 말하는 왕수를 도리어 꾸짖고는 멀리하였다. 그리고 계획대로 원상을 술잔치에 초대하였다. 그런데 원상 진영에서는 심배가 재빨리 그 속셈을 꿰뚫어보고 원상에게 살며시 알렸다.

"이것은 필시 곽도가 잔꾀를 부린 계략이오니 가셨다가는 위험에 빠지실 것입니다. 그러니 이 기회에 아예 역습으로 나가시는 것도 한 방도가 될 줄로 아옵니다."

원상이 이 진언에 따라 오만 병력을 대동하고 성을 나서니 원담도 계책이 간파된 사실을 알아차리고 역시 무력으로 대항하였다. 둘이 마주보고 서게 되자 원상이 먼저 욕설을 하니 원담도 되받아 매도하였다.

"네 놈이 아버지를 독살하여 그 지위를 빼앗더니 이제 와서 또 형을 죽이겠다는 속셈이냐?"

이리하여 두 형제가 맞붙어 싸웠으나 원담이 패배하고 말았다. 원상이 빗발치는 화살 속을 뚫고 원담의 뒤를 추격하니 그는 평원(平原)을 향해 도주하였다. 원상은 의기양양한 기세로 기주로 돌아가고 패주한 원담은 곽도와 모의하여 어떻게든 다시 한판 붙어보려고 선봉으로 잠벽(岑璧)을 보내어 공격하게 하였다. 이에 원상이 친히 성을 나와 잠벽을 상대하려고 하니 대장 여광이 그보다 먼저 앞질러 뛰어나가 몇 차례의 싸움 끝에 잠벽을 쓰러뜨려버렸다. 원담이 거듭된 패배로 평원을 향해 되돌아가는데 이번에는 심배가 원상에게 추격할 것을 적극 권유하자 평원까지 추격하였다. 원담은 더 이상 당해내지 못하고 평원 성으로 들어가 성문을 굳게 닫아버렸고, 원상은 이 성을 삼면으로 포위하였다. 성 안에 갇힌 원담이 곽도에게 진언을 구하니 그가 아뢰었다.

"성 안에는 지금 양식이 거의 떨어져가고 있는 반면 원상의 공격군은 기세가 등등하니 맞상대할 수는 없는 노릇입니다. 제 생각으로는 이제 여기서 투항의 사절을 조조에게 보내고 조조로 하여금 기주를 치게 하는 겁니다. 그러면 원상은 질겁해서 기주로 돌아갈 것이니 그때 습격하면 원상을 사로잡을 수도 있을 것입니다. 그리고 만약 조조가 원상을 친다면 그때는 원상의 군단을 우리가 수용해서 조조 군단과 싸우는 것입니다. 그때 조조 군은 멀리까지 싸우러 왔으니 군량미의 보급이 원활하지 못할 것이니 끝내는 철수하는 수밖에 다른 방도가 없을 것입니다. 아무튼 이렇게 해서 이 기북(冀北) 땅 일대를 근거지로 삼고 다스려 차츰차츰 세력을 넓혀가시는 것이 어떻겠습니까?"

원담이 물었다.

"그렇다면 사절로는 누가 적임자이겠는가?"

"신평의 아우로 신비(辛毗)라는 자가 있는데 자를 좌치(佐治)라고 합니다. 그는 지금 이 고장 평원의 영(슈:현의 지사) 벼슬을 지내고 있는데 이 사람의 말솜씨는 천하에 널리 알려져 있으니 그를 보내심이 타당한 줄 아옵니다."

이에 원담이 당장 신비를 불러들여 조조 앞으로 쓴 편지를 건 네주고 삼천 병력으로 하여금 그를 주의 경계까지 호송하도록 조처하였다.

조조에게 의지하는 원담

그 무렵 조조 군단은 서평에 주둔해 있으면서 유표를 토벌할 태세를 갖추고 있었다. 유표도 유비를 전위로 내세워 출전 준비 를 갖추고 있었지만 아직 본격적인 대결 상태는 벌어지지 않았 다. 이럴 때 신비가 조조의 군진을 찾아들어 원담의 편지를 내놓 으며 사정을 아뢰니 조조는 일단 그를 진중에 머물러 쉬도록 한 후 모사들을 모아놓고 대책을 강구하였다.

정욱이 간언하였다.

"원담은 원상의 공격에 심하게 패배하여 괴로운 나머지 항복하 려는 것이오니 이를 곧이곧대로 믿어서는 안 될 줄 압니다."

여건과 만총도 반대 의사를 나타내었다.

"모처럼 여기까지 원정 오셨는데 여기서 유표를 치는 것을 미 루고 원담을 도울 필요는 없다고 사료됩니다."

그러자 순유가 조심스럽게 아뢰었다.

"여러분의 의견은 옳지 않다고 봅니다. 제가 생각하기에는 천 하는 지금부터가 문제입니다. 유표가 강(江)과 한(漢) 사이에 머 무르고 앉아서 더 이상 진군하려 하지 않는 것은 천하를 평정할 의사가 지금은 없기 때문이라고 판단됩니다. 그러나 원씨 형제는 지금 네 주의 땅을 제압하여 수십만 병력을 거느리고 있는 상태 인데 여기서 두 형제가 화해하고 천하를 상대한다면 그때는 그 들은 함부로 볼 수 없는 세력으로 커지게 되고 맙니다. 지금은 집안 싸움으로 다급한 나머지 우리에게 의지해왔으니 이를 기화로 먼저 원상을 쓰러뜨리고 나서 나중에 형세의 변동을 살펴 원담을 토멸한다면 천하를 쉽게 평정할 수 있을 것입니다. 그러니 이런 좋은 기회를 어찌 두 눈 멀쩡히 뜨고 놓칠 수 있겠습니까?”

조조는 순유의 말에 수긍하고 나서 신비를 불러들여 연회를 베풀며 물었다.

“원담이 항복하려는 것이 과연 본심에서 우러나온 것인가, 아니면 임시방편으로 내세운 것인가? 그리고 원상의 군대가 그렇게 강한가?”

“승상께서는 원담이 항복해오는 것이 진심인지 거짓인지를 물으셨는데 그것은 문제시할 필요가 없습니다. 먼저 대세를 살펴보십시오. 원담은 해마다 싸움에 나가 지기만 하여 군사들이 모두 피폐해 있고 안으로는 모신들이 서로 죽고 죽이는가 하면 형제의 귀에는 남을 헐뜯는 말밖에는 들어가지 않고 있습니다. 다시 말해 나라가 둘로 쪼개어져 있는데다가 가뭄도 심하게 들어 인재에 천재까지 겹쳐 있는 상태입니다. 원씨 일가가 곧 무너져버릴 것이라는 것은 무식한 자들의 눈에도 명명백백하게 비추어지는 상황이란 말씀입니다. 필경 하늘이 원씨 일가를 망하게 하려는 뜻입니다. 이런 상황 아래 승상께서 원상의 근거지인 기주를 치시면 원상은 근거지를 잃을까봐 그곳으로 원군을 보낼 것이고 그렇게 되면 원담이 배후 공격을 할지도 모르게 됩니다. 그때 승상이 군사를 이끌고 피로에 지친 원상의 군사들을 공격하신다면 강한 바람이 마른 나뭇잎을 휩쓸듯이 일시에 그들을 제거할 수 있을 것입니다. 그런데 만약 그렇게 하지 않고 형주를 이 상태로 정벌하신다면 형주는 평화롭고 물자가 풍부하여 백성들이 편안히 잘 살고 있는 실정이니 손쉽게 어찌할 수도 없게 되어 버립니다. 하물며 오늘날의 형세는 하북에 초점이 맞추어져 있으니 하북만 평정하시면 패업(霸業)을 쉽게 이룰 수 있으리라 여겨집니다. 그러니 부디 심사숙고하시기 바랍니다.”

조조가 신비의 달변에 탄복하여 칭찬하였다.

“내 어찌 자네를 좀더 빨리 만나지 못하였던고!”

그는 그날 안으로 군사를 기주로 진격하였고, 유비는 조조가 꾀를 부린다고 생각하였으므로 그를 추격하지 않고 그길로 형주로 돌아갔다.

각자의 계략

조조가 군사를 이끌고 황하를 건넌다는 소문을 전해 들은 원상은 기주로 돌아가면서 여광과 여상 형제에게 후위를 맡겼다. 이에 원담은 평원의 군사를 이끌고 원상을 뒤쫓았는데 그렇게 수십 리 길을 가다가 갑자기 화포가 터지면서 왼쪽에서는 여광이, 오른쪽에서는 여상이 뛰어나와 원담의 앞을 가로막았다.

원담이 말고삐를 당겨 멈추어 서며 그들에게 호통을 쳤다.

“선친이 살아계시는 동안 내가 자네들을 냉담하게 대한 기억이 없는데 왜 이제와서 아우 원상 편에 가담하여 나에게 칼을 들이대는 것인가?”

이 말에 여광·여상 형제는 말에서 내려 원담에게 항복하였다. 그러자 원담이 그들에게 말했다.

“나에게 항복하지 말고 조 승상께 투항하도록 하라!”

이윽고 조조 군이 도착하자 원담은 그 두 장수를 데리고 조조 앞으로 나갔고 조조는 매우 기뻐하며 자기 딸을 원담에게 시집 보내어 정략결혼을 시키겠다고 말하고, 여씨 형제는 모사로 삼겠다고 했다. 원담이 조조에게 기주를 공격해 달라고 청하니 조조가 고개를 저으며 말하였다.

“아닐세. 지금은 군량미가 제대로 보급되지 않는 상태이니 공격하는 것은 무리네. 내 계획으로는 기수(淇水)의 물을 막아 백구(白溝)로 보내어 수로를 먼저 마련한 뒤에 진군하는 것이 좋을 듯싶네."

그러고는 일단 원담을 평원으로 돌려보내고 조조 자신도 여양으로 물러가 여광과 여상을 열후(列侯)로 봉하여 군무에 종사하도록 하였다.

평원으로 돌아간 원담에게 곽도가 조심스럽게 아뢰었다.

"조조가 주공을 사위로 삼겠다고 한 말은 무슨 속셈이 있어서 한 말인 줄로 아옵니다. 그리고 이번에 여광 형제를 열후로 명하여 군무에 종사하도록 한 것도 하북 백성들의 인심을 얻으려는 수작에서 한 것이 분명합니다. 이런 속임수들은 장차 우리에게 큰 화근이 될 것이니 주공께서는 몰래 장군의 인장을 두 개 만들어 여씨 형제에게 은밀히 전해주어 조조가 원상을 격파했을 때 대응하도록 하십시오. 그러면 조조를 쉽게 타도할 수 있을 것입니다."

원담은 곽도의 제안에 따라 인장을 두 개 파도록 명하여 여씨 형제에게 보내었는데 그들은 그 인장을 받자마자 그 길로 조조에게 이실직고하며 보여주었다.

조조는 크게 웃음을 터뜨리며 말하였다.

"원담이 이렇게 대장인을 파게 한 것은 내가 원상을 공격할 때 너희들에게 대응케 하여 나를 공격하려는 수작이다. 일단 그것은 그대로 가지고 있게. 나에게는 나대로의 생각이 있네."

조조는 이때 속으로 원담을 그대로 살려둘 수는 없다는 결심을 굳혔다.

한편 원상은 심배와 상의하였다.

"조조 군은 지금 군량미의 수송을 수로에 의지하고자 백구에 배를 대기시키고 기주를 공격할 속셈인데 어떻게 대책을 세우는 것이 좋겠는가?”

이에 심배가 아뢰었다.

“먼저 격문을 무안(武安)의 윤해(尹楷)에게 보내어 모성(毛城)까지 출병시켜서 상당(上黨)에서 이곳까지의 식량보급로를 확보하십시오. 그리고 저수의 아들 저곡(沮鵠)으로 하여금 한단(邯鄲)을 방비케 하여 후위를 지키게 하시고 주공께서는 평원으로 출병하여 재빨리 원담을 공격하십시오. 그러고 나서 조조를 치시는 것이 옳은 일이라 여겨집니다.”

이에 원상은 심배와 진림을 기주에 남기기로 하고 마연(馬延)과 장의(張顗)를 전위로 내세워 군사를 이끌고 평원으로 공격해 갔다.

한편 원상이 공격해온다는 소식을 들은 원담이 이 사태를 조조에게 알리자 조조가 중얼거렸다.

“이로써 기주는 내 손에 들어왔구나.”

이때 허도에서 허유가 왔는데 원상이 원담을 치러 온다는 말을 듣고 조조를 만나 아뢰었다.

“이렇게 꼼짝 안 하고 계심은 설마 원담과 원상이 벼락이라도 맞아 죽기를 기다리시는 것은 아니실 텐데요.”

조조가 웃으며 대꾸하였다.

“작전은 이미 다 준비되어 있네.”

조조는 먼저 조홍으로 하여금 기주를 공격케 하고, 자신도 군사를 이끌고 윤해(尹楷)를 공격하였다. 윤해는 친히 진두에 서 있었으나 조조가 눈 하나 깜짝하지 않고 소리쳤다.

“허저는 어디 있느냐?”

그러자 허저가 당당한 기세로 앞으로 나와 말을 달려왔다. 윤해는 허저의 상대가 되지 못하고 눈깜짝할 사이에 쓰러져 그의 군사들은 순식간에 와해되었다. 조조는 윤해의 군사들을 자기 부

대에 투항시키고 한단을 향하여 돌격하라고 명하였다. 이에 한단
에서는 저곡이 군사를 이끌고 대응하니 조조의 장수 장료가 맞
서 싸웠다. 그러나 저곡도 장료의 상대가 되지 못하였으므로 몇
차례를 싸우다가 이내 도망쳐버렸다. 장료가 이를 놓칠세라 끝까
지 뒤쫓더니 마침내 그를 따라잡아 저곡을 향해 재빨리 활을 겨
누어 쏘았다. 이에 활시위가 울리고 화살이 날아가더니 저곡이
말에서 떨어지며 목숨을 잃었다.

땅굴 침투를 저지시킨 심배

이리하여 조조는 엄청난 대군을 거느리고 기주로 향하였다. 조
홍이 맨 먼저 성 앞에 이르니 조조가 전군에게 명하여 성의 둘
레에 흙을 쌓아 산을 만들라고 명하고, 그와 동시에 땅굴을 파서
공격하라고 명하였다. 기주성을 지키고 있던 심배는 방어에 전심
전력하고 있었는데 동문의 수장(守將)인 풍례(馮禮)가 술에 취해
순찰을 게을리한다는 보고를 받고 그를 잡아다가 엄하게 문초하
였다. 이에 풍례는 원한을 품고 성을 몰래 빠져나와 조조에게 투
항하였다.

조조가 그에게 성을 함락시킬 방안을 물으니 풍례가 순순히
대답하였다.

"출격할 때 사용하는 돌문(突門:출격용 출구) 안쪽은 흙이 무르
니 그곳에서부터 굴을 파면 성 안으로 들어갈 수 있을 것입니다."

이에 조조는 풍례에게 명하여 삼백 명의 장사를 데리고 어둠
을 틈타 돌문 쪽으로 가서 땅굴을 파도록 명하였다. 그런데 풍례
가 달아난 뒤로, 심배는 밤마다 몸소 성벽에 올라 성을 점검하였
는데 이날 밤도 역시 돌문 위의 누각에 서서 사방을 살피고 있
으려니 성 밖 조조의 진지에 불빛이 안 보였다.

'풍례 놈이 이곳으로 적을 끌어들였구나.'

이렇게 생각한 심배가 급히 군사들을 동원하여 돌을 날라다가 돌문의 어귀를 틀어막아 버리니 땅굴을 파오던 풍례와 삼백 명의 장사들은 산 채로 그 안에 갇혀 질식사해버렸다. 조조는 땅굴을 파는 계획을 포기하고 원수(洹水)의 강변 가까이까지 군단을 후퇴시켜 원상이 돌아오기를 기다리기로 하였다.

기주성을 사수하는 심배

평원을 공략하러 나갔던 원상은 조조가 윤해와 저곡을 물리치고 기주를 포위했다는 보고를 받고 그곳으로 돌아가려 하니 휘하의 장수 마연(馬延)이 건의하였다.

"큰길에는 필시 적의 복병들이 있을 것이니 차라리 서산에서 부수(滏水)의 어귀로 우회해서 적진에 돌진하시면 조조의 포위망을 뚫을 수 있을 것입니다."

원상은 이 건의를 받아들여 대군을 이끌고 진군하며 마연과 장의에게 후위를 수비하도록 하였다. 그러나 원상 군의 이같은 동태는 첩자들에 의해 재빨리 조조에게 전달되었다.

"그놈이 큰길로 온다면 그대로 통과시키려고 했는데 서산의 샛길로 온다니! 이는 필시 나를 두려워하는 것이 분명하니 일전을 벌여 꼼짝 못 하게 해야겠다. 원상은 분명히 불을 피워 성 안으로 신호를 보낼 것이니 그때 군대를 나누어 각자 공격하도록 하여라."

조조는 계획에 따라 곧바로 군사들을 재배치하였다.

이 때 원상은 부수의 어귀로부터 동쪽 양평으로 나가 양평정(陽平亭)에 주둔하였는데 기주까지는 십칠 리가 남아 있는 상태였고, 한쪽으로는 부수가 흐르고 있었다.

원상은 장작과 짚더미를 모으게 하고는 해가 지기를 기다려 불을 지피게 하여 심배가 지키는 성 안으로 자신들이 도착했음을 신호로 보내게 하였다. 그리고 그와 동시에 주부 이부(李孚)를 조조 군의 아래까지 가도록 하였다.

이부가 성 앞에 도착하여 문을 열라고 소리치니 성 안에 있던 심배가 이부의 목소리를 알아차리고 얼른 성문을 열어주었다.

안으로 들어온 이부가 심배에게 알렸다.

"원상께서는 지금 양평정에 주둔하며 공의 연락을 기다리고 계시니 봉화를 올려서 이쪽의 출격을 알려주시기 바라오."

이에 심배는 성 안에 마른 풀을 쌓아올리고 불을 질러 봉화를 올렸다. 이부가 다시 제안하였다.

"성 안에는 지금 양곡이 부족하니 노약자와 아녀자들을 성 밖으로 내보내 투항시켜 적들이 방심하게 하십시오. 그런 다음 틈을 타서 공격해나가는 것이 어떻겠소?"

그 이튿날 성벽에 백기가 꽂혔는데 그 기에는 '기주 주민 항복'이라고 씌어 있었다.

이를 본 조조가 말하였다.

"지금 성 안에는 양식이 모자라 일부러 노약자와 아녀자를 투항시키려 하는 것이니 분명히 그들의 뒤를 따라 군사들이 뛰어나올 것이다."

조조는 장료와 서황에게 각기 삼천 병력을 주어 성문 좌우에 매복시켜놓고 자신은 승상의 표시인 비단 양산을 세우고 성 아래로 나갔다. 이에 성문이 열리고 노약자와 아녀자들이 손에 백기를 흔들며 연이어 나왔다. 과연 그들이 다 나올 무렵 뒤따라서 성 안의 수비병들이 일시에 뛰어나왔다.

순간 조조는 붉은 기를 흔들게 하니 좌우에서 매복해 있던 장료와 서황이 뛰어나왔다.

결국 기주의 수비병들은 칼 한 번 제대로 써보지도 못하고 물러서는 수밖에 없었다.

그때 조조가 말을 달려 그들의 뒤를 쫓아가더니 조교까지 다가섰다. 그런데 그때 느닷없이 소낙비가 퍼붓듯이 수천 개의 화살이 날아왔는데 그 중의 하나가 조조의 투구를 꿰뚫었다. 다행히 휘하 군졸들이 급히 달려가 조조를 구하여 가까스로 군진으로 돌아왔다. 조조는 투구와 옷을 갈아입고 말도 다른 것으로 바꾸어 타고는 방향을 돌려 원상의 진영으로 공격을 가하였다.

달아나는 원상

원상 진영에서는 원상 자신이 직접 조조와 맞서고, 그 외에 여러 부대가 일시에 쇄도하였으므로 일대 혼전이 벌어졌으나 원상군이 무참히 패배하였다. 그리하여 양평정에서 서산까지 퇴각한 후에 전령을 보내어 마연과 장의에게 구원을 요청하였다. 그런데 조조는 이미 여광·여상 두 장수를 시켜 마연과 장의 두 장수를 설득하여 열후로 봉해준 뒤였다. 조조는 서산으로 진격하기 전에 먼저 여씨 형제와 마연·장의·장수를 내보내어 원상의 식량보급로를 끊어놓았던 것이다.

원상은 이 같은 실정을 파악하고는 도저히 더 이상 서산을 지킬 수 없다고 단념하고 한밤중에 남구로 도주하여 새롭게 진을 치려 하였다. 그러나 얼마 지나지 않아서 주변 일대가 별안간 불빛으로 환해졌는가 싶더니 여기저기서 함성이 울리며 일제히 복병들이 들고 일어났다. 이는 눈깜짝할 사이에 일어난 일이었다. 원상의 군단은 정신없이 오십 리쯤을 달아나기는 하였지만 더이상은 이러지도 못하고 저러지도 못할 지경이 되었다. 그래서 원상은 할 수 없이 여주의 자사 음기(陰夔)를 조조의 진영에 사자로 보내어 투항을 청원하였다. 이에 조조는 거짓으로 이를 허락하는 체하고는 즉시 장료와 서황을 시켜 몰래 뒤쫓게 하여 공격하니 원상은 대장군의 인수(印綬)와 절월(節鉞)을 비롯한 일체의 군수품을 내버리고 간단한 갑옷만 걸친 채 중산을 향해 도망쳐버렸다.

장하의 강물을 이용한 조조

조조는 더 이상 그를 추격하지 않고 다시 기주를 공략하기 시작하였다. 허유가 계책을 아뢰었다.

"왜 장하(漳河)의 강물을 이용하지 않으십니까?"

이에 조조는 즉시 군사를 기주성 둘레로 내보내어 그곳에 사십 리 길이의 도랑을 파게 하였다. 심배는 성벽 위에서 이 도랑을 눈여겨 보고 너무 얕게 팠다고 생각하고 회심의 미소를 지었다.

"장하의 물길을 이용하여 공격하려는 속셈이지만 저렇게 도랑을 얕게 파서 깊은 장하의 물길을 어떻게 다스리려고 그런 어리석은 짓을 하는 것일까?"

심배는 이렇게 대수롭지 않게 여겼다. 그런데 그날 밤에 조조는 군사들을 총동원시켜 그 도랑을 더 파도록 명하여 날이 샐 무렵에는 깊이가 이십 척이나 되는 도랑으로 변해 있었다. 이윽고 장하의 강물을 도랑이 아닌 개천으로 끌어들이고 그 물줄기를 성 안으로 흘려보내니 성 안은 눈깜짝할 사이에 대여섯 자 깊이의 물바다로 변해버렸다. 게다가 식량이 부족하였기 때문에 군사들은 굶어 죽을 지경에 이르게 되었다. 그럴 때 신비가 성 밖에 나타나 창 끝에 원상의 인수와 옷가지 등을 걸어놓고 흔들어대었는데 이는 성 안의 장졸들에게 어서 투항하라는 권고였다.

이 모습을 본 심배는 화가 치밀어 즉시 신비의 집안 가솔 여든 명의 목을 베어 그 머리를 성 밖으로 던져버리니 신비는 그 목들을 보며 방성통곡하였다.

심배에게는 심영(審榮)이라는 조카가 한 명 있었는데 신비와는 매우 가까이 지내온 사이라 신비의 가족들을 잔인하게 죽인 장면을 목격하고 그의 처지를 동정하여 성문을 열어 투항하겠다는 밀서를 써서 화살에 묶어 날려보내었다.

조조 군진의 병사들이 그것을 주워 신비에게 가져가니 신비는 그것을 다시 조조에게 올렸다. 이에 조조는 군령을 내렸다.

"기주에 입성하여 원씨 일문의 어느 누구도 함부로 죽여서는 안 되고 또 저항하지 않는 군사들과 백성들은 살려주도록 하여라."

이튿날 새벽 심영은 성 안의 서문을 열어 조조 군사들을 맞아들이니 신비가 맨 먼저 말을 달려 입성하고 장졸들이 그 뒤를 따랐다.

심배의 충정

이때 심배는 동남쪽의 망루에 올라가 있었는데 조조 군이 입성하는 것을 보고 급히 내려와 군사들을 거느리고 달려가 죽기를 무릅쓰고 조조 군과 대항하였다. 그러나 서황이 달려와서 순식간에 그를 사로잡아 밧줄로 몸을 동여매고 성 밖으로 끌고 나왔다.

그렇게 끌려나오는 도중에 신비와 마주쳤는데 신비는 분노가 치밀어올라 채찍을 들어 몇 대 때리고는 심배에게 소리쳤다.

"내 가족을 모두 죽인 백정 놈아! 오늘은 네 놈이 죽을 차례다."

그러나 심배도 잠자코 있지는 않았다.

"이 역적 놈아! 너 같은 배반자를 죽이지 못하고 가는 것이 한스러울 뿐이다."

서황이 심배를 조조 앞에 끌고가니 조조가 시치미를 떼고 물었다.

"그대는 성문을 열어 우리를 맞이한 자가 누구였는지 알고 있는가?"

"모른다."

"그렇다면 내가 말해주겠다. 바로 자네의 조카 심영(審榮)이 그렇게 했다."

이에 심배가 신음 소리를 내며 중얼거렸다.

"고약한 놈! 어린 놈이 그런 어리석고 경박한 짓을 하다니!"

조조가 거듭 물었다.

"어제 내가 성벽 아래까지 갔을 때 어떻게 그렇게 많은 화살을 준비해서 쏘았느냐?"

"화살이 적었던 것이 한스러울 뿐이다."

"자네는 원씨의 신하로 이렇게밖에 할 수 없었을 것이니 어떤가, 여기서 내게 항복할 생각은 없는가?"

"거절하겠다."

심배가 일언지하에 뿌리치니 신비가 이마를 땅에 대고 울면서 말했다.

"저의 가족 여든 명 남짓한 가솔들이 이놈의 손에 참살되었으니 부디 저로 하여금 원수를 갚게 하여 주십시오."

심배가 물러서지 않고 소리쳤다.

"살든지 죽든지 나는 원씨의 가신이다. 네 놈처럼 역적에 붙어 아첨하는 자는 아니니 어서 베어 죽여라!"

조조는 하는 수 없이 그를 처형장으로 보내니 도부수(刀斧手)가 남쪽으로 목을 향하게 하고 내리치려 하자 심배가 그를 질타하였다.

"내 주인은 지금 북쪽에 계시는데 내 어찌 남쪽을 향해 죽겠느냐?"

심배는 북쪽으로 몸을 돌려 의연하게 칼을 받았다.

심배가 죽자 조조는 그의 뜻을 가상히 여겨 성북의 교외에 묻어주었다. 장수들이 조조에게 입성을 청하여 조조가 입성하려 하는데 칼을 뽑아든 군졸들이 적의 포로 한 명을 끌고 왔다. 그는 진림이라는 자였는데 조조가 그에게 말을 건넸다.

"자네는 예전에 원소의 부탁으로 격문을 썼을 때 나를 혹독하게 악평하고 욕하였다. 허나 그것까지는 내가 용서할 수 있지만 그때 내 부친과 조부까지 신랄하게 모욕한 것은 무슨 까닭이었느냐?"

진림이 대답하였다.

"멈추어도 멈추어지지 않는 붓대의 기세 탓이었습니다."

측근들이 그를 당장 처형하라고 권하였으나 조조는 그의 재능을 아까워하여 죽이지 않고 종사의 벼슬까지 내려주었다.

이때 조조의 장남 조비(曹丕)는 자를 자환(子桓)이라 하였으며 열여덟 나이의 젊은이였다. 전하는 바에 따르면 조비가 태어날 때 연노랑 빛깔의 이상하고 신비스러운 안개가 내렸는데 그것은 수레의 지붕 같은 생김새를 이루며 산실을 덮어씌운 채 온종일 스러지지 않았다고 한다.

이를 본 음양가가 조조에게 남모르게 소근거렸다.

"이 안개는 황제가 태어날 징표입니다. 아드님은 존귀하기 이를 데 없는 분이 되실 것입니다."

조비는 여덟 살에 문장을 쓸 줄 알았으며, 명석한 두뇌를 가졌다. 그리고 말타기, 활쏘기에도 능하였으며 특히 격검(擊劍)을 매우 즐겨하였다.

조조가 기주를 공략했을 때도 조비가 함께 출전하였는데 그가 앞장서서 호위대를 이끌고 원소의 집을 덮쳤다. 그가 말에서 내려 칼을 빼어들고 안으로 들어가려 하는데 경비병이 가로막으며 아뢰었다.

"승상의 명입니다. 어느 누구도 이곳에 들이지 말라고 하셨습니다."

그러나 조비가 그를 호통쳐 물리치고는 칼을 든 채 안사랑으로 뛰어들어갔더니 거기에는 두 부인이 서로 부둥켜안고 울고 있었다. 조비는 두말 없이 두 사람을 죽이려 들었다.

이는 정녕 사대째 이어진 현귀(顯貴:지위가 드러나게 높고 귀함)의 꿈이 깨지고 이제 흉신(凶神)이 눈앞에 나타나는 긴박한 상태였던 것이다.

제 33 회 곽가의 유서로 도움받은 조조

조비승난납견씨　　곽가유계정요동
曹丕乘亂納甄氏　　郭嘉遺計定遼東

조비는 난리통에 견씨를 아내로 삼고
곽가는 요동을 정벌할 계책을 유언으로 남기다

기주 목사가 된 조조

울고 있는 두 여인을 막 베어 버리려는 순간, 조비의 눈에 빛이 나더니 슬그머니 칼을 내리고 그들에게 물었다.
"너희들은 누구냐?"
그 가운데 한 여인이 답하였다.
"원소 장군의 아내 유씨라 하옵니다."
조비가 다른 여인을 가리키며 물었다.
"저 여자는 누구냐?"

이에 유씨가 대답하였다.

"이 애는 둘째 아들 원희의 배필로 견씨(甄氏)라 하옵니다. 원희는 지금 유주에 가 있사오나 이 아이가 먼길을 떠나기 싫다 하여 이곳에 머무르고 있었습니다."

조비가 견씨를 끌어당겨 자세히 쳐다보니 머리는 헝클어져 있고 얼굴은 일부러 더러워 보이도록 검은 칠을 하고 있었다. 조비가 옷소매로 그녀의 얼굴을 닦아내고 다시 자세히 들여다보니 옥과 같은 살갗에 얼굴은 꽃처럼 아름다워 남자들을 사로잡을 만한 경국지색(傾國之色)*이었다.

조비가 유씨에게 말하였다.

"나는 조 승상의 아들인데 당신들을 살려드릴 테니 염려 놓으시오."

조비는 칼을 거두고 방 안에 떡 버티고 앉았다.

한편 조조는 장수들과 더불어 기주성으로 달려가 성문을 통과하려는데 허유가 말을 달려오더니 성문을 채찍으로 가리키며 소리쳤다.

"아만(阿瞞:조조의 어릴 때 이름)아! 너는 내가 없었다면 도저히 이 문을 통과할 수 없었을 것이다."

이 말에 조조는 껄껄 웃으며 허유를 반겨 맞이하였다. 그런 광경을 지켜본 주위의 여러 장수들은 허유의 오만방자한 모습을 보고 여기저기서 불평들을 해댔다. 원소의 저택에 이른 조조가 수문장에게 물었다.

"누구 들어간 사람은 없었느냐?"

이에 수문장이 조심스럽게 대답하였다.

---

*경국지색(傾國之色):나라 안에 으뜸가는 미인. 임금이 혹하여 나라가 뒤집혀도 모를 만큼 뛰어나게 예쁜 미인이라는 뜻. 한서(漢書)에 '일고경인성 재고경인국(一顧傾人城 再顧傾人國)'이라 하였다.

"아드님께서 안으로 들어가셨는데요."

조조는 조비를 불러다놓고 꾸짖었다. 그때 원소의 아내 유씨가 뛰어나오며 말하였다.

"도련님께서 이곳으로 왕림하지 않으셨다면 저희들은 무사하지 못했을 것입니다. 이제 며느리 견씨를 아드님께 바칠 테니 며느리로 삼아주십시오."

조조가 견씨를 불러내어 만나보니 과연 보기 드문 미녀였다.

"좋다. 과연 잘 어울리는 한 쌍이다."

조조는 견씨를 자신의 며느리로 인정하였다.

조조는 기주가 평온을 되찾자 원소의 무덤을 찾아가 제물을 바치고 참배를 하였다. 그는 슬픈 표정을 지으며 수행원들을 향해 말을 꺼냈다.

"지난날 나와 원공이 함께 군사를 일으키던 시절의 일이다. 하루는 원공이 나에게 묻기를, '이번에 만약 패하게 되면 어느 곳에다가 거점을 세우겠는가?'라고 했네. 그래서 내가 '자네는 어느 곳에다 두겠는가?' 하고 물었더니 그가 대답하기를 '나는 하북 지방을 거점으로 삼으려고 하네. 그곳에서 연(燕)과 대(代)와 사막에서부터 나오는 침입자들을 막고 남쪽으로 향하여 세력을 확장시킨다면 천하가 내 손 안에 들어올 것이라 믿네'라고 하였네. 그래서 나는 이렇게 말하였네. '나는 천하의 지모가 뛰어난 선비들과 용맹스런 장수들을 모아 도의로써 그들을 설득하여 휘하에 둔다면 천하를 내 것으로 만들 수 있지 않겠나? 그러니 거점은 어디에 두든지 상관없다네' 이런 대화를 나눈 것이 엊그제 일 같은데 이미 원공은 이승에 없는 고인이 되었으니 내 어찌 슬프지 않겠는가?"

듣는 이 모두가 이 말에 감동하여 할 말을 잃었다. 조조는 이미 고인이 된 원소의 미망인 유씨에게 금은보화와 양곡을 보내주고 또 법령을 내려 하북의 백성들은 전란으로 농사 짓는 일에 어려움을 당하였으니 올해는 세금을 면제한다고 알렸다. 그리고 조조는 조정에 기주가 함락된 사실을 알리고 자신이 기주 목사를 겸해 그곳을 다스리기로 하였다.

그러던 어느 날 허저가 동문으로 들어오다가 우연히 허유와 마주쳤는데 허유가 허저를 나무랐다.

“너는 내가 아니었다면 감히 이 문을 지나지도 못했을 것이다.”

허저도 지지 않고 맞섰다.

“뭐라고? 천신만고 끝에 우리가 목숨을 걸고 간신히 함락시킨 성인데 네 놈이 무슨 소리를 지껄이는 것이냐?”

허유도 욕설을 퍼부었다.

“필부에 지나지 않는 별볼일 없는 네 놈들이 어찌 도리를 알겠느냐?”

허저는 더 이상 참을 수가 없어 칼을 빼서 그대로 허유의 목을 내리쳤다. 그러고는 그 목을 들어 조조 앞으로 가지고 가서 그를 죽이게 된 경위를 설명하였다.

조조는 허저를 심하게 꾸짖었다.

“허유는 내 옛 벗이었는데, 그가 농담 삼아 한 말을 가지고 죽이기까지 하다니!”

조조는 허유를 정중히 장사 지내라고 명하였다.

이어서 조조는 사람들을 기주 곳곳에 파견하여 어질고 지혜로운 인물을 찾아보도록 명하였다.

“청하(淸河)의 동무성(東武城) 출신으로 기도위(騎都尉:기병연대장) 최염(崔琰)이라는 자가 있습니다. 그는 자를 계규(季珪)라 하는데 예전에 자주 원소를 찾아가 충고를 하기도 했으나 받아들여지지 않아서 지금은 신병을 치료한다는 핑계로 은거하고 있습니다.”

기주 사람들이 이렇게 알리자 조조는 최염을 불러 기주의 별가종사(別駕從事)라는 지위를 주어 의견을 나누어 보았다.

"어제 기주의 호적을 조사해보았더니 인구가 삼십만이나 되는 큰 주였네."

이에 최염이 정색을 하며 답하였다.

"지금 천하는 혼돈이 극도에 이르렀습니다. 기주의 백성들은 원씨 형제의 싸움으로 수없이 많이 죽어갔습니다. 그런데 승상께서는 그와 같은 사정을 들어 백성들을 구하기는커녕 호적 조사나 하고 계시니 그것을 기주 백성들이 알게 되면 그 원성을 어찌 감당하시려고 그러십니까?"

조조는 즉시 자기의 실언을 사과하고 최염을 상객으로 모셨다.

원담의 죽음

조조는 사람을 보내어 원담의 근황을 알아보도록 하였다. 이당시 원담은 자기 휘하 부대를 이끌고 감릉·안평·발해·하간 등지에서 약탈을 일삼고 있다가 원상이 싸움에 패하여 중산으로 달아났다는 소식을 듣고 그곳을 치러 갔다. 그러나 원상은 이미 유주의 원희에게 가서 투항하여 그에게 의지하고 있었다. 원담은 원상이 남기고 간 병력을 고스란히 제것으로 하고 기주를 탈환할 궁리를 하였다. 조조가 사람을 보내어 오라고 하였으나 원담은 이에 응하지 않았다.

마침내 조조는 크게 노하여 편지로 자기 딸과의 약혼을 파기하겠다고 알리고 스스로 대군을 이끌고 토벌하러 나섰다. 원담은 조조가 친히 쳐들어온다는 소식을 듣고 형주의 유표에게 구원을 청해왔다. 유표가 이 일을 유비에게 알리고 자문을 구하니 유비가 나서서 아뢰었다.

"조조는 기주를 손에 넣었기 때문에 기세가 대단히 올라 있을 것입니다. 원씨 형제는 조만간에 그의 손에 잡힐 것이 뻔하니 지금 그를 돕는다는 것은 아무런 이익이 없을 듯합니다. 더군다나 조조는 이곳 형주를 호시탐탐 노리고 있는 상황인데 어찌 군비를 소홀히 할 수 있겠습니까? 이럴 때일수록 군사를 섣불리 움직여서는 안 됩니다."

"그럼 어떤 방법으로 거절해야 하겠소?"

"원씨 형제에게 서신으로 화해를 권고하시어 원만히 거절하시는 겁니다."

이에 유표는 원담에게 다음과 같은 편지를 썼다.

아무리 난을 피하기 위해서라 할지라도 원수의 진영에는 가는 것이 아니라 하오. 그런데 공은 일전에 조조 앞에 무릎을 꿇었다 하니 이는 부친의 원한을 잊은 행위가 아닐 수 없소. 골육의 의를 버리고 조조와 동맹을 맺은 것은 형제 사이에 수치를 남길 뿐이오. 설사 기주에 있는 원상이 아우다운 몸가짐을 하지 못했더라도 일단은 참고 사태의 안정을 기다리고 서로 도왔어야 했소. 그리고 나서 잘잘못을 천하에 묻는 것이 올바른 길이 아닐까 생각하오.

또 원상에게도 다음과 같은 편지를 썼다.

공께서는 천성이 급하고 지나칠 만큼 난폭하여 옳고 그름을 가리는 일에 어둡다고 여겨지오. 공께서는 의당 조조를 쓰러뜨려 먼저 부친의 원한을 풀어드린 후에 각자의 시비곡직을 가리는 것이 순서요, 도리일 텐데 그렇게 하지를 못하였소. 만약 이렇게 하고도 여전히 공격을 망설였다가는 사냥개와 토끼가 서로 죽고 살기로 싸운 끝에 결국에는 농부가 득을 보게 되었다는 옛 일화를 답습하지는 않을까 걱정이 되오.

원담은 유표가 보낸 편지를 받고 구원병을 보내줄 의사가 없음을 알아차렸다. 또 자기 혼자 힘으로는 조조를 이길 수가 없다는 것도 분명히 깨달았으므로 평원을 등지고 남피(南皮)의 성으로 들어가 몸을 숨겼다.

조조는 남피까지 그를 추격하였지만 때마침 혹한의 겨울이라 강물이 얼어붙어 군량을 수송하는 배를 띄울 수가 없었다. 이에 조조는 그 지방 백성들로 하여금 얼음을 깨고 배를 끌도록 하였으나 이 소식을 듣고 농부들이 달아나자 조조는 성을 내며 잡는 즉시 처형하라는 명을 내렸다. 이에 도망치려던 농부들이 겁을 먹고 달려와 자수했다.

조조가 그들에게 말하였다.

"내가 너희들을 여기서 죽이지 않으면 내 명령이 헛된 것이 되고 말 것이며, 그렇다고 자수한 너희들을 마냥 죽이자니 차마 못할 짓이니 너희들은 빨리 산 속으로 몸을 숨겨 내 군사들의 눈에 띄지 않도록 조심하여라."

이 말에 농부들은 눈물을 흘리며 감사를 표하고는 산 속으로 피신하였다.

원담이 얼마 뒤에 성 밖으로 나와 조조의 군사와 마주쳤다.

그러자 조조가 앞으로 나서며 호통을 쳤다.

"내가 너를 그토록 친절하게 대접하였건만 무엇이 모자라 나를 등졌느냐?"

원담이 지지 않고 대꾸하였다.

"내 영토를 침범하여 내 성을 빼앗고 우리 가족들을 빼앗은 주제에 어찌 그런 뻔뻔스러운 말을 내게 하느냐?"

조조가 버럭 성을 내며 서황(徐晃)에게 나가서 싸우라고 명하였다. 원담도 팽안(彭安)을 내보냈다. 두 장수는 몇 차례를 팽팽히 맞서 싸웠지만 이내 서황의 칼에 팽안이 두 동강 나버렸다. 원담 군은 진영이 무너지며 남피성으로 도주하기 시작했고, 뒤따라간 조조 군사는 성을 포위하였다. 진퇴양난에 빠진 원담은 신평(辛評)을 보내 다시 조조에게 항복할 뜻을 보내었다.

조조가 신평에게 말하였다.

"원담은 애숭이 같은 놈이라 이랬다저랬다 변덕이 심하니 믿을 수가 없다. 그러나 나는 자네의 아우 신비를 중용하고 있으니 자네도 우리 진영으로 오지 않겠는가?"

신평이 정색을 하며 답하였다.

"승상께서는 당치도 않은 말씀을 하고 계시옵니다. 저는 주인이 귀하게 되면 신하도 영화를 누리고 주인에게 우환이 생기면 신하도 욕을 당한다고 알고 있습니다. 저는 오래도록 원씨를 섬겨왔사온즉, 이제와서 배반할 생각은 없사옵니다."

조조는 신평의 굳은 결의가 담긴 얼굴을 보고 그를 달랠 길이 없다고 판단하고는 그대로 돌려보냈다. 신평은 원담에게 돌아가서 조조가 원담이 투항하겠다는 말을 믿지 않고 있다고 전하였다.

그러자 원담이 느닷없이 신평에게 욕설을 퍼부었다.

"네 아우 놈이 조조에게 빌붙어 있으니까 네 놈도 두 마음을 먹고 있구나."

신평은 이 말에 너무 기가 막힌 나머지 기절을 하였다. 원담이 쓰러진 신평을 당장 끌어내라고 하자 주위 사람들이 일으켜 세웠지만 그는 이미 이세상 사람이 아니었다. 원담은 크게 후회하였다.

곽도가 나서서 원담에게 아뢰었다.

"내일 백성들을 다그쳐 앞세워 보내고 군사들을 뒤따라 보내어 사력을 다해 결전을 벌이십시오."

원담은 그날 밤에 남피성의 백성들을 모두 동원하여 억지로 창과 칼을 들게 하였다. 날이 밝자 성문을 모두 열고 백성들을 앞세운 다음에 군사가 뒤따르도록 하여 일제히 조조의 진지로 쳐들어갔다. 적의 성채에 도착하자 조조 군도 맞서 나왔다. 혼전은 반나절이 지나도록 계속 되었으나 결판이 나지 않았다. 이곳저곳은 죽은 사람들의 시체로 발디딜 곳이 없었다. 조조는 이렇게 해서는 도저히 이길 수 없다고 판단하고는 말에서 내려 산위로 올라가 몸소 북을 치며 군사들을 독려하였다. 군사들이 그 북소리에 고무되어 죽을 힘을 다해 전투에 임하였다. 그러자 마침내 원담 군사들이 패하여 대오가 흐트러졌으며 백성들은 거의 다 죽음을 면치 못하고 나뒹굴었다. 이때 조홍이 적진에 뛰어들어 원담의 앞을 가로막고는 그와 결전을 벌이더니 이내 조홍의 칼에 원담은 쓰러지고 말았다.

원담의 죽음을 슬퍼한 왕수

원담이 죽자 곽도는 겁이 나서 성을 향하여 줄행랑을 쳤다. 멀리서 악진이 그의 뒷모습을 보고 활을 쏘자 화살에 맞은 곽도는 말에서 떨어져 참호 속으로 굴러떨어졌다. 마침내 조조가 남피에 입성해서 백성들을 위로하며 달래고 있으려니 한 떼의 부대가 달려왔다. 선두에 선 사람은 원희의 부하였던 초촉(焦觸)과 장남(張南) 두 장수였다. 조조가 이들을 맞이하자 두 장수는 모두 과(戈:끝이 쌍날의 칼로 된 창)를 버리고 갑옷을 벗어던지며 투항하러 왔다고 하였다. 조조는 이들을 열후(列侯)로 봉해주었다. 이어서 흑산(黑山)의 산적 장연(張燕)도 십만 병력의 부하를 이끌고 귀순

의 뜻을 알려왔다. 조조는 장연도 평북장군(平北將軍)으로 임명하였다.

조조는 원담의 잘린 목을 거두어 성의 북문 밖에 효시하고는 이 목을 보고 우는 자는 참형에 처하겠다고 엄명을 내렸다. 그런데 조조의 엄명에도 불구하고 흰 상복에 흰 관을 쓴 사나이 하나가 나타나 원담의 목 아래에서 걸음을 멈추고 눈물을 흘렸다. 병사들이 즉시 그를 잡아서 조조 앞으로 끌고 나갔다. 그는 청주에서 별가(別駕) 벼슬을 지낸 왕수(王修)라는 사람이었다. 그는 원담에게 바른 말을 간언했었으나 받아들여지지 않고 좌천되어서 쓸쓸히 보내고 있었는데 원담이 죽었다는 소식을 듣고 그를 조문하기 위해 찾아왔던 것이다.

조조가 그에게 물었다.

"너는 내가 내린 포고를 몰랐느냐?"

"알고 있었습니다."

"그러면 죽음을 각오하고 문상하러 왔단 말이냐?"

"저는 원담을 섬기던 몸입니다. 그런데 그가 죽었다는 소리를 듣고 장례를 치르지는 못할망정 문상조차 하지 않는다는 것은 결코 올바른 처사가 아닌 줄로 압니다. 또한 죽음이 두려워서 해야 할 일을 꺼리는 것 역시 용납할 수 없는 일입니다. 이에 원담의 시신을 거두어 장사 지내게 해주신다면 이 몸 기꺼이 죽겠사옵니다."

조조는 한탄하며 말하였다.

"하북 땅에는 어찌 그리 인물이 많은 것인가! 아깝도다. 원씨가 미처 이 인물들을 쓰지 못하고 죽인 격이 되었구나! 만약 그가 인재들을 제대로 등용해 썼다면 나는 하북 땅을 감히 넘보지 못하였을 것이다."

조조는 원담의 시신을 거두어 장사를 지내게 해주었고 왕수는

빈객으로 대접하여 사령중랑장(司令中郞將)으로 임명한 뒤에 물어
보았다.

"원상이 원희에게 의지하고 있는데 어떻게 하면 잡을 수 있겠
나?"

그러나 왕수는 대답하지 않았다. 조조는 과연 그가 충신이라고
새삼 감탄하고는 곽가에게 다시 질문하니 그가 대답하였다.

"투항해온 초촉과 장남을 보내어 공격해보라고 하는 것이 어떻
겠습니까?"

조조는 그의 진언에 따라서 초촉과 장남을 비롯하여 여광·여
상·마연·장의 등에게 출정을 명하여 세 방향에서 유주를 공격
하게 하였고 이전과 악진에게는 장연과 함께 병주를 공격하여
고간을 치도록 명하였다.

영주를 얻은 조조

원상과 원희는 조조의 군사가 쳐들어온다는 소식을 듣고 당해
낼 자신이 없어 밤중에 성을 버리고 요서(遼西:오환 즉, 몽골과 퉁
구스의 잡종이 사는 지역) 땅으로 달아났다. 유주의 자사 오환촉(烏
桓觸)은 주의 관원들을 소집해서 회의를 열었는데 원씨를 배반하
고 조조에게 투항하자고 결정을 내리고 손가락을 베어 피를 나
누어 마시는 것으로 서약을 하였다. 그리고 이렇게 선언하였다.

"조 승상은 당대의 영웅이시니 우리가 귀순하려 한다. 이에 반
대하는 놈은 모두 베어 죽이겠다."

그리고 차례차례로 피를 마시는데 별가(別駕) 한형(韓珩)의 차
례가 되었을 때 그가 느닷없이 칼을 땅바닥에 내던지고 크게 소
리쳤다.

"나는 못 하겠소. 우리는 원씨 부자에게 깊은 은혜를 입은 몸

인데 주인이 어려움에 처해 도움을 청해와도 구출할 묘안이 없을 뿐더러 그들을 위해서 죽을 용기도 없으니 이는 인의를 저버린 도리요. 그러니 우리가 조조 앞에 고개를 숙여 투항한다는 것은 옳지 않은 일이오.”

이 말에 일동의 낯이 파래졌다. 그러자 오환촉이 말하였다.

“큰일을 결행하는 데에는 대의를 내세우는 일이 우선이지, 한 사람이 있고 없다고 해서 일의 성패가 좌우되는 것은 아니라 생각하오. 한형의 생각이 그렇다면 자의에 맡기는 수밖에 없소.”

그리고 그 자리에서 한형을 내보내주고 곧 성문을 열어 조조를 맞아들였다. 조조는 오환촉을 진북장군(鎭北將軍)으로 임명하였다. 이때 전선으로부터 급보가 들어왔다.

“악진·이전·장연이 병주를 공격하였으나 호관(壺關) 어귀를 고간이 굳게 지키고 있어 함락시키지 못했다고 합니다.”

급보를 받은 조조가 몸소 대군을 이끌고 달려가니 세 장수가 그를 맞이하며 아뢰었다.

“고간이 끈질기게 버티고 있어 도저히 돌파할 수가 없습니다.”

조조는 장수들을 모아서 대책을 의논하였다. 이에 순유가 제안하였다.

“거짓으로 항복하는 계책을 쓰는 것이 가장 효과적일 것입니다.”

조조가 이에 찬성하여 여광과 여상을 불러 은밀히 지시를 내리자 이들은 곧 수십 명의 군사들을 이끌고 관문 아래로 갔다. 그리고 고간을 향해 큰소리로 외쳤다.

“우리는 본래 원씨 휘하에 몸담고 있다가 지금은 어쩔 수 없이 조조 밑에 있지만, 조조는 속임수를 엄청나게 쓰는 자로 우리를 제대로 대우해주지 않고 있소. 그래서 이렇게 참다 못해 다시 옛 주인을 모시기 위해 왔으니 빨리 문을 열어주시오.”

관문 안의 고간은 이 말을 그대로 믿지 않았다. 그래서 군사들을 그대로 두고 두 장수만 올라오라고 명하자 두 장수는 갑옷을 벗고 말에서 내려 걸어들어가 고간에게 다시 아뢰었다.

"조조의 군사들은 이곳에 도착한 지 얼마 되지 않았기 때문에 아직 진영도 제대로 갖추어져 있지 않고 싸울 각오도 되어 있지 않으니 오늘 밤 저들의 진지를 급습하는 것이 어떻습니까? 진지를 급습할 때 우리 형제가 앞장 서서 나가 싸우겠습니다."

고간은 이 말에 매우 기뻐하며 그날 밤 여씨 형제를 선두로 해서 일만여 병력을 이끌고 친히 적진 가까이까지 이르렀다. 그런데 그때 갑자기 여기저기서 숨어 있던 복병들이 뛰어나와 공격을 가하였다. 고간이 함정에 빠졌음을 깨달으며 호관성까지 패주하여 돌아와보니 이미 관문은 악진과 이전의 손에 들어가 있었다. 고간은 할 수 없이 몽골족의 대추장인 선우(單于)에게 의지할 생각으로 사막으로 달아났다.

조조는 호관의 어귀를 점거하자, 병력을 보내어 고간의 뒤를 추격하였다. 고간은 몽골의 경계 가까이에 왔을 때 선우인 좌현왕(左賢王)을 만났다.

고간은 황급히 말에서 내려 땅에 엎드려 좌현왕에게 하소연하였다.

"조조가 지금 닥치는 대로 사방을 잠식하고 있사온즉, 이제 머지않아 이곳도 공격해올 것으로 생각되옵니다. 그러니 부디 이 사람을 거두어서 같이 힘을 합쳐 이곳을 지키도록 해주십시오."

좌현왕은 고간의 청을 들어주지 않고 그를 꾸짖었다.

"조조와 나는 아무런 원한도 없고 원수를 진 일도 없는데 조조가 어째서 그런 나를 친단 말이냐? 그대는 나와 조조를 이간질시켜 싸우게 하려는 속셈을 가진 것이 아니냐?"

좌현왕에게 거절을 당하고 물러난 고간은 아무리 궁리를 해보아도 별다른 방책을 세울 수가 없어서 하는 수 없이 유표에게 의지하기로 하였다. 그래서 고간은 유표를 만나기로 하고 형주 땅으로 향하였는데 가는 도중 상락(上洛)이라는 곳에서 도위(都尉: 사단장) 왕염(王琰)을 만나 그의 손에 죽음을 당하였다. 왕염이 고간의 머리를 조조에게 보내자 조조는 크게 기뻐하며 그를 열후로 봉하였다.

유서를 남기고 죽은 곽가

이렇게 병주가 평정이 되자 조조는 서쪽으로 눈을 돌려 오환족을 토벌할 생각이 들어 장수들을 모아놓고 계책을 의논하였다. 이에 조홍 등이 이의를 제기하였다.

"원희와 원상은 크게 패하여 이제 모든 것을 버리고 사막으로 숨어들어갔습니다. 그런데 우리가 지금 그쪽으로 군사를 보낼 경우, 허도가 텅 비게 되어 그곳을 수시로 노리고 있던 유비와 유표가 쳐들어올 것이 분명합니다. 그렇게 되면 길이 멀어 지원을 원만히 할 수가 없게 되어 심한 타격을 입을 뿐이니 이번 북벌은 여기서 중지하고 허도로 돌아가시는 것이 상책이라 생각하옵니다."

이에 곽가가 반박하였다.

"제공들의 의견은 잘못되었소. 지금 우리 승상께서는 바야흐로 천하를 제압하여 평정하고 계시오. 다만 사막에 있는 이민족들만 남아 있는데 그들은 거리상으로 멀리 떨어져 있다는 지리적 여건 하나만 믿고 방심하고 있으니 우리가 단숨에 그곳을 공격하면 완전히 섬멸할 수 있을 것이오. 또한 원소는 예전에 오환에게 은혜를 베풀어주던 관계에 있었으므로 원상과 원희가 아직 살아 있는데 그대로 방치해두는 것은 어리석은 일이오. 그리고 제공들이 염려하시는 유표는 입으로는 큰소리치고 있지만 자신이 유비를 다룰 만한 재주가 없음을 잘 알고 있소. 그러니 유비를 중용하여 대우하면 그를 휘어잡을 수가 없게 되고 함부로 가벼이 대우하면 힘이 되어 주지 못할 것이오. 우리가 군을 이끌고 원정을 나가도 그리 걱정할 일이 못 되오.”

조조가 곽가의 말에 찬성하였다.

“말 잘해주었네. 그대로 결행하겠네.”

조조가 원정을 결정하고 전군을 모두 진격시키니 몇천 대나 되는 수레의 대행진을 이루었다. 사막에 이르니 아득하게 멀고 넓어서 끝이 없는 누런 모래땅이 연이어 펼쳐져 있었다. 세찬 바람이 저쪽에서 불어오는가 하면 이쪽에서 불어가고 하면서 제멋대로 모래먼지를 일으켰다. 길이 험하여 도저히 걸어갈 수 있는 길이 아니었다. 조조가 원정을 중단할까 하는 생각이 들어 곽가와 상의해야겠다고 생각할 쯤에는 곽가는 이미 북방의 풍토에 적응하지 못하고 병이 들어 행군하는 수레에 누워 있었다.

조조가 눈물을 지으며 말하였다.

“사막을 정복하려는 내 욕심이 그대에게 이 고생을 시키나 보네. 참으로 미안하기 그지없네.”

곽가가 답하였다.

“승상의 은혜에 감읍하고 있는 이 몸은 죽어도 여한이 없습니다.”

“보다시피 이렇게 길이 험하니 차라리 회군해버릴까 하는 생각이 드는데 그대 생각은 어떠하오?”

“싸움에서는 신속히 움직이는 것이 중요합니다. 멀리 일천 리를 걸어 적군을 치러가는데 보급품을 비롯한 짐이 너무 무거워 도저히 기민하게 움직일 수 없으니 무장을 가볍게 해서 속력을 내어 적의 진영을 기습해야 합니다. 그리고 그러기 위해서는 지리에 밝은 길잡이를 앞장세워 인도하도록 하셔야 합니다.”

조조는 곽가의 치료를 위해 그를 역주(易州)에 남겨두고 가기로 하였다. 그리고 한편으로는 지리를 잘 아는 자를 수소문하니 예전에 원소의 막하에 있었던 전주(田疇)라는 자가 이 일대의 지리에 밝다고 천거하는 자가 있었다.

조조가 즉시 전주를 불러들여 물었더니 그가 아뢰었다.

"지금 가려고 하는 이 길은 여름부터 가을에 걸쳐 물이 들어차 잠기게 되어 얕은 물이라도 거마가 통행할 수 없습니다. 그렇다고 수심도 고르지 못하여 배를 띄울 수도 없는 노릇이지요. 그러니 여기서 일단 군사들을 후퇴시켜서 노룡구(盧龍口)로 돌아가 백단(白檀)의 험지를 넘어 인적이 끊긴 곳까지 가면 유성(柳城)이 코앞에 이르게 됩니다. 그래서 적군이 방심하고 있는 허를 찔러 공격하면 오환족의 족장인 답돈(蹋頓)을 사로잡을 수도 있을 것입니다."

조조는 전주의 말에 따르기로 하고 그를 정북장군(靖北將軍)으로 임명하여 선도자로 삼아 길을 안내하도록 하였다. 장료가 그 뒤를 따랐으며 조조는 가벼운 장비로 개편한 후위군을 거느리고 진군해갔다. 전주와 장료는 백랑산(白狼山)에 이르자 원희와 원상을 비롯하여 수만 기의 병력을 이끌고 나오는 답돈의 모습을 발견하였다. 장료가 되돌아가서 조조에게 알리자 그가 높은 언덕 위에 올라가 살펴보니 오환 군은 질서가 엉망이었고 대오도 가지런하지 못하였다.

조조가 장료에게 지휘봉을 넘겨주며 일렀다.

"오합지졸의 모습을 봐라. 가서 한바탕 혼내주어라."

장료는 허저·우금·서황 등과 더불어 네 부대로 나뉘어 산에서 내려가 그 기세를 멈추지 않고 그대로 돌격해갔다. 오환의 군대는 순식간에 붕괴되어 버렸다. 장료가 질풍(疾風)과 같이 말을 몰고 달려가 답돈을 따라잡고는 이내 그의 목을 베어 버렸다. 그러자 휘하 군대가 모두 두 손을 들었다. 그러나 원희와 원상은 겨우 수천 기를 거느리고 요동으로 도주하였다.

조조는 유성의 성에 입성하여 전주를 유정후(柳亭侯)로 봉하여 유성의 태수로 임명하려 하자 전주가 느닷없이 울음을 터뜨리며 고하였다.

"저는 주인을 등지고 달아나서 숨어 있던 몸이었사오니 저를 살려두시는 것만도 분에 넘치는 일이옵니다. 그런데 노령구의 샛길을 알려드렸다는 것만으로 상을 받는다는 것은 있을 수 없는 일이니 저는 죽어도 받지 않겠습니다."

조조는 그의 마음씨를 가상히 여기고 의랑(義郞:고문)으로 삼았다. 그러고는 사막의 선우(單于:대추장)를 선무하여 일만 필의 준마를 손에 넣고 재빨리 회군시켰다. 그런데 이 당시는 계절이 엄동설한인데다가 지독한 가뭄이어서 이백 리를 가는 도중에 물 한 방울 구경할 수 없었다. 군대는 짐을 줄여서 떠나왔기 때문에 식량이 모자라 말까지 잡아먹는 지경이 되었고, 땅을 삼사십 길이나 파야 간신히 물을 얻을 수가 있었다.

역주에 귀환한 조조는 처음에 이 원정을 반대하며 간언한 조홍 등을 후히 포상하며 말하였다.

"참으로 위험한 원정이었네. 성공한 것은 운이 좋아 하늘이 도운 것이니 싸움의 본보기로 삼을 수는 없네. 그래서 처음에 그만두라고 건의한 것은 만선책(萬善策)이라 생각하여 이렇게 상을 주는 것이니 금후로도 서슴없이 의견들을 내주기 바라오."

조조가 역주로 돌아왔을 때 곽가는 이미 수일 전에 이승을 떠난 뒤였고 관아에 관이 안치되어 있었다. 조조는 관 앞에 향을 피우며 울음을 터뜨렸다.

"곽가의 죽음은 나에게 너무나 큰 충격이요, 타격이다."

조조는 이렇게 애도하더니 주위 사람들을 돌아보며 말하였다.

"자네들은 대부분 나와 동년배이지만 곽가는 젊었네. 나는 사실 내가 죽은 뒤의 일도 그에게 부탁할 작정이었는데 이렇게 불행하게도 요절을 하다니, 내 가슴이 찢어지는 듯하구나."

이때 곽가의 종복이 그의 유서를 가져와 조조에게 바치며 말하였다.

"주인님께서 임종에 임하시어 친필로 이 글을 남기시더니 저에게 당부하기를 '승상께서 이 서신대로만 행하시면 요동 땅을 평정할 수 있을 것이다'라고 전하라 하셨습니다."

조조가 그 유서를 받아 급히 뜯어 읽으면서 도중에 홀로 고개를 끄덕이기도 하고 감탄을 발하기도 하였다. 그러나 측근들은 마치 여우에 홀린 듯한 표정으로 있을 뿐 그 유서의 내용을 전혀 알지 못했다.

원씨 형제의 죽음

이튿날 하후돈이 여러 장수들을 데리고 조조를 찾아와 아뢰었다.

"요동의 태수 공손강(公孫康)은 오랫동안 승상께 복종하지 않고 우리를 외면해왔습니다. 그런데 지금 원희와 원상이 그에게 의지하려고 찾아갔으니 앞으로의 사태가 우려되옵니다. 그래서 저들이 공격하지 않는 틈을 타서 우리가 먼저 쳐들어가 해치우면 요동 땅은 우리 것이 될 것입니다."

이 말에 조조는 웃으며 말하였다.

"애써 자네들이 수고할 것 없네. 너더댓새 안에 공손강이 원씨 형제의 목을 가지고 날 찾아올 걸세."

하후돈 이하 여러 장수들은 조조의 말을 믿을 수가 없었지만 사태는 조조의 예측을 벗어나지 않았다.

원희와 원상이 몸을 피해 요동 땅으로 들어갔다. 요동 태수 공손강은 무위장군(武威將軍) 공손도(公孫度)의 아들로 본래 양평(襄平) 사람이었다. 그가 원희와 원상이 자신을 의지하려고 찾아온다는 소식을 접하자 여러 속관들을 불러모아 대책을 협의하였다. 공손공(公孫恭)이 먼저 입을 열었다.

"원소는 생존시에도 늘 요동을 넘보며 차지하려고 하였습니다. 그러던 것이 이제는 원희와 원상이 처량한 신세가 되어 갈 곳이 없어지니까 이쪽으로 들어오려고 하고 있습니다만 이들의 속마음은 보나마나 남의 처마 밑을 빌렸다가 안채를 넘보자는 속셈이 분명합니다. 그들을 여기에 있도록 해보십시오. 그러면 끝내는 우리를 해치고 이곳을 차지하려 할 것입니다. 그러니 그들을 일단 속여서 성 안으로 받아들였다가 때를 보아 두 목을 베어 조 승상에게 갖다 바치면 승상은 반드시 우리에게 호의를 베풀어주실 것입니다."

공손강이 의문을 제기하며 물었다.

"만일에 조조가 우리를 치러 온다면 이 두 사람을 우리 편으로 만들어두는 것이 유리하지 않겠소?"

"그러시다면 염탐꾼을 조조에게 보내어 동향을 살피도록 하지요. 그래서 조조 군대가 쳐들어올 것 같으면 두 사람을 살려서 받아들이고 오지 않는 상황이면 두 사람의 목을 쳐서 조조에게 보내는 것이 좋을 듯합니다."

이에 공손공의 진언에 따라 조조의 진영에 염탐꾼을 보내었다.

한편 요동 땅에 도착한 원희와 원상은 밀담을 나누었다.

"요동의 공손강에게는 수만의 병력이 있으니 조조 군에 대항할 수 있다. 그러니 우선은 얌전히 항복한 체하고 있다가 틈을 보아 공손강을 해치우고 요동을 차지한 후 기력이 회복되기를 기다렸다가 힘을 모으면 하북의 잃어버린 땅도 탈환할 수 있을 것이다."

이렇게 뜻을 모은 후 그들은 성 안으로 들어가 공손강을 만나 회견을 요청하였지만 공손강은 일단 숙사로 그들을 맞아들이기만 할 뿐 꾀병을 대며 회견을 기피하였다.

얼마 후에 염탐꾼이 돌아와 보고하였다.

"조조는 지금 역주에 머물러 있는 채 꼼짝도 하지 않습니다. 아마 요동을 칠 생각이 없는 듯합니다."

공손강은 흡족해하며 도부수들을 미리 장막 뒤에 숨겨놓고는 원씨 형제에게 회견을 허용하였다. 그들은 서로 인사를 나눈 뒤에 공손강이 앉으라고 권하였다. 그런데 그때는 혹한의 계절인 겨울이었음에도 불구하고 앉으라고 권한 긴의자를 보니 방석 하나 깔려 있지 않았다. 원상이 공손히 말하였다.

"방석을 좀 깔아주십시오."

이에 공손강이 눈을 부라리며 소리쳤다.

"이제 너희 두 사람의 목이 만리 나그네 길을 떠나는데 방석은 무슨 방석이냐?"

이 말에 원상과 원희가 소스라치게 놀랐다. 공손강이 다시 크게 소리쳤다.

"애들아, 너희들은 뭐하는 게냐?"

이 말에 도부수들이 뛰어나오며 두 형제를 그 자리에 꼼짝도 하지 못하게 붙잡고는 이내 목을 내리쳤다. 공손강은 두 사람의 목을 나무상자에 넣어 사자를 시켜 역주로 보내었다.

곽가의 도움

그 무렵 조조는 역주에 계속 눌러앉아 좀처럼 요동을 공격할 생각을 하지 않았다. 이에 하후돈과 장료가 다시 나서서 조조에게 채근하였다.

"요동을 치지 않으실 바에는 허도로 돌아가시는 것이 좋을 것 같습니다. 유표가 이상한 짓을 할까 아무래도 마음에 걸립니다."

조조가 느긋한 목소리로 말하였다.

"조금만 기다리게. 두 목이 도착하면 돌아가겠네."

일동은 모두 속으로 조조가 허황된 생각을 하고 있다고 비웃었다. 그럴 때 요동의 공손강이 원희와 원상의 목을 보내왔다는 보고가 들어왔다. 모든 장수들이 크게 놀라며 어리둥절하고 있는데 조조는 사자가 바치는 서신을 읽으며 크게 기뻐하였다.

"곽가의 예상대로 되었구!."

조조는 그 사자를 후하게 포상하고 공손강을 양평후 좌장군(佐將軍)으로 명하였다.

어느 장수가 물었다.

"곽가의 예상이 맞았다는 말이 무슨 뜻입니까?"

조조는 이에 비로소 곽가의 유서를 문무백관들 앞에 공개하였다.

원희와 원상 형제가 요동 땅으로 들어갈지라도 결코 출병해서는 안 되옵니다. 공손강은 전부터 원씨가 요동을 침략하려는 뜻을 갖고 있다는 것을 알고 두려워하며 전전긍긍해 왔는데 어찌 원씨에게 마음을 허락하겠습니까? 이쪽에서 만약 출병하면 그때는 부득이하게 힘을 합쳐서 저항할 것이옵니다. 그러나 반대로 그냥 내버려두면 공손강의 갈등이 표면화되어 다급해진 공손강이 결국 원씨 형제를 죽이게 될 것입니다.

곽가의 유서를 읽은 일동은 새삼스럽게 곽가의 명찰(明察)에 감탄해마지 않았다. 조조는 다시 성대한 장례식을 치러 곽가의 넋을 위로해주었다. 이때 곽가의 나이는 향년 서른여덟 살로 정전(征戰)에 종사한 지 열한 해 동안 많은 싸움에서 뛰어난 지모로 숱한 공을 세우고 세상을 떠난 것이다.

조조가 기주로 돌아가면서 먼저 사람을 보내어 곽가의 시신을 허도로 옮겨 안장하도록 명하였다. 이때 정욱이 제의하였다.

"이제 북방은 어느 정도 평정하였으니 이번에는 남쪽인 강남 땅의 토벌을 고려해보시기 바랍니다."

이 말에 조조가 웃음을 지으며 말하였다.

"사실은 나도 오래 전부터 그럴 생각을 하고 있었네. 말 잘해주었군."

그날 밤 조조는 기주성의 동쪽 성루에 묵으면서 난간에 기대어 천문을 살펴보았는데 곁에는 순유가 있었다. 조조가 손가락으로 하늘을 가리키며 말하였다.

"저기 보게! 남쪽 하늘에 저토록 찬연한 기상이 있는 것을 보니 아직 그곳을 공략할 때가 아닌가 보네."

순유가 대답하였다.

"승상의 위광(威光) 앞에 눌리지 않는 자가 어디 있겠습니까?"

그때 저만치에서 무엇인가 번쩍하고 눈에 비치는 것이 있었다. 지면에서 한 줄기 황금빛이 솟았다. 이것을 보고 순유가 말했다.

"저 빛이 발하는 곳에 보물이 묻혀 있을 것입니다."

조조가 아래로 내려가서 빛이 발하는 곳으로 가서 땅을 파보라고 명하였다.

하늘에는 남녘의 기운이 찬연하고 북녘에는 땅에 보물이 묻혀 있으니, 그것은 과연 무엇일까?

제 34 회 유비의 실언

채 부 인 격 병 청 밀 어　　유 황 숙 약 마 과 단 계
蔡夫人隔屏聽密語　　劉皇叔躍馬過檀溪

채 부인은 병풍 너머로 밀담을 엿듣고
유 황숙은 적로마를 타고 단계를 뛰어넘다

동작대를 세우는 조조

그곳에서 나온 것은 구리로 만들어진 참새 모양 곧 동작(銅雀)
이었다. 조조가 순유에게 물었다.

"이것은 무슨 징조인가?"

"옛날 순(舜) 황제의 모친께서는 옥으로 된 참새가 품속으로
날아드는 꿈을 꾸고 순 황제를 낳았다고 합니다. 그러니 이 동작
도 길조임이 분명합니다."

조조는 매우 기뻐하며 동작을 얻은 기념으로 이곳에다 높은

대를 하나 짓도록 명하였다. 그리하여 곧바로 공사가 착수되어 흙을 파고 나무를 베고 기와를 굽고 벽돌을 다듬어 장하(漳河)의 상류에 동작대(銅雀臺)를 세우기 시작하였다. 동작대는 일 년 안에 완성시키기로 정하였다.

이때 조조의 막내아들 조식(曹植)이 조조에게 아뢰었다.

"대는 셋으로 나란히 하여야 웅장할 것입니다. 그래서 가운데 제일 높은 것을 '동작대'라 명하고 왼쪽의 것을 '옥룡대(玉龍臺)'라 부르고, 오른쪽의 것을 '금봉대(金鳳臺)'로 명하여 각 대와 대 사이를 비교(飛橋)로 연결하면 틀림없이 장관을 이룰 것입니다."

조조가 맞장구를 치며 기뻐하였다.

"어린 네가 좋은 설계를 일러주었구나! 너의 말대로 짓는다면 훌륭한 구경거리가 될 것이다."

조조에게는 다섯 아들이 있었는데 그 가운데서도 막내아들인 조식이 가장 재능이 뛰어났고 글도 잘 지어 조조가 평소에도 가장 아끼는 자식이었다. 그런 까닭에 조조는 조식과 장남 조비(曹丕)를 업군에 남도록 하여 동작대의 공사를 감독하게 하였다. 조조는 또한 장료를 북쪽 성채에 배치하여 그곳을 수비하도록 하였으며, 자신은 항복해온 원소의 군사 오륙십만 명을 이끌고 허도로 개선하였다. 그리고 공신들에게 각기 영작(榮爵)을 주었으며 죽은 곽가를 위해서도 황제께 상주하여 정후(貞侯)의 자리에 추서하고 그의 아들 혁(奕)을 승상부에 등용하기로 하였다. 그런 뒤에 문무백관들을 모아놓고 유표를 징벌하기 위해 자문을 구하였다.

순유가 아뢰었다.

"지금 막 북정(北征)을 하고 왔으니 바로 움직이는 것은 무리입니다. 반년쯤 군사들에게 휴식을 취하도록 한 뒤에 전열을 가다듬고 쳐들어가면 유표나 유비쯤은 단 한 번에 멸할 수 있을 것입니다.”

조조는 군사들을 각 마을에 나누어 주둔시킨 후 농사를 짓게 하며 동원의 날에 대비하도록 하였다.

형주에서는 유표가 유비를 후히 대해주고 있었다. 어느 날 유표와 유비가 술잔을 나누며 자리를 같이 하고 있는데 급보가 들어왔다. 항복한 장수 장무(張武)와 진손(陳孫)이 강하(江夏) 땅에서 약탈행위를 일삼고 모반을 계획하고 있다는 것이었다.

유표가 놀라며 말하였다.

“두 놈이 또다시 모반을 일으켰으니 처치 곤란이오.”

유비가 나서며 말하였다.

“염려하실 것 없습니다. 제가 나가서 처리하고 오겠습니다.”

유표는 유비에게 오만 병력을 주어 떠나보냈다. 유비가 관우·장비·조운을 거느리고 강하에 이르자 장무와 진손이 대항할 자세를 취하였다. 유비가 관우 등과 나란히 선두에 서서 적진을 바라보니 문득 눈에 띄는 것은 장무가 타고 있는 말이었는데 참으로 뛰어난 준마였다.

“흐음, 참으로 훌륭한 말이다. 어쩌면 저 말은 천리마일지도 모른다.”

유비가 감탄하면서 중얼거리자 조운이 대번에 달려나가 적진에 뛰어들었다. 그리고 장무를 상대로 두세 차례 치고 찌르고 하더니 곧 그를 창으로 찔러 말에서 떨어뜨렸다. 그리고 그와 동시에 재빨리 손을 뻗어 말고삐를 잡아 끌고 돌아왔다. 이를 본 진손이 말을 되찾으려고 달려오자 장비가 크게 소리치며 기다렸다는 듯이 창을 들고 달려나가 단번에 진손을 꿰뚫어버렸다. 이로써 모반하려던 부대는 괴멸하고 말았다.

유비는 강하 일대를 평정하고 금의환향하였는데 유표가 성 밖까지 마중나가 맞이해주고 성 안으로 들어와서는 이들을 위해

축하연을 베풀어주었다. 술잔이 한창 오고갈 무렵 유표가 다시 유비에게 말하였다.

"귀공 덕택에 형주는 안심이오. 그런데 다만 남월(南越:광동 광서 베트남 북부를 영유한 남방계 이민족)이 간간이 출몰해서 염려스럽고 또 장로와 손권도 방심할 수가 없소."

유비가 자신있게 말하였다.

"저에게는 저를 따르는 세 장수가 있습니다. 그들이 힘을 합치면 아무도 덤빌 수가 없을 것입니다. 우선 장비를 보내어 남월의 경계를 지키게 하고, 관우를 고자성(固子城)에 보내 장로를 제압하고, 조운을 삼강(三江)에 보내어 손권에 대비케 하시면 아무 걱정하실 것이 없습니다."

유표는 크게 기뻐하며 유비의 말에 따를 결심을 하였다. 그런데 이런 소식을 들은 채모가 가만히 있지를 않았다. 예전에 유비에 관하여 말참견을 하다가 유표의 꾸지람을 듣고 망신을 당한 일을 잊지 않은 채모는 유표의 아내이자 자신의 친누이인 채 부인을 찾아가 조용히 아뢰었다.

"유비가 그의 휘하에 있는 세 장수를 밖으로 내보내고 자신은 형주에 머물러 있게 되면 아마 틀림없이 분쟁이 일어날 것입니다."

그날 밤 채 부인은 유표를 설득하고자 속삭였다.

"형주 백성의 상당수가 유비를 좋게 느끼고 있으니 도무지 방심할 수 없습니다. 여기에 놓아두면 시끄러울 수밖에 없으니 어서 다른 곳으로 보내버리십시오."

"그렇지만 유비는 인의(仁義)가 있는 사람이오."

"글쎄, 남들은 당신 생각과 다르다니까요."

유표는 생각에 잠길 뿐 아무 말도 하지 않았다. 이튿날 유표가 성 밖으로 나가보니 유비가 아주 뛰어난 준마를 가지고 있는 것이 보였다. 유표는 참으로 뛰어난 명마라고 칭찬을 아끼지 않았다. 유비는 유표가 명마에 욕심 내는 것을 헤아려 그 말을 기꺼이 선사하였다. 유표는 크게 기뻐하며 그 말을 타고 성으로 돌아왔다. 오는 도중에 괴월(蒯越)이 이 말을 알아보더니 어떻게 구한 말이냐고 물었다.

유표가 신이 나는 목소리로 말하였다.

"유비가 나에게 준 말이라네."

그러자 괴월이 심상치 않은 표정을 지으며 아뢰었다.

"돌아가신 저의 형님 괴량(蒯良)은 말의 관상을 아주 잘 보셨고, 저 역시 조금은 말의 관상을 볼 줄 압니다. 이 말을 좀 보십시오. 이렇게 눈 밑에는 눈물이 괴는 눈물주머니가 있고 이마에는 흰 털이 있습니다. 이런 말은 적로마(的盧馬)라고 하여 타는 사람에게 해를 입히는 흉마지요. 아마 장무가 죽은 것도 이 말을 타고 있었기 때문일 것이니 주공께서는 이 말을 절대로 탐하거나 타지 마십시오."

유표는 괴월의 말을 믿을 수밖에 없었다. 이튿날 유표는 유비를 술좌석에 초대하여 술잔을 돌린 후 조심스럽게 말하였다.

"어제 좋은 말을 나에게 주어서 고마웠소. 그러나 귀공은 평소에도 자주 출진하시니 나보다 귀공이 그 말을 갖는 것이 당연한 일이라 생각합니다. 그러니 어제 받은 말을 기꺼이 돌려드리겠소."

유비가 그 자리에서 일어나 답례를 표하자 유표가 다시 말을 이었다.

"그리고 귀공이 이렇게 오랫동안 이 고장에 머물러 있으면 군사력이 무력해질 것 같소. 양양(襄陽) 관하의 신야현(新野縣)은 아주 물자가 풍부한 곳이니 그곳으로 부대를 옮겨 주둔하는 것이 어떻겠소?"

유비는 흔쾌히 응낙하고 이튿날 유표와 작별을 하고는 신야로 향하였다. 형주의 성문을 막 나서려고 하는 순간, 갑자기 말 앞으로 뛰어나와서 정중하게 절을 하는 사람이 있었다.

"이 말을 타서는 안 됩니다."

유비가 보니 그는 유표의 막빈(幕賓) 이적(伊籍)이라는 사람이었다. 그는 자를 기백(機伯)이라고 하며 산양(山陽) 땅 출신이었다. 유비가 말에서 내려 왜 그러느냐고 묻자 그가 차근차근히 아뢰었다.

"어제 괴월이 유표에게 하는 말을 엿들었는데 이 말은 타는 사람에게 해를 입힌다는 적로마입니다. 그래서 유표가 공에게 다시 돌려주었던 것입니다. 그런데 어찌 이 말을 타시는 것입니까?"

유비는 그에게 감사의 뜻을 표하며 말하였다.

"알려주어서 감사하오만 사람은 누구나 죽는 것과 사는 것이 하늘의 정해진 명에 따르는 법이오. 그러니 구태여 축생에 의해 사람의 명이 좌우될 수는 없지요."

이적은 유비의 이러한 말에 크게 감동하여 이후로부터 둘은 깊이 사귀었다. 유비가 신야에 이르자 백성들과 군사들 모두가 반기며 따랐다. 유비는 곧바로 정치를 일신했다.

건안 12년 봄에 감 부인이 유선(劉禪)을 낳았는데 그날 밤에 한 쌍의 백학이 현청 청사에 날아와 마흔 번이나 소리 높이 울다가 서쪽으로 날아갔다. 또 유선을 낳은 방 안에서는 방 안 가득히 기이한 향기가 감돌았다. 그리고 감 부인이 어느 날 밤 북두칠성을 입으로 삼키는 태몽을 꾸고 유선을 낳았으므로 그의 아명을 아두(阿斗)라고 지어 부르게 되었다.

유표의 후회와 유비의 실언

그 무렵 조조는 북벌에 한창 열중하고 있었다.

하루는 유비가 형주로 유표를 찾아와 권하였다.

"지금 허도가 텅 비어 있으니 조만간에 군사를 모아 그곳을 공략하시면 쉽게 얻을 수 있을 것입니다."

그러나 유표는 시큰둥한 반응을 보였다.

"나는 지금 아홉 주를 영유하고 있는 것으로 만족하고 있으니 다른 곳은 손댈 생각이 들지 않는구려."

유비는 더 이상 유표를 설득하지 않았다. 잠시 후 유표는 유비를 술좌석에 초대하였는데 유표가 느닷없이 땅이 꺼질 듯한 긴 한숨을 내쉬었다.

유비가 의아해하며 물었다.

"왜 그러십니까?"

유표가 어두운 목소리로 말하였다.

"말로는 할 수 없는 근심거리라네."

유비가 다시 이유를 물으려 하는 동안 채 부인이 살그머니 병풍 뒤에 서서 귀를 기울였다. 유표가 그 낌새를 알아차리고 고개를 수그린 채 입을 다물었다. 그렇게 술자리가 파하고 유비는 다시 신야로 돌아왔다. 그해 겨울에 조조가 유성에서 허도로 돌아왔다는 소식을 들은 유비는 유표가 자신의 의견을 채용하지 않은 것을 못내 아쉬워하였다.

그러던 어느 날, 유표로부터 사자가 와서 의논할 일이 있으니 형주로 와달라고 청했다. 유비는 그 사자를 따라 형주로 갔다. 유비를 반가이 맞이한 유표는 그를 안사랑으로 청하여 술을 권하며 말을 꺼내었다.

"조조가 허도로 돌아온 뒤로 그 세력이 나날이 융성해지고 있다고 들었소. 이제 형주가 위태롭게 되었소. 지난날 공의 권고를 받아들이지 않고 절호의 기회를 놓친 것이 이만저만 후회가 되지 않는구려."

유비가 그를 달래었다.

"천하가 지금 분열되어 밤낮없이 전쟁이 일어나고 있는데 기회가 다시 오지 않으리란 법이 어디 있겠습니까? 때를 기다리셔야지요."

"그야 그렇소만……."

유표는 갑자기 하염없이 눈물을 흘렸다. 유비가 유표에게 근심거리가 있음을 알아차리고 조심스럽게 까닭을 물었다.

"요전번에 그대에게 말하려다가 하지 못한 이야기일세."

"도대체 어떤 일로 근심하십니까? 혹시 제가 도움이 되어드릴 수 있다면 꼭 돕겠으니 편히 말하십시오."

유비의 이 말에 유표는 용기를 얻어 마침내 입을 열었다.

"실은 자식의 후사 문제로 고민 중이라네. 전처인 진씨 소생의 장남 기(琦)는 사람됨이 어질지만 우유부단한 성격이라 도저히 큰그릇이 될 수 없네. 반면에 후처인 채씨의 막내아들 종(琮)은 아주 총명하여 은근히 장래를 기대하고 있다네. 그러니 아예 장자를 폐하고 유(幼)를 세우고 싶은 생각이 드네만 막상 그렇게 하였다가는 서열을 문란케 하는 결과가 되니 그것이 걱정이네. 또 그렇다고 장남인 기를 후사로 정하면 지금 형주의 군권을 장악하고 있는 후실 채씨 가문이 장차 분규나 난을 일으킬 가능성이 많다네. 그래서 지금까지 결단을 내리지 못하고 혼자 고민하고 있다네."

유비는 신중하게 듣고 있다가 조심스레 대답하였다.

"예로부터 장(長)을 폐하고 유(幼)를 세우는 것은 내분의 원인이 된다고 하였습니다. 채씨 문중의 권력이 강세하다고 생각되시거든 그 권력을 서서히 꺾어 무난하게 하면 되실 일이지, 막내아들이 귀엽다고 해서 장과 유를 전도시키는 일은 온당치 못한 처사인 줄 압니다."

유표는 유비의 이야기를 아무 말 없이 들었다. 사실 유표의 후실 채 부인은 전부터 유비에게 호의적인 감정을 갖고 있지 않았다. 그래서 유비와 유표 사이에 무슨 밀담이 오고갈 때는 빠짐없이 몰래 엿듣곤 하였는데 이날도 병풍 뒤에서 이들의 대화를 가만히 엿듣고 있었다. 채 부인은 유비에 대해 원한의 심정을 가슴에 그대로 담았다. 유비도 그제야 자신이 지나치게 말을 한 사실을 깨닫고 슬그머니 일어나 변소에 갔다오겠다며 일어났다. 이때 문득 자신의 넓적다리에 살이 많이 붙은 것을 보고 암담한 심정이 되었다. 술자리로 다시 돌아와서도 그 심정이 그의 얼굴에 생생히 나타나 있었다. 유표가 그 까닭을 묻자 유비가 한숨을 내쉬고 말하였다.

"제가 말 위에서 나날을 보내어 안장에서 내릴 줄 모르던 시절에는 넓적다리의 살이 팽팽하여 느슨해질 겨를이 없었는데 근래에는 말을 타는 일도 거의 없으니 넓적다리에 살이 많이 붙었습니다. 세월은 무심하게 흘러가 차츰 장년기를 맞이하는데 아직 아무 일도 하지 못하고 있는 처지를 생각하니 서글퍼집니다."

유표가 위로하며 말했다.

"내가 언젠가 들은 바로는 귀공이 허도에 머무르던 때에 청매(靑梅:잘 익지 않은 파란 매실)를 안주로 하여 조조와 술을 마시며 당세의 영웅들에 대해 논한 적이 있다고 들었소. 그때 귀공이 열거한 영웅들에 대해 조조는 이 사람도 틀렸고 그 사람도 틀렸다고 평가를 내리더니 결국 '천하의 영웅은 이 조조와 유비 둘뿐이라네'라고 말했다고 들었소. 천하의 권력을 거의 손에 넣고 있는 조조도 귀공을 함부로 얕보지 못하고 있는데 어찌 아무것도 하지 못하고 있다고 말하오? 그것은 지나치게 겸손한 말이오."

이때 유비가 술이 과해 취한 탓인지 무심히 실언을 흘리고 말았다.

"만일 이 사람에게 기반이 있으면 천하의 어중이떠중이쯤은 문제가 아니지요."

유표는 유비의 이 말이 귀에 거슬리는 듯 이내 침묵해버리고 말았다. 유비 역시 자신이 순간적으로 실수를 했음을 깨닫고는 취기를 핑계로 부랴부랴 숙사로 돌아왔다.

유표는 유비의 말에 겉으로는 아무 내색도 하지 않았으나 마음속은 평온치가 않았다. 유비가 돌아가고 난 뒤 유표도 안으로 들어오니 채 부인이 그를 맞으며 말을 꺼냈다.

"제가 사실 처음부터 병풍 뒤에서 엿들었는데 어중이떠중이라니, 그런 무례한 말을 하다니 이는 필시 형주 땅을 손아귀에 넣을 심산이 분명합니다. 그러니 하루바삐 유비를 처치하지 않으면 반드시 뒤에 후환이 생길 것입니다."

유표는 아무 대꾸도 하지 않고 그저 고개만 끄덕일 뿐이었다. 채 부인은 은밀히 채모를 불러 모의를 하니 채모가 말하였다.

"오늘 밤에 숙사로 가서 유비를 해치우고 나서 보고하겠습니다."

채모는 채 부인의 허락을 얻고 즉시 군사를 모았다.

한편 숙사로 돌아온 유비가 한밤중까지 잠을 이루지 못하고 여러 단상에 잠기다가 간신히 불을 끄고 잠자리에 들려고 하는 순간 누군가가 문을 두드리고 들어왔다. 그는 바로 이적이었다. 그는 채 부인과 채모의 간계(奸計)를 알아차리고 이를 유비에게 알리기 위해 일부러 이 깊은 밤에 달려온 것이었다. 그는 자초지종을 낱낱이 유비에게 알려준 뒤에 어서 이곳을 떠나라고 권하였다.

그러나 유비는 침착하게 말을 꺼냈다.

"유표에게 작별이라도 하고 떠나야지 어찌 그냥 간단 말이오?"

"안 됩니다. 우물쭈물하다가는 때가 늦어버리니 어서 속히 떠나십시오."

유비는 이적에게 감사의 뜻을 표하고 조심스레 종졸들을 깨워 그 길로 말을 달려 신야로 향하였다. 채모가 유비의 숙사를 덮쳤을 때는 이미 알맹이가 빠진 쭉정이 꼴이 되었다. 채모가 시간을 지연시킨 것을 후회하다가 한 계책을 착상하였다. 그는 숙사의 벽에 시 한 수를 써놓고 급히 유표에게로 달려가 고하였다.

"유비가 끝내 정체를 드러냈습니다. 가서 눈으로 확인하십시오. 그자는 어처구니없는 시를 써놓고 작별 인사도 고하지 않고 도망쳤습니다."

유표는 이 말이 믿어지지가 않아 직접 숙사로 찾아가보니 과연 벽에는 다음과 같은 시가 붙어 있었다.

수년 동안 곤궁함을 참고	數年徒守因
산천을 다니며 허송세월을 보냈구나	空對舊山川
어찌 용이 연못 속의 샘물이겠는가	龍豈池中物
이제 우레를 타고 하늘에 오르려 하네	乘雷欲上天

유표는 이 시를 읽고 낯이 새빨개지더니 칼을 뽑아들고 소리쳤다.

"의리를 모르고 은혜도 모르는 놈! 내 어찌 네 놈을 죽이지 않겠는가."

이렇게 소리를 치며 숙사를 나오던 유표는 문득 깨달은 바가 있어 중얼거렸다.

"거참, 이상하구나. 유비와는 오랫동안 같이 지냈건만 단 한 번도 그가 시를 읊은 일이 없었다. 그러니 이 시는 아무래도 누군가가 우리 사이를 이간질하기 위해 거짓으로 꾸민 일이 분명하다.”

유표는 다시 숙사로 돌아와 칼 끝으로 벽에 붙은 시를 긁어버리고는 말에 올라타니 채모가 아뢰었다.

“병력은 완전히 준비가 되어 있으니 어서 신야로 가서 유비를 잡아오셔야 합니다.”

그러나 유표가 그를 만류했다.

“아니다. 좀 기다려보자. 이 일은 천천히 알아보아야 하겠다.”

이에 채모는 다시 채 부인을 만나 모의하고 양양에 영내 관원들을 모으는 한편, 그를 기회로 암살 계획을 추진하였다.

이튿날 채모가 다시 찾아와 유표에게 간하였다.

“근래 몇 년 사이 계속 풍년이 들어 영내의 관원들을 양양에 모아 위로연을 베풀고자 하오니 꼭 참석해주십시오.”

채모의 속뜻을 알 까닭이 없는 유표가 말하였다.

“나는 요즘 심기가 불편하여 참석할 수 없을 것 같네. 그 대신 내 두 아들을 참석시키겠네.”

채모는 유표의 이러한 대답을 예상하고 있었다.

“두 아드님께서는 아직 연소하시어 혹시 여러 손님들 앞에 체면이 서지 않을 수도 있으니 유비도 참석시키는 것이 어떻겠습니까?”

“그렇다면 사람을 신야로 보내 유비에게 참석하도록 부탁해보시오.”

채모는 내심으로 쾌재를 부르며 즉각 신야로 사자를 보내어 유비를 초청하였다.

신야성으로 돌아온 유비는 자신이 실언한 일을 아무에게도 알리지 않고 혼자서 품고 있었는데 유표가 보낸 사자가 와서 양양으로 자기를 초청한다는 전갈을 전하였다. 이때 손건이 눈치 빠르게 한 마디 꺼내었다.

"주공께서 서둘러 돌아오셨을 때 안색을 살펴보고 형주에서 무슨 일을 겪으셨으리라 짐작하고 있었습니다. 어쨌든 양양에는 지금 가지 않는 것이 상책이라 생각합니다."

이에 유비는 여러 장수에게 형주에서 있었던 그간의 일을 자세하게 털어놓았다. 관우가 말을 꺼냈다.

"형님께서는 실언했다고 하시지만 유표는 별로 괘념치 않는 것 같습니다. 양양이 엎어지면 코 닿을 거리에 있는데 가지 않으시면 도리어 오해를 살 것입니다."

유비가 관우의 말에 수긍하였다.

"자네의 말이 맞는 것 같네."

그러자 장비가 코웃음을 치며 말하였다.

"그 정도의 술자리에 안 가도 그만 아닙니까? 어차피 그런 술좌석에서는 신통스러운 이야깃거리는 없을 테니까요."

조운이 다시 나섰다.

"제가 보병과 기마병 등 삼백 병력을 이끌고 형님을 호위하겠습니다."

"고맙네. 그렇게 하도록 하세."

유비는 흐뭇해했다. 결국 유비는 조운을 데리고 그날 안에 양양을 향해 길을 떠났다.

채모의 계략

양양에 도착하자 채모가 성 밖까지 나와 지나칠 정도로 겸손하게 맞이해주었다. 그 뒤에는 유기와 유종 두 이복 형제가 문무의 관료를 거느리고 나와 맞이해주었다. 유비는 유표가 자기 아들까지 내보내어 자신을 맞이하는 것을 보자 마음이 놓였다. 일행은 숙사로 들어가 여장을 풀었다. 조운은 이끌고 온 삼백 군사에게 갑옷과 투구로 완전 무장을 하게 하고 유비 옆에서 반 걸음도 떨어지지 않도록 명하였다.

유기가 유비에게 말하였다.

"아버님께서는 몸이 불편하셔서 유 황숙을 청하여 영내의 각급 장관들을 위로하고 격려하라고 특별히 부탁하셨습니다."

"내게 그럴 만한 자격은 없지만 엄친의 분부이시니 기꺼이 따르겠습니다."

다음날, 아홉 군과 마흔두 주의 장관들이 모두 도착하였다. 채모는 괴월을 몰래 불러 계책을 세웠다.

"유비는 만만치 않은 효웅(梟雄)이니 계속 여기에 머무르게 하였다가는 오히려 우리가 당할 것이다. 그러니 오늘 밤에 그를 제거하자."

"글쎄요, 그랬다가 혹시 민심을 잃지는 않겠습니까?"

"유표가 내게 그렇게 하라고 허락하였네."

"그렇다면 미리 단단히 대비해 두어야겠습니다."

이에 채모가 계획을 털어놓았다.

"동문으로 나가 현산(峴山)으로 가는 대로변에는 이미 내 아우 채화(蔡和)가 지키고 있고, 남문 밖에는 채중(蔡中)을, 북문 밖에는 채훈(蔡勳)이 지키고 있네. 그리고 서문은 바로 앞에 단계(檀溪)라는 계곡 물이 가로막고 있는데 아무리 수만 군사를 이끌었다 해도 건널 수가 없을 만큼 큰 냇물이니 걱정하지 않아도 될 것이네."

괴월은 그래도 마음이 놓이지 않는다는 듯이 물었다.

"하지만 조운이 한시도 유비 곁을 떠나지 않고 있는데 공격할 수 있을까요?"

"성 안에 이미 오백 명의 군사를 매복시켜 놓았네."

"그러면 이렇게 하지요. 문빙(文聘)과 왕위(王威) 두 사람에게 명하여 바깥 사랑채에서 무장들을 위한 잔치를 따로 열어 초대하는 것입니다. 그렇게 해서라도 조운을 떼어놓지 않으면 안 됩니다."

채모는 괴월의 말에 기뻐하며 찬성하였다.

그날 밤에는 소와 말을 넉넉히 잡아 성대한 술자리가 베풀어졌다. 유비는 적로마를 타고 주의 청사 안으로 들어와 말을 뒷마당에 매어 놓게 하고 연회장으로 들어갔다. 그곳에는 내빈들이 자리를 가득 메우고 있었다. 유비가 주인의 자리에 앉자 유기와 유종이 그의 좌우에 앉았다. 조운은 검을 놓지 않고 유비 곁에 바싹 붙어 섰다. 이때 문빙과 왕위가 들어와 조운에게 청하였다.

"저쪽에 무장들을 위해 자리를 따로 마련해놓았으니 그곳으로 가시지요."

그러나 조운은 꼼짝도 하지 않았다. 보다 못한 유비가 그곳으로 가라고 권하자 조운은 마지못해 그 두 사람을 뒤따라갔다. 그동안 채모는 바깥에서 모든 준비를 완벽하게 갖추고 있었다. 유비가 데리고 온 삼백 명의 군사들도 모두 숙사 쪽에서 멀리 떼어놓았으니 이제 주연이 한창 무르익을 때 단호히 결행하기만 하면 되었다.

유비를 구한 적로마

술잔이 세 순배쯤 돌 때였다. 갑자기 이적(伊籍)이 자리에서 일어나 유비 앞으로 다가와 잔을 손에 들며 눈짓을 하고는 속삭였다.

"자, 어서 잠깐 자리를 비우시지요."

유비가 무언가를 알아차리고 변소에 가는 척하며 자리를 떠나 뒷마당으로 갔다. 이적은 사람들에게 잔을 돌린 후 부리나케 뒷마당으로 가서 유비에게 귀엣말로 속삭였다.

"채모가 지금 주공을 해치려고 완전히 손을 썼습니다. 성 밖의 동·남·북문에 적군이 배치되어 있으니 서문으로만 나갈 수 있습니다. 어서 빨리 그곳으로 달아나십시오."

유비는 놀란 마음을 가라앉히고 정신을 차려 매어 있던 적로마의 고삐를 풀고 뒷문으로 끌고 나가자마자 올라탔다. 그리고 종복을 부를 겨를도 없이 그대로 서문을 향해 달렸다. 서문을 지키고 있던 문지기가 멈추라고 소리를 쳤지만 유비는 채찍을 더 세게 휘두르며 그대로 쏜살같이 서문을 통과하였다.

문지기가 부랴부랴 달려가 채모에게 보고하자 채모는 말 위에 올라 매복해 있던 오백 명의 군사에게 유비를 뒤쫓으라고 소리쳤다. 서문을 빠져나와 사오 리쯤 가니 눈앞에 커다란 계곡인 단계가 가로막고 있었다. 단계는 계속 흘러가 마침내는 상강과 합류되는 격류였다. 유비는 더 이상 앞으로 전진할 수 없어 그 계류의 기슭에서 말을 멈출 수밖에 없었다. 뒤를 돌아보니 저편에서 하늘 높이 흙먼지를 날리며 추격해오는 군사들이 보였다.

"내가 여기서 죽는가 보다."

유비는 신음 소리를 냈다. 다시 말머리를 돌려 뒤를 돌아보니 추격대가 더욱 가까워졌다. 다급해진 유비는 말을 그대로 계류 속으로 몰았다. 두세 걸음 걸어들어가는데 말의 앞발이 깊은 곳을 밟아 휘청거리는 바람에 유비는 물벼락을 맞았다.

유비는 더욱 채찍질을 가하며 소리쳤다.

"적로마야, 적로마야! 너는 역시 너를 타는 사람에게 재앙을 준단 말이냐?"

피를 토하는 듯한 유비의 절망 소리가 채 끝나기도 전에 갑자기 적로마가 '히힝'하고 울음 소리를 내며 물 속에서 앞다리를 쳐들더니 하늘을 날 듯이 삼십 척 너비의 계류를 단숨에 뛰어넘어

눈깜짝할 사이에 건너편 기슭에 닿았다. 유비는 마치 운무(雲霧) 속을 날은 듯한 기분이었다.

유비가 단계를 뛰어넘어 동쪽 기슭을 향해 달리는데 채모의 추격대가 물가에 이르러 서 있는 것이 보였다. 채모가 유비를 향해 큰소리로 외쳤다.

"주공께서는 어찌하여 술좌석을 벗어나셨습니까?"

유비가 반문하였다.

"내 그대에게 혹독하게 대한 일이 없는데 어찌하여 나를 원수로 대하는가?"

"그런 일 없습니다. 남들의 허튼 소리를 믿지 마십시오."

이렇게 대꾸하는 채모의 손에 활과 화살이 쥐어진 것을 본 유비는 고삐를 당겨 서남쪽을 향해 줄행랑을 쳤다. 이를 물끄러미 지켜보던 채모가 혀를 차며 중얼거렸다.

"왜 하늘이 그를 도와주는 것일까?"

채모가 하릴없이 성으로 향해 돌아오는데 조운이 서문 쪽에서 삼백 명의 군사를 거느리고 달려나왔다.

준마가 물을 건너뛰어 주인을 살려내더니 다시 범 같은 유비의 부하 장군이 자기를 향해 덤벼들려 하니 채모의 목숨은 마치 풍전등화 같았다.

제 35 회   선복을 군사로 모신 유비

현덕남장봉은륜　　선복신야우영주
玄德南漳逢隱淪　　單福新野遇英主

쫓기던 유비는 남장에서 수경을 만나고
신야로 돌아가 선복을 군사로 모시다

유비를 놓친 조운

　조운은 다른 좌석에 가서 주연을 한창 벌이고 있다가 군사들이 움직이는 것 같은 소란스러운 소리에 정신이 번쩍 들어 급히 바깥 사랑으로 달려갔다. 그곳에 당연히 있어야 할 유비가 없자 가슴이 철렁해진 조운은 숙사로 돌아가다가 채모가 병력을 이끌고 서문으로 나갔다는 소리를 들었다. 사태의 위급함을 느낀 조운이 창을 들고 말을 집어타고는 휘하의 삼백 군사들을 급히 불러 서문을 나서는 중에 채모 일행과 맞닥뜨린 것이었다.

조운이 급히 물었다.

"우리 주인이 어디 가셨는지 아시오?"

"주공께서는 갑자기 자리를 뜨시더니 어디론가 사라지셨소이다. 이에 달려나가 찾아보았지만 끝내 찾지를 못하였소."

조운은 원래 사려가 깊은 인물이었으므로 그의 말을 그대로 믿지 않고 다시 서문 쪽으로 계속 달려가보았는데 그곳에는 삼십 척이나 되는 단계가 가로막고 있었다.

조운은 그대로 돌아와 채모를 책망하였다.

"그대는 왜 우리 주공을 술잔치에 초대해놓고는 군사들을 이끌고 다니는 것이오?"

"아홉 군과 마흔두 주의 현관들이 모인 잔치에서 군의 책임을 맡고 있는 내가 그들을 보호하는 것은 당연한 일 아니오?"

"무엇이라고? 우리 주공이 어디로 갔는지 바른대로 대라."

"혼자서 서문을 빠져나가셨다는 소리를 듣고 여기까지 나와보았으나 찾을 수가 없었소."

조운은 신경이 쓰여 다시 단계로 나가 구석구석 살펴보았다. 강 건너편의 기슭을 보니 말 발자국이 널려 있었다.

"말을 타신 채 이곳을 건너가셨을까? 그럴 리는 없을 텐데."

그는 삼백 명의 병력을 풀어 이 일대를 샅샅이 뒤지게 하였으나 아무런 단서도 찾을 수가 없었다. 할 수 없이 서문으로 되돌아와 보니 채모는 이미 성 안으로 들어간 뒤였다. 조운은 문지기 군사를 잡고 채근하였지만 유 장군께서는 말에 올라타신 채 홀로 서문을 나가셨을 뿐이라고 대답하였다. 조운은 이제 성 안으로 들어가는 것은 위험하다고 판단하고 서둘러 군사들을 이끌고 신야로 되돌아갔다.

수경 선생을 만난 유비

한편 유비는 서문을 나가 말에 탄 채 단계를 건너뛰었을 때 술에 취한 것처럼 정신이 혼미하고 아찔한 느낌이었다.

"삼십 척이나 되는 강물을 단숨에 건너다니! 이것은 필히 하늘이 나를 도운 것이다."

유비가 계속해서 남장을 향해 말을 몰아가니 이미 해가 서쪽으로 지려 하고 있었다. 유비가 급한 마음에 멈추지 않고 말을 달리는데 한 목동이 소 등에 올라타고 앉아서 피리를 불면서 오고 있는 것이 보였다. 유비는 자신도 모르게 중얼거렸다.

"나보다 저 아이의 처지가 훨씬 낫구나."

유비는 말을 멈추고 그 목동을 무심히 쳐다보았다. 그러자 그 목동도 소를 멈추고 불던 피리 소리도 멈추더니 유비의 얼굴 생김새와 옷차림을 유심히 살펴보다가 물었다.

"황건적을 격파하신 유비 장군이 아니십니까?"

유비는 놀라면서 되물었다.

"이런 벽촌에 있는 네가 어떻게 나를 아느냐?"

"제가 어떻게 장군님을 직접 알겠습니까? 저의 스승님께서 손님들이 찾아오시면 그때마다 '유비 장군이란 분이 계시는데 그는 키가 칠 척하고도 다섯 치나 되고 팔을 늘어뜨리면 무릎까지 오며, 자기 눈으로 자기의 귀를 볼 수 있는 영웅 중의 영웅이라네'라고 늘 말씀하시곤 하여서 알아봤습니다. 지금 뵈오니 스승님께서 하신 말씀과 딱 들어맞아 틀림없이 이분이구나 하고 생각하여 말씀 드린 것입니다."

유비가 궁금한 목소리로 물었다.

"그렇다면 그 스승이란 분은 누구시냐?"

"우리 스승님의 성은 사마(司馬)이고 이름은 휘(徽)라 하고 자를 덕조(德操)라고 합니다. 그리고 영천(潁川) 출신으로 일명 '수경(水鏡) 선생'이라 합니다."

"그 스승에게는 어떤 벗들이 있느냐?"

"양양 땅에 방덕(龐德) 공과 방통(龐統) 공이 계십니다."

"그 두 분은 어떤 분들이시냐?"

"그분들은 아저씨와 조카 사이이지요. 방덕 공은 자를 산민(山民)이라 하며 우리 스승님보다 열 살이나 손위시지요. 방통 공은 자를 사원(士元)이라 하며 스승님보다 다섯 살 손아래입니다. 어느 날 스승님께서 뽕나무에 올라 뽕잎을 따시다가 방통 공의 방문을 받으시고 두 사람이 뽕나무 아래 마주 앉아서 이야기를 나누시다가 친구로 사귀기 시작한 것이지요. 우리 스승님은 방통 공을 매우 아끼고 마음에 들어하시어 '아우님, 아우님' 하고 부르신답니다."

"그래, 그 스승님이 지금 어디 계시냐?"

목동은 숲속을 가리키며 말하였다.

"저기 저 숲속 사원에 계십니다."

"내가 바로 네가 말한 유비이다. 너의 스승님을 만나뵐 수 있게 해주겠느냐?"

유비와 목동이 말과 소를 나란히 하고 약 이 리쯤을 가니 과연 사원이 하나 나타났다. 그 앞에서 말에서 내려 목동을 따라 안으로 들어가 마당의 중문 쯤에 이르자 거문고를 타는 청아한 소리가 들려왔다.

"잠깐만 기다리거라."

유비는 소년을 멈추게 하고 그 자리에 서서 귀를 기울이고 있으려니까 어느새 거문고 소리가 그치고 주인이 빙긋이 웃으며 나타나서 말하였다.

"청아하고 완만한 거문고의 음률이 갑자기 강한 음색으로 튀는 것은 틀림없이 어떤 영웅이 밖에서 나의 거문고 소리를 듣고 있는 것이라 생각하였습니다."

목동이 유비에게 말하였다.

"이분이 우리 스승님이신 수경 선생이십니다."

유비는 수경 선생이라는 자를 유심히 살펴보았다. 목동은 자기 주인에게도 소개하였다.

"이분이 유비 장군이십니다."

수경이 사랑방으로 유비를 인도하여 들어가니 방 안에는 책꽂이에 책과 두루마리가 가득히 쌓여 있었고 창 밖에는 소나무와 대나무가 심어져 있는 것이 보였다. 돌로 된 평상에는 거문고가 걸려 있었다. 고요하고 유현하고 청아한 풍경이었다.

수경이 먼저 물었다.

"어디서 오시는 길인지요?"

"무심히 이 고장을 지나가다가 소몰이 소년을 만나 이곳까지 오게 된 것입니다."

이 말에 수경이 빙그레 웃으며 말하였다.

"숨기실 것 없습니다. 제가 보니 위급한 일을 당하여 피난하시는 길인 듯하온데……."

유비는 더 이상 숨길 수가 없어서 양양에서 겪은 일을 모두 털어놓았더니 그가 다시 말하였다.

"공의 얼굴빛을 보고 짐작하고 있었습니다. 공의 이름은 퍽이나 오래 전부터 들어서 알고 있었소이다만 아직까지 불행을 떨쳐버리지 못하는 것은 어찌된 일입니까?"

"글쎄요, 아직까지 불운이 끝나지 않은 듯합니다."

"아니, 그렇지 않습니다. 이는 '사람'을 얻지 못한 까닭입니다."

"저에게도 사람이 있습니다. 문관으로는 손건·미축·간옹이 있고 무관으로는 관우·장비·조운 등이 있어 저마다 제게 큰 힘이 되어 주고 있습니다.”

“그럴 테지요. 관우·장비·조운 등의 장수들은 일만 명을 혼자서도 당해낼 수 있는 용사들이지요. 하지만 안타깝게도 그들을 훌륭히 다루고 부릴 수 있는 인물이 없다는 이야기입니다. 손건·미축·간옹이 있다고는 하지만 그들은 큰 포부가 없는 범인들입니다.”

“저 역시 그것을 안타까이 여겨 초야에 묻혀 사는 인재를 구하려고 힘써 왔으나 도무지 그런 분들을 만나지 못하였습니다.”

“공자께서도 말씀하지 않았습니까? 열 마을에는 반드시 충신이 있다라고요. 그러니 섣불리 인재가 없다고는 말할 수 없는 일입니다.”

“그렇다면 그런 인물을 만날 수 없음은 제가 부덕한 탓이겠지요. 부디 저에게 가르쳐주시어 이끌어주십시오.”

“귀공께서는 형주와 여러 군의 아이들이 부르는 노래를 알고 계십니까? 그 가사는 다음과 같습니다.

팔구년간시욕쇠	八九年間始欲衰
지십삼년무혈유	至十三年無孑遺
도두천명유소귀	到頭天命有所歸
이중반룡향천비	泥中蟠龍向天飛

이 노래는 건안 초기부터 유행했던 것인데 그 뜻은 건안 8년에 유표의 전처가 죽으면서 집안이 내분에 휩쓸렸으니 그것이 쇠퇴의 시작이라는 것이지요. 이에 마침내 유표가 죽고 그 뒤에 문무백관이 뿔뿔이 흩어지게 되고 진흙 속에 몸을 감추었던 용이 하늘을 향해 날아오른다는 것으로 바로 귀공의 앞날을 두고 하는 말이지요.”

유비가 깜짝 놀라 펄쩍 뛰었다.

"천만의 말씀입니다. 저는 도저히 그럴 인물이 못 되옵니다."

"바야흐로 지금 천하의 기재(奇才)들이 이 고장에 모여 있으니 가서 그들을 찾아보도록 하십시오."

"그 재주꾼들은 어떤 사람들입니까?"

"예컨대, 복룡(伏龍)과 봉추(鳳雛)라는 인물 가운데 한 사람이라도 얻을 수 있다면 그로써 천하를 평정할 수 있을 것입니다."

"그러면 복룡과 봉추라는 분들은 어떤 분들이십니까?"

이 말에 수경은 손뼉을 치며 웃음을 터뜨리고는 말하였다.

"아주 훌륭하시고 지모가 뛰어난 분들이십니다."

유비가 또 자세히 알려줄 것을 간청하였으나 수경은 더 이상 말하지 않았다.

"이미 해도 졌으니 오늘 밤은 이곳에서 주무시고 내일 다시 말씀을 나누도록 합시다."

수경은 목동에게 저녁을 차리라고 명하고, 말은 뒷마당에 매어 놓고 여물을 주도록 하였다. 식사를 마친 유비는 객실에 들어 잠을 청하였으나 수경의 말 한 마디 한 마디가 가슴속을 파고들어 도무지 잠을 이룰 수가 없었다.

선복을 군사로 모신 유비

그렇게 얼마나 시간이 지났는지 알 수 없는 한밤중에 누군가 갑자기 대문을 두드리며 수경 선생의 방으로 들어가는 기척이 들렸다.

"원직(元直)이군. 그런데 이 밤중에 웬일인가?"

수경의 목소리가 들려왔다. 유비는 잠자리에서 일어나 조심스럽게 그들의 대화를 엿들었다.

"유표가 선인을 아끼고 악인을 미워한다는 소리를 듣고 일부러 찾아가보았더니 소문과 다른 인물이더군. 비록 선인을 아낀다고 하지만 사용할 줄 모르고 악인을 미워한다고 하면서도 이를 물리쳐 쫓아낼 만한 능력은 없는 사람이었네. 그래서 몇 자 써놓고는 그냥 와버렸네."

이 말에 수경이 그를 타일렀다.

"자네는 천하의 주인이 될 분을 도울 보좌역이니 섣불리 아무나 섬겨서는 안 되네. 어째서 유표와 같은 인물을 찾아갈 생각을 했는가? 영웅호걸이 이 고장에도 있다네. 자네가 아직 깨닫지 못하고 있을 뿐이지."

"그래, 자네의 말이 옳을지도 모르지."

이들의 대화를 엿들은 유비는 너무나 기뻤다. 지금 찾아온 사람은 복룡 아니면 봉추라는 생각이 들어 당장 뛰어나가 대면하고 싶었지만 그렇게 불쑥 찾아가서는 일을 그르칠지도 모른다고 생각하여 꾹 참았다. 유비는 날이 새기를 기다렸다가 밝자마자 수경을 찾아가 대뜸 물었다.

"간밤에 찾아온 손님은 누구였습니까?"

"내 벗이었소."

"제가 한 번 그분을 만나뵈면 안 되겠습니까?"

"그는 이미 좋은 주인을 찾아 어디론가 떠나버렸소이다."

유비가 그의 이름을 물었지만 수경은 껄껄거리고 웃을 뿐이었다.

"그럼 복룡과 봉추는 어떤 분들이십니까?"

유비가 거듭 물어도 수경은 역시 껄껄거리고 웃음만 지을 뿐이었다. 유비는 수경에게 자기와 함께 세상으로 나가 한나라 황실을 다시 세우는 일을 도와달라고 청원하였다. 그러나 수경 선생은 단호하게 말하였다.

"아니라오. 나와 같은 사람은 평생 야인으로 보내야 할 쓸모없는 한인(閑人)이오. 이 사람보다 열 곱이나 빼어난 인물이 반드시 귀공을 보좌할 것이니 기다려보시오."

이야기가 무르익어갈 무렵 밖에서 시끄러운 소리가 들려오고 목동이 들어와 아뢰었다.

"지금 어떤 장군이 수백 명의 군사를 이끌고 이곳으로 오고 있습니다."

유비가 놀라 달려나가보니 그는 바로 조운이었다. 유비가 반갑게 그를 맞이하자 조운이 말에서 내려 이렇게 아뢰었다.

"간밤에 신야로 돌아가보니 주공께서 계시지 않아 밤새도록 찾아다니다가 이곳까지 오게 되었습니다. 어서 돌아가시는 것이 좋겠습니다. 신야로 채모가 쳐들어올지도 모르니까 말입니다."

유비는 수경에게 작별을 고하고는 조운의 호위를 받으며 신야로 향하였다. 돌아가는 도중에 관우와 장비도 만나게 되어 유비가 이들에게 단계에서 아슬아슬한 위기를 모면한 이야기를 하였더니 일행은 무척 놀라며 기적 같은 일이라고 고개를 갸웃거렸다.

신야로 돌아온 유비는 휘하 장수들을 모아놓고 앞으로의 대책을 논의하였다. 손건이 아뢰었다.

"우선 유표에게 그간 있었던 일을 서신으로 자세히 알리는 편이 좋을 것 같습니다."

유비는 즉시 그간의 일을 서신으로 자세히 써서 손건에게 써주었고 손건은 그 서신을 가지고 형주로 가서 유표를 만났다. 그런데 손건을 맞이한 유표가 오히려 그에게 언짢은 기색으로 물었다.

"양양에서 열린 만찬에 참석해달라고 내가 친히 부탁하였는데 어째서 유공은 갑자기 자취를 감추었소?"

이에 손건이 유표에게 유비의 서신을 바쳤다. 그 서신에는 채모의 음모와 단계에서의 위난 등 모든 자초지종이 낱낱이 적혀 있었다. 서신을 읽은 유표는 낯빛이 바뀌면서 흥분하여 그 자리에 채모를 불러다놓고 꾸짖었다.

"너는 어찌하여 내 아우뻘인 유비를 죽이려 하였느냐?"

유표는 채모를 끌어내어 목을 치라고 명하였다. 그러자 채 부인이 뛰어나와 울면서 동생을 살려달라고 애원하였다. 그러나 유표의 노여움은 좀처럼 풀어지지 않았다.

"만일 채모를 죽이신다면 우리 주공께서 이 고장에 머무르는 것이 거북해질 것입니다."

옆에서 지켜보던 손건이 이같이 말리자 유표는 생각을 바꾸어 채모에게 죽음은 면하게 하는 대신 쫓아내었으며 장남 유기를 손건과 같이 보내 유비에게 사과하도록 하였다. 유기가 아버지의 명에 따라 신야로 가서 유비를 만나 백배사죄하니 유비는 유기를 위해 환영연을 베풀어주었다. 술좌석이 무르익어갈 때쯤 유기는 갑자기 눈물을 흘렸다.

유비가 놀라 그 이유를 묻자 유기가 솔직하게 털어놓았다.

"실은 계모 채 부인이 저를 죽이려고 계획을 세우고 있습니다. 그러나 저로서는 그것을 막아낼 방도가 없으니 이 일을 어찌하면 좋을지 모르겠습니다."

유비는 마땅히 할 말이 없어서 고민하다가 점잖게 타일렀다.

"세심히 주의를 해서 효도를 다하시면 저절로 사이가 원만해질 수 있을 것입니다."

다음날 유기가 돌아가려 하자 유비가 말을 타고 성 밖까지 따라가 그를 배웅해주었다. 그때 자신이 타고 있던 적로마(的盧馬)를 가리키며 말했다.

"이 적로마가 없었던들 저는 벌써 이세상 사람이 아니었을 겁니다.”

그러자 평소에 유비를 아저씨로 불러오던 유기가 웃으며 말하였다.

“아니지요. 목숨을 건지신 것은 말의 힘이 아니라 하늘이 도우신 까닭입니다.”

그러고는 눈물을 흘리며 작별을 고하였다.

유기를 보내고 성 안으로 들어온 유비에게 괴상한 차림새로 노래를 흥얼거리며 지나가는 한 사람이 눈에 띄었다. 그는 갈포(葛布)로 된 두건을 썼고 포목으로 만든 도포를 입고 있었으며 검은 띠에 검은 신을 신고 있었다. 유비가 길을 멈추고 그가 부르는 노래를 유심히 들어보니 다음과 같은 내용이었다.

하늘과 땅이 뒤집혀 불기운이 잦아지네	天地反覆兮火欲殂
무너져가는 큰 집이 한 나무로 버틸쏘냐	大廈將崩兮一木難扶
산,들에 어진이 있어 밝은 주인을 찾는데	山谷有賢兮欲投明主
밝은 주인은 어이해 이 몸을 몰라보는가	明主求賢兮却不知吾

유비는 이 노래를 들으며, 저렇게 노래하는 사람이 혹시 복룡이나 봉추가 아닐까 하는 생각이 들었다. 그는 말에서 내려 그를 만나본 뒤 현의 청사로 모시고 갔다. 그리고 그의 이름부터 물어보았다.

“나는 영상(潁上) 출신으로 이름은 선복(單福)이라 합니다. 오래전부터 공의 소문을 들어 꼭 만나뵙고 싶었지만 그렇다고 덮어놓고 불쑥 찾아가 뵐 수도 없었기에 궁리 끝에 거리를 떠돌며 노래를 불러 주의를 끌려고 했던 것입니다.”

이 말에 유비는 크게 기뻐하며 그를 빈객으로 대접하였다.

어느 날 선복이 유비를 찾아와 청하였다.

“공께서 타고 다니시는 그 말을 다시 한 번 구경하고 싶습니다.”

유비는 곧 적로마의 안장을 벗기고 마당으로 끌고 오도록 하였다. 선복은 적로마를 유심히 살펴보고는 말하였다.

“이 말은 적로마가 아닙니까? 이 말은 정녕 일천 리 길을 단숨에 달리는 명마이지만 타는 사람이 화를 당하는 것이 큰 결점인 말입니다. 그러니 타지 않도록 하십시오.”

유비가 선복의 말에 웃음지으며 말하였다.

“이미 지난번에 시험을 당해봤습니다.”

그러면서 단계에서 있었던 일을 이야기해주었다. 그러나 선복은 다시 말렸다.

“말이 주인을 구하는 것과 해를 입히는 것은 별개의 일이옵니다. 그러니 먼저 누군가를 이 말에 태워 그 사람에게 한 번 해를 입히십시오. 그러면 그 뒤에 타셔도 염려하실 것이 없을 것입니다.”

이 말에 유비는 얼굴이 굳어지며 준엄하게 말하였다.

“이것이 선생께서 저를 만나 해주시는 최초의 교훈입니까? 자기 자신의 안전을 위하여 먼저 남을 다치게 하다니, 저는 그런 짓은 도저히 할 수 없습니다.”

이 말을 들은 선복이 빙그레 웃으며 말하였다.

“죄송합니다. 주공께서 인의가 높으신 분이라는 소문을 듣고 제가 직접 확인하고자 시험 삼아 말씀드려본 것입니다.”

유비도 그제야 얼굴빛을 부드럽게 하고 이에 답하였다.

“저에게는 인덕이 높다할 만한 것은 없지만 아무튼 선생의 가르침을 받고자 합니다.”

선복이 유비의 말에 동의하지 않고 말하였다.

“아닙니다. 제가 영상에서 이곳으로 옮겨와 보니 신야 사람들이 이런 노래를 부르고 있었습니다.

신야의 목사로 유 황숙이 이곳에 오시니　　新野牧劉皇叔

백성들은 풍족해지는구나　　　　　　　自到此民豊足

과연 주공을 직접 만나뵈오니 그 노래가 틀리지 않았습니다. 이 것은 주공의 인덕이 높다는 것을 뜻하는 것이지요.”

유비는 선복을 군사(軍師)로 봉하고 군대의 교련을 부탁했다.

유비를 구한 선복

조조는 기주에서 허도로 돌아온 뒤에 끊임없이 형주를 칠 기 회를 노리고 있었다. 그리하여 일부러 조인과 이전에게 항복해온 장수 여광·여상과 함께 삼만 병력을 번성(樊成)에 주둔시켜 형 주 쪽의 상황을 살펴보라고 하였다. 그러던 어느 날 여광과 여상 형제가 조인에게 건의하였다.

“유비가 지금 신야에 머물고 있으면서 군사들을 모집하고 군마 를 사들이는 등 조짐이 심상치 않습니다. 세력이 더 커지기 전에 우리가 먼저 그들을 해치워야 합니다. 우리 두 사람은 조조님께 항복한 뒤로 조그만 공 하나 세우지 못한 처지이오니 우리에게 오천 병력을 내어 주시면 우리가 달려가 유비의 목을 베어 승상 께 바치겠습니다.”

두 형제의 말을 들은 조인은 크게 기뻐하며 두 형제에게 오천 병사를 내주어 신야로 출발시켰다.

이 사실이 곧 유비에게 알려졌고 이에 유비는 선복을 찾아가 의논을 하였다.

“적군을 경계 안으로 들여보내서는 안 됩니다. 관우를 왼쪽으 로 보내어 적군의 본대를 공격케 하시고, 장비를 오른쪽으로 보내어 적군의 후위부대를 치시면 적군들은 가운뎃길로 오게 될 것입니다. 이때 주공께서 조운과 함께 적군의 전위부대를 공격하십시오. 그러면 이로써 적군들은 섬멸하여 패주하게 될 것입니다."

유비는 선복의 말에 따라 관우와 장비를 내보내고 자신은 선복과 조운과 더불어 이천 병력을 이끌고 친히 출동하였다. 그들이 사오 리쯤 가니 여광과 여상이 이끄는 군사들을 만나게 되어 쌍방이 각기 진을 쳤다.

유비가 진문에 서서 크게 외쳤다.

"네 놈들은 누구이길래 우리 경계를 침범하려고 드느냐?"

여광이 앞으로 나서며 외쳤다.

"나는 대장 여광이다. 조 승상의 명을 받들어 네 놈을 생포할 테니 각오하고 있거라."

이 말에 유비가 조운을 내보냈다. 둘이 서로 몇 차례를 싸우다가 순식간에 여광이 조운의 손에 죽음을 당하였다. 이 기회를 놓치지 않고 유비는 군을 일제히 전진시켰다. 여상이 도저히 당해내지 못하고 달아나는데 길가의 숲속에서 관우가 뛰어나왔다. 여기서 얼마간을 싸웠지만 여상이 이겨내지 못하고 병력의 태반을 잃었다. 여상은 자기 목숨 하나 살리기 바빠서 필사적으로 달아나는데 채 십 리도 가지 못하여 장비가 길을 가로막았다.

"이놈! 내가 기다리고 있었다."

장비는 창을 휘두르며 덤벼왔고, 여상은 오도가도 못하게 되었다. 결국 그는 말에서 떨어져 맥없이 목숨이 끊기고 말았다. 유비는 적군들을 추격하여 수많은 군사를 사로잡았다. 이 한판의 싸움으로 유비는 선복을 더욱 신임하게 되었다.

한편 가까스로 도망친 패잔병이 돌아가 조인에게 보고하였다.

"여광과 여상 두 대장이 모두 전사하였으며 군사들도 거의 모두 사로잡혀 갔습니다."

조인은 화가 나서 낯이 붉으락푸르락 하다가 이전을 불러들여 대책을 논하였다.

"앞으로 어떻게 하면 좋겠소?"

"여씨 형제가 너무 적군을 얕본 것이 도리어 화근이 되었습니다. 지금 움직이는 것은 무리이니 승상께 사실을 아뢰고 대군을 지원받아 공격하는 것이 상책이라 생각합니다."

"그런 답답한 소리 마시오. 두 장수를 잃은 데다가 많은 군사들을 빼앗기고 어찌 승상께 보고할 수 있느냔 말이오? 신야는 내 새끼손가락보다 작은 조그만 성에 불과한데 승상의 대군을 지원받아 치다니 내 체면이 서지 않소."

"그렇기는 하지만 유비는 비범한 인물이니 섣불리 행동하시는 것은 위험합니다."

"그만하시오. 공은 왜 그리 겁이 많으시오?"

"겁이 나서가 아닙니다. 병법에도 적을 알고 나를 알면 백전백승이라고 하였습니다. 우리에게 반드시 이길 묘안이 없으면 섣불리 움직여서는 안 된다는 말입니다."

이 말에 조인은 성이 났다.

"자네는 설마 두 마음을 품고 있는 것은 아니오? 나는 기필코 유비를 생포하고 말겠소."

"정 그러시다면 나가서 싸우십시오. 저는 이곳 번성에 남아 지키고 있겠습니다."

"이것 보시오! 그게 바로 두 마음을 품은 증거라오."

조인은 고집불통이었다. 그래서 이전은 할 수 없이 조인과 함께 이만오천 명의 병력을 이끌고 신야로 출발하였다.

이는 정녕 여씨 형제가 싸움에서 죽고 조인이 용감하게 설욕전을 벌이겠다는 것인데 이것이 과연 성공할 것인가?

제 36 회 공명을 천거하고 떠나는 선복

현 덕 용 계 습 번 성　　원 직 주 마 천 제 갈
玄德用計襲樊城　　元直走馬薦諸葛

유비가 선복의 도움으로 번성을 빼앗고
서서는 유비 곁을 떠나며 공명을 천거하다

도망만 치는 조인

성이 난 조인(曹仁)이 대군을 이끌고 출병하였다. 그들은 밤의 어둠을 타고 냇물을 건너 신야 성을 공격할 작정이었다. 이때 선복(單福)은 여씨 두 형제를 물리치고 싸움에 이기고 신야로 돌아와 유비에게 진언하였다.

"번성(樊城)에 병력을 주둔시키고 있는 조인이 여씨 형제가 전사한 사실을 알게 되면 틀림없이 대군을 이끌고 공격해올 것입니다."

"그러면 어찌하면 좋겠습니까?"

"만약 조인이 이곳을 공격해온다면 번성은 비게 될 것이니 우리가 번성을 공격해서 빼앗으면 될 것입니다."

유비가 선복에게 다시 자세한 계책을 물으니 귀엣말로 일러주어 유비는 기꺼이 이에 따라 준비를 진행시켰다. 이때 경계 쪽에서 수비를 보고 있던 군사에게서 급보가 들어왔다.

"조인이 지금 대군을 이끌고 강을 건너오고 있습니다."

선복은 자신의 예상이 맞았음을 알고 유비에게 즉시 출진을 청하였다. 양군이 맞서자 조운이 적진 앞으로 나가 소리쳤다.

"어느 놈이든지 덤벼라!"

이를 본 조인이 이전을 내보내었다. 맞서 나간 이전은 조운과 몇 차례를 싸우다가 당해낼 수가 없음을 알고 이내 진지로 달아났다. 조운이 이전을 추격하니 적이 좌우에서 활을 쏘면서 이전을 옹호하였다. 조운은 더 이상 추격할 수가 없어서 포기하고 자기 진영으로 돌아왔다.

이전이 조인에게 아뢰었다.

"유비의 군사들은 만만한 상대가 아니오니 군사를 이끌고 번성으로 되돌아가는 것이 낫겠습니다."

이 말에 조인은 화가 머리끝까지 치밀어올랐다.

"뭐라고? 그대는 출전하기 전에도 이번 싸움이 무리라고 이러쿵저러쿵 말이 많더니 이제는 또 적에게 진지를 넘기려고 할 셈이오?"

그는 즉시 도부수를 불러 당장 이전의 목을 치라고 호령을 내렸으나 이에 여러 장수들이 중재를 해서 간신히 노여움을 가라앉힐 수 있었다. 결국 여러 장수들과 의논한 끝에 조인이 앞으로 나서서 진군을 지휘하기로 하였다.

다음날 조인이 북소리를 울리며 본대를 이끌고 쳐들어오면서 전령을 유비에게 보내어 자기가 지금 이끌고 오는 대형이 어떤 형태인지 아느냐고 물어왔다. 이에 선복이 높은 망루에 올라 적진을 유심히 살핀 후에 내려와서 유비에게 아뢰었다.

"지금 조인이 만들고 쳐들어오는 대형은 팔문금쇄(八門金鎖)의 진(陣)이라 합니다. 팔문이란 휴(休)·생(生)·상(傷)·두(杜)·경(景)·사(死)·경(驚)·개(開)의 여덟 문을 일컫습니다. 이럴 때 만약 생문·경문(景門)·개문으로 들어가 싸우면 크게 이기지만 상문·경문(驚門)·휴문으로 들어가 대적하면 패전하게 될 확률이 높고, 두문과 사문으로 들어가 싸우면 전멸합니다. 그런데 조인의 군사들은 이 팔문의 전법을 잘 갖추어 나오고 있긴 하지만 유감스럽게도 중심이 허술하니 동남쪽 방향의 생문으로 들어가 서쪽 방향의 경문(景門)으로 빠져나오면 진지가 단번에 흐트러지고 혼란에 빠질 것입니다."

유비는 선복의 말에 따라 군사들을 진지에 남겨 적군의 공격에 대비해 방어하도록 하고 조운에게는 군사 오백 명을 주어 적진으로 향하도록 하였다. 조운은 창을 들고 말을 집어타고는 병력을 이끌고 적진의 동남쪽 방향으로 돌격하였다. 조인이 조운을 유인하기 위해 북쪽으로 달아나는 척했지만 조운은 아랑곳하지 않고 중앙으로 계속 들어가 곧바로 서문으로 빠져나왔다. 그러자 이내 팔문금쇄의 진영이 흐트러지면서 적군들은 큰 혼란에 빠졌다. 이쯤 되자 유비가 군사들을 이끌고 총공격에 나섰다. 조인은 조금씩 후퇴하다가 결국은 줄행랑을 쳤다. 선복은 추격을 중단하고 유비와 더불어 군진으로 돌아왔다.

조인은 비로소 이전을 불러다놓고 전에 경솔하게 대했던 것을 사과하고 다시 대책을 논하였다.

"유비의 군진 안에 누군지는 몰라도 대단한 지략가가 있는 모양이오. 그렇지 않고서야 우리의 팔문금쇄의 진이 이렇게 무너질

리가 없지 않겠소?”

“저는 그보다는 번성의 일이 걱정되어 도무지 아무 생각도 할 수 없습니다.”

“오늘 밤, 다시 한 번 공격해보고 우리가 이기면 그대로 밀고 나가고 혹시 패하게 되면 번성으로 철수하기로 하세.”

그러나 조인의 생각을 이전은 일언지하에 거절하였다.

“그만두십시오. 유비에게도 필시 계략이 있을 것입니다.”

“그대처럼 모든 일에 그렇게 의심이 많으면 아무런 싸움도 할 수 없을 것이오.”

끝내 조인은 이전의 진언을 무시하여 자신이 앞서고 이전이 후위에서 공격하도록 하고 해질녘을 기다렸다가 기습 공격을 하기로 하였다.

한편 선복은 유비와 앞으로의 대책에 대해서 의논하고 있었는데 갑자기 쏴 하고 일진광풍(一陣狂風:한바탕 부는 사납고 거센 바람)이 불었다. 선복은 무엇인가를 예감한 듯한 표정으로 유비에게 진언하였다.

“일진광풍이 이는 것을 보니 오늘 밤 틀림없이 조인이 쳐들어 올 것 같습니다.”

“그러면 어찌하면 좋겠습니까?”

“염려하지 마십시오. 이미 제게 계략이 서 있습니다.”

어느덧 해가 져서 한밤중이 되었다. 선복이 예상했던 대로 조인이 군사를 이끌고 유비의 진지에 다가섰다. 그런데 성 안에서 일제히 불길이 솟아올라 진지 안이 대낮같이 밝아지는 것이 아닌가! 조인이 깜짝 놀라 뒤로 물러섰더니 성 안에서 조운이 말을 몰며 달려나왔다. 조인은 군사들에게 제대로 철수 명령도 내리지 못하고 황망히 북쪽 경계가 되는 강으로 정신없이 치달렸다.

강변에 이르러 배를 구하고 있는데 거기에 또 한 부대가 먼지를 일으키며 달려왔다. 선두에 선 대장은 장비였다. 칼을 휘두르며 맹렬히 달려오는 장비를 본 조인은 넋이 나갈 지경이 되었으나 이전의 도움으로 간신히 배에 올라 강을 건넜다. 군사들의 대부분이 물에 빠져 익사했다.

조인이 용케 강을 건너 번성에 이르러 성문을 열라고 소리쳤다. 그러자 난데없이 북소리가 울리며 성벽 위로 장수 하나가 나타나 소리쳤다.

"조인아, 내가 오래 전부터 여기 와서 네 놈을 기다리고 있었다."

조인이 깜짝 놀라 올려다보니 그는 용장 관우였다. 조인은 간이 떨어질 듯 놀라서 황급히 도망쳤고 관우가 놓칠세라 채찍을 가하며 뒤쫓아왔다. 조인은 여기서 얼마 남지 않은 병력마저도 모두 잃어버리고 허겁지겁 허도로 향하였다. 그렇게 도망치는 도중에 신야의 유비에게는 선복이라는 자가 군사로 있으면서 싸움의 모든 계략을 세운다는 사실을 알게 되었다.

유비가 조인과의 싸움에서 크게 이기고 번성으로 들어가니 현령 유필(劉泌)이 반가이 마중을 나왔다. 유비는 번성의 백성들을 위로하고 선무하였다. 유필은 장사(長沙) 출신으로 그도 한나라 황실의 종친이었다. 그가 유비를 자택으로 초대해 연회를 베푸는데 그 자리에서 유필의 곁에 서 있는 한 젊은이가 눈에 띄었다. 그 젊은이는 긍지가 높아 보였으며 믿음직스러웠다.

유비는 그 젊은이의 정체가 궁금하여 유필에게 누구냐고 물어보았다.

"이 아이는 저의 조카입니다. 성은 구(寇)요, 이름은 봉(封)이라 합니다. 저 아이는 본디 나후(羅侯)의 구씨 댁 아들이었으나 일찍이 양친을 여의어 저에게 의지하여 이곳에 와 있습니다."

유비가 유필에게 구봉을 양자로 삼고 싶다고 제안하자 매우 기뻐하며 구봉으로 하여금 유비를 아버지라 부르게 하고 이름도 유봉(劉封)으로 고치도록 하였다. 유비는 유봉을 관우와 장비에게 소개하며 그들 두 사람을 숙부라고 부르게 하였다.

유봉을 만난 관우가 유비에게 조심스럽게 아뢰었다.

"형님께서는 이미 아두(阿斗)라는 친아드님이 있는데 왜 양자를 얻으셨습니까? 혹시 뒷날에 이 일로 말썽이 일어날지도 모르지 않습니까?"

그러나 유비는 관우의 말에 전혀 괘념치 않는다는 듯이 말하였다.

"내가 그 아이를 내 친아들처럼 대하면 그 아이도 나를 친아비처럼 섬길 텐데 무슨 말썽이 일어나겠는가?"

그래도 관우는 개운하지가 않았다. 유비는 선복과 상의한 끝에 조운으로 하여금 일천 병력을 데리고 번성을 수비하도록 명하고 자신은 신야로 돌아갔다.

선복의 정체

유비에게 대패하여 목숨만 간신히 건진 조인은 이전과 더불어 허도로 돌아와 조조에게 눈물을 흘리며 용서를 빌었다. 조조는 그다지 문제 삼지 않고 다른 질문을 했다.

"전쟁에 나가면 이기기도 하고 지기도 하는 법이지. 그런데 유비를 도와 지략을 가르치는 자가 도대체 누구더냐?"

조인이 선복의 이름을 대자 조조가 의아해하며 물었다.

"선복이라는 자는 누구냐?"

이때 정욱(程昱)이 그를 알고 있다는 듯이 싱긋 웃으며 말하였다.

"그자의 이름은 원래 선복이 아닙니다. 그는 어려서부터 칼싸움 솜씨가 좋았습니다. 그게 그러니까 중평(中平) 말년에 있었던 일로, 남을 위해 복수를 해주겠다며 사람을 죽인 뒤에 머리를 풀어헤쳐 더부룩하게 하고 얼굴에도 먹칠을 하여 남들이 알아보지 못하도록 하고 도망치면서 자취를 감추었지요. 그러다가 한 번은 관헌의 손에 붙들렸지만 몹시 얻어맞아도 자신의 이름을 대지 않아 마침내는 그를 묶어 수레에 태운 뒤 북을 치며 거리를 돌아다니면서 이자를 아는 사람이 없느냐고 묻고 다녔습니다. 그러나 고을 사람들은 그가 누구인지를 알면서도 모른 체하였습니다. 그러다가 다행히도 너그러운 한 관원이 그를 놓아주어 달아난 후부터는 가명을 쓰고 학문을 공부하는 학자가 되어 천하의 명사들을 찾아다니기까지 하였습니다. 그래서 사마휘(司馬徽)와는 토론도 종종 벌일 정도에 이르렀습니다. 그자의 본명은 서서(徐庶)이며 자는 원직(元直)으로 영천 사람입니다. 물론 선복이라는 이름은 그의 가짜 이름입니다.”

조조가 조심히 물었다.

“그러면 서서의 재간과 자네의 재간을 비하면 어떠한가?”

“그의 재간은 저의 열 곱 이상 됩니다.”

“그렇다면 유비에게는 커다란 힘이 생기게 되었구나.”

조조가 억울해하자 정욱이 입을 열었다.

“서서가 지금 유비 곁에 있지만 부르고 싶다면 부르지 못할 법도 없습니다.”

조조는 놀라서 물었다.

“어떻게 부를 수 있단 말인가?”

“서서는 극진한 효자입니다. 부친은 어린 나이에 일찍 여의었지만 나이 든 노모가 아직 생존해 있습니다. 그런데 아우인 서강(徐康)이 최근에 죽어서 이 노모는 의지할 곳이 없습니다. 그러니 그 노모를 허도로 모셔와 극진히 대접한 후에 그에게 편지를 쓰게 하여 그를 부르면 틀림없이 찾아올 것입니다.”

조조는 즉시 서서의 노모를 불러들여 정중히 맞이하여 감언이
설로 노모를 달래었다.

“아드님은 재주가 천하에 뛰어나십니다. 그런데 지금은 신야성
에서 역신(逆臣)인 유비를 섬기며 조정에 등을 돌리고 있으니 이
는 구슬을 쓰레기더미에 버려둔 것이나 진배없습니다. 참으로 아
깝다는 생각이 듭니다. 그러니 노모께서 아들에게 편지를 쓰시어
이곳으로 오게 하시면 제가 황제께 상주하여 틀림없이 후한 상
을 내리도록 하겠습니다.”

이렇게 말한 후 조조는 부하에게 지필묵을 준비하도록 한 후
노모 앞에 늘어놓았다. 이에 서서의 노모가 입을 열었다.

“유비라는 분은 어떤 분이신가요?”

“그는 패군(沛郡)의 비천한 신분 출신입니다. 자기 스스로 황실
의 후예인 황숙이라고 자처하고 다니지만 전혀 신(信)도 없고 의
(義)도 없는 건달배로 겉보기로는 군자지만 실상은 보잘것없는
소인배입니다.”

조조의 말을 듣고 있던 서서의 노모는 큰소리로 그를 꾸짖었
다.

“그 무슨 허튼 소리를 하시오! 이 늙은이도 전부터 그에 대해
서 익히 들어 알고 있단 말이오. 유비는 중산정왕(中山靖王)의 핏
줄로 효경제(孝景帝)의 후손이시며 지극히 온정이 넘치는 인품을
지녀 칭송이 자자하다고 합니다. 남녀노소는 물론이고 소나 양을
키우는 목동과 나무꾼들조차 그분의 이름을 알고 있을 정도로
영웅이라고 하는데 내 아들이 그런 비할 데 없이 훌륭한 분을
모시게 되었다면 내게는 영광일 뿐이오. 오히려 그대는 한나라의
승상이라고 하지만 기실은 한나라의 국적이오. 유 황숙을 역신으
로 매도하여 내 아들을 이간하려 하다니 그러고도 부끄럽다는

생각이 들지 않으시오?"

서서의 노모는 말을 마치자 벼루를 집어 들어 조조에게 덤벼들려고 하였다. 조조는 낯빛이 파래지며 성이 치밀어올라 측근에게 명하여 노모를 사형에 처하라고 소리를 질렀다.

이때 그 명을 따르려고 하는 도부수들을 정욱이 간신히 막아 물리치고 조조의 방에 들어가 간곡히 간하였다.

"저 노모가 승상께 덤빈 것은 죽을 각오로 그렇게 한 행동이라 생각됩니다. 만약 여기서 그 노모를 죽이면 세상 사람들이 승상을 원망하고 미워하며 오히려 죽은 노모를 칭송하게 될 것입니다. 그와 아울러 아들인 서서 또한 모친이 승상의 손에 참살되었다는 사실을 알게 되면 그야말로 앙갚음을 하기 위해서라도 더욱더 성의를 다해 유비를 도울 것입니다. 그러니 저 노모를 이곳에 머물게 하여 부양하며 서서로 하여금 육신은 신야에 있으되 마음은 허도에 있게 하신다면 그가 유비를 도와도 적극적으로 돕지 못하게 될 것입니다. 저 또한 노모가 이곳에 있어야 계략을 세우는 일이 더욱 용이하니 참고 기다리십시오. 그러면 기필코 서서를 불러들여 보이겠습니다."

조조는 정욱의 말을 받아들여 결국 서서의 노모를 죽이지 않고 별실에 연금시켜놓았다.

그 뒤로 정욱은 날마다 노모를 찾아가 위문하였다. 서서와는 의형제 사이였다고 속이기도 하고, 자기 친어머니께 대하듯 성심성의껏 정중히 모셨다. 그리고 줄곧 선물을 보냈는데 그때마다 자필로 편지를 써서 보내니 서서의 노모 또한 자필로 고맙다는 답장을 보냈다. 정욱의 계략은 이것이었다. 그는 이 답장의 필적을 본떠서 노모의 필적을 흉내내어 가짜 편지를 쓴 다음 심복 부하로 하여금 그 편지가 서서의 손에 들어가도록 하였다.

유비 곁에 있던 선복, 즉 서서는 자기 모친으로부터 인편이 왔다는 소식을 듣고 그를 불러들여 만났더니 그가 이렇게 아뢰었다.

"소인은 조 승상 댁 하인이온데 어떤 노마님께서 부탁하신 편지를 가지고 왔습니다."

그는 예의 가짜 편지를 내놓았는데 그 내용은 이러하였다.

아들 서 보아라. 너의 아우 강이 죽어서 의지할 데 없어진 신세를 한탄하고 있을 때 뜻밖에 조 승상이 나를 불러들여 지금은 허도에 머무르고 있단다. 그러던 차에 네가 역적 유비의 곁에서 도와준다는 말이 알려지면서 내가 옥에 갇히게 되었는데 다행히 나를 옹호해주는 이가 있어서 일단은 한숨 돌리고 있는 처지란다. 그러니 네가 어떻게든 이곳으로 와주지 않으면 도저히 어미는 살아남을 수 없을 것 같구나. 네 생각이 어떤지는 알 수 없지만 이 편지를 받아보는 대로 어미가 너를 키운 고생을 생각해서라도 이곳으로 와다오. 그래서 우리 모자가 다시 만나 고향으로 돌아가 밭이나 일구면서 살자꾸나. 아무튼 어미의 처지가 위태롭다는 것은 길게 말하지 않겠으니 부디 이 어미를 생각해서 달려와 나를 구해주기를 바랄 뿐이다.

서서는 편지를 읽고 흐르는 눈물을 주체할 수 없었다. 그는 그 편지를 들고 유비 앞으로 가서 아뢰었다.

"이제 진실을 아뢰겠습니다. 저는 원래 영천 출신의 서서가 본명으로 자를 원직이라고 하오나 세상의 눈을 피하기 위해 선복이라고 이름을 바꾸어 위장하고 있었습니다. 전부터 유표에 관한 평가가 자자해서 찾아가보았는데 도무지 일고의 가치가 없는 인물로 판단되어서 몇 자 적은 후 돌아와서 한밤중에 수경(水鏡) 선생을 찾아가 그 경위를 고하였습니다. 그랬더니 '모름지기 섬길

만한 주인을 선별하도록 주의해야지. 이 고장에 유 황숙이 있는데 어찌 찾아가 섬기지 않느냐'고 꾸중을 하셨습니다. 그래서 저는 노래를 지어 부르며 마을 시장 바닥을 돌아다녀 유 황숙의 눈에 띄고자 하였는데 다행히 저를 발탁해주시어 중용되었습니다. 그런데 이를 어찌하옵니까? 제 노모가 조조의 간계에 빠져 허도로 연행된 끝에 목숨까지 위태롭게 되었으니 제발 허도로 와달라는 편지를 보내왔습니다. 그러니 제가 어찌 가지 않을 수 있겠습니까? 어쩔 수 없는 일이니 제발 보내주십시오. 제가 유 황숙을 섬기는데 추호도 못마땅한 것이 있는 것은 아니라 오직 모친의 생명이 우려되어 아무 일도 할 수 없게 되었기 때문입니다. 그러니 부디 저를 놓아주시고 널리 용서해주시길 바랍니다."

서서의 효성

유비는 그의 말을 들으며 눈물 지었다.

"어버이와 자식의 정은 그 무엇보다도 중요한 천륜입니다. 그러니 공연히 저 때문에 천륜을 어기지 마시고 그쪽으로 가서 자당을 만나십시오. 그런 후에도 혹시 기회가 된다면 다시 도움을 기대하겠습니다."

유비의 말에 따라 서서가 절을 올리고 즉시 떠나려 하자 유비가 만류하였다.

"괜찮으시다면 내일 떠나십시오. 하룻밤만이라도 헤어지는 섭섭함을 달래야지요."

유비의 아쉬운 부탁에 옆에 있던 손건이 조심스럽게 유비에게 속삭였다.

"서서는 천하의 기재(奇才)임을 유념하십시오. 선복이라는 가명으로 이곳에 오래 머물러 있었으니 이 고장의 속사정도 훤하게 알고 있습니다. 그런 그가 조조에게로 가게 되면 반드시 중용될 것이고 그러면 우리에게도 결정적으로 불리하게 될 것입니다. 그러니 오늘 밤 서서가 떠나지 못하도록 꼭 붙드십시오. 서서가 그곳에 가지 않겠다고 한다면 조조는 분명히 서서의 노모를 살려두지 않을 것이고, 그렇게 되면 서서도 모친의 한을 품고 조조를 멸하기 위해 전력을 다해 우리를 도와 분골쇄신할 줄로 아옵니다.”

손건의 말에 유비가 일언지하에 거절하였다.

“그건 안 될 말이오. 모친을 죽이게까지 하면서 그 아들을 우리 편에 이용한다는 것은 불인(不仁)이요, 가지 못하게 붙들어 부모와 자식 사이의 인륜을 어기게 하는 것 또한 불의(不義)요. 나는 설혹 어떠한 어려움이 따른다 할지라도 불인이나 불의를 범하고 싶지는 않소.”

유비의 이 같은 결심을 들은 주위 사람들은 모두 감탄을 금치 못하였다.

유비는 서서를 위해 송별연을 베풀어주었다. 서서는 유비가 건넨 술잔을 받으면서 말하였다.

“지금 모친이 처한 처지를 생각하면 술이 목으로 넘어가지 않습니다.”

유비도 속상해하며 대답하였다.

“귀공이 내 곁을 떠나신다니 마치 좌우의 양팔을 잃어버린 듯한 느낌이라 무엇을 먹어도 맛이 나질 않습니다.”

이렇듯 둘은 서로 목이 메어 말을 잇지 못하고 그대로 앉아 날이 새기만 기다렸다. 날이 밝자 장수들이 송별의 술상을 마련하여 성 밖에 준비시켜놓았다. 유비와 서서는 말머리를 나란히 하고 성을 나섰다. 길 중간에는 장정(長亭)이라고 하는 나그네를 위한 석별의 쉼터가 마련되어 있었는데 유비와 서서도 그곳에 말을 멈추어 술자리를 마련토록 하였다. 유비가 술잔을 손에 들고 말하였다.

"불운하게도 선생과 인연이 얕아 더 이상 선생을 붙들지 못함을 서운하게 생각합니다만 부디 새 주인 밑에서 잘 섬겨 이름을 날리십시오."

서서가 눈물을 흘리면서 답하였다.

"제가 비록 모친의 편지로 인해 부득이 그쪽으로 가지만 조조가 설령 협박을 하더라도 그자를 위해 획책할 의사는 없사옵니다."

유비가 그 뜻을 알아듣고 자신도 차라리 산림 속에 묻혀버리고 싶은 심정이라고 하자 서서는 그렇게까지 낙담할 것은 없노라고 위로하였다.

"부디 마땅한 큰 인물의 보좌를 받으시어 큰일을 성취하옵소서."

이 말에 유비가 반문하였다.

"마땅한 큰 인물이라고 하시지만 어느 곳의 누가 선생보다 훌륭하겠습니까?"

"저는 냉이풀처럼 보잘것없는 사람으로 그런 칭송을 받을 만한 가치가 없습니다."

이에 서서는 배웅 나온 여러 장수들에게 부디 황숙을 충직하게 보좌하도록 신신당부하는 말을 남겼다. 장수들은 모두 가슴이 뭉클해지는 감동을 받았다. 유비는 차마 그냥 헤어질 수가 없어서 그와 나란히 계속해서 따라갔다.

마침내 서서가 작별을 결단한 듯이 말하였다.

"어디까지 가도 헤어지기 섭섭해하는 마음은 끊이지 않을 듯하니 여기서 헤어지는 것이 좋겠습니다."

유비가 말에 올라 서서의 손을 꼭잡고 이별을 고하였다.

"언제 다시 만날 수 있을지 모르겠습니다."

유비는 기어이 울음을 터뜨렸고, 서서도 함께 눈물을 흘리며 석별을 하였다. 유비는 떠나는 서서의 뒷모습을 바라보다가 나무에 기대어 말을 멈추고 탄식하였다.

"서서가 떠났으니 나는 장차 어찌해야 좋단 말인가!"

눈물 젖은 눈을 들어 멀리 바라보니 이미 앞에 있는 나무숲이 서서의 모습을 가려버렸다. 유비는 다시 중얼거렸다.

"저 숲의 나무를 한 그루 남김없이 베어 버리고 싶구나."

공명을 천거한 서서

그런데 한참 동안을 그렇게 바라보고 있으려니까 서서가 말에 박차를 가하여 숲을 가로지르며 이쪽으로 되돌아오고 있었다. 유비 또한 박차를 가해 서서에게 달려갔다. 둘이 서로 맞닥뜨리자 유비가 급히 물었다.

"왜 그러십니까? 무슨 잘못된 일이라도 생겼습니까?"

유비의 물음에 서서가 숨을 급히 몰아쉬고는 말하였다.

"제 마음이 너무나 이모저모로 산란했기 때문에 잊고 있었던 말이 있습니다. 실은 이 고장에 아주 뛰어난 선비가 한 분 있습니다. 그는 양양성 이십 리 밖 융중(隆中)이라는 곳에 살고 있으니 꼭 찾아가 만나보십시오."

"그럼 귀공께서 그분을 모셔오실 수는 없는지요?"

"아닙니다. 그분은 오라 해서 오실 분이 아니라 직접 만나뵙고야 결정하실 겁니다. 만일 황숙께서 그를 얻을 수 있다면 이는 주나라 문왕이 태공망(太公望)*을 얻은 것이요, 한나라 고조가 장

---

* 태공망(太公望):주(周)나라 문왕(文王)의 현신(賢臣). 여상(呂尙)을 말함. 성이 강(姜)이므로 속칭 강태공이라고도 함. 위수(渭水)가에서 낚시를 하고 있을 때 문왕이

량(張良)[*]을 얻은 격이 될 것입니다.”

유비가 다시 물었다.

“그분은 귀공과 견주어 재주가 어떠하신지요?”

“저를 수레를 끄는 말에 비한다면 그분은 기린이요, 제가 까마귀라면 그분은 봉황이십니다. 그분 자신은 자기를 대정치가 관중(管仲)^{**}이나 용장 악의(樂毅)^{***}와 견주고 있습니다만 사실 그분이 훨씬 뛰어나시고 훌륭하십니다. 그는 천지를 다스릴 수 있는 인물로, 제 생각으로는 천하에 오직 한 분뿐인 선비라 생각합니다.”

유비가 다시 급히 물었다.

“그분의 성함이 어떻게 되는지요?”

“그분의 성은 제갈(諸葛)이고 이름은 량(亮)이라 하며 자는 공명(孔明)으로 낭야의 양도(陽都) 사람이라 합니다. 그분은 한나라의 사예교위(司隸校尉:도의 장관)였던 제갈풍(諸葛豊)의 핏줄을 이어받았습니다. 부친인 제갈규(諸葛珪)는 자를 자공(子貢)이라 하는 사람으로, 태산(泰山)의 군승(郡丞:군의 과장)이라는 조그만 벼슬을 지냈지만 일찍 세상을 뜨셨기 때문에 그분은 숙부가 되는 제갈현(諸葛玄)의 손에 키워졌습니다. 제갈현은 형주의 유표와 친분이

처음 만나 ‘나의 태공(太公:조부)께서 기다리던 인물이오’라고 기뻐하고 ‘태공망’이라 불렀다고 한다. 그리하여 군사(軍師)로 삼았고, 뒤에 무왕(武王)을 도와 은나라 주(紂)를 치는 데 공을 세워 제(齊)나라에 봉하여 제(齊)의 시조가 됨.

[*] 장량(張良):한나라 고조(高祖) 때의 명신. 자는 자방(子房), 시호는 문성(文成). 선조는 한(韓)나라 재상. 한나라가 진(秦)나라에 망하자 보복하기 위하여 박랑사(博浪沙)에서 시황제(始皇帝)를 치려다 실패하고, 한고조(漢高祖)를 따라 천하를 평정하고, 만년에는 은퇴하여 신선술을 좋아했다.

^{**} 관중(管仲):춘추시대 제(齊)나라의 정치가, 법가. 자는 이오(夷吾), 시호는 경(敬). 관경중(管敬仲), 관자(管子)라고도 함. 포숙아(鮑叔牙)의 추천으로 환공(桓公)을 섬기며 재상으로서 부국 강병책을 써서 환공으로 하여금 패자가 되게 하였음. 환공이 중부(仲父)라고 부른 데서 관중이라고 하였음.

^{***}악의(樂毅):전국시대 연(燕)나라 장군. 소왕(昭王)의 차석 재상이 되어 제(齊)나라를 쳐서 70여 성(城)을 빼앗았다. 혜왕(惠王) 때 면직되어 조(趙)나라로 망명하여 관진(觀津)에 봉해져 망제군(望諸君)이라 칭하였다.

있는 사이여서 그에게 의지하고자 양양으로 옮겼습니다만, 제갈현마저 세상을 떠나자 공명은 아우인 제갈균(諸葛均)과 함께 남양(南陽)에 들어앉아 '양부음(梁父吟)'이라는 노랫말을 즐겨 지어 부르면서 밭을 갈곤 하였습니다. 공명이 사는 집 근처에 와룡강(臥龍岡)이라고 부르는 언덕이 있는데 공명은 이 언덕 이름을 따서 스스로 와룡 선생이라고 칭했습니다. 그분은 천하제일의 기재이니 어서 바삐 찾아가십시오. 만일 그분이 황숙을 도와줄 생각이 들기만 한다면 이미 천하를 얻은 것과 다름없는 일입니다."

"그러면 지난번 수경 선생이 복룡(伏龍)이나 봉추(鳳雛) 가운데 한 사람만이라도 얻을 수 있으면 천하를 다스릴 수 있으리라고 하셨는데 그분이 혹시 두 분 중의 한 분이 아니십니까?"

"봉추는 양양 땅의 방통(龐統)을 일컫는 것이고, 복룡이 바로 제가 말씀드린 제갈공명이십니다."

유비는 너무 기뻐 춤이라도 출 듯한 감흥에 사로잡혀 말을 하였다.

"이제야 겨우 복룡과 봉추 선생이 누구인지를 알았습니다. 그런 현인이 바로 가까이에 계시다니 참으로 뜻밖의 일입니다. 귀공께서 알려주시지 않았다면 저는 눈을 뜨고도 앞을 보지 못하는 소경 꼴이 되었을 것입니다."

서서는 공명을 천거하고는 다시 말에 채찍질을 가하고 급히 길을 떠났다. 유비는 서서의 말에 비로소 전에 수경 선생이 했던 말의 수수께끼를 풀 수 있었다. 유비는 흡사 꿈에서 깨어난 듯한 심경이었다. 그는 여러 장수들과 더불어 신야성으로 돌아와 훌륭하고 귀한 선물을 장만해 갖춘 뒤에 관우와 장비를 데리고 남양에 있는 공명을 찾아가려고 길을 떠났다. 한편 서서는 유비와 작별을 고하고 조조에게 가던 중에 만약 공명이 유비를 거절하게 되면 어떻게 할 것인지를 생각하고 마음이 심란해졌다. 그래서 그는 일단 말을 와룡이 있는 곳으로 몰았다. 서서가 공명이 있는 초려(草廬:지붕을 갈대나 풀 등으로 이은 오두막집)로 찾아가 그를 만나 찾아온 이유를 말하였다.

"저는 유 황숙을 끝까지 섬길 작정이었사오나 간악한 조조가 저의 노모를 볼모로 삼아 어쩔 수 없이 그의 밑으로 들어가게 되었습니다. 그런 까닭으로 해서 유 황숙에게 와룡 선생을 천거해놓았으니 머지않아 유 황숙이 찾아올 것입니다. 그러면 부디 거절하지 마시고 그의 뜻을 들어주십사 해서 이렇게 미리 찾아온 것입니다."

이 말에 공명은 낯빛을 바꾸며 엄히 말하였다.

"그대는 날 보고 정치의 희생물이 되라는 것인가?"

그는 이렇게 꾸짖더니 벌떡 일어나 뚜벅뚜벅 안으로 들어가버렸다. 서서는 하는 수 없이 그곳을 나와 노모가 계신 허도로 서둘러 말을 몰았다.

서서는 유비를 아껴서 와룡을 찾아가보고, 모친을 사모하기에 천리길을 서둘러 간 것이었다. 과연 앞으로 어찌될 것인지?

제 37 회 삼고초려[*]

사 마 휘 재 천 명 사　　유 현 덕 삼 고 초 려
司馬徽再薦名士　　劉玄德三顧草廬

사마휘가 여러 명사들을 천거하고
유비는 공명의 초옥을 세 번이나 찾아가다

노모의 죽음

　서서가 허도에 도착할 무렵에 조조는 순욱과 정욱을 비롯한 그 밖의 모사 일동을 불러 그를 마중나가 정중하게 모셔오라고 명하였다. 서서가 승상의 관저로 조조를 찾아가 인사를 드리니 그 자리에서 조조가 물어보았다.

---

[*]삼고초려(三顧草廬):유비가 초막에 은거하는 제갈공명(諸葛孔明)을 얻기 위하여 예를 갖추고 갖은 고생을 하면서 두 번이나 찾아갔으나 뜻을 이루지 못하자, 장비의 만류에도 불구하고 끝까지 예를 갖추어 세 번째 찾아가 모셔다가 군사(軍師)로 삼은 데서, 인재를 얻기 위하여 끈질기게 노력한다는 뜻으로 쓰이는 고사.

"귀공은 훌륭한 인물이시온데 어찌하여 유비와 같은 사람을 섬겼소이까?"

"저는 저에게 덮쳐 오는 재난을 피하여 헤매고 다니다가 우연히 신야에서 유공을 만나 친분을 나누게 되었습니다. 그러던 중 노모가 여기서 보살핌을 받고 있다는 소식을 듣고 달려왔는데 황공스럽게 생각합니다."

"귀공은 이제 조석으로 노모를 잘 모시도록 하시오. 나 또한 귀공의 여러 가르침을 청하겠소."

서서는 감사의 인사를 드리고 물러나와 그 길로 모친을 찾아뵙고 앞에 엎드려 눈물을 흘렸다. 그러자 노모는 놀라며 물었다.

"네가 어찌하여 여기에 왔느냐?"

"어머님의 편지를 받고 만사를 제쳐두고 이렇게 달려왔습니다."

이 말에 모친이 크게 노하여 탁상을 두드리며 꾸짖었다.

"이 어리석은 놈 같으니! 나는 네가 몇 해씩이나 세상을 돌아다니는 동안에 아마 어지간히 학문을 깊이 공부했을 것이라고 믿고 있었는데 이 꼴이 도대체 무엇이냐? 너는 책을 읽었으니 충과 효는 동시에 할 수 없는 일이라는 것을 잘 알고 있을 테지? 조조는 황제를 속이는 국적이라는 것을 왜 모르느냐? 그런 반면에 유비는 인(仁)의 인물이요, 의(義)의 인물이요, 더욱이 한나라 황실의 혈통을 이어받은 몸이시다. 그러니 네가 원한다고 해서 쉽게 이루어질 수도 없는 관계였는데 너는 한 통의 가짜 편지도 분간하지 못하고 속아서 그같이 훌륭한 주인을 등지고 국적인 조조를 찾아와 끝내 이름을 천하에 욕되게 하다니, 얼마나 어리석은 놈이냐! 그런 너를 어미는 다시 만나고 싶지도 않고 자식이라 여길 생각도 없으니 내 눈앞에서 사라지거라."

서서는 엎드린 채로 얼굴을 들 수가 없었다. 그러는 동안 모친은 병풍 뒤로 걸어갔다. 그리고 얼마쯤 지나서 시종이 나와서 서서에게 아뢰었다.

"노마님께서 조금 전에 목을 매어 자결하셨습니다."

서서가 급히 안사랑으로 뛰어들어갔으나 모친은 이미 숨을 거둔 뒤였다.

서서는 어머니의 죽음을 보고 울다가 기어이 기절해버렸다. 그러다가 한참 후에야 정신을 차렸다. 조조는 서서의 노모가 자결했다는 소식을 듣고 조문사를 보내 위로하였고 친히 장례식에도 참석하였다. 영구는 허도의 남원에 장사 지내고 서서는 모친의 무덤 곁에서 삼 년 복상을 하며 지켰다. 그는 조조가 보내는 선물도 일체 받지 않았다.

이 무렵 조조가 남정(南征)을 생각하여 여러 문무백관들을 불르니 이에 순욱이 간언하였다.

"이 추위에 싸움은 무리이오니 봄까지 기다리는 것이 상책입니다."

조조는 순욱의 간언에 따르기로 하고 장하(漳河)의 물을 끌어들여 인공호를 파게 하고 이를 현무지(玄武池)라 명하였다. 그리하여 남정에 필수적인 수군(水軍)의 양성을 위해 이곳에서 군사들을 훈련시켰다.

제갈공명을 알고 있는 사마휘

한편 유비는 융중(隆中)에 있는 제갈공명을 찾아가려고 준비를 갖추고 있었다. 그러던 어느 날 부하가 급히 달려와 아뢰었다.

"누구인지는 모르지만 높직한 관을 쓰시고 훌륭한 풍채를 지닌 분이 황숙을 만나뵙고 싶다고 찾아오셨습니다."

유비는 혹시 공명 선생이 찾아온 것은 아닐까 하는 생각을 하면서 곧 옷차림을 가다듬고 대문으로 마중을 나가보니 다름 아닌 사마휘 곧 수경 선생이 서 있었다. 유비는 기뻐하며 즉시 그를 안사랑으로 모신 뒤에 예를 갖춰 인사를 올렸다. 사마휘가 먼저 말을 꺼냈다.

"서서가 이곳에 머물러 있다는 말을 듣고 한 번 만나러 온 것이오."

유비는 그간의 상황을 설명한 뒤 서서는 지금 허도에 있다고 알려주었다.

"흠, 그렇다면 서서가 조조의 위계에 걸려든 것 같군요. 서서의 자당은 지극히 지혜로운 분이라고 들었소. 그러니 조조의 계략에 의해 갇혀 있다는 것쯤으로 그런 편지를 쓸 리가 없을 것이오. 그러니 노모가 보냈다는 그 편지는 가짜로 조작된 것이 틀림없을 것이오. 서서가 만일 가지 않았다면 자당은 무사하셨겠지만 그가 간 이상은 자당께서 분명히 목숨을 끊으셨을 것입니다."

유비가 놀라서 그 까닭을 물었다.

"그분은 아주 의기가 높으신 부인이셨으니 아들이 역신 조조를 돕기 위해 허도로 온 것을 알고 수치스럽게 여기셨을 것입니다."

유비는 서서 노모의 높은 의기에 마음이 의연해졌다. 잠깐의 침묵이 흐른 뒤에 유비가 말을 돌려 물었다.

"서공이 이곳을 떠나시면서 남양의 제갈공명을 천거하고 가셨는데 그분은 대체 어떤 분이신지요?"

유비의 말에 사마휘가 쓴 웃음을 짓더니 말을 꺼냈다.

"가려거든 조용히나 갈 일이지 왜 또 가만히 있는 공명을 끌어내었는지 모르겠군."

"어찌 그런 말씀을 하시는지요?"

사마휘는 공명에 관한 이야기를 늘어놓았다.

"공명은 박릉(博陵)의 최주평(崔州平), 영천의 석광원(石廣元), 여남의 맹공위(孟公威)와 서서의 네 사람과 친히 지냈소이다만 네 사람이 학리(學理)에만 얽매어 있는 반면 공명은 이들보다 훨씬 넓게 사물을 판단하는 사람이오. 언젠가 그들이 무릎을 맞대고 시를 읊다가 공명이 네 벗에게 '자네들은 벼슬길에 오르면 자사(刺史:주의 장관)나 군수(郡守:군의 장관) 정도는 될 인물들일세'라고 말했다고 하오. 그래서 넷이 공명이 말한 뜻을 물어보았더니 웃기만 할 뿐 대답하지 않았다고 하더군요. 공명은 또 평소에 스스로를 관중과 악의에 견주고 있지만 그의 재주는 그 깊이를 알 수 없을 정도라고 할 것이오."

유비가 감탄하며 물었다.

"영천에는 어찌 그다지도 인물이 많은 것입니까?"

이에 사마휘가 답하였다.

"옛날에 천문(天文)에 밝은 은규(殷馗)라는 사람이 있었는데 그가 천문을 살펴 예언하기를, '영천의 하늘 구획에는 퍽 많은 별이 모여 있으니, 분명히 영천에서는 숱한 현인이 나올 것입니다'라고 하였다오."

이때 곁에 있던 관우가 입을 열었다.

"듣기로는 관중과 악의 모두가 춘추전국시대의 인걸들이온데 공명이 자기 자신을 그들과 견주는 것은 자만심에서 나오는 말이 아닙니까?"

사마휘가 웃으며 답하였다.

"내 생각에는 공명이 그 두 사람 이상의 다른 두 사람과 어깨를 나란히 하는 인물이라고 생각하오."

관우가 놀란 눈이 되어 물었다.

"그 두 사람 이상 가는 두 사람이 누구입니까?"

"팔백 년 역사의 주나라를 일으킨 태공망과 사백 년 역사의 한나라를 창업한 장량이라오."

사마휘의 말을 듣고 모두 놀라 말을 잇지 못하였다. 얼마 뒤에 사마휘가 하직을 고하였다. 유비가 더 묵기를 청하였지만 그는 그것을 마다하며 문을 나서고는 하늘을 우러러 껄껄 웃으며 말하였다.

"공명은 그 주인을 잘 만났지만 아깝게도 때가 아니니 안타깝도다."

이렇게 말을 내뱉고는 유유히 사라져버렸다. 유비는 혼자서 한탄하며 중얼거렸다.

"저분이 진정으로 숨어 있는 현인이로구나."

첫 번째 방문

이튿날 유비는 관우와 장비를 데리고 융중을 향해 떠났다. 가는 도중에 산기슭에서 농부들이 밭을 일구며 노래를 부르고 있었다.

푸른 하늘은 둥근 양산 같고	蒼天如圓蓋
넓은 땅은 흡사 바둑판 모양 같구나	陸地如棋局
세인들 모두가 흑백으로 나뉘어	世人黑白分
서로 영화냐 치욕이냐를 다투는데	往來爭榮辱
영화를 누리는 자도 가련하지만	榮者自安安
치욕 당한 자 또한 측은하구나	辱者定碌碌
남양에 숨어사는 한 사람만이	南陽有隱居
베개를 높이 베고 잠만 자고 있구나	高眠臥不足

유비가 그들 곁을 지나가다가 말을 멈추고 농부에게 물었다.

"그 노래는 누가 지었소?"

“와룡 선생이 지은 노래라 합지요.”

“그 선생이 사시는 곳이 어느 곳이오?”

“이 산의 남쪽으로 가면 와룡강(臥龍岡)이라고 불리는 커다란 언덕이 있는데 그 언덕 앞의 숲 가운데 초가가 한 채 있습니다. 바로 그곳이 와룡 선생이 살고 계시는 곳입니다.”

유비는 고맙다는 말을 전하고 일행과 함께 서둘러 말을 몰았다. 이윽고 와룡강이 시야에 들어왔다. 보기만 해도 마음이 시원해짐을 느끼게 하는 뛰어난 풍광이었다.

이윽고 유비는 초려 앞에 이르러 말에서 내려 싸리문 앞에 멈추니 동자 하나가 나타났다. 유비가 동자에게 자기의 신분을 알렸다.

“한나라 좌장군(左將軍) 의성정후(宜城亭侯)이며 예주 목사(豫州牧使)인 황숙 유비가 선생을 뵙고자 한다고 전해라.”

그러자 동자가 곤란하다는 듯이 말하였다.

“너무 길어서 외우지 못하겠습니다.”

“그럼, 그냥 유비라는 사람이 찾아왔다고 전하여라.”

“선생님은 지금 안 계십니다.”

“어디를 가셨는지 아느냐?”

“글쎄요, 말씀을 안 하시고 나가셨기 때문에 모르겠습니다.”

“그럼 언제쯤 돌아오시느냐?”

“그것 역시 잘 모르겠습니다. 언제 돌아오신다는 말씀이 없으셨으니 너더댓새가 걸릴지 한 달이 걸릴지 저는 모르겠습니다.”

유비가 매우 낙심하자 장비가 말을 했다.

“할 수 없으니 그냥 돌아갑시다.”

“아니, 조금만 더 기다려보세.”

관우가 제의하였다.

"일단 돌아갔다가 다음에 미리 사람을 보내 와룡 선생이 계시는지 안 계시는지를 확인한 뒤에 다시 오는 것이 어떻겠습니까?"

유비도 그럴 생각으로 동자에게 말을 남겼다.

"선생님이 돌아오시거든 유비라는 사람이 찾아뵙고자 왔었다고 말씀 드리거라."

유비 일행은 말을 타고 왔던 길을 되돌아가려 했다. 뒤를 돌아보며 융중의 풍경을 다시 바라보니 그리 높지도 않은 산에는 풍취가 넘쳐 흘렀고 깊지도 않은 물은 청정하기만 했다. 땅은 그다지 넓다고는 할 수 없었으나 평탄했으며 숲은 규모가 작았지만 나무들이 무성하게 자라 있었고 산짐승들은 서로 어울려 평화롭게만 보였다. 이 모든 풍경들은 전에 한 번도 보지 못한 것들이었다.

그때 산그늘의 오솔길에서 한 사나이가 나타나 이쪽으로 향하여 걸어왔다. 그는 얼굴 생김새가 늠름하고 훌륭한 풍채를 지녔으며 머리에 두건을 쓰고 검은 무명옷을 걸쳤으며, 명아주 지팡이를 짚고 있었다.

유비는 그가 와룡 선생이 아닐까 하는 생각이 들어 급히 말에서 내려 그의 앞으로 다가가 말을 건넸다.

"혹시 와룡 선생이 아니신지요?"

그러자 그가 반문하였다.

"댁은 누구시오?"

"저는 유비라 하옵니다."

"나는 공명이 아니라 그의 벗이 되는 박릉 사람 최주평이라고 하오."

유비는 전에 수경 선생에게서 이름을 들었기에 반가운 표정으로 인사를 하였다.

"최주평 선생이시라 하셨습니까? 여기서 이렇게 만나 뵙게 될 줄은 몰랐습니다. 잠깐 여기서 말씀 좀 여쭙겠습니다.”

두 사람은 근처의 나무 밑 바위 위에 앉았고 관우와 장비가 호위를 하고 섰다. 최주평이 먼저 물었다.

“공명을 무슨 일로 만나려 하시오?”

“바야흐로 천하는 지금 어지럽고 혼란스러운 가운데 있습니다. 이런 세상을 어떻게 다스려야 할지 그것을 여쭤어볼 생각이었습니다.”

최주평이 빙그레 웃으며 말하였다.

“공께서 나라를 올바르게 평정하겠다고 하는 것은 기특한 마음씨이지만 치란(治亂)은 부단히 변하는 것이올시다. 고조는 흰뱀을 베고 혁명을 일으켜 무도한 진나라를 타도하였소. 이는 난(亂)으로부터 치(治)로 변한 것이오. 그리고 그 뒤 애제(哀帝)와 평제(平帝)의 시대에 태평세월이 이백 년 동안이나 이어지다가 끝내는 왕망(王莽:애제와 평제를 치고 스스로 황제에 오른 사람)*의 찬탈이 있었소이다. 이것은 치(治)로부터 난(亂)으로의 변화이올시다. 그 뒤에 광무제의 중흥으로 다시 난에서 치로 옮겨가고, 그로부터 이백 년이 지난 지금, 다시 사방에서 난리 등이 일어나고 있으니 이것은 곧 치에서 난으로 변화하는 때가 온 것으로, 이를 바로잡는 일은 쉽지가 않은 법이오. 공께서 공명을 곁에 두고 민초(民草)들의 고통을 위무하려는 일은 부질없는 헛수고일 뿐이오. 그대는 하늘의 순리를 따르면 평안하지만 하늘의 순리를 거역하면 번거롭고 수고가 많아진다는 말이나, 운수는 바꿀 수 없고 운명은 움직일 수 없다는 말이 있다는 것을 잘 알고 계시지 않소?”

“지당하신 말씀이지만 저는 한나라 황실의 혈족입니다. 그러니

---

* 왕망(王莽):전한말(前漢末) 사람으로 평제(平帝)를 독살하고 유자영(劉子嬰)의 섭정을 하다가 뒤에 폐하고 스스로 제위에 올라 국호를 신(新)이라 부르고 재위 15년 만에 후한(後漢)의 광무제(光武帝)에게 멸하였다.

그냥 무책임하게 보고만 있을 수는 없는 일이 아닙니까? 운수니 운명이니 하고 탓을 돌려 기다리기만 할 수는 없는 일입니다.”

“초야에 묻혀 아무것도 모르는 제가 주제넘는 말을 한 것 같소이다. 모처럼 공이 물으셔서 제 소견을 말씀드려 보았던 것뿐이외다.”

유비가 이에 화제를 바꾸어 말을 꺼냈다.

“그런데 공명 선생은 어디로 가셨습니까?”

“저도 실은 그를 만나고 싶은데 어찌 알겠소이까?”

“어떻습니까? 지금 저와 함께 신야성으로 가셔서 가르침을 주실 수는 없습니까?”

“아닙니다. 저는 이렇게 한가로이 묻혀 사는 일로 족하오. 앞으로 또 만날 날이 있을 것이외다.”

최주평은 정중히 고개를 숙여 절하고 유유히 사라져갔다. 유비는 관우와 장비 일행과 더불어 다시금 길을 재촉하였는데 장비가 다시 투덜거렸다.

“애써 공명을 만나러 왔다가 헛걸음만 치고 저런 시골뜨기 노인을 만나 쓸데없이 시간만 낭비했습니다.”

이에 유비가 조용히 꾸짖었다.

“모르는 소리 말게. 저 노인의 말을 자네가 이해하지 못하는 걸세.”

두 번째 방문

세 사람이 신야성으로 돌아와 너더댓새가 지난 어느 날 사람을 보내 공명이 있는지 없는지를 알아보게 하니 지금 공명이 초려에 머무르고 있다는 보고를 해왔다. 이에 유비가 서둘러 방문할 준비를 하지 장비가 또다시 투덜거렸다.

"이쪽에서 찾아갈 것 없이 이리 오라고 사람을 보내면 될 것 아닙니까?"

유비가 그렇게 말하는 장비를 꾸짖었다.

"자네는 맹자께서 하신 말씀도 모르는가? 맹자는 어진 사람을 찾아뵙는 데 예를 갖추지 않고 대함은 사람을 초대해놓고 길문을 닫는 것과 같다고 하였네. 공명은 당대의 큰 인물이신데 그런 분에게 오라가라 하는 것은 실례가 아닌가?"

유비는 이번에도 관우와 장비를 이끌고 융중으로 향하였다. 때는 한겨울이어서 살을 에이는 듯한 추위와 보이는 것이라고는 눈구름뿐이었다. 이삼 리를 걷는 동안 매서운 눈보라만 불어 닥쳤다. 그러자 순식간에 산과 들이 백옥의 병풍을 이루었고 숲은 커다란 은기둥을 이루었다.

"이런 엄동설한에는 싸움도 그만두는 법인데 이렇게 바보처럼 길에서 헤매고 있다니! 어서 신야로 되돌아가서 몸이나 녹이는 편이 낫겠습니다."

장비가 다시 심통 사납게 투덜거리자 유비가 차분한 어조로 타일렀다.

"나는 내 뜻을 공명에게 알리고 싶으니 만약 아우들이 추위를 못 참겠거든 먼저 돌아가도록 하게."

그러자 장비가 허둥지둥 변명을 하였다.

"죽는 것도 두렵지 않은데 이까짓 추위가 문제가 되겠습니까? 다만 이번에도 헛걸음이나 치는 것은 아닌가 하는 생각이 들어서 그렇게 말해보았던 것입니다."

유비가 말이 많다고 하며 잠자코 장비에게 따라오라고 타일렀다.

이윽고 공명이 묵고 있는 초려에 거의 이르자 길가의 선술집에서 노래 소리가 흘러나왔다.

장사의 공명 아직 이루지 못하고　　　　　　　壯士功名尙未成
오, 안타깝다. 아직 봄을 못 만났네　　　　　　嗚呼久不遇陽春
동해 노인이 형진을 마다하고 사라짐은　　　　君不見東海老叟辭荊榛
뒷날 문왕과 함께 수레 타고 오려함이네　　　後車遂與文王親

팔백 제후 기약없이 모여들고　　　　　　　　八百諸侯不期會
흰 고기도 배에 실려와 맹진에 모였네　　　　白魚入舟涉孟津
목야의 싸움에 피가 흘러　　　　　　　　　　牧野一戰血流杵
매처럼 용맹한 장수 월계관을 썼네　　　　　鷹揚偉烈冠武臣

고양 땅의 술주정꾼이 일어나서 보니　　　　又不見高陽酒徒起草中
망탕산의 준공들이 읍하고 있구나　　　　　　長揖芒碭隆準公
세상 이야기로 사람들을 놀라게 하고　　　　高談王霸驚人耳
철세연좌하여 영풍을 공경하게 했네　　　　　輟洗延坐欽英風

동쪽 제나라의 성 일흔두 곳을 평정하니　　東下齊城七十二
천하에 그런 능한 사람이 또 어디 있는가　天下無人能繼蹤
두 사람 모두 성천자를 만나지 않았다면　　兩人非際聖天子
어느 누가 그들을 영웅으로 보았겠는가　　至今誰復識英雄

이 노래가 끝나자 누군가가 또다시 뒤를 이어 읊었다.

우리 황제가 칼을 뽑아 사해를 평정하고　　吾皇提劍淸寰海
사백 년 도읍 기반을 닦으셨네　　　　　　　創業垂基四百載
환·영제 때 국운이 쇠약해지더니　　　　　　桓靈季業火德衰
간신과 도적떼가 곳곳에서 난리를 치네　　奸臣賊子調鼎鼐

푸른 뱀은 하늘에서 어좌로 떨어지고　　　靑蛇飛下御座旁

요괴스런 무지개는 옥당으로 뻗었구나	又見妖虹降玉堂
사방에는 도적떼들 무리 지어 괴롭히고	群盜四方如蟻聚
간신들은 어깨를 겨루어 다투는구나	奸雄百輩皆鷹揚
우리 함께 긴 휘파람 불고 박수 치며	吾儕長嘯空拍手
담소를 나누고 술을 마신다네	悶來村店飮村酒
마음을 선히 가지니 하루종일 편안하네	獨善其身盡日安
천고에 사라지지 않을 명리 원해 무엇하리	何須千古名不朽

이렇게 두 사람의 소리가 끝나자 서로 손뼉을 치고 크게 웃었다. 유비는 와룡 선생일지도 모른다고 생각하고 말에서 내려 선술집 안으로 들어갔다. 그곳에는 두 선비가 술상을 사이에 두고 마주앉아 술잔을 기울이고 있었다. 상석에 앉은 이는 멀쑥한 흰 얼굴에 기다란 수염을 기르고 있었고, 하석에 앉은 사나이는 청아한 생김새에 여윈 몸집이었다.

유비는 그들에게 정중히 예를 올리고 나서 물었다.

"두 분 가운데 어느 분이 와룡 선생이십니까?"

상석에 앉은 선비가 반문하였다.

"댁은 누구시온데 와룡 선생을 찾으시는지요?"

"저는 유비라고 하는데 와룡 선생께 제세안민(濟世安民)의 길을 여쭈어보고자 찾아왔습니다."

다시 긴 수염의 선비가 답하였다.

"우리는 와룡이 아니고 그의 친구들로 나는 영천의 석광원(石廣元)이고, 이쪽은 여남의 맹공위(孟公威)라 하오."

유비는 환한 기색을 하고 말하였다.

"두 분의 존함을 듣고 있었던 중에 이렇게 직접 만나게 되어 대단히 기쁩니다. 다행히 제게 여분의 말이 있으니 와룡 선생 댁까지 동행하여 주실 수는 없겠습니까?”

석광원이 정중히 거절하였다.

“우리는 아무것도 모르는 야인들에 지나지 않으니 귀공이나 와룡을 찾아가보도록 하시오.”

유비는 그들에게 작별인사를 고하고 다시 와룡강으로 향하였다. 이윽고 와룡의 초려 앞에 이르러 말에서 내려 싸리문 앞에 서니 동자가 나왔다.

“오늘은 선생께서 계시느냐?”

“예, 지금 객실에서 책을 읽고 계십니다.”

유비는 기쁨에 겨워 동자를 따라 안으로 들어갔다. 마당을 지나 중문에 이르니 문설주에 대구(對句)로 된 시가 걸려 있었다.

욕심없고 마음을 비움으로써 뜻을 밝히고	淡泊以明志
평온하고 고요함으로써 먼 곳에 이르다	寧靜以致遠

유비가 이 문구를 읽고 있으려니 어디선가 시를 읊는 목소리가 들려왔다. 유비가 문에 다가가 문 틈으로 안을 들여다보니 한 젊은이가 화로를 쬐며 노래를 흥얼거리고 있었다.

봉황은 천리길을 날아도	鳳翱翔於千仞兮
오동나무가 아니면 머물지 아니하고	非梧不棲
선비는 오지에 있어도	士伏處於一方兮
주인이 아니면 따르지 않네	非主不依

언덕에 올라 밭갈기를 즐겨하며	樂躬耕於隴畝兮
초가라도 내 집이 좋구나	吾愛吾廬
거문고를 타고 글월을 읽으며	聊寄傲於琴書兮

하늘이 주시는 시간이 오기를 기다리네   以待天時

노래가 끝나자 유비는 안으로 들어가 정중히 인사를 드렸다.

"저는 신야에 있는 유비라는 사람으로 전부터 선생을 만나뵙고 싶었지만 인연이 없어서 오늘까지 만나뵈옵지 못하였습니다. 지난번에 수경 선생께서 공을 천거하시기에 찾아왔지만 만나지 못하고 돌아갔는데 오늘은 풍설을 무릅쓰고 온 보람이 있어서 이렇게 만나뵙게 되니 한량없이 기쁩니다."

유비의 말에 청년은 당황하며 말하였다.

"유비 공이시라구요? 형님을 찾아오셨다고 하셨습니까?"

유비가 놀라서 되물었다.

"아니, 그러면 댁은 와룡 선생이 아니십니까?"

"저는 아우 되는 제갈균(諸葛均)이라고 하옵니다. 저희는 삼형제로 큰 형님은 제갈근(諸葛瑾)이라 하고 지금 강동의 손권을 보필하고 계시며 공명이 둘째 형님이십니다."

"선생은 그럼 댁에 안 계십니까?"

"최주평과 함께 밖으로 나가셨습니다."

"어디로 간다는 말씀은 없으셨는지요?"

"글쎄요. 형님께서는 배를 타고 호수로 나가시기도 하고, 산 속의 은인을 만나러 가시기도 하지요. 또 어떤 때는 마을로 벗을 만나러 가는 경우도 있고 아니면 동굴 속에서 거문고를 타시거나 바둑을 두시거나 하는 경우도 있으니 지금 어디에 계시는지 저로서는 알 수 없습니다."

"참으로 안타깝습니다. 이번이 두 번째 방문인데 또 만나뵙지 못하니 말입니다."

유비가 한숨을 쉬자 제갈균이 친절히 권하였다.

"올라오셔서 차라도 드시지요."

이때 곁에 있던 장비가 다시 불평을 터뜨렸다.

"어차피 만나지 못할 일이니 어서 빨리 돌아가도록 합시다."

"기다리게. 모처럼 여기까지 왔는데 어찌 그냥 돌아가겠는가?"

유비가 근엄히 타이르고 제갈균에게 물었다.

"와룡 선생은 병법에 통달하셨다고 들었는데 그렇다면 병서를 많이 읽고 연구하셨는지요?"

"글쎄요. 저는 잘 모르겠습니다."

장비가 곁에서 빨리 돌아가자고 또 투덜거리자 유비가 장비를 꾸짖고 타일렀다. 제갈균이 민망하여 조심스럽게 아뢰었다.

"형님이 안 계시니 더 계시라 권할 수도 없지만 조만간에 형님께서 돌아오시면 이쪽에서 찾아가 뵙도록 말을 전하겠습니다."

"무슨 말씀을 하십니까? 어찌 제가 선생님을 오라가라 하겠습니까? 제가 다시 수일 내에 찾아뵐 작정입니다. 수고롭지만 지필묵을 빌려주시겠습니까? 몇 자 적어놓고 가야겠습니다."

유비는 붓을 들어 다음과 같이 써내려갔다.

두 번이나 만나뵈옵고자 찾아왔으나 뵙지 못하여 유감입니다. 저는 한나라 황실의 후예로 작은 관직에 있으면서 오늘날 조정의 기강이 무너지고 문란해져 쇠퇴하고 있는 가운데 의롭지 못한 무리의 군웅(群雄)들이 다투고, 황제를 기만하고 있는 이 기막힌 사태를 직시하고 그냥 보고만 있을 수는 없는 심정이 되었습니다. 그러나 안타깝게도 세상을 구제하고 싶은 충정은 있으되 세상을 구제할 방책이 없으니 원하옵건대 선생께서 이 초려에서 나와 저에게 도움을 주시기를 간청하옵니다. 그리하여 옛 태공망의 대재(大才)와 장자방(張子房)의 지략에 대해 가르침을 주신다면 이는 곧 천하의 행운이요, 사직의 행운이 될 것입니다. 머지 않은 시일 내에 몸가짐을 조심히 하고 정신을 가다듬은 뒤

에 다시 찾아뵙겠사오니 부디 가르침을 주십시오. 오늘은 우선
일필을 남기고 가겠사옵니다.

유비는 이 서신을 제갈균에게 맡기고 작별을 고하였다. 문 밖
으로 나와 말에 오르니 제갈균이 아쉬운 심정으로 배웅하여 들
어갈 줄을 몰랐다. 관우·장비와 나란히 말에 오르는데 동자가
먼 쪽을 가리키며 외쳤다.
"어, 저기 선생님이 오시네!"
멀리 조그만 다리가 보이는데 그 다리 위를 나귀를 타고 건너
오는 사람이 보였다. 그는 벙거지를 깊숙이 눌러썼으며 검은 옷
에 여우 가죽을 두르고 있었다. 그 역시 뒤에 동자 하나를 데리
고 오고 있었는데 허리춤에 표주박을 늘어뜨린 채 시를 한 수
읊었다.

하룻밤에 북풍이 몰아치고	一夜北風寒
높은 하늘에는 먹구름이 만 리나 덮었네	萬里冬雲厚
끝없는 하늘에는 눈보라가 흩날리고	長空雪亂飄
강산은 흰 눈으로 뒤덮였구나	改盡江山舊
얼굴을 들어 허공을 바라보니	仰面觀太虛
옥룡이 서로 싸우는 듯	疑是玉龍鬪
옥비늘 어지럽게 흩날려	紛紛鱗甲飛
순식간에 온 우주를 덮었구나	頃刻遍宇宙
나귀타고 작은 다리를 건너며	騎驢過小橋
매화가 저버릴까 홀로 탄식하노라	獨嘆梅花瘦

이 노래를 들은 유비는 저분이 공명이 틀림없을 것이라 생각
하고 재빨리 말에서 내려 그의 앞으로 나아가며 아뢰었다.

"엄동설한의 추운 날씨이온데 이렇게 유비가 오랫동안 선생을 기다리고 있었습니다."

그러자 상대도 허둥지둥 말에서 내려섰다. 그때 제갈균이 달려와 급히 알려주었다.

"아니옵니다. 이분은 둘째 형님이 아니라 장인 되시는 황승언(黃承彦) 옹이십니다."

"지금 읊으신 노래는 참으로 훌륭하십니다."

유비가 이렇게 말하니 황승언이 겸연쩍어하면서 말하였다.

"이는 사위가 지은 '양부음'의 한 구절이지요. 제가 좋아하는 문구로, 지금 다리를 건너다가 울타리가의 매화가 지는 것을 보고 무심히 읊어보았소이다."

유비는 그에게 공명을 만나보았느냐고 물었으나 자기 역시 만나러 오는 길이라고 답하였다. 유비는 다시 이들에게 작별을 고하고 길을 떠났다. 바람이 더욱 세게 불어대었고 눈이 유난스럽게 굵게 내렸다. 유비는 와룡강을 다시 돌아보았다. 가슴 가득히 마음이 무거워 차마 발걸음이 떨어지지 않았다.

유비는 신야로 돌아갔고 어느덧 세월이 흘러 새 봄이 찾아왔다. 유비는 점장이를 시켜 길일을 택하게 하였으며 자신은 사흘 동안 재계하여 몸과 마음을 깨끗하고 맑게 하였다. 다시 와룡강으로 길을 떠날 준비를 하니 관우와 장비가 달려와 간언을 하였다.

이들은 과연 무엇을 간언하려고 하는 것인지, 또 과연 유비가 공명을 찾으려는 의지를 꺾을 수 있을 것인지…….

제 38 회 제갈공명을 얻은 유비

정 삼 분 융 중 결 책　　전 장 강 손 씨 보 구
定三分隆中決策　　戰長江孫氏報仇

융중에서 천하가 삼분됨을 알리고
장강의 싸움에서 손권이 보복을 하다

세 번째 만남

이번에는 관우마저 유비를 막았다.

"이미 형님께서는 두 번이나 찾아간 바 있사오니 충분히 예는 다하고 있는 것입니다. 어쩌면 제갈공명은 이름만 떠들썩할 뿐 별볼일 없는 자로 혹시 우리를 만나기를 꺼려 하고 있는 것인지도 모르는 일이오니 이쯤에서 물러서는 것이 어떻겠습니까?"

"아닐세. 제나라의 환공(桓公)은 동곽(東郭)*의 야인 한 명을

---

* 동곽(東郭): 전한(前漢) 때 제(齊)나라 사람으로, 동곽 선생은 본래 가난하여 신발

만나기 위해 네 번씩이나 찾아갔다가 못 만나고, 다섯 번째에 이르러서야 만났다고 하네. 난 그보다 더욱 훌륭한 대인을 만나러 가는 것이라 생각하네.”

장비가 곁에서 투덜거렸다.

“당치 않은 말씀이십니다. 그렇게 계속 피하는 자가 어찌 대인이란 말입니까? 이번에는 우리가 애써 찾아갈 것 없이 사람을 보내어 데리고 오거나 만일 오지 않겠다면 제가 가서 밧줄로 묶어서라도 끌고 오겠습니다.”

유비가 장비를 꾸짖었다.

“그런 말은 하는 것이 아닐세. 주나라의 문왕이 강태공(태공망)을 만나기 위해 얼마나 애를 썼는지 몰라서 그런 무례한 말을 한단 말인가. 그렇다면 이번에 자네는 남아 있게. 내가 관우와 같이 가도록 할 테니.”

“두 형님께서 가시는데 어찌 제가 혼자 남겠습니까? 저도 따라가겠습니다.”

“그럼, 같이 가되 실례되는 말을 하지 않도록 주의하게.”

세 사람은 말을 타고 융중으로 향하였다. 일행은 공명의 초려가 가까워지자 말에서 내려 걸어가다가 제갈균을 만났다. 유비가 정중히 물었다.

“지금 형님께서 계시는지요?”

“예, 간밤에 돌아오셨으니 오늘은 만나실 수 있으실 겁니다.”

이렇게 대답한 제갈균은 급히 걸음을 재촉하여 가버렸다. 유비가 다행이라고 생각하고 얼굴에 미소를 짓자 제갈균의 태도를 못마땅히 여긴 장비가 다시 투덜거렸다.

“뭐가 저리 바쁘길래 우리를 안내도 하지 않고 무례하게 가버

바닥이 구멍이 나서 눈위를 맨발로 걷다시피 했다는 데서 동곽리(東郭履)라는 고사에서 유래된 가난하고 청빈하다는 뜻으로 씀.

리는 거야.”

“무언가 급한 일이 있을 테지.”

유비가 장비를 타일렀다. 이윽고 세 일행이 초가에 이르러 싸리문 앞에 서니 동자가 모습을 나타냈다. 유비가 말하였다.

“유비라는 사람이 찾아뵙고자 왔다고 전하여라.”

“지금 선생님께서는 사랑방에서 낮잠을 청하고 계십니다.”

“그러시다면 일부러 깨우지 않도록 하거라.”

유비는 이렇게 말하고 관우와 장비를 문간에서 기다리게 하고 혼자 들어가보았다. 과연 만나고자 하는 그 선생은 사랑방의 침상에서 잠들어 있었다. 유비는 마당으로 다시 나와 꼿꼿이 선 채로 공명이 깨어나기만을 기다렸다. 관우와 장비가 안절부절못하며 기다리고 있다가 발소리를 죽이고 슬그머니 들어가보니 유비가 두 손을 모으고 공손한 자세로 서 있었다.

이 모습을 본 장비가 화가 치밀어올라 관우에게 말하였다.

“뭐 저리 뻔뻔스럽고 무례한 사람이 다 있단 말이오? 우리 큰형님을 마냥 마당에 저렇게 세워놓은 채 코를 골며 낮잠을 자고 있다니! 어디 내가 뒤로 가서 불을 질러 저 사람이 일어나는지 안 일어나는지 봐야 하겠소.”

장비가 흥분을 가라앉히지 못하고 말하자 관우가 기를 쓰고 말렸다. 그래도 유비는 아랑곳하지 않고 이 두 아우를 문 밖에서 기다리게 하였다. 이때 사랑방의 주인은 일어나는 듯한 기색이었지만 이내 몸을 뒤척이다가 이쪽으로 등을 돌리고 다시 코를 골며 잠에 떨어졌다. 보다 못한 동자가 공명을 깨우려고 하자 유비가 깨우지 말라고 말리고는 지금까지와 같이 두 손을 모으고 공손한 자세로 기다렸다.

시간이 얼마쯤 흘러 공명이 잠결에 시 한 수를 읊었다.

큰 꿈을 뉘라서 먼저 깨닫는가	大夢誰先覺
평생 나 혼자만 아노라	平生我自知
초당에 봄 졸음이 족하니	草堂春睡足
창 밖의 해는 더디 지는구나	窓外日遲遲

이렇게 시 한 수를 읊은 공명은 인기척을 느낀 듯이 동자에게 물었다.

"누가 오셨느냐?"

"유 황숙께서 오래 전부터 기다리고 계십니다."

이 말에 공명이 벌떡 일어나면서 말하였다.

"어찌 진작 깨우지 않았느냐? 이 모습으로는 결례가 되니 의관을 갖춰 입어야겠다."

공명은 일단 안으로 들어가서 옷을 갖춰 입은 뒤에 다시 나타났다. 그는 키가 여덟 척 가량 되었으며 마치 관옥(冠玉)과 같은 얼굴이었다. 머리에는 관건(綸巾)*을 쓰고 몸에는 학창(鶴氅)**과 같은 옷을 걸치고 있었는데 그야말로 속세를 등진 신선 같은 모습이었다.

유비가 정중히 예를 갖추고 나서 말을 꺼냈다.

"저는 한나라 황실의 후손으로 탁군에 살고 있습니다. 선생의 존함은 전부터 익히 들어 알고 있었사오며 이미 두 차례나 이곳을 찾아왔으나 불행히도 선생을 만나지 못하였기에 서신을 남기고 갔는데 혹시 받아보셨는지요?"

공명 또한 예를 갖춰 말문을 열었다.

"이 몸은 남양의 야인으로 천성이 게을러 장군께서 여러 번 수

---

* 관건(綸巾):청사(青絲)로 만든 건인데, 은거(隱居)하는 사람이나 풍류객들이 주로 썼다. 제갈공명이 썼다고 해서 제갈건(諸葛巾)이라고도 함.

** 학창(鶴氅):학의 깃으로 만든 옷. 빛이 희고 소매가 넓고, 가를 검은 색으로 두른 웃옷. 학창의(鶴氅衣)라고도 함.

고를 하셨는데도 맞이하지 못해 죄송하기 그지없습니다.”

이들이 이렇게 인사를 나눈 뒤에 자리에 앉자 동자가 차를 따라 대접하였다. 공명이 먼저 말하였다.

“서신은 배독하였습니다. 나라를 위하고 백성을 위해 노심초사(勞心焦思)하시는 그 점은 잘 알겠습니다만 저는 나이도 젊고 재능도 없어서 하문하신 데 대해 답해올릴 수 있으리라 생각되지 않습니다.”

“수경 선생이나 서서 같은 분들이 무책임한 말을 할 리가 있겠습니까? 부디 외면하지 마시고 가르침을 받게 하여 주십시오.”

“그분들은 모두 고사(高士:뜻이 높고 세속에 물들지 않은 고결한 선비)들이옵니다. 그와 달리 저는 일개 야인에 불과하여 천하의 사정에 어둡습니다. 그 두 분께서 저를 잘못 천거하신 것입니다. 장군께서 현인을 구하시는 이상 진정으로 참다운 현인을 구하심이 마땅하다고 생각됩니다.”

“경세(經世)의 큰 재주를 갖고 계신 분이 어찌하여 숨어 지내십니까? 천하의 만백성을 위해서 저의 어리석은 생각을 깨우쳐 주시기를 간청합니다.”

공명이 웃으며 물었다.

“그럼 장군께서 품으신 뜻이 무엇입니까?”

유비는 그 자리에 있는 사람을 내보내고 자세를 고쳐 앉은 후 말하였다.

“바야흐로 한나라 황실의 힘이 기울어 있고 간신이 권력을 찬탈하고 있습니다. 저는 자신의 불민함도 돌아보지 않고 이지러진 이 천하를 바로잡고자 합니다. 그런데 저에게는 불행히도 아무런 재간도 없고 능력도 없어 아무 일도 하지 못하고 있으니 선생의 도움으로 저의 어리석음을 깨달아 백성의 뜻을 살펴 편하게 하고자 하는 것이 저의 뜻이옵니다.”

공명이 유비의 말을 듣고 한참 생각하다가 천천히 입을 열었다.

"동탁이 모반을 일으킨 후에 천하의 호걸들이 앞 다투어 나라를 어지럽히고 있습니다. 그 가운데 조조는 힘이 원소에 미치지 못하였지만 그럼에도 불구하고 끝내 원소를 쓰러뜨린 것은 '하늘의 때'를 얻었을 뿐만 아니라 모계(謀計)를 잘 하였기 때문이었습니다. 이제 조조는 백만 대군을 거느리고 명목상 황제의 이름을 앞세우며 제후들을 마음대로 좌지우지하고 있으니 섣불리 그와 대적할 수는 없는 일이지요. 한편 손권은 강동을 거점으로 하여 이미 삼대에 걸쳐 그곳의 지리적 이점에 의지하여 백성들을 잘 다스리고 있으므로 이 또한 장군께서 도움을 청할 수는 있어도 적으로 대해서는 아니될 줄 아옵니다. 이렇게 조조와 손권을 제쳐놓고 보면 형주(荊州)가 남습니다. 형주는 북으로는 한수(漢水)와 면수(沔水)를 가까이 두고 있고, 남으로는 이웃과 교역할 수 있는 길이 있으며, 동으로는 오(吳)나라와 연결되어 있는가 하면 서쪽으로는 파·촉(巴蜀)과 통하여 있으니 이는 정녕 무사로써 이름을 떨칠 만한 땅이옵니다. 이렇게 보면 형주야말로 하늘이 공을 위해 남겨둔 곳이 아닌가 생각됩니다. 한편, 익주(益州)는 천험(天險)의 요새로 둘러싸여 있고 일천 리의 기름진 땅이 있으며 천연자원이 풍부한 곳으로 옛날 한나라 고조는 이 익주를 근거지로 해서 천하를 통일하셨습니다. 오늘날 익주의 주인인 유장(劉璋)은 이런 보고를 안고 있으면서도 백성들을 잘 돌보지 못하고 백성들 또한 그에게 불만을 갖고 있습니다. 반면, 장군은 한나라 황실의 후손이시고 사해(四海)에 신의를 펴고 계십니다. 그리고 영웅을 모으고 현인을 구하고 계십니다. 이런 장군이 만약 형주와 익주를 손에 넣으시고 그곳을 요지로 하여 변방의 이민족인 서융(西戎)과 남만(南蠻)과 평화를 유지하며, 밖으로는 손권과

손을 잡고 안으로는 내실을 기해 정권을 확립하는 한편, 천하의 변란을 기화로 때를 기다렸다가 휘하의 어느 대장을 형주의 군사들과 함께 중원 땅으로 내보냅니다. 또 장군은 직접 익주의 군사들을 이끌고 관중으로 가는 길의 요충지가 되는 진천(秦川)으로 향하신다면 그곳 백성들은 두 손을 들고 장군을 맞이할 것입니다. 정녕 그렇게 하신다면 장군의 뜻도 달성되리라 봅니다. 이것이 제가 장군을 위해 말씀드린 대책이니 한번 생각해보십시오.”

공명은 여기서 말을 잠시 멈추더니 동자를 시켜 한 폭의 족자를 객실의 벽에다 걸도록 하였다. 공명은 그것을 가리켜며 말을 이었다.

“이것은 서천(西川:사천(四川)의 서부)의 쉰네 주의 지도입니다.

장군께서 정녕 패업을 성취하려 하시거든 일단 조조에게 북쪽을 양보하여 '하늘의 때'를 기다리시고 남쪽의 손권에게는 지리적인 이점을 차지하도록 하고, 장군 자신은 인화(人和)에 의지하시어 먼저 형주를 점거하고 기지로 삼은 후에 서천을 차지하여 천하의 삼분지 일을 차지하는 것입니다. 이리하여 조조·손권이라는 커다란 두 세력과 세 발 솥의 다리 모양으로 확고한 세력을 다 지신 뒤에 중원 땅을 차지하는 것이 순서일 것이라 생각합니다."

유비는 공명의 말을 유심히 경청하다가 자리에서 일어나 그의 손을 잡고 말하였다.

"참으로 잘 알아들었습니다. 이제 제 앞에 있던 구름이 말끔히 걷히고 햇빛을 보는 듯한 느낌이 듭니다. 그러나 형주의 유표나 익주의 유장은 저와 같은 한나라 황실의 혈족이라 그들의 땅을 빼앗을 일이 마음에 걸립니다."

"제가 지난밤에 천문을 살펴보고 안 일인데, 유표는 머지않아 죽게 될 운명이고, 유장은 암약(闇弱:어리석고 겁이 많음)한 자로 천하를 통일할 인물이 되지 못할 뿐 아니라 곧 장군의 휘하로 들어올 운명이니 걱정하지 마십시오."

유비는 땅에 닿도록 고개를 숙여 사례하였다. 오직 한 번의 대담을 통해 초려에서 나오지 않은 공명이 천하가 삼분될 것이라는 것을 미리 알고서 말을 하였으니 이는 참으로 놀랄 만한 달견(達見)이었다고 하지 않을 수 없다.

유비는 공명에게 다시 간청하였다.

"제발 이 초려에서 나오셔서 저를 도와주십시오."

그의 눈물이 흘러 도포 자락을 적셨다. 공명은 끝내 유비의 열성에 감동되어 더 이상 뿌리칠 수가 없어 조용히 입을 열었다.

"좋습니다. 공께서 저를 끝까지 믿으시고 저버리지 않으신다면

幽州
幷州
冀州
涼州
黃 河
司隷
益州
長江
荊州
交州

곁에서 공을 보필해보겠습니다.”
유비의 기쁨은 한량없었다. 그는 관우와 장비를 불러 예를 올리게 하고 금과 흰 비단을 비롯한 예물을 공명에게 바쳤다. 공명이 굳이 사양하는 것을 정성의 표시라 하며 기어이 받게 하였다. 유비 일행은 그날 밤을 이 초려에서 묵었다.

유비를 돕기로 한 공명

이튿날 제갈균이 돌아오니 공명이 그에게 당부하였다.
“나는 유 황숙의 ‘삼고의 은혜(三顧恩惠)’에 보답하지 않으면 안 되게 되었다. 너는 이 고장에 남아서 이곳을 돌봐주기를 바란다. 나도 장차 공을 이룬 뒤 다시 이곳으로 돌아올 작정이니 걱정하지 말아라.”
후세 시인이 이 정경을 시로 읊었다.

벼슬에 오르기도 전에 은거를 생각하니　　　　身未升騰思退步
돌아올 때에 그 말을 기억하리　　　　　　　　功成應憶去時言
선주께서 간곡하게 부탁하고 떠나시니　　　　只因先主丁寧後
가을 바람 부는 오장원에 별들이 떨어지네　　星落秋風五丈原

유비 일행은 제갈균에게 작별을 고하고 공명과 더불어 신야로 돌아왔다. 유비는 공명을 스승으로 우러르며 끼니때나 잠잘 때도 항상 그의 곁을 떠나지 않고 밤낮없이 천하를 논하였다.
그러던 어느 날, 공명이 유비에게 진언하였다.
“조조는 지금 기주 땅에 현무지(玄武池)를 파게 하여 수군을 훈련시키고 있는데 이는 분명히 남쪽에 대한 야심을 품고 있는 증거입니다. 그러니 은밀히 사람을 보내어 그 실정을 알아보도록 하십시오.”

유비는 공명의 말에 따라 강동 땅으로 염탐꾼을 보내었다.

손권의 용감한 장수들

한편 강동의 손권은 형 손책이 죽자 아버지와 형의 유지를 받들어 널리 현사(賢士)들을 모으고 있었다. 그는 오회(吳會)에 영빈관을 지어놓고 고옹(顧雍)과 장굉(張紘) 등에게 명하여 천하의 현인들을 모아 추천케 하였다. 구름떼처럼 모여드는 선비들은 다음과 같았다.

회계(會稽)의 감택(闞澤), 팽성(彭城)의 엄준(嚴畯), 패현(沛縣)의 설종(薛綜), 여양(汝陽)의 정병(程秉), 오군(吳郡)의 주환(朱桓), 육적(陸績), 장온(張溫), 회계의 능통(凌統), 오정(烏程)의 오찬(吾粲) 이상의 사람들이 먼저 강동 땅으로 몰려들었다. 손권은 이들을 정중하게 대우하였다.

또한 그 밖에 훌륭한 무장들도 여럿이 모여들었다. 여양의 여몽(呂蒙), 오군의 육손(陸遜), 낭야(瑯琊)의 서성(徐盛), 동군(東郡)의 반장(潘璋), 여강(廬江)의 정봉(丁奉) 등의 많은 문무인들이 서로 앞다투어 모여들어 기라성을 방불케 하였다.

건안 7년, 조조는 원소를 타도한 김에 강동으로 사자를 보내 손권의 아들을 허도로 올려보내 황제 곁에 두도록 하라고 손권에게 명하였다. 손권은 황제의 명이라는 소리에 거절도 하지 못하고 망설이다가 모친인 오 태부인(吳太夫人)과 주유(周瑜), 그리고 장소(張昭)와 상의하였다.

장소가 먼저 아뢰었다.

“조조가 공자를 보내라는 것은 결국 볼모로 삼아서 제후들을 견제하려는 책략입니다. 만약 불응하면 조조가 군사를 이끌고 쳐들어올 것이 분명합니다.”

그러나 주유는 이에 대해 반론을 제기하였다.

“주공께서는 돌아가신 아버지와 형의 유업을 이으시어 여섯 개 군의 병력을 거느리고 계시고 우리에게는 군비도 충분하며 장졸 모두가 언제라도 신명을 바쳐 강동을 지킬 각오가 되어 있습니다. 그런데 만일 조조가 말한 대로 요구를 들어주신다면 결국은 조조 아래 예속되어 앞으로 그가 무리한 요구와 참견을 해오리라는 것은 분명합니다. 그러니 이번에 분명히 거절의 의사를 밝히시어 저쪽이 어떻게 나오는지를 살핀 뒤에 대책을 세우도록 하시는 것이 좋을 듯합니다.”

오 태부인도 주유의 의견에 찬성하였다. 이에 손권은 조조의 사자를 돌려보내고 자식은 볼모로 보내지 않았다. 이 뒤로 조조는 강동 땅을 가만히 놔두지 않을 결심을 하였지만 아직 북방이 완전히 평정되지 않았으므로 바로 남정을 결행할 수는 없었다.

건안 8년 11월, 손권은 강하(江夏)의 황조(黃祖)를 토벌하기 위해 양자강으로 공격해 들어갔는데 맨 먼저 손권 휘하의 장수 능조(凌操)가 배로 저어 가서 강구로 접근하였다. 그 순간 황조 휘하의 장수 감녕(甘寧)이 활로 그를 쓰러뜨렸다. 그런데 능조에게는 능통(凌統)이라는 열다섯 살 난 아들이 있었는데 이를 목격한 아들이 그 한복판으로 뛰어들어가서 부친의 주검을 찾아가지고 돌아왔다. 손권은 아군의 형세가 불리하다고 판단하고는 곧 군사를 동오(東吳)로 후퇴시켰다.

서씨의 정조

손권에게는 동생 손익(孫翊)이 있었는데 그는 단양의 태수였다. 그는 매우 고집이 세었으며 술을 좋아하여 취하기만 하면 군사들을 마구 때리는 일이 비일비재하였다. 이런 때에 그가 다스리는 단양 군의 독장(督將) 규람(嬀覽)과 군승(郡丞:과장) 대원(戴員)이 손익을 해칠 마음을 늘 품고 있었는데 손익의 종졸인 변홍(邊洪)을 감언이설로 꾀어서 때가 오기만을 기다리고 있었다. 때마침 손익이 장관과 현령 등의 모임을 단양에서 베풀었다.

또한 손익의 아내 서씨는 대단한 미녀로 머리가 좋은 데다가 특히 점을 잘 치는 것으로 유명하였다. 그날 아침에도 점괘를 쳐보니 대흉(大凶)이라고 나왔으므로 남편에게 연회에 참석하지 말라고 하였다. 그러나 손익은 서씨의 만류를 무시하고 연회에 참석하였다. 연회가 끝날 때쯤 변홍이 뒤를 따르는 가운데 문 밖으로 나오는데 느닷없이 그가 칼을 빼들고 손익을 찔러 쓰러뜨렸다. 그러자 기다렸다는 듯이 규람과 대원이 앞서 나오며 변홍에게 죄를 뒤집어씌우고는 다짜고짜 형장으로 끌고 가 그의 목을 쳐버렸다. 그러고는 손익의 재산과 첩들을 모두 빼앗았는데 그 중에서 서씨가 규람의 눈에 띄었다.

"내가 부군의 원수를 갚았으니 나의 말을 잘 듣도록 하라. 만일 듣지 않으면 네 목숨부터 내놓아야 할 것이다."

규람의 협박에 서씨는 그의 마음을 진정시키고자 급한 핑계를 대었다.

"남편이 이제 막 죽었으니 지금 그럴 심정이 아니음을 헤아려주십시오. 이 달 그믐날에 남편의 법사(法事)를 치르고 나서 상복을 벗은 후에라도 늦지 않을 터이니 기다려주십시오."

규람은 서씨의 말을 따르기로 하였다. 서씨는 죽은 남편의 심복이었던 손고(孫高)와 부영(傅嬰) 두 장수를 은밀히 불러놓고 눈물로 호소하였다.

"남편은 생전에 두 장수분을 진심으로 신용하고 계셨습니다. 지금 규람과 대원 두 사람이 남편을 모살하고 죄를 변홍에게 모두 뒤집어씌운 후에 우리 집 재산과 계집들을 모두 빼앗았습니다. 더욱이 규람은 저의 몸마저 빼앗으려 하였으나 일단 적당히 핑계를 대어 방심케 해놓았습니다. 이에 두 분께 부탁하옵건대 시아주버님이신 동오의 손권 장군께 이 사실을 알려주시고 두 역적 놈을 잡아 남편의 원수를 갚아주시옵소서. 이것이 저의 일생일대의 소원이옵니다.”

서씨가 이렇게 말한 후에 두 장수에게 큰절을 올리니 손고와 부영도 눈물을 글썽이며 말하였다.

“우리는 돌아가신 태수께서 베풀어주신 은혜에 깊이 감사하고 있습니다. 이번 변고를 겪고도 따라 죽지 않았던 것은 고인을 위한 복수를 생각하고 있었기 때문이오니 부디 염려하지 마시고 안심하십시오. 분부에 따르겠습니다.”

그들은 곧 손권에게 사자를 보내어 이 사실을 알렸다.

이윽고 그 달의 그믐날이 되었다. 서씨는 손고와 부영 두 장수를 불러서 별실의 장막 뒤에 몸을 숨기게 하였다. 그리고 객실에 제삿상을 마련하여 법사를 치렀다. 일을 마친 서씨는 즉시 상복을 벗고 목욕을 한 다음 향을 피우고 화려한 옷으로 갈아입었다. 그리고 밝은 웃음을 흘리며 명랑하게 말을 하였다. 서씨의 이런 행동을 전해 들은 규람은 황홀해져서 밤이 오기만을 기다렸다. 이윽고 한밤중이 되자 서씨가 시녀를 시켜 규람을 모셔오도록 하였다. 그리고 서씨는 미리 차려놓은 객실의 술좌석에서 그를 정성스레 접대하여 한껏 취하게 한 후 별실로 유인하였다. 취기에 몽롱해진 규람이 서씨의 요염한 자태에 어쩔 줄 몰라 하며 침을 삼켰다.

이때 서씨가 큰소리로 호령하였다.

“게 아무도 없느냐? 뭣들 하느냐?”

그러자 장막 뒤에서 손고와 부영이 칼을 빼들고 뛰어나왔다.

규람은 놀라 순간적으로 방어하였으나 술기운에 역부족이었다. 그러는 사이에 부영의 칼이 날아들고 이어 손고의 칼도 날아들자 그는 이내 고꾸라져버렸다.

서씨는 또 대원(戴員)을 꼬여 객실로 불러들여 술대접을 하였다. 대원 역시 서씨의 요염한 자태에 군침을 흘리며 거푸 술을 마셨다. 대원이 몸을 제대로 가누지 못할 때쯤 손고와 부영이 뛰어나와 쉽게 그를 처단하였다. 그리고 두 역적의 일가 권속과 잔당을 모두 처형하였다. 서씨는 상복으로 다시 갈아입고 규람과 대원의 두 목을 베어다가 망부의 영전에 바쳤다.

그날의 법사에는 손권도 친히 군을 이끌고 단양으로 달려와 참여하였다. 손권은 손고와 부영을 아문장(牙門將:장수를 호위하는 장수)으로 임명하여 단양의 수비를 명하고 서씨는 강동으로 다시 데리고 가서 불편하지 않게 살도록 하였다. 강동 사람들 모두가 서씨의 부덕(婦德)을 칭송하였다.

한편 손권은 동오의 각처에서 날뛰던 산적들을 샅샅이 평정시키고 대강(양자강)에 뜨는 전선(戰船)만도 칠천여 척이 넘을 만큼 군비를 확장시켰다. 그리고 주유를 대도독(大都督)으로 임명하여 강동의 수륙 전군을 맡도록 하였다.

건안 12년 10월, 손권의 모친 오 태부인은 병환이 위독해지자 주유와 장소를 불러들여 그들에게 당부했다.

"나는 본디 오나라 사람으로 일찍이 어버이를 여의고 남동생인 오경(吳景)과 함께 월(越)나라로 옮겨와 살았소. 그러다가 손씨에 출가하여 네 아들을 낳았는데 장남인 책을 낳을 때는 달이 품속으로 들어오는 꿈을 꾸었고, 차남인 권을 낳을 때는 해가 품속으로 들어오는 꿈을 꾸었소. 복술가는 일월이 품에 드는 꿈을 꾸고 낳은 아들은 후에 크게 되리라고 하였지만 불행히도 손책이 일찍 죽어서 이 강동 땅을 모두 둘째인 손권에게 넘기려고 하니 부디 두 장수께서 손권을 받들어 보살펴주시오. 그래야 내가 비로소 안심하고 눈을 감을 수 있을 것 같소.”

이렇게 두 장수에게 당부하고 이어 아들 손권에게도 당부하였다.

“너는 장소와 주유 두 분을 사부로 모시어 절대로 소홀함이 없도록 하거라. 그리고 내 여동생은 나와 함께 네 아버지에게 시집을 왔으니 너의 어머니와 다름없는 분이시다. 그러니 나를 섬기듯이 네 이모도 잘 섬겨주기 바란다. 또 너의 누이동생에게도 훌륭한 신랑을 구해주도록 하거라.”

오 태부인은 이와 같은 유언을 남기고 눈을 감았다. 손권은 소리내어 슬피 울고는 성대하게 장례를 치루었다.

손권에게 온 감녕

이듬해 봄에 손권은 다시 황조를 토벌할 계획을 세웠으나 장소가 이를 반대하였다.

“태부인께서 타계하신 지 아직 한 해도 지나지 않았으니 전쟁을 삼가는 것이 좋을 것 같습니다.”

그러나 주유는 이에 반론을 제기하였다.

“복수하는 일에 상중이고 탈상이고 가릴 것이 무엇입니까?”

손권은 사이에 끼여 이러지도 저러지도 못하였다. 그때 마침 북평도위(北平都尉) 여몽이 찾아와 손권에게 보고하였다.

“제가 용추수구(龍湫水口)를 지키고 있자니까 뜻밖에 황조의 부하인 감녕이 찾아왔습니다. 그래서 자세하게 사연을 물어보았더니 감녕은 자를 흥패(興霸)라 하며 파군(巴郡)의 임강(臨江) 출신답게 용맹스러운 사람으로 예전에는 불한당들을 모아 여러 호수와 강을 무대로 노략질을 하는 수적 노릇을 하고 지냈다고 합니다. 그는 늘 허리에 구리로 된 방울을 차고 다녔는데 사람들이 그 방울 소리를 들으면 으레 겁을 집어먹고 달아났다고 합니다. 또 한때는 서천(西川)의 비단인 촉금(蜀錦)을 돛으로 사용하여 '금범적(錦帆賊)'이라는 별명도 얻었으나 그 뒤로 지금까지 지은 죄를 뉘우치고 행실을 고친 후 부하들을 데리고 유표에게 투항하였다고 합니다. 하지만 유표가 큰 인물이 못 될 사람이라고 판단되자 감녕이 동오로 길을 떠났으나 하구까지 오는 도중 그만 황조의 손에 잡히고 말았습니다. 하온데 지난번에 우리가 황조를 쳤을 때 감녕의 힘으로 간신히 하구를 지킬 수 있었음에도 불구하고 황조는 감녕을 푸대접하였다고 합니다. 어찌나 심하게 냉대를 했던지 도독인 소비(蘇飛)가 아무리 감녕을 천거하여도 '그놈은 강상의 수적 출신이니 중용할 놈이 못 된다'라고 하며 거절했다고 합니다. 그리하여 감녕은 계속 실망하며 낙담할 수밖에 없었지요. 그때 소비가 그의 속마음을 알아채고 그를 자택으로 불러 술을 대접한 뒤에 그에게 '아무리 자네를 천거하여도 황조가 들으려 하지 않네. 세월은 유수같이 흐르고 사람의 목숨에도 한이 있는 법이니 차라리 다른 곳으로 옮겨봄이 어떻겠는가? 내가 자네를 일단 주현(邾縣)의 현령으로 천거할 테니 그 뒤의 일은 자네가 심사숙고해서 거취를 정하도록 하게'라고 달래었다 합니다. 이리하여 감녕은 하구를 떠나 강동 땅으로 투항하려 했습니다만 지난번 싸움에서 황조를 도우려고 능조를 죽인 일이 있어 망설이고 있었다고 합니다. 그래서 제가 이렇게 일렀습니다. '우리 주공께서는 장사와 현인을 찾으시기에 열심이시니 지난날의 사사로운 원한에 구애되실 분이 아니네. 신하는 각기 그 주인을 위해 전력을 다하는 것이 본분이니 자네를 원망할 까닭이 없네'라고 했더니 감녕이 매우 기뻐하면서 부하들과 더불어 이곳으로 오고 싶다고 했습니다. 주공, 감녕을 어쩌시려는지 말해주십시오."

손권의 기쁨은 이루 말할 수 없이 컸다.

"감녕이 와준다면 황조는 절로 잡을 수 있을 것일세."

손권은 여몽을 시켜 즉시 감녕을 데려오게 하였다. 손권은 첫 대면의 예를 나눈 뒤에 그 자리에서 감녕에게 말하였다.

"장군이 이렇게 나를 찾아왔으니 이제 원한과 의심은 깨끗이 잊도록 하시오. 그리고 황조를 격파하기 위한 지혜를 알려주기 바라오."

감녕이 답하였다.

"이제 한나라의 조정이 쓰러지려 하니 조조는 틀림없이 왕위를 찬탈할 생각을 하고 있을 것입니다. 그 목적을 위해 조조는 형주를 노릴 것이 뻔하온데, 형주의 유표는 도무지 원대한 계책이 없고 그 아들도 우둔하여 그들의 힘으로는 도저히 형주가 보존되지 못할 것입니다. 그러니 이쪽에서 먼저 형주를 쳐서 빼앗아야 하는데 이것도 때가 늦으면 조조에게 선수를 빼앗기게 될 것입니다. 그러니 이를 막기 위해서 황조부터 타도하여야 합니다. 지금 황조는 늙어서 지친데다가 욕심이 극성스러워 수탈만 일삼고 있으므로 만백성들이 몹시 원망하고 있습니다. 게다가 무기는 모두 낡아버렸고 군기도 해이해져 있으니 지금 공격하면 쉽게 격파할 수 있을 것입니다. 그렇게 황조를 타도하고 그대로 서쪽으로 진격하여 초관(楚關)에 기지를 마련해놓고 파촉을 손에 넣으시면 천하가 곧 장군의 것이 될 줄로 아옵니다."

손권이 고개를 끄덕이며 말하였다.

"이는 과연 금옥(金玉)과 같은 계략이오."

손권은 대도독 주유에게 수륙 양군을 총괄하도록 명하고 여몽을 선봉으로 선정했으며 동습(董襲)과 감녕을 부장(副將)으로 임명하였다. 그리고 친히 십만 대군을 동원해서 황조를 치기 위해

진격해나갔다.

강하를 공격한 손권

이 사실은 첩자를 통해 곧바로 강하에 알려졌다. 소식을 전해 들은 황조도 가만히 있지 않고 소비(蘇飛)를 대장으로 하고 진취(陳就)와 등룡(鄧龍)을 전위로 삼아 강하를 수비하라고 명하였다. 전위에 선 진취와 등룡이 먼저 면구(沔口)에 전함을 나란히 띄우고 함상에는 각각 일천 개가 넘는 활과 돌쇠뇌를 배치하였다. 또 전함과 전함을 굵은 밧줄로 연결하여 서로 묶은 후에 물에 띄웠다.

이윽고 동오의 군단이 쳐들어오니 황조의 배 위에서는 북소리를 신호로 활과 돌쇠뇌가 일제히 발사되었다. 동오의 군사들은 좀처럼 접근할 수가 없어서 몇 리나 뒤로 후퇴하였다.

이때 감녕이 동습에게 말하였다.

"여기까지 온 이상 뒤로 물러설 수는 없소."

그러더니 그는 일백 척 가량의 소형 목선을 골라 거기에 정예 쉰 명씩을 태웠다. 그 가운데 스무 명이 노를 저었고 나머지 서른 명은 갑옷을 입고 칼을 들었다. 배들은 일제히 적진을 향하여 돌진하였다. 머리 위로 빗발치듯 내리 퍼부어지는 화살과 돌덩이를 무릅쓰고 돌진하여 적의 전함과 전함 사이를 이어놓은 굵은 밧줄을 차례차례로 끊어버렸다. 그러자 전함들은 순식간에 균형을 잃고 좌우로 흔들렸다. 그때를 기다렸다는 듯이 감녕이 먼저 전함으로 옮겨타 적장 등룡에게 뛰어들어 이내 베어 버렸다. 그러자 진취가 전함을 버리고 달아나려 하니 여몽이 이를 눈치채고 목선으로 옮겨 타고 손수 노를 저어 적의 전함 대열 속으로 진입하여 불을 지르며 돌아다녔다. 진취가 허둥지둥 강기슭으로 올라가 달아나려 하자 여몽이 필사적으로 그를 추격하여 이내 가슴을 찔러 쓰러뜨렸다. 한편 대장인 소비는 강기슭까지 병력을 진출시켜 동오의 군사들이 상륙하는 것을 막아보려 하였지만 때는 이미 늦어 동오 군은 거의 기슭에 올라와 있었으므로 이제는 도저히 저지할 수 없게 되었다.

결국 황조 군이 대패하였고 소비는 허겁지겁 달아나다가 동오 군의 대장인 반장을 만나 생포되었다. 반장은 소비를 배 위로 끌고 와서 손권의 눈앞에 꿇어앉혔다. 손권은 그를 함거(檻車:죄수를 호송하는 달구지)로 수송하였다. 나중에 황조를 생포하여 둘을 한꺼번에 처치할 작정이었다. 손권은 이어 동오 군에게 병력을 총동원하여 밤낮을 가릴 것 없이 하구를 공격하게 하였다. 황조는 감녕을 잃고 믿었던 전함들마저 밧줄이 끊겨 공격할 수 없게 되었으니 그의 목숨은 바야흐로 풍전등화의 꼴이었다.

제 39 회 박망파 결전

형 주 성 공 자 삼 구 계　　박 망 파 군 사 초 용 병
荊州城公子三求計　　博望坡軍師初用兵

형주성 유기는 공명에게 세 차례 계책을 구하고
박망파에서 공명이 처음 군사를 부려 승리하다

황조를 죽인 감녕

손권이 친히 하구로 가서 군사들을 독려하니 황조는 혹독한 참패를 맛보아야 했다. 황조는 도저히 강하를 지킬 수 없다고 판단하고 끝내 그 성을 버리고 형주로 퇴각하기로 하였다.

한편 황조가 분명히 형주로 도망칠 것이라고 짐작했던 감녕은 미리 성의 동쪽 문 밖에서 군사를 이끌고 지키고 있었다. 마침내 황조가 수십 기마병을 이끌고 성문을 빠져나와 달려가려 하자 좌우에서 일제히 함성이 울리며 감녕이 나타나 앞을 가로막았다.

황조가 당황한 채 감녕에게 애원하였다.

"내 자네에게 혹독하게 대한 일이 없으니 내 가는 길을 방해하지 말아주게."

그러나 감녕이 매정하게 대꾸하였다.

"내가 강하의 싸움에서 애써 싸웠음에도 불구하고 나를 강상의 도둑떼니, 수적(水賊)이니 하고 천대하지 않았느냐? 그런데 이제 와서 무슨 엉뚱한 소리를 하는 것이냐?"

황조는 할 수 없이 말을 몰아 도망치기 시작했고 감녕이 군졸들을 제치고 곧바로 그의 뒤를 쫓았다. 한참을 뒤쫓던 감녕이 뒤에서 들려오는 군사들의 고함 소리에 문득 정신을 차리니 정보가 한 떼의 군사들을 이끌고 자신을 구원해주러 오고 있었다. 감녕은 황조를 붙잡는 전공을 정보에게 빼앗길까봐 서둘러 활에 화살을 메겨 황조의 등을 겨냥하고 쏘았다. 이에 황조가 화살을 맞고 말에서 떨어지자 감녕은 즉시 그의 목을 베어 들고 말을 되돌려 정보의 부대와 합류하여 돌아왔다. 감녕이 손권 앞으로 나가 황조의 목을 바치니 손권은 나무상자에 그 목을 넣어 강동 땅으로 가지고 가서 돌아가신 아버지의 영전에 바치도록 하였다. 그리고 군사들에게는 후한 상을 내리고 감녕은 도위로 진급시켜 주었다. 이어서 손권은 강하의 성을 어떻게 지켜야 하는지를 논의하고자 모사들을 불러 의논하였다. 먼저 장소가 제안하였다.

"강하는 너무 외진 곳에 위치하고 있어 수비하기가 어려우니 일단 강동으로 돌아가서 그곳을 지키는 것이 낫습니다. 유표는 황조가 죽었다는 것을 알면 반드시 보복을 해올 것입니다. 그래서 그가 군사를 이끌고 강동으로 쳐들어오면 우리는 군사들을 편안히 쉬게 하였다가 먼 길을 오느라 지쳐버린 적의 군사들을 대항해서 싸우게 하면 유표는 별어려움 없이 타도할 수 있을 것이고, 그렇게 그가 쓰러지면 그 기세를 몰아 그대로 형주를 차지하는 것입니다."

　손권은 장소의 의견에 따라 강하의 성을 포기하고 군사들을 모두 강동으로 되돌렸다.

하구로 보낸 감녕

　한편 붙잡힌 몸으로 함거(檻車)에 실려가던 소비(蘇飛)는 은밀히 인편을 보내어 감녕에게 구원을 요청하였다. 감녕은 그 소식을 듣고 그를 구하기 위해 대책을 세웠다. 이윽고 대군을 이끌고 오회(吳會)에 도착한 손권은 소비의 목을 베어 황조의 목과 나란히 바칠 생각을 하였다.

　이때 감녕이 손권 앞으로 달려나와 울며 하소연하였다.

　"만약에 소비가 지난번에 저를 도와주지 않았더라면 저는 이미 길가에 나뒹구는 시신이 되어버렸을 것이고 이번 싸움에도 전공을 세울 수 없었을 것이옵니다. 이 몸은 도위의 벼슬도 바라지 않으니 부디 소비의 목숨을 살려주십시오."

　손권이 심사숙고한 끝에 감녕에게 일렀다.

　"좋다. 그대의 원대로 살려주겠지만 만일 그가 달아나버리기라도 한다면 어쩔 텐가?"

　"만일에 그가 달아나버린다면 제가 직접 그의 목을 베어 장군 앞에 바치겠사옵니다."

　이에 손권이 소비를 용서하고 불사의 제단에는 황조의 목만 바쳤다. 제사가 끝나고 전승을 축하하는 연회가 베풀어졌다. 술잔이 몇 순배 돌자 갑자기 좌중에서 누군가가 방성통곡을 하며 칼을 뽑아들고는 감녕을 향해 덤벼들었다. 이에 감녕도 의자에서 벌떡 일어나 칼을 뽑아들고 대응하였다. 손권이 놀라 그를 바라보니 그는 바로 능통이었다. 지난번의 강하 싸움에서 감녕이 그의 아버지 능조를 활로 쏘아 죽였기 때문에 오늘 이 자리에서 아버지의 원수를 갚으려 한 것이었다.

손권이 황급히 이를 제지하였다.

"감녕이 자네의 부친을 죽인 것은 그때 그가 적진의 휘하에 있었기 때문이니 어쩔 수 없는 일이었네. 이제 이렇게 한식구가 된 마당에 언제까지 지난날의 사사로운 원한에 사로잡혀 있을 것인가? 나의 얼굴을 봐서라도 적의를 버리도록 해주게."

능통은 이마를 마룻바닥에 처박으며 원통해했다.

"어버이의 원수 놈을 어찌 용서하고 잊어버리라 하십니까?"

손권이 주위 사람들과 더불어 재삼 그를 달래니 능통은 차마 죽이지는 못하고 감녕을 노려보면서 분을 삭이지 못할 뿐이었다. 그날 손권은 감녕에게 오천 병력과 일백 척의 배를 주며 하구로 가서 그곳을 수비하라고 명하였는데 이는 능통과의 충돌을 피하게 하려는 배려에서였다. 감녕은 손권에게 감사해하며 하구로 떠났다. 또 손권은 능통을 승렬도위(丞烈都尉)로 승진시켰으므로 능통은 분노를 억누르고 아버지의 원한을 갚지 못하게 되었다. 이후에 손권은 전함을 계속 만들게 하고 병력을 증강하여 동오를 더욱 굳건하게 지키도록 명하였다. 또한 손정(孫靜)에게 일부 병력을 주어 오회를 지키게 하는 한편, 손권 자신은 대군을 거느리고 시상(柴桑)에 주둔하였으며 주유는 날마다 파양호(鄱陽湖)에서 수군을 훈련시키는 일에 열중하였는데 이는 앞으로 닥칠 전투에 만반의 준비를 갖추려는 의도에서였다.

유비를 부른 유표

한편 강동 땅에 보냈던 첩자가 돌아와 유비에게 보고하였다.

"동오의 손권이 황조를 죽이고 지금 병력을 시상에 주둔시키고 싸움을 벌일 준비를 갖추고 있습니다.”

유비가 공명을 불러 이 문제를 놓고 협의하고 있을 때 유표가 사자를 보내 의논할 일이 있으니 형주로 와달라는 전갈을 보냈다. 이에 공명이 유비에게 아뢰었다.

“손권이 황조를 격파하였으니 원수를 갚기 위해 주공과 의논하자는 것이 틀림없습니다. 제가 주공을 모시고 따라가서 유표를 만난 후에 다시 대책을 세워보겠습니다.”

이리하여 유비는 관우를 신야에 남겨놓고 장비에게는 오백 명의 군사를 거느리고 호위하게 하여 형주로 향하였다. 말머리를 나란히 하고 가면서 유비가 공명에게 물었다.

“유표를 만날 때 무엇이라고 인사를 드려야 하겠소?”

“우선 양양에서 탈주한 일에 대해서 사과하십시오. 그리고 유표가 주공께 강동을 공격하라고 할 경우 절대로 승낙하셔서는 안 됩니다. 신야에서 군비를 갖추어야 한다는 등의 핑계를 대어 절대로 승낙하지 마십시오.”

이윽고 유비 일행은 형주에 이르러 숙사에 여정을 풀고 장비는 군사들과 함께 성 밖에 머무르게 한 후 공명을 대동하고 유표를 만나러 들어갔다. 유비가 먼저 양양에서의 일을 사과하니 유표가 부드러운 목소리로 말하였다.

“아니오. 그때의 사정은 다 들어서 알고 있소. 실은 아우가 해를 당했다는 소식을 듣고 즉시 채모의 목을 베어 신야로 보내고 싶었으나 주위에서 간청하며 말리기에 겨우 용서해주었소. 아무튼 용서해주시게.”

유비도 부드럽게 응수하였다.

“채 장군의 책임만도 아니지요. 아랫사람들이 잘 모르고 한 짓인 줄로 압니다.”

이에 유표가 공명이 예상했던 대로 이야기를 꺼냈다.

"황조가 손권에게 당하여 지금 강하를 잃어버렸으니 어떤 보복책이 없겠소?"

유비가 조심스럽게 아뢰었다.

"황조는 성품이 사납고 거칠 뿐만 아니라 아랫사람을 잘 부릴 줄 몰라서 그 지경이 되었던 것입니다. 그렇다고 지금 보복하기 위해 강남으로 출병하신다면 조조가 그 틈을 타서 북쪽에서 쳐들어올 것이 분명한데 그때는 어쩌시겠습니까?"

"나도 바로 그 점이 걸려 선뜻 결심을 하지 못하고 있네. 그도 그럴 것이 나도 나이가 들어 병도 잦아 일을 쉽게 처리하지 못하니 이제 아우의 도움을 받아 내가 죽은 뒤에도 형주 땅을 아우에게 부탁하고 싶은 심정이라네."

"왜 그런 말씀을 하십니까? 저는 도저히 그런 중책을 맡을 수 없습니다."

이때 유비가 말하는 것을 듣고 공명이 눈짓을 해보이니 유비가 다시 고쳐서 말하였다.

"그럼, 앞으로의 일에 대해 생각해보도록 하지요."

이렇게 말하고 숙사로 돌아온 유비에게 공명이 물었다.

"유표가 형주를 주공께 부탁하고 싶다고 말했을 때 주공께서는 왜 그것을 거절하였습니까?"

유비가 침울한 표정으로 말하였다.

"그가 나를 은혜와 예로 대해주는데 내 어찌 그가 미약한 틈을 타서 영토를 빼앗을 수가 있겠는가?"

이에 공명이 감탄하여 말하였다.

"참으로 주공께서는 의롭고 자비로우신 분입니다."

유기의 고민

두 사람이 이런 대화를 나누고 있을 때 유표의 맏아들 유기(劉琦)가 찾아왔다고 알렸다. 유비를 만난 유기는 예를 갖춰 절을 올리고 나서 울먹이며 말하였다.

"저는 계모의 미움을 받아 목숨이 위태로워졌으니 모쪼록 저를 불쌍히 여기시어 도와주십시오."

"그것은 집안 가족들 사이의 문제인데 왜 그런 것을 나에게 의논하는가?"

이렇게 말한 유비가 곁에 있는 공명을 얼핏 보니 그가 미소를 짓고 있었다. 그래서 그에게 어찌해야 좋겠느냐고 물었더니, 공명 역시 유비와 같은 대답을 하였다.

"그것은 유씨 집안의 문제이니 제가 나서서 간섭할 일이 아닌 줄로 압니다."

결국 유비는 유기를 배웅하러 나가면서 살짝 귀띔해주었다.

"오늘 이렇게 찾아와준 성의를 생각하여 내일 공명을 보낼 것이니 그때 자네가 자세히 말하고 의논하면 틀림없이 묘계를 가르쳐줄 것일세."

이튿날 유비는 복통을 구실로 공명으로 하여금 자신을 대신하여 유기의 저택으로 찾아가도록 부탁하였다.

유기가 공명을 안사랑으로 정중히 모셔 차를 대접한 뒤에 조심스럽게 말문을 열었다.

"계모께서 저를 너무 미워하시니 제가 어찌해야 할지를 모르겠습니다. 부디 방법을 가르쳐주십시오."

이에 공명이 가볍게 거절하였다.

"이 사람은 나그네로 온 손님의 처지입니다. 그러니 제가 남의 가족에 관한 문제에 간섭하여 말참견을 하여서도 안 되려니와 또 만약에 참견하였다가 그 사실이 누설이라도 되면 도리어 화근을 만들게 될 것입니다."

이렇게 말하고 공명이 돌아가려 하자 유기가 그를 말리며 말하였다.

"그럼, 모처럼 찾아오셨으니 천천히 쉬었다 가십시오.'

유기는 다시 공명을 별실로 모시고 가서 술을 대접하고 그 자리에서 또 물었다.

"계모께서 저를 무척 미워하시니 제가 어떻게 대처해야 할지 가르쳐주십시오."

"제가 어떻게 그것을 말씀드린단 말입니까?"

공명이 다시 자리에서 일어나려고 하니 유기가 이번에도 그를 붙들었다.

"정 말씀하시기가 어려우시면 할 수 없지요. 그것은 그렇다고 접어두고 좀더 쉬시다 가십시오."

공명이 다시 자리에 앉으니 유기가 화제를 바꾸어 말을 꺼내었다.

"제가 진기한 고서를 한 권 가지고 있는데 꼭 보여드리고 싶습니다."

유기가 공명을 다락으로 인도해가니 공명이 물었다.

"책은 어디에 있습니까?"

그러자 유기가 소리내어 울음을 터뜨리며 말하였다.

"계모의 미움을 받아 저의 목숨은 한 치 앞도 예측할 수 없는 처지입니다. 그래도 선생께서는 모르시겠다며 도와주지 않으실 겁니까?"

공명이 안색이 변하여 아래로 내려가려 했으나 어느새 사다리가 치워져 있었다. 유기가 다시 비통한 목소리로 말하였다.

"제발 부탁드립니다. 선생님께서는 말이 새어나갈까 두려워하시는가본데 여기서라면 이제 위로는 하늘에 이르지 않고 아래로는 땅에 미치지 않는 곳이니 선생의 말씀이 바로 저의 귀에 들어와 새어나갈 염려가 없습니다. 그러니 부디 저에게 지혜의 가르침을 베풀어주십시오."

"옛말에 '소원한 자가 어찌 친숙한 자를 방해할 수 있으랴'고 하였습니다. 그러니 관계도 없는 타인인 이 사람이 그 같은 문제에 관여할 수는 없습니다."

"그렇게 고집을 부리시니 저는 이제 살아나지 못할 목숨입니다. 그러니 여기 선생님 눈앞에서 차라리 목숨을 끊겠습니다."

유기가 칼을 빼어들고 스스로 목숨을 끊으려 하니 공명이 놀라 그것을 만류하였다.

"좋은 묘계가 떠올랐으니 그만 멈추시오."

"그럼, 어서 말씀해주십시오. 그것을 꼭 듣고 싶습니다."

"물론 공자(公子)께서는 신생(申生)과 중이(重耳)*의 고사를 알고 있으리라 믿습니다. 신생은 안에 있다가 죽었고, 중이는 나라 밖에 있었기에 목숨을 건질 수 있었습니다. 이제 황조가 죽어 강하의 수비가 허술하니 아버님께 청원하여 군사를 거느리고 그곳에 가서 주둔하시면 화를 피할 수 있을 것입니다."

유기는 정중히 고개를 숙여 감사의 배례를 올린 후 사람을 시켜 사다리를 걸게 하고 공명을 아래층으로 모셔 내려갔다. 공명이 유기와 헤어져 돌아와 유비에게 경과를 보고하니 유비가 크게 기뻐하였다.

다음날 유기가 아버지 유표에게 강하로 가서 그곳을 수비하도

---

* 신생(申生)·중이(重耳):춘추시대(春秋時代) 진(晋)나라 헌공(獻公)의 아들. 헌공은 여희(驪姫)라는 여자를 사랑하여 그에게서 해제(奚齊)를 낳았다. 그녀는 해제를 태자로 삼으려고 방해가 되는 신생과 중이를 죽이려 했다. 신생은 안에 있다가 결국 자살하고, 중이는 나라 밖으로 도망쳐서 살아남았다.

록 해달라고 청원하니 유표가 결정을 내리지 못하고 유비를 불러 상의하였다.

"유기가 강하로 가려고 하는데 보내야 할지 어떨지 모르겠네."

"강하는 중요한 요충지이니 타인에게 맡기시는 것보다 아드님이 친히 나가 그곳을 지키는 것이 더 마음이 놓일 것입니다. 그리하여 동남쪽을 형님과 유기가 맡아 처리하시면 저는 서북쪽을 맡아 처리하도록 하겠습니다."

"들리는 소문에 의하면 조조는 지금 업군에 현무지라는 큰 연못을 만들어 수군을 훈련시키는 일에 열중하고 있다고 하니 이는 필시 남쪽을 정벌하고자 하는 속셈일 것이네. 그러니 그곳을 경계해야 할 필요가 있다고 보네."

유비는 안심하라는 듯이 말하였다.

"저도 이미 알고 있었던 일이오니 너무 염려하지 마십시오."

이렇게 아뢰고 물러나온 유비는 신야성으로 돌아갔고 유표는 삼천 병력을 유기에게 주어 강하로 보냈다.

관제의 정비

조조는 삼공(三公:군정·민정·건설의 최고 책임자)을 파면하고 승상이라는 자신의 직권으로 모든 임명권을 자기 혼자서 결정 지었다. 따라서 모개(毛玠)를 동조(東曹)의 연(掾:속관)으로, 최염(崔琰)을 서조(西曹)의 연으로, 사마의(司馬懿)를 문학(文學)의 연으로 임명하였다. 사마의는 자를 중달(仲達)이라 하며 하내(河內)의 온(溫)이라는 고장 출신으로 영천의 태수 사마전(司馬雋)의 손자이자 경조윤(京兆尹:경조는 장안이 자리한 옹주의 행정 단위이며 윤은 장관을 뜻함) 사마방(司馬防)의 아들이요, 주부(主簿)인 사마랑(司馬郎)의 아우 되는 인물이었다. 문관이 이렇게 새로이 정비되자 조조는 이번에는 무장들을 모아놓고 남부 정벌을 협의하였다.

하후돈이 먼저 나서서 아뢰었다.

"유비가 지금 신야성에서 군사들을 매일 훈련시키고 있다고 합니다. 그러니 그를 그대로 내버려두었다가는 나중에 큰 화를 입게 될 것이니 미리 제거하셔야 될 줄로 압니다."

이에 조조는 하후돈을 도독으로 임명하고 우금·이전·하후란·한호를 부장으로 하여 십만 병력을 박망성(博望城)으로 옮기도록 하고 그곳에서 신야를 치도록 명하였다. 그러자 순욱이 간언하였다.

"유비는 뛰어난 영걸인데다가 또 제갈공명까지 얻었으니 조심스럽게 행동하지 않으면 도리어 화를 입게 될 것입니다."

이 말에 하후돈이 역정을 내며 말하였다.

"유비가 뭐 그리 대단한 자라고 그리 야단이오? 그런 놈 하나 사로잡는 데 수고랄 것도 없소."

서서가 보다 못해 나섰다.

"장군은 유비를 잘 알지 못하시오. 공명을 군사로 맞은 오늘날의 유비는 '범에 날개'를 단 격이오."

조조가 궁금한 듯 물어보았다.

"그 공명이란 자는 어떤 인물이오?"

서서가 공손히 아뢰었다.

"본명은 제갈량이라 하고 공명은 그의 자이며, 따로 도호(道号)를 와룡 선생(臥龍先生)이라 부르고 있습니다. 그는 천하를 마음대로 다스릴 만한 재인(才人)으로, 당세에 보기 드문 영웅이옵니다. 그러니 그자를 절대로 경멸해서는 안 되는 줄로 아옵니다."

"그러면 그자를 공과 비교하면 어떻소?"

"글쎄요. 제가 반딧불이라면 공명은 세상을 훤히 비추는 보름달이라고 할 수 있습니다."

이에 하후돈이 다시 발끈하며 물었다.

"과장되는 말은 삼가시오. 공명이 뭐 그리 대단한 자라고 두려워하시오? 만약 이번에 내가 유비와 공명을 사로잡지 못한다면 내 목을 승상 앞에 바치겠소이다."

조조는 불안한 마음을 가지는 한편, 든든한 기분도 생겨 그를 격려하였다.

"아무튼 장군은 빨리 승전보를 알려주어 내 마음을 편하게 해 주시오."

하후돈은 조조의 말에 고무되어 군사를 이끌고 그 길로 남쪽으로 출병하였다.

공명의 첫 번째 지략

한편 유비는 공명을 극진히 예우하며 스승으로 모셨는데 이를 지켜보는 관우와 장비는 여간 불만이 아니었다.

"공명이 비록 재주가 뛰어나다고는 하지만 아직 나이가 젊은데 무엇을 할 수 있겠습니까? 그런데 형님께서는 너무 지나치게 그를 예우하시는 것 같습니다. 그리고 그가 여기 온 뒤로 어떤 뛰어난 활약이 있었던 것도 아니지 않습니까?"

유비는 두 아우의 이와 같은 항변을 조심스럽게 타일렀다.

"내가 공명을 얻은 것은 물고기가 물을 만난 것이나 다름없으니 두 아우는 그저 잠자코 지켜만 보게."

두 아우는 결국 더 이상 아무 말도 하지 못하고 물러서는 수밖에 없었다.

그러던 어느 날, 누군가가 유비에게 야크(yak:소과에 속하는 짐승으로 다리가 짧고 온몸이 긴 털로 덮여 있음)의 꼬리털을 선물로 보내준 이가 있었다. 유비는 과거에 시골에서 가마니를 짠 경험이 있었으므로 그 꼬리털로 모자를 짜보았다.

그때 공명이 들어와 그 모습을 보더니 정색을 하며 말했다.

"아니, 큰일을 앞에 두시고 이런 사소한 일로 시간을 보내시다니요?"

이 말에 유비가 짜고 있던 모자를 내려놓으며 답하였다.

"답답하여 마음을 달래보려고 이 짓을 하고 있었습니다."

공명은 유비의 대답은 그냥 넘기고 다른 질문을 하였다.

"주공께서는 조조와 비교하여 자신이 어떻다고 생각하십니까?"

"내가 도저히 그를 당해낼 수 없다고 생각합니다."

"그럼, 주공은 사오천의 병력밖에 가지고 있지 않은 이 상황에서 조조가 침략해오면 어찌시겠습니까?"

"사실 나도 그것이 걱정인데 어떤 뾰족한 수가 없으니 답답할 뿐이오."

이에 공명이 권고하였다.

"그렇다면 서둘러 민병(民兵)을 모집해주십시오. 그러면 제가 그들을 훈련시켜서 조조의 침략에 대비하도록 하겠습니다."

유비가 즉시 신야에 있는 장정들을 모집하니 삼천 명이나 몰려들었다. 그러자 공명이 아침저녁으로 그들을 훈련시켰다.

그러는 동안, 하후돈이 십만 병력을 이끌고 신야로 쳐들어온다는 소식이 들려왔다. 이 소식을 들은 장비가 관우에게 투덜거리면서 말하였다.

"어디, 공명을 내보내어 어떻게 대처하는지 구경이나 해봅시다."

이때 유비가 관우와 장비를 불러들여서 물었다.

"지금 하후돈이 군사를 이끌고 쳐들어온다고 하는데 어찌하면 좋겠는가?"

장비가 빈정거리는 투로 말하였다.

"형님이 물과 같은 제갈공명을 얻었다고 하셨으니 그 '물'에 가서 물어보시지요.”

유비가 장비를 나무랐다.

“나는 지혜에서는 공명을, 용맹스러움에서는 두 아우를 의지하고 있는데 어찌 그런 투로 말을 하는가?”

관우와 장비가 퉁명스러운 표정으로 나간 뒤 유비는 공명을 불러 의논하였다.

“관우와 장비 두 장수는 저의 말을 따를 것 같지가 않습니다. 그러니 굳이 저에게 모든 작전을 일임하시겠다면 우선 주공의 검과 인수를 저에게 맡겨주시기 바랍니다.”

유비가 기꺼이 검과 인수를 공명에게 건네주자 공명은 즉시 장수 일동을 모았다. 이에 장비가 또다시 관우에게 빈정거리면서 말했다.

“무슨 소리를 하는지 어디 가서 들어봅시다.”

공명은 모여든 일동에게 명을 내리기 시작하였다.

“박망성의 왼쪽에는 여산(予山)이라는 산이 하나 있고 오른쪽에는 안림(安林)이라는 숲이 있어 그곳은 병력을 숨겨두기에 아주 알맞은 지형이오. 그러니 관우 장군은 일천 병력을 이끌고 여산에 은닉하여 기다리되, 적군이 오면 그냥 통과시켰다가 군수품을 비롯한 군량을 실은 후위대가 뒤따라 지나가면 남쪽에서 보내는 불길을 신호로 기습하여 그 보급품들을 모두 불태워버리시오. 그리고 장비 장군은 일천 병력을 거느리고 안림 숲 뒤쪽 골짜기에 매복해 있다가 남쪽의 불길을 보거든 즉시 진격하여 박망성 안에 놓아둔 적군의 군수품들을 모두 잿더미로 만들어버리시오. 그 밖에 관평(關平)과 유봉(劉封) 장군은 오백 명의 군사를 거느리고 불이 잘 붙는 짚더미 등을 준비하여 박망파(博望坡) 언덕 뒤 양쪽에 매복하고 있다가 해질녘에 적군이 공격해오면 일제히 불을 질러 신호를 보내도록 하시오.”

공명은 또 번성에 있는 조운을 불러 선봉으로 임명하고 당부하였다.

"절대로 이기려고 공격을 하지 말고 소극적으로 방어만 하시오. 알겠소?"

공명은 유비에게도 당부하였다.

"주공께서는 일동이 작전대로 실행하는 일에 착오가 없도록 따로 한 부대를 이끌고 후위를 맡아주십시오."

공명이 여러 장수들에게 이렇게 명하니 관우가 언짢은 표정으로 물었다.

"우리를 전선에 내보내시고 군사께서는 무엇을 하시겠소?"

공명이 태연히 답하였다.

"나는 이곳에 남아 성을 지키겠소."

이 말에 장비가 일부러 배를 움켜잡고 웃음을 터뜨리고는 말하였다.

"누구는 전방에 나가 죽도록 싸움을 하고, 누구는 혼자 후방에서 편히 앉아 쉬겠다는 뜻이구려."

공명이 냉엄한 표정으로 장비를 질타하였다.

"여기 내게 검과 인수가 있으니 명령을 어기는 자는 용서하지 않겠소."

유비도 공명의 말을 거들었다.

"옛말에 '유악(帷幄:작전 계획을 짜는 곳) 안에서 계략을 세우고 일천 리 밖에서 승리를 결판낸다'라는 말이 있지 않은가? 그러니 두 아우들도 공명의 명령에 복종해야 하네."

장비는 냉소를 머금고 그 자리를 떴다.

"공명의 작전이 맞는가 아닌가를 먼저 확인한 뒤에 시시비비를 가리겠소."

관우도 이렇게 말하고 나가버렸다.

여러 장수들도 공명의 전략을 알지 못하였으므로 명령을 받기는 받되 마음속으로는 의구심을 품었다. 공명이 유비에게 다시 당부하였다.

"주공께서는 오늘 박망산으로 가서 진지를 구축해주십시오. 내일 저녁에는 적군이 반드시 쳐들어올 것이니 그때는 진지를 버리고 달아났다가 불길이 오르거든 말머리를 되돌려 적군의 정면을 치고 들어가십시오. 저는 미축·미방 등과 오백 명의 병력을 거느리고 신야성에 남아 수비하면서, 손건·간옹으로 하여금 전승을 축하하는 연회를 마련케 하고 공로를 기록하는 책을 만들어놓고 기다리겠습니다."

작전은 공명의 말대로 추진되었으나 유비도 마음 한구석에 불안감을 버리지 못하였다.

박망파 결전

한편 하후돈과 우금이 조조의 군사들을 이끌고 박망성 근처에 이르러 부대의 절반을 전면으로 내보낸 뒤 나머지 절반은 식량 등의 군수품 수송 행렬에 붙여서 뒤따라가도록 명하였다. 때는 마침 흙먼지가 많이 부는 가을철이어서 얼마를 가니 앞에 흙먼지의 소용돌이가 극성을 부렸다. 이에 하후돈이 군사들의 행렬을 멈추게 하고 길잡이에게 물었다.

"여기가 어디쯤 되는 곳이냐?"

"예, 저쪽이 박망파라는 고갯길이고 뒤쪽은 나천(羅川)이라는 하천이 흐르는 곳입니다."

하후돈은 우금과 이전의 부대를 후위로 돌리고 자신이 선두에 서서 말을 달려나갔다. 얼마쯤을 앞으로 나가니 유비의 군사들이 진격해오는 것이 보였다.

하후돈이 이를 보고 웃음을 터뜨리니 일동이 의아해하며 물었다.

"왜 웃으시는 겁니까?"

"서서가 승상 앞에서 제갈공명을 칭찬한 것이 하도 우스워서 웃음이 나오는 것이오. 저걸 보시오! 저렇게 허약해 보이는 적은 군사들을 여기로 보내다니 참으로 조잡한 병법이잖소? 이것이 바로 개와 양을 몰아 범과 싸우게 하는 꼴이라는 거요. 내가 승상의 면전에서 유비와 공명을 생포하겠다고 장담했는데 그 약속을 반드시 지킬 테니 두고보시오."

하후돈은 기고만장해서 말을 달려 돌진하니 조운이 그 앞에 나타났다. 그러자 하후돈은 그에게 심한 욕설을 퍼부어댔다.

"네 놈은 유비의 뒤만 따라 다니는 불쌍한 놈이로구나."

조운이 그와 맞서 두세 차례 싸우는 척하다가 달아나자 하후돈이 그 뒤를 쫓았다. 이렇게 조운은 달아나다가 다시 대들어 싸우고, 싸우다가 다시 달아나곤 하였다. 이 모습을 보고 한호가 달려와서 하후돈에게 주의를 주었다.

"저놈은 지금 장군을 유인하고 있는 것이 틀림없으니 주의하십시오. 반드시 복병이 숨어 있을 것입니다."

그러나 하후돈은 그 충고를 무시하고 소리쳤다.

"이따위 수준이라면 얼마든지 상대해주겠다."

이렇게 계속 추격을 하던 하후돈은 박망파까지 가고 말았다. 그때 갑자기 석화전(石火箭:화약의 힘으로 돌멩이와 납 조각 등을 쏘는 옛 대포)이 사방에서 튀더니 유비가 달려나왔다.

하후돈은 가소롭다는 듯이 웃어제치더니 한호에게 말하였다.

"이게 자네가 염려한 복병인가보군. 내가 오늘 밤 안으로 반드시 신야성을 공략하겠다."

하후돈은 군사들을 계속 채근하면서 유비와 조운의 뒤를 쫓았는데 둘은 자꾸 달아나기만 하였다. 이윽고 해가 기울고 하늘에 짙은 구름이 깔리더니 달빛마저 가릴 듯하였다. 또한 낮부터 불기 시작한 흙먼지가 밤이 되니 광풍으로 변하여 휘몰아쳤다. 그러나 하후돈은 멈추지 않고 뒤쫓을 뿐이었다. 우금과 이전도 하후돈의 뒤를 따라가다가 산의 협곡을 지나게 되었다. 좌우에는 온통 갈대만 무성했다.

이전이 우금에게 말하였다.

"적을 얕보았다가는 도리어 당하고 말 것일세. 이 앞은 점점 길이 좁아지며 산과 개천이 있는데다가 나무 숲은 너무 울창하여 불안하니 자칫 여기서 적의 화공(火攻)이라도 당한다면 피하지 못할 것일세."

우금도 더럭 겁이 나서 맞장구를 쳤다.

"자네의 말이 맞는 것 같네. 그렇다면 내가 앞으로 달려가 하장군에게 주의하라고 할 테니 자네는 후속 부대의 행렬을 지연시키도록 하게."

이렇게 하여 이전은 말을 돌려 후속 부대에게 명하였다.

"서두르지 말고 천천히 행군하도록 하라."

그러나 전속력으로 달려온 행군을 쉽게 멈출 수가 없었다. 한편 하후돈의 뒤를 쫓아간 우금은 그에게 외쳤다.

"장군께서는 잠시 행군을 멈추십시오."

"왜 그러는가?"

하후돈이 걸음을 멈추며 물으니 우금이 말하였다.

"이 앞쪽은 갈수록 길이 좁아집니다. 그리고 산과 냇물이 있을 뿐만 아니라 갈대숲도 무성하니 위험합니다. 만일 여기서 적의 화공이라도 당하면 어쩌시겠습니까?"

이 말에 하후돈은 흠칫 놀라서 말머리를 돌려 휘하 군사들에게 더 이상 전진하지 말라고 명하였다. 그러나 그 말이 채 끝나기

도 전에 갑자기 뒤쪽에서 함성이 들려오더니 갈대 숲에서 불길이 치솟아올랐다. 불은 순식간에 길 양쪽의 갈대숲을 모두 태우더니 사방을 온통 불바다로 만들었다. 더구나 광풍이 불어 불길은 더욱 맹렬한 기세로 타올랐다. 조조 군은 사람이고 말이고 할 것 없이 이리저리 짓밟혀서 무수히 많은 사상자를 내었다. 거기에 조운이 다시 달려와서 닥치는 대로 칼을 휘두르며 조조 군을 죽였다. 하후돈은 간신히 연기와 불길을 뚫고 달아났다.

후위 군대를 천천히 이끌고 오던 이전은 앞의 상황을 살피고 이제는 늦었다는 생각이 들어 박망성으로 되돌아가려고 하였다. 그런데 그 순간 불길 속에서 촉군의 한 부대가 나타났는데 그 선두에는 관우가 서 있었다. 이전은 이를 보고 겁을 집어먹고는 사력을 다해 도망쳤다. 우금 역시 군량과 군수품이 모두 타는 것을 목격하면서도 어쩌지 못하고 샛길로 몸을 숨겨 달아났다.

한편 하후란과 한호는 군수품 수송 행렬을 구출하려고 달려갔다가 장비가 이끄는 부대와 마주쳤다. 여기서 하후란은 장비의 칼에 목숨을 잃고 한호는 간신히 목숨을 구해 달아났다. 결전은 동트는 새벽녘까지 이어졌는데 길가에는 수많은 전사자들이 나뒹굴어 그 일대의 풀과 땅이 모두 피투성이가 되었다.

후세 시인이 이 비참한 광경을 시로 읊었다.

박망파에서 화공법을 사용하였으니　　博望相持用火攻
미소와 귀엣말로 대군을 지휘하였네　　指揮如意笑談中
조조의 간담이 떨어질 듯 놀랐겠구나　　直須驚破曹公膽
이는 초당에서 나온 후 첫 번째 공이로다　　初出茅廬第一功

하후돈은 패잔병을 모아 이끌고 허도로 돌아갔다.

싸움은 일단락되었고 관우와 장비는 공명의 지략에 놀라서 중얼거렸다.

"공명은 과연 뛰어난 모사가요."

이들이 승전하여 신야성으로 돌아오는 도중에 미축과 미방이 한 떼의 군사를 이끌고 조그만 수레를 호위하면서 마중나왔는데 그 수레에는 다름아닌 공명이 타고 있었다. 관우와 장비는 말에서 내려 수레 앞으로 달려가 공명을 향해 엎드려 절하였다. 유비·조운·유봉·관평 등도 뿔뿔이 흩어져 있던 군사들을 규합하여 노획품을 장졸들에게 고루 나누어준 뒤에 신야성으로 개선하였다.

신야성의 백성들은 모두 길가로 나와 반갑게 맞이해주며 소리 쳤다.

"훌륭한 군사님이 오셔서 우리들은 온전히 평화롭게 이곳에서 살 수 있게 되었습니다."

공명이 성으로 돌아와 유비에게 말하였다.

"하후돈이 패하고 돌아갔으니 다음에는 반드시 조조가 직접 대군을 이끌고 다시 공격해올 것입니다."

"그때는 어찌해야 좋겠소?"

"저에게 생각이 있으니 걱정하지 마십시오."

이는 정녕 적은 격파하였으되 아직 전마(戰馬)를 쉬게 할 수 없는 상황이니 싸움에 이기려거든 양모(良謀:훌륭한 지략)에 의지해야 하는 법이다. 과연 공명이 세운 계략은 어떤 것일까?

제 40 회 유표의 죽음

채 부 인 의 헌 형 주　　제 갈 량 화 소 신 야
蔡夫人議獻荊州　　諸葛亮火燒新野

채 부인이 형주를 조조에게 넘기려 하고
제갈량은 신야를 불태워버리다

공융의 죽음

유비가 조조의 재공격을 어떻게 막을 것인지를 묻자 공명은 미소를 지으며 답하였다.

"신야는 성의 규모가 작아서 언제까지 이곳에 머무를 수가 없사옵니다. 또 근자에 들리는 소문에 의하면 유표가 위독하다고 하오니 이 기회에 형주를 손에 넣어 그곳을 근거지로 삼는다면 조조 군을 막을 수 있을 것입니다."

"과연 좋은 계책이오. 하지만 지금까지 유표의 신세를 겨왔는데 차마 그럴 수는 없는 일입니다."

"그렇지만 지금 형주를 차지하지 못하신다면 나중에 크게 후회하실 것입니다."

"나는 죽어도 배은망덕한 짓은 할 수 없습니다."

공명은 하는 수 없이 말하였다.

"그럼 이 일은 나중에 다시 의논하도록 하지요."

한편 허도로 돌아온 하후돈은 스스로 자기 몸에 오라를 치고 조조 앞으로 나와 엎드려 죽여달라고 간청하였다. 조조가 오라를 풀어주도록 명하니 하후돈은 그 자리에서 울면서 간절히 말했다.

"제가 진 것은 공명이라는 놈한테 예상치 못한 화공법을 당해서입니다."

이에 조조가 하후돈을 꾸짖었다.

"수없이 많은 싸움터에 출전했던 장군이 좁은 골목에서는 화공법을 쓴다는 병법도 몰랐단 말인가?"

"이전과 우금이 모두 주의하라고 저에게 타일렀습니다만 그때는 이미 때를 놓친 뒤였습니다. 다만 억울할 뿐입니다."

조조가 이전과 우금을 불러 후한 상을 내리니 다시 하후돈이 조조에게 진언하였다.

"지금 유비가 저렇게 기세등등하여 날뛰는 모습을 도저히 그대로 놓아둘 수 없사오니 어서 처치하십시오."

"나 또한 유비와 손권의 행동거지를 주시하며 늘 염려하고 있었다. 그러니 이 기회에 강남 땅을 모두 차지하겠다."

조조는 이렇게 결심하고 오십만 대군을 출병시키기로 하였는데 선발 부대는 조인과 조홍에게, 두 번째 부대는 장료와 장합에게, 세 번째 부대는 하후돈과 하후연에게, 네 번째 부대는 우금과 이전에게, 다섯 번째 부대는 자신을 비롯한 부장들이 맡도록 하였다. 이들 부대는 각 부대마다 십만 병력을 구축하였으며, 허저를 절충장군(折衝將軍)으로 명하여 따로 삼천 병력을 붙여 전위에 배치하였다. 드디어 건안 13년 7월, 병오일에 출병하기로 날을 잡았다.

이때 태중대부(太中大夫:황제의 고문관) 공융(孔融)이 조심스럽게 조조의 출병을 반대하며 나섰다.

"유비와 유표는 모두 한나라 황제의 혈맥을 잇고 있는 몸들이니 함부로 토벌해서는 안 되는 줄로 아옵니다. 또한 손권은 강동 땅의 여섯 군을 지반으로 하고 대강(大江:양자강)의 천험(天險:땅 모양이 천연적으로 험하게 생김)에 의거하고 있으니 이 또한 손쉽게 공략할 수는 없을 줄로 아옵니다. 지금 승상께서 명분없는 싸움에 군사를 일으키신다면 천하의 신망을 잃을 것으로 여겨지오니 유념하시기 바랍니다."

조조는 이 말에 불끈 성이 나서 그를 나무랐다.

"유비·유표·손권은 모두 반역의 신하들인데 어찌 토벌하지 않고 그대로 내버려둔단 말인가? 다시 간언하면 참해버릴 테니 그리 알도록 하라."

조조는 공융을 이렇게 꾸짖고 쫓아내버렸다. 공융은 승상부를 물러나와 하늘을 우러러 길게 한숨을 내쉬며 중얼거렸다.

"인의(仁義)도 없는 자가 인의 있는 자를 치니 지지 않으면 그것은 도리어 우스운 일이다."

그런데 하필 그때 공융이 이렇게 중얼거리는 소리를 어사대부(御史大夫:검찰총장) 치려(郗慮)의 식객이 지나가다가 듣고 그 길로 치려에게 고자질하였다. 치려는 평소에 공융이 자기를 얕본다고 생각하여 반감을 품고 있었으므로 즉시 조조에게 거짓말을 더 보태어 알렸다.

"공융은 평소에도 승상을 업신여기고 있었습니다. 그리고 죽은 예형(禰衡)과 친한 사이로, 예형이 공융을 '살아 있는 공자'라고 일컫는가 하면 공융이 예형을 '다시 살아난 안회(顔回:공자의 수제자)'라고 하며 서로 칭찬하며 다녔지요. 그리고 먼젓번에 예형이 승상을 모욕한 것도 실은 공융이 시켜서 한 짓이었습니다."

조조는 불처럼 성을 내며 정위(廷尉:경찰청장)로 하여금 공융을 잡아들이라고 명하였다.

이때 공융에게는 나이 어린 두 아들이 있었는데 둘은 집에서 장기를 두고 있었다. 공융이 승상부로 압송되어 가니 머슴이 황급히 두 아들에게로 뛰어와서 아뢰었다.

"아버님께서 잡혀가셨는데 머지않아 참형에 처할 것이라 합니다. 그러니 두 분께서는 몸을 피하십시오."

"새 둥지가 무너지면 그 속에 있는 알도 깨지는 법이야."

두 아들이 머슴에게 이렇게 이르고 있을 때 정위가 들이닥쳐 두 아들은 물론 집안 식구들을 모조리 잡아다가 공융의 목과 함께 참해버렸다.

공융의 몸은 길거리에 효시되었는데 지습(脂習)이라는 이가 효시된 공융의 주검을 부여잡고 방성통곡하였다. 그런데 이 장면도 조조의 귀에 들어가 조조는 그자마저 괘씸히 여겨 잡아들여 처형하려 했으나 순욱이 나서서 간언하였다.

"지습이라는 자는 공융과 벗으로 지낸 사이로 평소에도 '자네는 너무 강직하여 장차 억울한 일을 당할 걸세'라고 공융에게 충고했다고 들었습니다. 그런 그가 지금 공융을 위해 우는 것은 벗과의 우정을 귀히 여기는 의인이기에 할 수 있는 일이오니 죽여서는 안 된다고 생각합니다."

조조가 지습을 놓아주니 지습은 공융 부자의 유해를 거두어 장례를 치러주었다.

공융을 이렇게 처형시킨 조조는 전군을 다섯 군단으로 나누어 출병 명령을 내리고 순욱만을 남겨 허도를 지키도록 하였다.

유표의 죽음

한편 형주에서는 유표의 병세가 더욱 악화되었다. 이에 유표가 유비를 불러 후사를 논하고 싶다고 청하니 유비가 관우와 장비를 데리고 형주에 가서 그를 만났다.

유표가 유비에게 부탁의 말을 꺼냈다.

"내 명은 이미 다한 것 같으니 여기서 내가 특별히 부탁하겠소. 내게는 유기(劉琦)가 있으나 그 아이는 유감스럽게도 재능이 없으니 도저히 형주를 지키지 못할 것이오. 그러니 내 죽은 뒤에는 부디 아우가 형주의 주인이 되어 잘 다스려주었으면 하오."

유비는 눈물을 흘리며 절하고는 답하였다.

"제가 조카 유기를 잘 돌보겠으니 마음 놓으십시오."

이렇게 이야기를 나누고 있는데 조조가 대군을 거느리고 쳐들어온다는 급보가 전해졌다. 이에 유비는 유표에게 절을 올리고 황급히 신야로 돌아왔다.

유표는 병상에서 이 사실을 듣고 매우 놀라 모사들을 불러다 놓고 협의하여 유기를 형주의 주인으로 세우되, 유비를 보좌역으로 한다는 유서를 작성하도록 하였다. 유표의 유언을 전해들은 후실 채 부인은 안색이 변하고 크게 노하여 안사랑으로 통하는 통로를 차단해버리고 채모와 장윤으로 하여금 바깥 정문을 지키도록 명하였다. 이는 채 부인이 유기의 후사를 막고 자기 소생을 주인으로 앉히려는 속셈에서 행한 일이었다. 유기는 강하에서 부친이 위독하다는 소식을 접하고 급히 달려왔으나 정문이 굳게 잠겨 있는데다가 채모가 들여보내지를 않았다.

"공자께서는 엄친의 명을 받들어 강하를 수비하는 중대한 책임을 지고 있는 몸이온데, 제멋대로 임지를 떠나다니 어찌된 일입

니까? 만일 지금에라도 동오의 군사가 공격해오면 어떻게 하시
겠습니까? 지금 아버님을 만나시면 도리어 진노하시어 용태를
악화시킬 것이 분명하니 어서 속히 강하로 돌아가시기 바랍니다.”

유기는 문 밖에서 아버지를 만나지 못하는 슬픔에 목청 높여
울음을 터뜨리고는 하는 수 없이 강하로 돌아갔다. 유표는 결국
맏아들 유기가 돌아오기를 학수고대하다가 만나지 못한 채 그
해 8월, 무신일(戊申日)에 몇 마디 헛소리를 지르다가 최후를 맞
이하였다.

유표가 죽자 채 부인은 채모·장윤과 담합하여 작은아들 유종
(劉琮)을 형주의 주인인 것처럼 거짓 유서를 작성하여 자리에 앉
히고 장례식을 치루었다. 그때 유종의 나이 열네 살이었지만 매
우 영리하였으므로 가신들을 모아놓고 이렇게 당부하였다.

“아버님은 돌아가셨고 형님은 강하에 계시고 더욱이 숙부는 신
야에 가 계시오. 그런데 이제 모두가 이 몸을 형주의 주인으로
세워 섬기려 하는데 만약 유기 형님이나 숙부께서 화를 내시며
군사들을 보내면 무엇이라 대답할 작정이오?”

일동이 대답을 못 하고 서로 눈치만 보고 있으려니까 막관으
로 있던 이규(李珪)가 유종의 편을 들어 입을 열었다.

“공자의 염려는 타당한 일입니다. 그러니 어서 강하로 아버님
의 부고를 알리고 형님을 부르시어 형주의 주인으로 삼으시고
숙부인 유비를 형님의 보좌역으로 삼으십시오. 그렇게 해야만 북
으로는 조조를 막을 수 있고 남으로는 손권에게도 대항할 수 있
는 만전책이 될 것입니다.”

이때 채모가 이규를 꾸짖으며 말하였다.

“네 놈은 무엇하는 놈이기에 돌아가신 주공의 유언을 거역하는
것이냐?”

이규도 물러서지 않고 맞섰다.

"네 놈은 채씨 문중과 뜻이 맞아 유명(遺命)도 아닌 유명을 가짜로 꾸며 장(長)을 물리치고 유(幼)를 세웠지만 두고보거라! 형주의 아홉 개 군이 채씨 일족의 손에 엉망이 되어 무너질 것이다. 돌아가신 주공의 넋이 이것을 보신다면 네 놈을 가만히 놔두시지 않을 것이다."

채모는 크게 분격하여 이규를 끌어내 당장 목을 치라고 명하니 이규는 마지막 순간까지도 채모의 행실을 꾸짖다가 죽음을 당했다.

채모는 이렇게 유종을 형주의 주인으로 앉히고, 채씨 일족이 형주의 병력을 나누어 차지하였다. 그리고 주의 보좌관인 치중(治中) 벼슬에는 등의(鄧義)를 앉히고 별가(別駕) 벼슬에는 유선을 앉혀 형주를 지키도록 하였다. 채 부인은 유기와 유비에 대비하기 위하여 유종과 함께 병력을 이끌고 양양으로 옮겨갔다. 유표의 영구는 양양 동쪽에 자리한 한양의 들판에 묻혔는데 유기와 유비에게는 그의 부고를 알리지 않았다.

유종의 실수

유종이 양양으로 온 지 얼마 되지 않아서 조조가 엄청난 대군을 이끌고 치러 온다는 정보가 전해졌다. 유종은 질겁을 하며 괴월과 채모를 비롯한 모사들을 불러놓고 협의하니 그 자리에 있던 동조(東曹)의 연(掾)인 부손(傅巽)이 진언하였다.

"조조가 쳐들어오는 것도 걱정거리이지만 그보다 더 신경쓰셔야 되는 것은 강하에 계신 유기와 신야에 있는 유비입니다. 우리가 그들에게 선친의 부고조차 알리지 않고 우리끼리 장사 지낸 일을 알고 그들이 그런 경우가 어디 있느냐고 문책하며 쳐들어오면 형주는 위기에 처하게 될 것입니다. 이에 저에게 한 가지 계략이 있사온데 그것을 채용하신다면 형주와 양주 백성들을 안전하게 다스릴 것이고 주공께서도 무사하실 것입니다.”

“그것이 과연 어떤 계책이오?”

유종이 의아해 하며 묻자 부손이 의미있는 미소를 지으며 답하였다.

“그것은 바로 형주의 아홉 군을 모두 조조에게 바치는 것입니다. 그러면 조조는 주공을 아주 소중하게 대하실 것입니다.”

이 말에 유종이 부손을 꾸짖었다.

“그 무슨 해괴망측한 소리인가? 아버님이 돌아가신 지 얼마 되지 않아서 자리도 제대로 잡지 못하고 있는 이 마당에 이 영지를 고스란히 조조에게 주라는 말인가?”

괴월이 부손의 의견에 찬동하고 나섰다.

“부손의 의견은 타당하다고 여겨집니다. 무릇 모든 일에는 순리로 대하는 방법과 역으로 대하는 방법이 있으며, 강하게 대처하는 법과 자연스럽게 대처하는 법이 있습니다. 바야흐로 조조는 남정(南征)에서나 북정(北征)에서나 황제의 이름을 내세워 토벌하고 있으므로 그런 조조를 적대하면 이는 순이 아닌 역으로 대하는 것이 됩니다. 그리고 공자(公子)께서는 이제 겨우 형주의 주인이 되셨을 뿐이어서 안팎에 산재해 있는 문제들을 해결하기에는 힘에 겨우니 형주의 백성들은 조조의 군사들이 쳐들어온다는 말만 들어도 벌벌 떨면서 싸우려 하지 않을 것입니다.”

이 말에 유종이 수긍하였다.

“제공들의 말이 맞는 것 같소. 그런데 내가 그대들의 권고를 따르지 않겠다는 것은 아니지만 여기서 선친으로부터 물려받은 영토를 고스란히 남의 손에 넘겨준다고 하면 세상 사람들이 나를 비웃고 멸시할 것이 아니겠는가?”

이때 누군가가 의기양양한 자세로 앞으로 나와 입을 열었다.

"부손과 괴월의 의견은 참으로 시기와 형편에 알맞는 것인데 어찌하여 받아들이지 않고 망설이는 것이옵니까?"

이렇게 말한 이는 바로 왕찬(王粲)이라는 자로 자를 중선(仲宣)이라 하는 산양(山陽)의 고평(高平) 사람이었다. 그는 몸집이 여인처럼 작고 아담했으며 키도 작았는데 그에 대한 일화가 몇 가지 있었다.

그가 젊었을 때 하루는 중랑(中郞) 벼슬에 있는 채옹을 찾아간 일이 있었다. 때마침 거기에 손님들이 있었는데 채옹은 왕찬이 왔다는 말을 듣고 허둥지둥 신발도 거꾸로 신은 채 뛰어나와 그를 맞이하였다.

손님들은 채옹이 그를 너무 반가이 여기며 맞이했기에 궁금해하며 물었다.

"저런 젊은이를 왜 그리 반겨 맞이하시는 것입니까?"

채옹이 대답하였다.

"그 젊은이는 뛰어난 인재라 나도 그를 당해내지 못할 정도라오."

왕찬은 박문강기(博聞强記:널리 듣고 보아 그것을 잘 외움)하여 어느 누구도 그에 미치지 못하였다. 왕찬은 길을 가다가 서 있는 비문을 읽어보고는 단숨에 외워버렸고, 남들이 바둑 두는 것을 구경하다가 바둑판이 엎어져도 한 점 틀림없이 그대로 다시 놓았다. 또 그는 산술(算術)에 뛰어났고 문장에도 능통하여 언젠가 황문시랑(黃門侍郞:궁내관)에 천거되었으나 이를 거절하고 난리를 피하여 형주로 왔다가 유표의 상객(上客:상좌에 모실 만한 손님)으로 대우를 받아왔다. 이런 왕찬이 그날 유종에게 거침없이 아뢰고 나서 다시 물었다.

"조조와 자신을 견주어 어떻게 생각하십니까?"

유종이 솔직히 답하였다.

"나는 그에 미치지 못하오."

"그렇습니다. 조조는 큰 병력을 가졌으며 지략과 묘책에 뛰어난 모사들을 휘하에 많이 거느리고 있는 자입니다. 그는 여포를 하비성에서 사로잡았고, 원소를 관도에서 물리쳤으며, 오환을 백랑산에서 격파하는 등 그가 천하통일을 위해 이룩한 일은 대단한 것이옵니다. 그런 그가 이제 십만 대군을 거느리고 남하하여 우리 형주로 밀어닥친다는데 어찌 그를 막아낼 수 있겠습니까? 그러니 부손과 괴월의 옳은 의견에 주저하지 말고 속히 결단을 내려 훗날 후회하는 일이 없도록 하시기 바랍니다."

유종이 고개를 끄덕이며 수긍하였다.

"잘 말해주었네. 내 이제 어머님께 여쭈어 의논한 뒤에 결정하겠네."

이때 채 부인이 병풍 뒤에서 나타나 말하였다.

"여러분의 의견이 모두 일치하는데 구태여 내게 의논할 것이 뭐 있겠소?"

이에 유종은 결단을 내리고 항복하겠다는 문서를 작성하여 송충(宋忠)으로 하여금 조조에게 은밀히 건네주도록 명하였다. 송충이 원성(宛城)까지 가서 조조를 만나 유종의 항복 문서를 바치니 조조는 송충에게 두둑한 상을 내리며 명하였다.

"유종에게 성을 나와서 나를 맞이하면 오랫동안 형주의 주인으로 삼겠다고 전하도록 하라."

송충의 이실직고

송충이 조조에게 하직을 고하고 다시 형주로 돌아오는 도중에 강을 건너다가 관우의 부대와 마주쳤다. 송충이 미처 피할 겨를

이 없어서 어쩔 줄을 몰라 하는데 관우가 그를 알아보고 불러세우더니 형주의 형세에 대해 자세히 캐물었다. 이에 송충은 낭패하여 처음에는 언급을 회피하며 답하였으나 점차 숨길 수가 없게 되어 끝내는 형주를 조조에게 바치게 된 자초지종을 실토하고 말았다. 관우는 사태가 심상치 않음을 깨닫고 송충을 끌고 신야로 가서 유비에게 보고하였다. 보고를 들은 유비는 매우 낙담하였으며 장비는 화가 나서 참지 못하고 말하였다.

"어디, 상황이 이쯤 되었으니 송충을 희생의 재물로 바치고 출병하여 양양으로 쳐들어가야겠소. 그래서 채씨 일당과 유종을 해치우고 그 다음에 조조를 상대합시다."

유비가 장비를 말렸다.

"내게 생각이 있으니 아우는 입 다물고 있게."

유비는 장비를 진정시키고 송충을 향해 꾸짖었다.

"너는 그 정도까지 사정을 알고 있으면서도 어찌 나에게 알리지 않았느냐? 지금 와서 네 목을 친다 해도 늦은 일이니 어서 돌아가거라!"

송충은 엎드려 수십 번 사죄를 구하고 나서 쥐새끼가 달아나듯 바삐 자취를 감추었다. 유비는 장비에게 대책이 있는 것처럼 말하였지만 막상 무엇부터 해야 할지 막막해져서 염려하고 있었다. 그때 강하에 있는 유기가 보낸 사자 이적이 찾아왔다. 그는 단계의 위기 때 유비가 도움을 받은 생명의 은인이었기에 유비가 반가이 뛰어나가 그를 맞이하며 감사의 예를 갖추니 이적도 이에 답례하고 찾아온 이유를 설명하였다.

"저의 주공이신 유기께서 양양에 염탐꾼을 보내어 실정을 살펴보도록 하셨는데 알아본 결과, 아버님 유표가 타계하셨으나 채부인 일당이 부고를 알리지도 않은 채 장례를 치루고 작은 아들 유종을 후사로 정한 사실이 드러났습니다. 그런데 이런 사실을 숙부이신 유 황숙께서도 아직 모르고 계시지는 않을까 저어하여 저를 이곳으로 보내셨습니다. 여기 유기 공자께서 쓰신 친서를 가져왔는데 더불어 함께 양양으로 출병하여 책임의 소재를 밝혀 그들을 문책하자는 청도 쓰셨습니다.”

유비는 유기의 친서를 일독한 뒤에 이적에게 말하였다.

“이 공께서는 유종을 형주의 주인으로 세운 사실만 아시고 형주의 아홉 개 군을 조조에게 바치기로 한 사실은 아직 모르실 테지요?”

이 말에 이적이 크게 놀라며 물었다.

“어떻게 그런 사실을 아셨습니까?”

유비는 송충의 입을 통해 밝혀진 비밀의 전말을 이적에게 들려주니 그가 한 가지 제안을 하였다.

“만일 그것이 사실이라면 공께서는 조문하러 간다는 구실을 대고 양양에 가십시오. 유종이 맞이하러 나올 때 그 자리에서 그를 잡고 채씨 일당을 처형하면 형주는 쉽게 공의 손에 들어올 것입니다.”

곁에 있던 공명도 이적의 말에 찬성하며 권고하였다.

“이 공의 말이 맞으니 그렇게 하도록 하십시오.”

이에 유비는 눈물을 흘리면서 말하였다.

“나는 돌아가신 유표 형님께 어린 아들을 부탁한다는 유언을 받았는데 이제 와서 그 아들을 사로잡고 형주 땅을 빼앗는다면 내가 나중에 죽어서 저승에 갔을 때 유표 형님을 무슨 면목으로 만나뵐 수 있겠소이까?”

공명이 다시 아뢰었다.

“조조의 군사는 이미 원성까지 진출하였으니 형주를 통치하지 않고서 어찌 그를 저지하실 수 있겠습니까?”

“우선 번성으로 피하는 길이 있지 않소.”

유비는 한숨을 쉬며 대답하였다.

그들이 이렇게 협의하고 있을 무렵에 조조의 군사들이 이미 박망파까지 왔다는 정탐꾼의 보고가 들어왔다. 유비는 황급히 이적을 강하로 돌려보내고 병력을 소집하여 대항할 계책을 강구하였다. 그가 공명에게 자문을 구하니 공명이 유비를 안심시키며 말하였다.

"안심하십시오. 지난번에 화공법으로 하후돈의 부대를 물리쳤는데 이번에 오는 무리들도 화공법으로 대항하면 됩니다. 아무튼 이곳 신야에는 더 이상 머물러 있을 수 없사오니 서둘러 번성으로 자리를 옮겨 그곳을 지켜야 합니다."

이에 유비는 신야의 네 성문에 백성들은 남녀노소 가릴 것 없이 희망하는 자는 모두 번성으로 몸을 피하도록 하라는 포고문을 써서 내걸었다.

공명의 두 번째 계략

공명은 손건을 백하(白河)의 강기슭으로 보내어 백성들이 무사히 강을 건널 수 있도록 먼저 배를 조달케 하고 미축에게는 관원들의 일가족을 번성까지 안전하게 호송하는 임무를 맡겼다. 그러고는 여러 장수들을 모아 각자에게 명령을 내렸는데 우선 관우에게 첫 번째 명을 내렸다.

"관 장군께서는 일천 병력을 거느리고 백하의 상류에 매복해 있도록 하는데 그때 군사들로 하여금 각기 무명으로 된 포대를 갖추게 하여 흙을 그곳에 담아 백하의 물을 막도록 하시오. 그리고 내일 한밤중이 되어 하류에서 적군들이 인마를 건너는 낌새가 보이면 얼른 포대를 치워 일시에 강물을 흘려보내시오. 그런 뒤에 강을 따라 전진하여 아군과 합류하여 놀란 적군들과 맞서시오.”

　다음에는 장비에게 명하였다.

　“장 장군께서는 일천 병력을 거느리고 박망파 언덕이 보이는 기슭으로 가시오. 그 일대는 흐름이 가장 완만한 곳이니 상류에서 봇물을 트면 적군들은 틀림없이 그곳으로 달아날 것입니다. 장군께서는 바로 그때를 기다렸다가 치도록 하시오.”

　공명은 그 후에 조운에게 명하였다.

　“조 장군께서는 삼천 병력을 네 개의 부대로 나누어 그 첫째 부대는 장군 자신이 직접 이끌고 신야성의 동문 밖에 매복해 있으시오. 그리고 나머지 세 부대는 서·남·북쪽 성문 밖으로 보내 매복시키는데 미리 성 안의 민가 지붕에 유황과 염초를 올려두시오. 조조의 군사들이 성 안으로 들어오면 틀림없이 민가에 묵을 것이고 내일은 해가 지면 강풍이 불어닥칠 것이니 바람이 불기 시작하면 서·남·북쪽에 있는 복병들에게 일제히 화전을 성 안으로 쏘아 넣도록 명하시오. 그래서 불길이 치솟아오르면 성 밖에서 고함을 쳐서 동문 쪽으로 도망가도록 유인한 뒤 비워놓은 동문으로 달아나게 하시오. 그러면 장군은 거기에 매복해 있다가 달아나는 군사들을 공격하시고 새벽녘이 되면 관우·장비 장군과 합류하여 번성으로 돌아와주시오.”

　공명은 또 미방과 유봉에게도 명하였다.

　“두 장군에게는 이천 군사를 주겠으니 그 절반의 군사들에게는 붉은 기를, 나머지 절반의 군사들에게는 파란 기를 들게 하여 신야성 밖 삼십 리 지점의 작미파(鵲尾坡)까지 나와 매복해 있으시오. 그러다가 조조 군이 오거든 붉은 기를 든 군사들은 왼쪽으로 달리게 하고 파란 기를 든 군사들은 오른쪽으로 달리게 하시오. 그러면 적군들은 영문을 몰라 어리둥절해하며 쉽게 공격하지 못할 것이오. 그리고 두 장수는 각기 숨어 있다가 성 안에서 불길이 솟아오르면 그때 달아나는 적군들에게 일격을 가하고 그 뒤에 백하의 상류로 돌아와 관 장군을 도와주기 바라오.”

이렇게 여러 장수에게 명령을 전달한 뒤 공명은 유비와 더불어 높직한 곳에 올라가 사방을 살펴보며 승리의 소식이 오기를 기다렸다.

한편 십만 병력을 이끌고 오는 조조 군단의 선봉에는 조인과 조홍이 나섰으며 그 앞에는 철갑 기병 삼천을 거느린 허저가 선두 지휘를 하며 군단을 선도하고 있었다. 이들은 기세등등한 자세로 신야성으로 쇄도해 들어왔다. 그날 정오 무렵에 그들이 작미파 언덕에 이르자 그 앞에는 청기와 홍기를 내세운 유비의 군사들이 눈에 띄었다. 허저가 그대로 군사들을 이끌고 전진하려 하니 유봉과 미방이 부대를 넷으로 나누어 청기와 홍기를 들고 좌우로 이동시켰다.

허저는 달리던 말을 멈추고 군사들에게 일렀다.

“멈추어라! 앞에 적의 복병이 있으니 여기서 더 이상 움직이지 말아라.”

이렇게 명령한 허저는 뒤따라오는 조인에게 달려가 이 사실을 알렸고 조인은 허저의 말을 미심쩍어하며 말했다.

“아마 그것은 적이 우리를 속이기 위해 행하는 수법일 테니 신경쓰지 말고 그냥 전진하시오. 내가 뒤를 따라가며 돕겠소.”

이에 허저가 언덕까지 다가가 숲속으로 쳐들어가 보았으나 공격해오는 유비 군들은 아무도 없었다. 어느덧 해는 이미 서산으로 기울고 있었다. 허저가 조금만 더 진군할 생각으로 행군을 하고 있는데 산꼭대기에서 여러 악기 소리가 들려왔다. 허저가 그곳을 자세히 살펴보니 거기에는 여러 깃발이 늘어서 있었고 그 가운데 비단 양산 두 개가 서 있는 것이 보였다. 그리고 그 비단

양산의 왼쪽에는 유비가, 오른쪽에는 공명이 마주보고 앉아서 술잔을 기울이고 있는 모습도 보였다.

허저가 그것을 보고 크게 화를 내며 군사들을 데리고 그곳으로 올라갔다. 그런데 중간쯤 산을 오르자 갑자기 산 위에서 돌덩이와 통나무 따위가 마구 굴러왔다. 놀란 허저가 이를 보고 당황하고 있는데 이때 산 뒤쪽에서 대지를 뒤흔들 만한 고함 소리가 들려왔다. 허저는 다시 몸을 돌려 등뒤 쪽을 향하여 공격하려 하였지만 이미 날이 어두웠기 때문에 더 이상 어쩔 수가 없었다.

이때 마침 조인이 군사들을 이끌고 달려와 허저 군사들에게 신야로 들어가 그곳에서 하루를 묵도록 명하였다. 그들이 신야성에 이르러보니 네 성문이 모두 열려 있었으므로 조조 군단은 그 문을 통해 입성하였는데 성 안에는 사람 하나 눈에 띄지 않는 무인지경이었다.

이를 본 조홍이 입을 열었다.

“아마 놈들은 우리가 쳐들어온다는 말에 어쩔 줄 모르고 당황하다가 그대로 백성들을 몰아세워 야반도주한 것 같으니 오늘 밤은 일단 민가에서 묵고 날이 새면 행동을 취하기로 하세.”

사실 조조 군단의 각 부대는 기나긴 행군으로 지쳐 있었고 또 허기져 있었으므로 서로 앞을 다투어 밥을 짓느라 야단들이었다. 조인과 조홍은 현의 관사에 들어가 쉬었다.

해가 떨어지자 바람이 세차게 부는 가운데 성문을 지키던 군졸 하나가 크게 소리쳤다.

“불이야!”

이 소리를 들은 조인은 대수롭지 않게 생각하며 군사들을 나무랐다.

“멍청한 놈들 같으니! 밥을 짓느라고 서두르다가 불을 낸 모양이구나.”

그런데 ·이 말이 채 끝나기도 전에 서·남·북의 세 성문에서 불이 났다는 보고가 들어왔다. 조인이 장졸들에게 급히 피하라고 명하였을 때는 이미 불이 사방으로 퍼져서 성 안이 시뻘건 홍련지옥(紅蓮地獄)으로 변해 있었다. 이 불길은 박망파의 불길과는 비교할 수 없을 만큼 어마어마하였다.

조인이 군사들을 이끌고 연기와 불길 사이에서 퇴로를 찾고 있는데 누군가가 동문에는 아직 불길이 옮겨가지 않았다고 소리쳤다. 이에 조인 일행이 부리나케 그쪽으로 달려가니 군사들 역시 서로 앞 다투어 동쪽으로 달려가다가 짓밟고 쓰러뜨려 많은 사상자를 냈다. 조인이 간신히 불길을 피하여 동쪽으로 치달리고 있는데 뒤에서 터질 듯한 함성 소리가 들려오더니 곧 조운이 나타나 공격해왔다. 그러나 조인의 군사들은 달아나는 일에만 혈안이 되어서 반격해 싸울 생각을 하지 않았다. 조인 역시 정신없이 달아나다가 다시 미방을 만나 백병전을 벌이다가 대패하여 패주하였다. 그런데 다시 유봉이 군사를 이끌고 덮쳐왔으므로 그나마 남아 있던 조인의 군사들은 거의 대부분 죽음을 면치 못하였다.

이렇게 새벽녘이 가까워질 때까지 연달아 유비 군사들의 공격을 받은 조인의 군사들은 사람이고 말이고 할 것 없이 크고 작은 화상을 입은 채 기진맥진하였다. 조인 군사들이 간신히 백하의 강변에 이르러보니 다행히 물이 깊지 않아 무사히 건너갈 수 있을 듯하였다. 군사들과 말들이 모두 물 속으로 들어가 목도 축이고 몸도 씻었다.

이때 관우는 상류에서 강물을 막고 있다가 하류에서 떠드는 소리를 듣고는 일시에 흙포대를 치우도록 명령하였다. 그러자 막혀 있던 봇물이 터지면서 물길이 폭포수처럼 쏟아져내렸다. 이에 아무것도 모르고 있던 조인의 군사들은 말과 함께 물길에 휩쓸려 대부분 수장되었다. 조인이 간신히 살아남은 군사 몇 명을 거느리고 물살이 세지 않은 곳으로 이동시켜 박릉의 나루터까지 내려왔더니 이번에는 장비가 뛰어나와 벽력 같은 소리를 질렀다.

"반역의 적군 놈들아! 어디 이 장비의 손에 한번 죽어봐라."

이 소리에 조인은 간이 콩알만해지며 어찌할 바를 몰랐다.

과연 조인은 이 상황에서 목숨을 건질 수 있을 것인가?

제 41 회 쫓기는 유비

유현덕휴민도강　　조자룡단기구주
劉玄德攜民渡江　　趙子龍單騎救主

유비는 백성들을 이끌고 강을 건너고
조운은 혼자서 아두를 구출하다

번성을 공략하려는 조조

관우가 강의 상류에서 물을 방류했을 때 장비는 하류에서 공격해 들어가 조인의 부대를 가로막고 싸웠다. 그러다가 허저의 군사들과 마주쳐 다시 그와도 한참을 싸웠으나 워낙 허저는 장비의 상대가 되지 못하였으므로 얼마 뒤에 도망을 쳤다. 이에 장비는 허저를 뒤쫓다가 유비와 공명을 만나게 되어 함께 강줄기를 따라 상류로 나갔다. 일행이 거기에 도착하니 유봉과 미축이 배를 갖추고 대기하고 있었으므로 모두 한꺼번에 강을 건너 번성으로 서둘러 진군하였다. 공명은 강을 건넌 뒤에 배와 뗏목에 불을 질러 태워버리도록 명하였다.

조인은 겨우 살아 남은 군사들을 이끌고 신야에 돌아가 조홍을 조조에게 보내 패한 상황을 보고하도록 했다. 조홍의 보고를 들은 조조는 크게 성을 내며 소리쳤다.

"제갈공명, 이놈! 너 같은 촌놈이 어디 감히 나를 대항하여 까부는 것이냐!"

분노에 몸을 떨던 조조는 즉시 휘하의 모든 병력을 모아 신야성으로 들어가 진을 치는 한편, 산 속을 샅샅이 수색케 하고 백하(白河)를 흙으로 메워버리게 하는가 하면 전군을 여덟 개의 부대로 편성하여 단숨에 번성(樊城)으로 쳐들어갈 자세를 갖추었다.

이를 본 유엽(劉曄)이 조조의 성급함을 저지하며 나섰다.

"승상께서는 이곳에 방금 오신 처지이시니 우선 민심을 파악하는 것이 중요한 일이라 생각하옵니다. 유비가 신야의 백성들을 모두 번성으로 데리고 갈 수 있었던 것도 모두 민심을 잃지 않은 까닭이옵니다. 만일 지금 군사들을 이끌고 쳐들어간다면 결국 신야성과 번성의 백성들만 희생시키는 결과를 가져올 뿐이니 여기서 우선 유비에게 사자를 보내어 투항을 권하심이 어떻겠습니까? 설혹 그가 응하지 않더라도 그렇게 하면 우리가 백성들을 무시하지 않는다는 것을 보여주게 될 것이고 만약에 또 그가 응한다면 형주의 모든 땅이 피 한 방울 흘리지 않고 승상의 것이 될 것 아닙니까?"

"흐음, 자네의 말이 일리가 있군."

조조는 흡족히 여기며 물었다.

"그런데 사자로 누구를 보내는 것이 좋겠소?"

"예, 적임자는 서서밖에 없습니다. 서서는 유비와 절친한 사이였으며 마침 군진 안에 머물고 있으니 그를 보내심이 타당한 줄로 아옵니다."

"그를 내보냈다가 만약 돌아오지 않으면 어찌 하겠소?"

"그가 만약 돌아오지 않는다면 세상 사람들에게 비웃음을 당할 것입니다. 그는 그런 인물이 아니니 그것에 구애되지 마시고 시도해보시지요."

조조는 이 진언에 따라 서서를 불러들여 명하였다.

"나는 지금 번성으로 들어가 역적들을 모두 무찔러버릴 작정인데 그렇게 되면 죄없는 백성들이 행여 다치지나 않을까 염려되네. 그러니 자네가 유비에게 가서 항복하라고 설득해보게. 만약 투항한다면 그 동안의 죄도 용서하고 벼슬도 내리겠지만 만약 끝까지 반항하여 투항하지 않는다면 싸울 수밖에 없는데, 그렇게 되면 군과 민을 가리지 않는 법이니 모두 다치게 될 것이라고 전하게. 내가 자네의 인격을 믿고 특별히 사자로 보내는 것이니 잘 해내기 바라네."

서서는 조조의 이런 특명을 받고 번성으로 찾아가 유비와 공명을 만났다. 이들은 서로 지난날의 추억담을 화제로 삼아 한동안 이야기를 나누다가 드디어 서서가 찾아온 용건을 말하였다.

"조조가 처를 여기에 보낸 속셈은 사실 민심을 수렴하려는 것이 목적이옵니다. 조조는 이제 새로 편성한 여덟 개 군단으로 하여금 백하를 메우게 하고 쳐들어올 준비를 갖추었습니다. 만약 그가 쳐들어온다면 도저히 번성을 지킬 수가 없으니 어서 몸을 피하시거나 대책을 강구하셔야 합니다."

유비는 서서가 돌아가는 것을 붙잡았으나 그가 조용히 말하였다.

"제가 돌아가는 것은 조조가 두려워서가 아니라 사람들이 배신했다고 경멸할 것이 두려워서입니다. 저는 노모를 잃은 원한이 가슴에 맺힌 몸이오니 비록 몸뚱이가 저쪽에 있다고 하더라도

조조를 위해 계책을 제공하지는 않을 것이옵니다. 이제 유 황숙
께서는 공명(孔明)을 얻으셨으니 아무 염려하실 것이 없습니다.
그러면 이만 하직하겠사오니 보내주십시오.”

서서는 이렇게 말하고 결국 돌아가버렸다. 서서가 돌아가서 유
비에게는 투항할 의사가 없다고 보고하자 조조는 그날 안으로
휘하 군사들에게 번성을 공격하라고 명령하였다.

양양성으로 간 유비

한편 번성에서는 유비가 공명에게 대책을 물었고, 그가 깊이
생각에 잠긴 끝에 대답하였다.
“번성을 버리고 양양을 점령하여 그곳을 발판으로 삼으십시오.”
“백성들이 나를 따라 이곳까지 왔는데 어찌 그들을 버리고 갈
수 있겠소?”
“백성들에게는 다시 방을 붙여 원하는 자는 양양으로 따라오고
원치 않는 자는 이곳에 머물러 있어도 된다고 알리십시오.”
유비가 결국 이 말에 따르자 공명은 우선 관우에게 강변에 배
를 준비시키도록 하고 손건과 간옹에게는 성 안의 백성들에게
알릴 방을 붙이도록 하였다.

　　지금 조조의 군사가 이곳으로 쳐들어오려 하는데 이곳은 떨어
　　져 있어 수비하기 어려우므로 원하는 자는 우리를 따라 강을 건
　　너도록 하라.

신야와 번성의 백성들은 이 방을 읽고 목소리를 하나로 합하
여 말하였다.
“우리는 비록 가다가 목숨을 잃더라도 따라가겠습니다.”

이리하여 그날 안으로 남녀노소 할 것 없이 모두 눈물을 흘리며 강을 건너기 시작하였다. 마주보이는 양쪽 강기슭에는 고향을 버리고 떠나는 백성들의 울음소리가 그치지 않고 메아리쳤다. 유비는 배에서 그들의 울음소리를 들으며 비감에 빠졌다.

"나 하나 때문에 백성들이 저 지경으로 어려움을 당하니 내가 무슨 낯을 들고 살 수 있겠는가!"

배가 남쪽 기슭에 닿아 북쪽 기슭을 바라보니 아직 건너지 못한 백성들이 이곳을 바라보며 울고 있었다. 유비는 관우로 하여금 배를 뒤로 돌리도록 하여 건너지 못한 백성들을 모두 태워 건너도록 하였다. 유비 일행이 양양의 동문 앞에 이르러 성을 바라보니 성 위에는 깃발들이 즐비하게 꽂혀 있었고, 성 주위는 가시나무 울타리로 잘 방비되어 있었다. 유비가 성문 아래로 다가가 크게 외쳤다.

"성주인 조카 유종(劉琮)은 들으시오! 나는 백성들을 구하고자 온 유비요. 결코 다른 야심이 없으니 어서 문을 열어주오."

유종은 유비의 말을 듣고도 겁이 나서 얼굴도 내밀려 하지 않았다. 채모와 장윤이 성문의 망루에 올라가서 군사들을 시켜 화살을 마구 쏘아대도록 하니 성 밖에 서 있던 백성들이 이 광경을 보고 어찌 이럴 수가 있느냐고 소리치며 원통해했다.

이때 성 안에서 한 장수가 수백 명의 군사들을 이끌고 채모와 장윤 앞으로 가서 크게 꾸짖었다.

"역적 짓을 하는 채모와 장윤은 듣거라! 유공은 인덕이 높으신 어진 분으로 가련한 민초들을 구하고자 예까지 오셨거늘 왜 맞이하지 못하고 목숨을 위협하는 것이냐?"

이렇게 소리친 장수는 키가 여덟 자나 되고 잘 익은 감처럼 붉은 낯빛을 지닌 위연(魏延)이라는 자였는데 그는 의양(義陽) 사람으로 자를 문장(文長)이라 하였다. 위연은 칼을 휘둘러대며 성문을 수비하던 군사들을 베어 버리고 성문을 열더니 곧 조교를 내리고 소리쳤다.

"유 황숙께서는 어서 입성하시어 힘을 합해 저 역적들을 토벌합시다."

이 말을 듣고 장비가 뛰어들려고 하자 유비가 이를 말리며 말하였다.

"잠시 기다리게! 백성들이 당황하거나 놀라지 않도록 진정부터 시켜야겠네."

그러는 동안에도 위연은 계속 유비 일행에게 성 안으로 들어오라고 소리치고 있었는데 그때 성 안에서 또 다른 장수가 한 부대를 거느리고 달려나와 위연에게 소리쳤다.

"이 벌레 같은 놈이 감히 우리를 배신하다니! 나 문빙(文聘)을 몰라보겠느냐?"

위연이 질세라 말을 집어타고 창을 들더니 문빙을 향해 돌진해갔다. 두 장수의 군사들도 서로 싸우느라고 아우성이었다. 유비가 그런 양상을 살펴보고 공명에게 말하였다.

"나는 불쌍한 백성들을 이끌고 이곳으로 와서 이들을 도우려고 했는데 저런 모습을 보이다니! 나는 양양에는 들어가고 싶지 않소."

공명이 이 말을 듣고 대안을 제시하였다.

"강릉(江陵)은 형주 땅에서는 요충지이니 그쪽으로 가서 발판을 삼으시는 것이 어떻겠습니까?"

"그게 좋겠소."

이리하여 유비는 백성들을 이끌고 양양을 떠났는데 이때 양양의 백성들 가운데 상당수의 사람들이 난장판이 된 양양성을 빠져나와 유비 일행을 따라나섰다. 그러는 동안에도 위연과 문빙은 싸움을 멈추지 않고 오후까지 계속하였는데 결국 위연의 부대가 전멸하고 위연은 도주하였다. 위연은 유비가 이미 떠났으므로 장사(長沙)의 태수 한현(韓玄)에게 의지하고자 그곳으로 갔다.

다시 강릉으로 향하는 유비

유비를 따라나선 백성들은 십여 만 명이나 되었고, 크고 작은 수레가 수천 대나 뒤를 따라 이어졌으며 그 밖에도 들고 가는 짐보따리들은 수없이 많았다. 일행은 강릉으로 가는 도중에 유표의 무덤 앞을 지나게 되었으므로 유비는 장수들을 데리고 묘 앞으로 가서 참배한 후 눈물을 흘리며 호소하였다.

"이 못난 아우가 힘이 되어 드리지 못하여 형님께서 부탁하신 일을 이루어드리지 못하였습니다. 모든 죄는 저에게 있을 뿐 백성들은 아무 죄도 없습니다. 형님께서 넋이라도 살아계시다면 부디 형주의 백성들을 보살펴주십시오."

군사들과 백성들은 이 말을 듣고 모두 눈물을 흘렸다. 이때 정찰을 나갔던 염탐꾼이 돌아와서 보고하였다.

"조조 군이 이미 번성에 입성하였으며 배와 뗏목을 만들어 강을 건너 우리를 추격하고 있다고 하옵니다."

이에 장수들이 입을 모아 유비에게 건의하였다.

"강릉은 적군을 방어하는 데 가장 적합한 요충지입니다. 그러나 이토록 많은 백성들을 이끌고서는 도저히 빨리 도착할 수는 없습니다. 그러다가 조조 군의 공격이라도 받았다가는 그 자리에서 꼼짝 못 하고 당하는 수밖에 없으니 우선 백성들을 이곳에 놔두고 먼저 앞장 서서 가는 것이 상책입니다."

유비는 근엄한 목소리로 답하였다.

"천하에 큰일을 이루려는 데는 백성들을 그 근본으로 삼아야 하는 법이오. 지금 백성들이 나를 따르는 마당에 어찌 그들을 버리고 간다는 말이오!"

유비의 이 말에 듣는 이들 모두가 크게 감동하였다.

유비가 백성들과 보조를 같이 하여 천천히 행군을 해나가니
공명이 아뢰었다.

"곧 추격군이 닥쳐올 것이니 관우 장군을 강하로 보내어 유기
에게 구원을 청하십시오. 그리하여 서둘러 군사들을 배에 태워
강릉으로 보내달라고 하십시오."

이에 유비가 급히 편지를 써서 관우에게 주면서 손건과 함께
오백 명의 군사를 이끌고 강하로 가서 그 서신을 유기에게 전하
도록 명하였다. 그리고 장비에게는 군사들을 이끌고 백성들의 후
위로 가서 쫓아오는 적군들을 방어하도록 하고, 조운에게는 노인
들과 어린이들을 호송하도록 명하였으며, 그 밖의 여러 장수들에
게도 백성들이 불편하지 않도록 극진히 보살피라고 명하였다. 이
리하여 유비는 백성들을 이끌고 하루에 십여 리씩의 느린 속도
로 행군할 수밖에 없었다.

한편 번성으로 들어간 조조는 사자를 양양성으로 보내어 유종
에게 마중을 나오라고 명하였다. 그러나 유종은 겁에 질려 꼼짝
도 하지 않았으므로 채모와 장윤이 자진하여 나가겠다고 나섰다.

이에 왕위(王威)가 은밀히 유종에게 속삭였다.

"주공께서는 이미 조조에게 항복을 약속하셨고 유비도 멀리 달
아났으니 조조는 분명히 안심하고 있을 것입니다. 그러니 이 기
회에 군사들을 일으켜 조조를 험지(險地)에서 공격하면 그를 사
로잡을 수도 있을 것입니다. 만약 그리 되면 주공의 이름을 천하
에 떨칠 수 있을 것이며 중원 땅이 아무리 넓어도 주공의 명령
한마디에 바르르 떨 것이옵니다. 이는 다시없는 기회이니 놓치지
마십시오."

유종이 왕위의 이런 제언을 채모에게 말하니 채모는 불과 같이 성을 내며 호통을 쳤다.

"네 놈은 천명(天命)이라는 것도 모르느냐? 만약 그것을 안다면 그런 망언은 입 밖에도 내지 않을 것이다."

왕위도 버럭 성을 내며 따졌다.

"이 매국노야! 네 놈을 물어 죽이지 못하는 것이 한이다."

채모가 왕위를 죽이려고 들자 괴월이 나서서 간신히 말렸다. 마침내 채모는 장윤과 더불어 번성으로 가서 조조 앞에 엎드려 온갖 아부와 아첨의 말을 하였는데 그 태도는 비굴하기 짝이 없었다.

조조가 먼저 물었다.

"형주의 군비는 지금 어떤 상황인가?"

"기병이 오만, 보병이 십오만, 수군이 팔만으로 모두 합쳐 이십팔만이옵고, 군수품과 군량의 태반은 강릉에 있으며 나머지는 각지에 분산시켜놓았는데 아마 한 해 정도는 버틸 수 있을 것입니다."

"그럼 전선(戰船)들은 어느 정도 있고 또 수군들은 누가 지휘 감독하고 있느냐?"

"전선은 크고 작은 것들을 합쳐 칠천여 척이 되옵고, 저와 장윤이 함께 감독하고 있습니다."

조조는 채모를 진남후수군대도독(鎭南侯水軍大都督)으로 명하고 장윤을 조순후수군부도독(助順侯水軍副都督)으로 각기 임명하니 이들은 머리를 조아리며 크게 기뻐하였다.

조조가 이들에게 한마디 덧붙였다.

"유표는 죽었고 그 아들은 항복하였으니 이제 황제께 상주하여 유종을 오래도록 형주의 주인으로 있게 해주겠다."

채모와 장윤은 기뻐서 어쩔 줄 모르며 하직하고 돌아갔다. 이를 본 순욱이 조조에게 말했다.

"채모나 장윤은 모두 비열하기 짝이 없는 자들인데 어찌 저들을 수군의 도독과 부도독으로 임명하여 우대하시는 겁니까?"

조조가 너털웃음을 웃으며 말하였다.

"사람을 볼 줄 모르는 내가 아닐세. 북방의 군사들은 물에서의 싸움에는 약하지 않은가? 그러기에 내가 일을 마칠 때까지만 저들을 이용하려고 우대하는 것이니 너무 염려하지 말게."

유종 모자의 죽음

한편 채모와 장윤은 양양으로 돌아가 유종에게 아뢰었다.

"조 승상께서는 주공을 영원히 형주의 주인으로 봉하겠다고 말하였습니다."

유종은 크게 안도의 숨을 내쉬었다. 이튿날 어머니인 채 부인과 함께 인수와 병부(兵符)를 가지고 강을 건너 조조를 맞이하러 갔다. 조조는 그들을 반가이 맞이하는 척하며 즉시 장수들을 거느리고 양양으로 갔다. 채모와 장윤이 양양의 백성들에게 명하여 길가에 향을 피워 환영하도록 하니 조조는 부드러운 미소를 지으며 백성들을 선무하였다.

이윽고 양양으로 입성하여 주(州)의 관아에 들어가자 가장 높은 자리에 버티고 앉아서 괴월을 불러들여 이렇게 말하였다.

"나는 형주를 손에 넣은 것보다도 자네를 얻은 것이 더 기쁘네."

그러고는 강릉의 태수 겸 번성의 후로 봉하였고, 부손과 왕찬에게도 관내후(關內侯)의 벼슬을 내렸다.

또한 유종을 불러 명하였다.

"자네는 청주(靑州)의 자사(刺史)가 알맞으니 즉시 그곳으로 떠나도록 하게."

유종은 조조의 명에 놀라 되물었다.

"저는 벼슬자리에 오르고 싶은 마음은 없사오니 그저 어버이의 땅에 머물 수 있도록 하여 주십시오."

유종이 이렇게 애원하였지만 조조는 일소에 붙여버리고 말하였다.

"청주는 도성에서 가까운 곳이니 자네를 조정의 관으로 삼겠네. 이는 형주에 머무르다가 불행한 일을 당하지 않도록 하려는 나의 배려이니 그리 알도록 하게."

유종은 재삼 거절의 의사를 밝혔으나 조조는 끝내 그것을 무시하였으므로 할 수 없이 어머니 채 부인을 모시고 청주로 떠났다. 그가 청주로 떠날 때 그를 따르는 이는 오직 옛 가신(家臣)인 왕위(王威)뿐이었고 다른 신하들은 마지못한 표정으로 강의 나루터까지 배웅하고는 모두 돌아가버렸다.

조조는 우금을 불러 은밀히 명하였다.

"자네는 유종 모자를 뒤쫓아가서 그들을 죽여 후환을 없애도록 하게."

우금은 곧 기마 군사들을 이끌고 유종 모자를 따라잡고는 크고 우람한 목소리로 소리쳤다.

"나는 승상의 명을 받들어 그대들을 죽이러 왔으니 어서 빨리 목을 내놓도록 하라."

우금의 말에 채 부인이 유종을 끌어안고 애통하게 눈물을 흘렸으나 우금은 눈 하나 깜짝 하지 않고 군사들에게 그들 모자를 베라고 명하였다. 왕위가 눈을 부릅뜨고 머리를 치켜올리며 검을 휘둘러 대항하였지만 군사들은 우금을 당해낼 도리가 없어 죽음을 당하고 말았으며 곧이어 유종 모자도 목이 베어졌다.

조조는 이 공로를 치하하여 우금에게 후한 상을 내렸으며, 곧

이어 군사들을 보내 공명의 가족들을 잡아오라고 명하였다. 그러나 공명은 조조가 자기 가족들을 해칠 것을 미리 알고는 삼강(三江) 쪽으로 피신시켜놓았으므로 화를 면할 수 있었다. 조조는 이를 갈며 분해했지만 어쩔 수 없는 일이었다.

양양의 문제가 어느 정도 일단락 지어진 후 며칠이 지나서 순욱이 조조 앞에 나와 진언하였다.

"강릉은 형주의 매우 중요한 요충지입니다. 그런 곳을 만약 유비가 점거하는 일이 생기게 되면 중대한 사태가 벌어질 것입니다."

조조도 고개를 끄덕이며 말하였다.

"나도 그것을 생각하고 있었네."

이어 오래 전부터 양양에 있었던 장수들 가운데 강릉을 공략하기에 적당한 인물을 선별하고자 하였다. 조조가 그들을 불러 살펴보는데 그 장수들 가운데 오직 문빙의 얼굴만이 보이지 않았으므로 일부러 그를 찾아 불러들인 후 물었다.

"어찌하여 너는 내 부름에 나오지 않았느냐?"

"신하된 몸으로 주인을 위해 영토 하나 지키지 못한 것이 부끄러워 이렇게 몸을 은거하며 지내고 있었습니다."

조조는 '충신이구나' 하고 나지막이 중얼거리고는 그에게 강하의 태수 겸 관내후(關內侯)에 봉하고 길을 안내하도록 명하였다.

이때 염탐꾼이 돌아와 보고하였다.

"유비는 지금 주민들을 동반하고 하루에 수십 리씩 행군하여 겨우 삼백 리 정도밖에 가지 못하였습니다."

조조는 오천 명의 철기병(鐵騎兵)을 선발하여 하루 만에 유비 일행을 따라잡으라고 명하고 전군에게도 곧바로 진군의 명령을 내려 강릉으로 향하였다.

비통에 빠진 유비

유비는 수십만 명의 주민과 삼천 남짓한 군사들을 거느리고 강릉으로 조금씩 다가가고 있었다. 조운은 노약자와 어린아이들을 돌보았고 장비는 후위 부대를 이끌고 뒤따라왔다.

공명이 조심스럽게 유비에게 아뢰었다.

"강하로 간 관우 장군에게서 아직 소식이 없으니 어찌된 일인지 모르겠습니다."

유비도 동감한 듯 공명에게 말하였다.

"군사(軍師)께서 강하까지 찾아가주시면 고맙겠소. 유기는 전에 군사의 은혜를 입은 바 있으니 직접 만나 한 마디 하시면 지원군을 보내줄 것이라 여겨지오."

이리하여 공명은 유봉이 이끄는 오백 병력의 호위를 받으며 구원군을 요청하기 위하여 강하로 갔다. 공명을 강하로 보낸 유비는 간옹·미축·미방 등과 함께 서둘러 강릉으로 향하였는데 이때 갑자기 광풍이 불며 흙먼지가 날리고 회오리바람이 휘몰아쳤다.

이 때문에 일시에 해가 보이지 않게 되자 유비는 낯빛이 변하여 이것이 무슨 징조인지를 물었다. 음양과 복술에 뛰어난 간옹은 즉시 점괘를 내보고는 유비에게 아뢰었다.

"점을 쳐보니 대흉(大凶)이라고 나왔습니다. 더욱이 오늘 밤이 가장 흉하니 주공께서는 백성들에 구애받지 마시고 서둘러 몸을 피하셔야 합니다."

그러나 유비는 막무가내였다.

"저들은 신야에서부터 나를 따라온 자들인데 여기서 그들을 버리고 나 혼자 살겠다고 도망칠 수는 없는 일이오."

"그렇지만 이렇게 가만히 있다가는 큰 화를 면치 못할 것입니다."

간옹이 이렇게 염려스러워하자 한동안 침묵을 지키던 유비가 갑자기 앞을 가리키며 물었다.

"저 산 너머가 어디오?"

"예, 당양현(當陽縣)이라 하옵고 저 앞에 보이는 산은 경산(景山)이라고 하옵니다."

주위 사람들이 이렇게 말하자 유비는 그 산으로 잠시 몸을 피하기로 하였다. 때는 늦가을이자 초겨울로 접어들 무렵이었으므로 바람이 차갑고 매서워 뼛속까지 스며드는 듯하였다. 해가 떨어지고 스산한 저녁이 되니 여기저기서 백성들의 울음소리가 들려왔다.

이윽고 한밤중이 막 지날 무렵, 서북쪽에서 커다란 함성이 들려오더니 점점 가까워짐을 느꼈다. 유비는 얼른 말에 올라타고 휘하의 이천 병력을 이끌고 전투 태세를 갖추었다. 드디어 조조 군단이 물밀듯이 밀어닥쳤는데 그들은 절대로 얕볼 수 없는 막강한 군세였다. 유비는 필사적으로 싸웠으나 힘에 부쳐 쩔쩔 매고 있었는데 다행히도 장비가 달려와서 죽을 힘을 다해 포위망을 뚫어놓았으므로 이내 동쪽으로 치달렸다.

이때 문빙이 앞을 가로막으려 뛰어나오자 유비가 그를 호통쳤다.

"주인을 배반한 놈이 용케도 여기까지 나와서 앞길을 막는구나!"

유비의 말에 문빙은 낯빛이 벌개지며 수치스러워하더니 이내 말머리를 돌려 동북쪽으로 달려가버렸다. 장비는 유비를 비호하며 싸우다가 달리고 또 싸우다가 달리곤 하였다. 마침내 날이 밝아오면서 뒤쪽에서 들리던 함성도 어느덧 멀어져갔다. 유비가 그제서야 정신을 차리고 좌우가 살펴보니 일백여 기의 호위병만이 따라올 뿐 백성들과 미축·미방·간옹·조운 등은 온데간데 없었다.

유비는 비통해하며 중얼거렸다.

"수십만 명의 백성들이 기꺼이 내 뒤를 따르며 큰 재난을 무릅쓰고 예까지 따라왔는데 이제 그들을 잃어버려 생사를 확인할 수 없으니 어찌 흙으로 만든 인형이라 하더라도 슬퍼하며 통곡하지 않으리요?"

이때 미방이 화살에 맞아 피투성이가 된 몸을 이끌고 비틀거리며 달려와 소리쳤다.

"조운이 우리를 배반하고 조조 군으로 갔습니다."

유비는 미방의 말을 믿지 않았다.

"그런 어리석은 소리를 하다니! 조운은 절대로 그럴 사람이 아닐세."

그러자 장비가 끼어들며 말하였다.

"아닙니다. 경우에 따라서는 그자가 우리 편의 상황을 보고 낙심한 나머지 부귀를 바라고 조조에게 가버렸을지도 모르는 일입니다."

그래도 유비는 조운을 편들었다.

"조운은 마음이 철석 같은 사람이지 부귀에 눈이 멀 사람이 아닐세."

미축도 미심쩍다는 듯이 나섰다.

"하오나 저 역시 조운이 서북쪽으로 달려가는 것을 두 눈으로 똑똑히 보았습니다."

장비가 가만히 있을 리 없었다.

"좋습니다. 제가 가서 조운을 잡아오겠습니다."

유비가 그를 만류하며 타일렀다.

"부질없는 의심은 하지 말게. 고성에서 자네가 관우에게 품었던 의심을 잊었나? 조운이 서북으로 서둘러 간 데에는 그 나름대로 까닭이 있을 것이니 나를 배신하고 떠나갈 사람이라고는 생각하지 말게."

그러나 장비는 유비의 말을 얌전히 따를 위인이 아니었다. 스무 명의 부하들을 이끌고 장판교(長坂橋)에 도착한 장비는 다리의 동쪽 일대가 숲인 것을 살펴보고는 한 가지 계략을 떠올리고, 기마병들로 하여금 나뭇가지를 말꼬리에 묶게 하여 숲속을 달리게 하였다. 이는 흙먼지를 일으켜 숲속에 많은 병력이 있는 것처럼 보이게 하기 위한 작전이었다. 장비는 세모창을 들고 말을 탄 채 장판교 위에 서서 서쪽을 노려보았다.

조운의 충성

한편 조운은 밤새껏 조조 군과 맞서 사력을 다해 싸우다가 아침을 맞이해보니 유비는 온데간데 없었고 그가 보호를 책임지고 있었던 유비의 가족들도 보이지 않았다.

조운은 아차 하는 탄식을 지르며 중얼거렸다.

'주공은 나를 믿고 감(甘)·미(糜)의 두 부인과 영식인 아두(阿斗)를 맡기셨는데 그런 그들을 싸움의 북새통에 잃어버렸으니 내 체면이 뭐가 된단 말인가. 좋다! 싸우다 죽는 한이 있더라도 적의 진지 속으로 들어가 찾아볼 수 있는 데까지 찾아봐야겠다.'

그리하여 조운은 삼사십 명의 기마병을 이끌고 적군 속으로 뛰어들었다. 그곳에 이르러보니 신야와 양양에서부터 유비를 따라오던 백성들의 울부짖는 소리가 천지를 진동시켰다. 화살에 맞고 창에 찔린 사람이 있는가 하면, 제 몸 하나 생각하기 바빠 부상자를 돌볼 생각도 하지 않고 도망치는 자들도 있는 등 아수라

장이었다.

조운이 미친 듯이 사방을 두지다가 풀밭에 쓰러져 있는 간옹을 발견하고는 급히 그에게 물었다.

"두 마님을 혹시 보지 못했는가?"

"마님들은 수레를 버리고 아두님을 품에 안고 달아나셨소. 하여 내가 말을 타고 그들을 뒤따라가 산 언덕길로 나서는데 갑자기 적군의 장수 하나가 나타나 창으로 찌르는 바람에 타고 있던 말도 빼앗겨 하는 수 없이 이러고 있는 것이오."

조운은 그에게 다른 부하의 말을 한 필 내주고 두 명의 군사를 붙여서 유비에게 연락을 취하도록 당부하고 떠나보내면서 그에게 결연히 말하였다.

"나는 천지가 끝나는 데까지라도 두 마님과 공자를 찾으러 갈 것이니 만약 그래도 찾지 못하여 내가 보이지 않으면 그때는 황야에서 쓰러져 독수리밥이 되어 있을 것이라고 전해주시오."

이렇게 말한 조운은 다시 말에 박차를 가하며 달려 장판파(長坂坡)의 언덕에까지 이르렀는데 길가에서 누군가 부르는 소리가 들렸다.

"조 장군, 지금 어느 곳으로 가시는 것입니까?"

조운은 말을 멈추고 그에게 물었다.

"너는 도대체 누구냐?"

"예, 저는 두 마님의 수레를 호위해오던 병사이온데 화살에 맞아 몸이 말을 듣지 않는 상태이옵니다."

조운은 혹시나 하는 마음에 그 병사에게 다시 물었다.

"너는 혹시 두 마님의 소식을 알고 있느냐?"

"얼마 전에 감 부인이 머리를 산발하시고 신발도 신지 않으신 채 여러 사람들 틈에 끼어 남쪽으로 가시는 것을 보았습니다."

조운은 그곳에서 더 이상 시간을 지체할 수 없었기 때문에 부상병의 말을 듣는 즉시 남쪽으로 말을 몰아 질주하였다. 한참을 달리다보니 저 멀리서 비틀거리며 가는 한 떼의 난민 무리들이 눈에 띄었다. 그들은 남녀노소가 뒤섞여 수백 명은 되어 보였다.

조운은 그들에게 다가가 소리 높여 물었다.

"이 가운데 혹시 감씨 성을 가진 부인이 계시오?"

이때 난민 일행의 꽁무니를 따라가던 감 부인이 자기 성을 부르는 소리에 뒤돌아보니 조운이 서 있는 것이 보였다. 조운을 본 감 부인이 소리를 높여 그를 부르자 조운이 다가가 절규하는 목소리로 말하였다.

"이렇게 무사하시니 다행이옵니다. 마님께서 이런 재난을 당하신 것은 모두 저의 잘못입니다. 그런데 미 부인과 아두 도련님은 어디 계시옵니까? 무사하신가요?"

감 부인이 상황을 알려주었다.

"우리는 적군에게 쫓겨 수레를 버리고 달아나다가 또 다른 적군의 습격을 받고 모두 뿔뿔이 흩어지는 바람에 미 부인과 공자가 어디로 갔는지 알 수 없습니다. 저 역시 홀로 이 난민들의 무리 속에 끼어 가까스로 목숨을 부지하고 있던 터였습니다."

이때 난민들 사이에서 아우성이 들려 고개를 들고 앞을 바라보니 적군의 한 부대가 추격해오고 있었다. 조운이 창을 들고 말을 달려 앞으로 나가보니 적군의 선두에 누군가가 온몸이 결박당한 채 끌려오는 것이 보였다. 조운이 자세히 살펴보니 결박당한 장수는 미축이었고 그 뒤로 손에 칼을 뽑아들고 일천여 군사들을 거느리고 다가오는 조인(曹仁) 휘하의 부장 순우도(淳于導)가 보였다. 그는 미축을 사로잡아 조조에게 끌고 가는 중이었다.

"이놈, 게 섰거라!"

조운이 크게 외치며 덤벼드니 순우도가 그를 당해낼 리 없었다. 그는 순식간에 조운의 창에 찔려 말에서 고꾸라지고 말았다.

조운은 이렇게 미축을 구하고 말 두 필을 손에 넣어 그 한 마리에는 감 부인을 태우고 다른 한 마리에는 미축을 태워 쏜살같이 장판교로 달려갔다. 이때 다리 위에서는 장비가 세모창을 붙잡고 말 위에서 이쪽을 노려보고 있었다.

위기를 넘긴 조운

장비는 조운을 발견하고는 벽력같이 고함을 쳤다.

"조운 이놈! 너는 우리를 배반하고 어찌하여 조조에게로 갔느냐?"

조운도 흥분하여 대꾸하였다.

"뭐라구? 내가 어찌 배반자냐? 두 마님과 아두 도련님을 찾아다니느라고 늦었을 뿐인데 배반이라니?"

그제야 장비가 껄걸 웃으며 말하였다.

"방금 전에 간옹을 만나 그에게서 얘기를 들었기에 망정이지 그렇지 않았더라면 장군을 가만히 두지 않았을 것이오."

"주공은 지금 어디 계시오?"

"그리 멀지 않은 곳에 계시오."

조운이 미축에게 일렀다.

"자네는 감 부인을 모시고 먼저 돌아가게. 나는 미 부인과 공자를 찾아 다시 한 번 가보겠네."

조운은 이렇게 말하고는 오던 길로 다시 말을 달렸다. 그가 한참을 달려가는데 한 장수가 쇠창을 손에 들고 등에 검을 멘 모습으로 수십 명의 기마병을 거느리며 다가오는 것이 보였다. 조운이 덮어놓고 그에게 덤벼들어 찔러 죽이니 군사들이 혼비백산하여 달아나버렸다. 이렇게 조운의 손에 죽음을 당한 자는 조조의 호위를 맡아보던 하후은(夏侯恩)이었다.

조조는 두 자루의 보검을 갖고 있었는데 하나는 의천검(倚天劍)이라 불렀고 또 하나는 청공검(青釭劍)이라 불렀다. 조조는 자신이 의천검을 갖고 청공검을 하후은에게 맡겨 가지고 다니게 하였다. 청공검은 무쇠를 진흙 베듯 베어 버린다는 명검이었는데 하후은은 자신의 용맹스러움을 과시하기 위해 조조의 곁을 떠나 약탈을 일삼고 다니다가 조운을 만나 목숨을 잃은 것이었다. 조운이 그 검을 살펴보니 자루에 청공(青釭)이라는 두 글자가 황금으로 상감되어 있어 한눈에 보아도 보검임을 알아볼 수 있었다. 조운은 그 검을 허리에 차고 창을 들고는 다시 겹겹이 둘러싼 적군의 진지 속으로 뛰어들었다. 그렇게 한참을 싸우다보니 자기를 따르던 군사들은 모두 죽고 하나도 없었다.

그래도 조운은 전혀 아랑곳하지 않고 포위망을 뚫으며 피난가는 사람들을 만날 때마다 수소문하며 다녔다.

"혹시 미 부인을 보지 못했소?"

그러던 중에 한 사람이 한 곳을 가리키며 말했다.

"마님께서는 왼쪽 허벅지에 심한 상처를 입으시어 더 이상 걷지 못하시어 도련님을 품에 안고서 저 무너진 흙담 속에 앉아 계십니다."

조운은 정신이 번쩍 들어 부리나케 그가 알려준 곳으로 달려가보았다. 거의 쓰러져가는 흙담 뒤에 한 여인이 쪼그리고 앉아 있는 것이 보였다. 살펴보니 미 부인이 아두를 안고 물이 말라버린 우물가에서 두 눈에 가득 눈물이 고인 채 앉아 있는 것이 보였다.

조운이 말에서 내려 땅바닥에 무릎을 꿇고 고개를 조아리자 미 부인이 그를 알아보고 말했다.

"장군이 와주셔서 우리 아두가 목숨을 건지게 되었습니다. 아두는 주공께서 지난 반생을 정착하지 않으시고 싸움터를 전전하시다가 얻은 유일한 혈육입니다. 그러니 부디 이 아이를 무사히 데리고 가서 아버지를 만나게 해주신다면 저는 죽어도 여한이 없겠습니다.”

조운도 눈물을 흘리며 말하였다.

“부인께서 이렇게 고생하시는 것은 다 저의 잘못에서 비롯된 것이니 부디 용서하여 주시고 일단 이 말을 타십시오. 저는 걸어서 따르겠습니다. 그리고 기필코 부인을 무사히 모셔갈 테니 안심하십시오.”

“아닙니다. 장군께서 말이 없어서야 안 될 일이지요. 자, 이 아이를 부탁하겠습니다. 이 몸은 상처가 너무 심해 제대로 움직일 수도 없으니 오히려 장군께 방해만 될 것입니다. 그러니 이 아이만이라도 무사히 데리고 가십시오.”

그때 저 멀리서 적군의 함성 소리가 들려오자 조운이 다급히 말하였다.

“저것은 적의 추격대가 오는 소리이니 어서 말을 타십시오.”

그러나 미 부인은 힘없는 목소리로 신음하며 거절하였다.

“저는 이 상처로 도저히 움직일 수 없으니 적군들이 오기 전에 어서 도망치십시오. 이 아이의 목숨은 장군 손에 달렸습니다.”

그러면서 아두를 조운에게 내밀었다. 조운은 수차례에 걸쳐 말에 오르라고 부인에게 권하였지만 미 부인은 들으려 하지 않았다.

사방에서 또다시 하늘도 떠내려갈 듯한 함성이 들려오자 조운이 준엄하게 부인을 나무라며 말했다.

“이러시다가 적군이 눈앞에 닥쳐오면 어쩌시려고 하십니까?”

미 부인은 아두를 땅에 내려놓더니 재빨리 우물 속으로 몸을 던져버렸다. 조운이 미처 미 부인을 잡기도 전에 순식간에 벌어진 일었다.

조운은 비통한 마음으로 미 부인의 시신을 조조 군이 훔쳐가지 못하도록 흙담을 무너뜨려 덮어버렸다. 그리고 갑옷의 띠를 풀고 가슴받이를 벗겨내어 거기에 아두를 품고 창을 든 채 말에 올랐다.

그때 적군의 장수 하나가 부대를 이끌고 다가왔는데 그는 바로 조홍 휘하의 부장 안명(晏明)이었다. 그는 손에 세 갈래의 쌍날 칼을 들고 조운에게 덤벼들었으나 한두 차례가 끝나기도 전에 말에서 떨어져 나뒹굴었다. 조운이 그대로 달려가니 얼마 뒤에 또다시 적군의 한 부대가 앞을 가로막았는데 그 맨앞에는 '하간 장합(河間張郃)'이라고 크게 쓴 깃발을 내걸고 있었다. 조운이 말없이 창을 들고 나와 그와 맞서 싸웠으나 몇 차례를 싸워도 결판이 나지 않았다. 조운은 오래도록 시간을 끄는 것이 불리하다고 생각하여 틈을 보아 뺑소니를 쳤고, 장합이 달아나는 그를 뒤쫓았다. 조운은 말에 채찍질을 가하며 미친 듯이 달리다가 적군들이 파놓은 흙구덩이 속으로 떨어졌다. 이에 장합이 기다렸다는 듯이 창을 들어 찌르려 하는 순간, 구덩이 속에서 붉은 빛이 번쩍하더니 조운의 말이 단숨에 구덩이 밖으로 날아 올라왔다.

후세 시인이 이 기적 같은 일을 시로 읊었다.

붉은 서광이 공자 몸을 감싸고 말이 나니	紅光罩體困龍飛
전쟁의 말이 장판파의 포위를 뚫었네	征馬衝開長坂圍
사십이 년이나 주공의 명을 받들던	四十二年眞命主
조운이 신위를 얻었구나	將軍因得顯神威

이 모습을 본 장합이 깜짝 놀라 흠칫 하는 사이에 조운이 질풍처럼 다시 치달리니 뒤에서 두 장수가 쫓아오며 소리쳤다.

"조운, 이놈! 게 섰거라."

그 소리와 함께 이번에는 앞에서도 두 장수가 버티고 섰다. 뒤를 따라온 자는 마연과 장의(張顗)였고, 앞에 막아선 자는 초촉(焦觸)과 장남(張南)이었다. 네 사람 모두 전에는 원소의 부하였으나 조조에게 투항한 자들이었다.

조운이 이들과 맞서 죽을 힘을 다해 분전할 때 조조 군들이 들이닥쳤다. 이에 조운이 청공검을 빼들고 휘둘러대니 칼이 움직일 때마다 적군의 팔이며 목이 베어졌다. 그들의 갑옷은 칼에 맞아 크게 벌어지고 시뻘건 피가 분수처럼 사방으로 뿜어져 나왔다.

조조는 경산 위에서 그 광경을 지켜보고는 주위 사람들에게 물었다.

"저기 싸우는 적군의 장수 이름이 무엇이냐?"

이에 조홍이 산 아래로 내려와 조운에게 물었다.

"이렇게 싸우는 장군의 이름이 무엇이오?"

"나는 상산 사람 조운이다."

조홍이 돌아가서 조조에게 이름을 전하니 조조가 곧 장수들에게 전령을 보내어 명하였다.

"저자는 초인적인 힘을 가진 장수이니 죽이지 말고 반드시 산 채로 사로잡아 내 앞으로 데리고 오도록 하라."

결국 조조 군이 함부로 화살을 쏘지 아니하였으므로 조운은 포위망을 돌파할 수 있었다.

조운은 품에 아두를 안은 채 겹겹이 싸인 적군의 포위망을 차례로 뚫으며 커다란 깃대를 둘이나 넘어뜨리고 세모창을 셋이나 빼앗았을 뿐만 아니라 조조 군의 용맹스런 장수 쉰 명을 죽여버렸다.

조운이 드디어 포위망을 뚫고 나오니 피가 전포를 축축하게 적시고 있었다. 조운이 그대로 질주해가는데 언덕 아래에서 또다시 두 부대의 적군들과 맞닥뜨렸다. 그 선봉에는 하후돈 휘하의 두 부장 종진(鍾縉)과 종신(鍾紳)형제가 서 있었는데 한 사람은 큰 도끼를 잘 쓰고, 또 한 명은 화극(畵戟)을 잘 쓰는 자들이었다.

그들이 조운의 뒤를 바짝 쫓아오며 소리쳤다.

"조운 이놈! 어서 내 오라를 받아라."

간신히 호랑이 굴을 벗어났는데 다시 용이 사는 연못에 파도가 솟구치는 격이었다. 조운은 과연 이 위기를 어떻게 넘길 것인가?

제 42 회 장판교 전투

장 익 덕 대 뇨 장 판 교 　　유 예 주 패 주 한 진 구
張翼德大鬧長坂橋　　劉豫州敗走漢津口

장비가 홀로 장판교 위에서 노호하고
유비는 예주에서 패해 한진 어귀로 달아나다

아두를 구한 조운

종진과 종신 두 장수가 조운을 그냥 보내려 하지 않았기에 조운도 창을 들고 공격 자세를 갖추었다. 종진이 그에 맞서 큰 도끼를 들고 덤볐으나 조운의 상대가 되지 못하고 이내 조운의 창에 찔려 죽고 말았다. 조운은 종진이 나가 떨어지는 모습을 보고 그대로 그 자리를 피하려 하였으나 뒤에서 종신이 화극을 번득이며 덤벼들었다. 조운이 도망치려 하자 종신은 당장이라도 찌를 듯이 내달리며 조운의 등을 겨냥하였다. 그리하여 막 찌르려는

순간, 조운이 갑자기 말머리를 틀어 방향을 바꾸자 하마터면 두 장수의 가슴과 가슴이 맞부딪칠 뻔하였다. 조운이 왼손에 든 창으로 종신의 화극을 막아내고는 오른손으로 청공검을 휘둘러 내리치니 종신의 투구와 그의 얼굴이 둘로 갈라지고 말았다. 그러자 그를 따라온 군사들이 뿔뿔이 흩어지고 말았다. 이에 조운이 장판교를 치달려가노라니 뒤쪽에서 해일과 같은 함성이 들려왔다. 뒤돌아보니 문빙이 군사들을 이끌고 추격해오는 모습이 보였다.

조운은 정신없이 치달려 지친 몸으로 장판교 근처에 이르렀다. 마침 장판교 위에는 장비가 세모창을 들고 말 위에 앉아 있었다. 조운은 너무나 반가워 힘을 모아 장비를 불렀다.

"장 장군, 나를 구해주시오."

이 말에 장비가 쾌히 응하였다.

"좋소, 어서 오시오. 뒤는 내가 맡겠소이다."

조운은 사력을 다해 말을 몰아 다리를 건넜다. 그 기세로 단숨에 이십 리 남짓을 더 달리니 유비가 부하들과 더불어 나무 그늘에서 쉬고 있는 것이 보였다. 조운은 얼른 말에서 내려 땅에 엎드리고는 울음을 터뜨렸고 유비도 그를 보고 눈물을 떨구었다.

조운이 한참만에 진정한 후에 입을 열었다.

"면목없습니다. 제가 큰 잘못을 저질러서 일이 이 지경이 되었습니다. 미 부인을 찾았으나 이미 중상을 입으시어 아무리 같이 가자고 간청을 드려도 말을 타려 하지 않으시고는 아두 도련님을 제게 맡기시고 끝내는 옆의 우물 속으로 몸을 던졌습니다. 그래서 하는 수 없이 흙담을 부수어 그 우물을 덮어버리고는 도련님을 품속에 안고 적군의 포위망을 간신히 뚫고 빠져나왔습니다. 하온데 조금 전까지만 해도 도련님께서 품속에서 우는 것 같았는데 지금은 그 소리가 안 들리니 혹시나 하는 불안한 생각이 듭니다.”

이렇게 말하며 조운이 품속을 헤쳐보니 아두는 세상 모르고 잠들어 있었다.

“안심하십시오. 자, 이렇게 무사하십니다.”

조운은 두 손으로 아두를 들어올려 보이니 유비는 아두를 받아들어 내동댕이치듯이 땅바닥에 내려놓으며 말하였다.

“이 아이 때문에 내가 아끼는 장수 하나를 죽일 뻔하였구나!”

조운은 얼른 아두를 들어 품에 안으며 말하였다.

“저는 아직 주공의 은혜에 조금도 보답하지 못하고 있사옵니다.”

후세 시인이 이런 정경을 시로 읊어 남겼다.

조조의 군진에서 범이 나오니   曹操軍中飛虎出
조운의 품속에 조그만 용이 잠들어 있네   趙雲懷內小龍眠
충신의 갸륵한 뜻을 달랠 길 없어   無由撫慰忠臣意
친자식을 말 앞에 던져 뜻을 표하였구나   故把親兒擲馬前

겁을 먹은 조조

그보다 앞서 문빙이 조운을 추격하여 장판교에 이르러보니 다리 위에는 장비가 말을 타고 버티고 있었다. 그는 호랑이 같은 수염을 곤두세우고 커다란 눈을 부릅뜨고 있었으며 사모(蛇矛:창의 일종)를 손에 꼭 쥐고 있었다. 다리 옆 동쪽 숲속에서는 흙먼지가 여러 곳에서 일고 있어 복병들이 있는 듯이 보였다. 문빙은 더 이상 추격하지 못하고 그 자리에서 말을 멈추었다.

잠시 후에 조인·이전·하후돈·하후연·악진·장료·장합·허저 등이 모두 뒤따라 도착하였다. 그러나 장비가 노여움을 띤

불타는 두 눈으로 창을 꽉 쥐고 다리 위에 서 있는 모습을 본
이들은 이것 역시 제갈공명의 계략일 것이라고 생각하고는 감히
덤빌 엄두를 내지 못하고 머뭇거렸다. 그러다가 다리 서쪽 편에
진을 구축하고는 급히 조조에게 이 상황을 보고하였다. 보고를
받은 조조는 즉시 말을 집어타고 행군의 앞쪽으로 달려나왔다.
장비가 눈을 부릅뜨고 노려보고 있다가 적군의 후위에서부터 푸
른 비단 양산에 승상의 표지인 커다란 도끼가 그려진 깃발이 앞
으로 움직이는 것을 보고는 조조가 직접 앞으로 나오려는 것임
을 알아챘다.

장비는 우렁찬 목소리로 상대 장수들을 향하여 소리쳤다.

"옛 연나라 사람, 장비가 여기 계시다. 어느 놈이든지 나와 붙
어보겠다는 자는 모두 나와봐라."

장비의 목소리는 흡사 천둥 소리와 같았다. 조조 군단의 장수
들은 장비의 목소리만 들어도 간이 콩알만해지며 몸을 떨었다.

조조도 얼른 양산을 접어 치우도록 하고 주위를 돌아보며 명
하였다.

"언젠가 내가 관우 장군에게서 들었는데 그에 의하면 장비라는
자는 백만이나 되는 적군에 둘러싸여서도 대장의 목 베기를 마
치 길바닥에서 돌멩이 줍듯이 한다고 하였다. 그러니 여러 장수
들은 절대로 섣불리 덤벼들지 않도록 하라."

이에 장비가 또다시 눈을 부라리며 고함쳤다.

"연나라 사람 장비가 여기 있으니 어느 놈이든지 나와보아라."

장비를 직접 본 조조가 어찌할 것인지 갈피를 잡지 못하고 망
설이니 장비 역시 조조 군의 후미 쪽에서 동요되는 분위기를 알
아채고는 세모창을 고쳐잡고 더욱 크게 소리쳤다.

"야, 이놈들아! 싸우든지 물러서든지 태도를 분명히 해라. 뭘
그리 꾸물거리며 망설이느냐?"

장비의 커다란 고함 소리에 조조 곁에 있던 하후걸(夏侯傑)이라는 장수는 몸을 부들부들 떨다가 말에서 떨어지기까지 하였다. 조조가 마침내 총퇴각을 명하니 이들은 썰물이 빠져나가듯이 서쪽으로 물러갔다. 그들의 물러서는 모습은 정녕 어린아이가 벽력 소리에 놀라는 꼴이고, 병석에서 막 일어난 사냥꾼이 범 앞에서 꼼짝할 수가 없는 꼴이었다. 장수고 병사들이고 할 것 없이 무기를 버리고 앞 다투어 도망치기에 바빴다.

조조 역시 장비의 위용에 겁을 집어먹은지라 도망치는 도중에 관을 떨어뜨리고 비녀도 떨어뜨려 머리가 산발이 되었다.

뒤따르던 장료와 허저가 조조의 말재갈을 붙들고 놀란 조조를 안심시켰다.

"걱정하지 마십시오. 장비가 무엇이길래 그리 놀라십니까? 여기서 다시 군세를 되돌려 전진시키시면 유비를 생포할 수 있을 것입니다."

이 말에 조조는 비로소 제정신을 찾았다. 이에 장료와 허저에게 장판교의 상황을 살펴보도록 명하였다.

장비는 조조 군이 달아나는 모습을 보고 더 이상 추격하지 않고 숲속에서 말꼬리에 나뭇가지를 매달고 뛰어다니던 스무 명 남짓한 군사들을 불러내어 장판교를 무너뜨리고는 유비에게 달려가 보고하였다.

"장판교를 끊어놓고 왔습니다."

이 말에 유비가 장비를 타일렀다.

"자네는 용맹스러우나 계략에 약하니 안타깝군! 조조는 눈치가 빠른 자라 끊어진 다리를 보면 틀림없이 우리를 뒤쫓아올 것이네."

장비가 의아하다는 듯이 대꾸하였다.

"으름장을 놓았더니 개가 꼬리를 감추듯이 도망친 놈들인데 쫓아오긴 어딜 쫓아온다고 그러는 겁니까?”

유비가 다시 타일렀다.

“만약 다리를 그냥 놓아두었다면 복병을 숨겨놓았거나 어떤 다른 계략이 있을 것이라고 짐작하고는 뒤쫓아오지 않을 테지만 다리가 끊어진 것을 보면 복병의 염려가 없는데다 우리가 겁을 집어먹고 일부러 끊어버린 것이라고 생각하고 반드시 뒤쫓아올 것일세. 저들은 십만 대군이나 되는 대규모라 어떤 강이라도 메워버리고 건널 수 있는 기세이니 다리 하나쯤 끊었다고 추격을 중지하지 않을 것이네.”

이에 유비는 즉시 출발 명령을 내렸는데 면양(沔陽)으로의 샛길로 가서 한진(漢津)으로 향하도록 하였다. 한편 조조는 장료와 허저로부터 장판교가 끊어져 있다는 보고를 받고는 즉시 일만 병력을 선발하여 세 개의 부교(浮橋)를 만들도록 명하였다.

이를 지켜본 이전이 조조에게 아뢰었다.

“이것 역시 공명의 속임수일지도 모르니 주의하셔야 합니다.”

그러나 조조는 들은 체도 하지 않았다.

“장비는 멧돼지같이 기운만 센 장수이지 도무지 지략이라고는 없는 자일세.”

결국 조조는 그날 밤 안으로 부교를 만들어 장판교를 건넜다. 유비 일행이 한진 가까이에 이르렀을 무렵 뒤편에서 하늘 높이 솟아오르는 흙먼지가 보이며 북소리와 고함 소리가 연이어 들려왔다. 이는 앞에는 큰 강이고 뒤에는 적군들이 추격하는 진퇴양난에 빠진 꼴이었다.

망설이던 유비는 우선 조운에게 대항하여 싸울 태세를 취하게 하였고, 조조의 군진에서도 조조가 모든 군사들에게 명을 내렸다.

“유비는 이미 그물 안에 든 물고기요, 함정에 빠진 호랑이 꼴이니 여기서 그를 사로잡지 못하면 물고기가 바다로 나가고 호랑이가 산으로 달아난 꼴이 되고 말 것이다. 모두 방심하지 말고 정신차리도록 하라.”

이렇게 조조의 명령을 받은 장수들은 유비 일행을 추격하는 데 온 힘을 기울였다.

다시 나타난 공명

그런데 이때 갑자기 야트막한 앞산 너머에서부터 북소리가 울리더니 곧이어 한 떼의 기마병들이 뛰어나오며 소리쳤다.

“이놈들, 거기 서지 못할까?”

이 기마 군사들의 선두에 선 장수는 손에 청룡언월도(靑龍偃月刀)를 들고 적토마(赤兎馬)를 타고 있는 관우였다. 관우는 강하에서 일만 병력을 빌려가지고 오던 중에 당양현과 장판파에서 큰 싸움이 벌어졌다는 소식을 접하고는 이 길로 나와 대기하고 있었던 것이었다. 조조는 또 공명한테 당했다고 중얼거리고는 부랴부랴 대군을 후퇴시켰다. 관우는 그들을 십여 리 정도 뒤쫓다가 돌아와서 유비 일행과 합류하여 한진 나루터로 나갔다. 그곳에는 배가 마련되어 있었으므로 관우는 유비와 감 부인 그리고 아두를 먼저 배에 태웠다.

그러다가 미 부인(麋夫人)이 보이지 않았으므로 궁금하여 물었다.

“어찌 미 부인은 보이지 않으시는지요?”

이에 유비가 당양에서의 참담한 싸움을 모두 말하니 관우가 탄식하는 목소리로 말하였다.

“옛날에 허전(許田)의 사냥터에서 제가 조조를 죽이도록 내버려두셨던들 이런 일은 없었을 것 아닙니까?”

유비가 변명하듯 대꾸하였다.

"그때는 긁어부스럼이 될까봐 저어하였던 것일세."

이때 장강의 남쪽 기슭에서 요란스럽게 북소리가 울리더니 마치 개미떼처럼 수많은 배들이 돛을 올리며 다가왔다. 유비가 놀라 당황하고 있는 사이에 배 한 척이 가까이 다가오더니 뱃머리에 흰 전포에 은빛 갑옷을 두른 사나이가 올라서서 소리쳤다.

"숙부님, 무사하셔서 천만 다행이옵니다. 너무 늦어서 죄송하옵니다."

유비가 자세히 살펴보니 그는 바로 조카 유기였다. 그는 바로 유비의 배로 옮겨 타더니 유비에게 절을 올리고 아뢰었다.

"숙부님의 재난 소식을 듣고 모시고자 이렇게 부랴부랴 달려왔습니다."

유비는 기꺼이 그를 맞이하며 그 동안의 자초지종을 모두 이야기해주었다.

그때 멀리 장강의 서남쪽에서부터 돛단배들이 한 줄로 나타나더니 서로 휘파람 소리로 신호를 보내며 다가오고 있는 것이 보였다. 유기가 고개를 갸우뚱하며 말하였다.

"강하의 병력은 제가 모두 데리고 왔습니다. 아마도 저 배들은 조조 군의 배이거나 강동에 있는 손권의 배인 듯합니다. 이를 어찌하면 좋겠습니까?"

유비가 선실 밖으로 나가 살펴보니 다가오는 돛배의 뱃머리에 관건(綸巾:윤포로 만든 두건)을 머리에 쓰고 도복을 걸친 사나이가 앉아 있었는데 그는 바로 공명이었다. 그리고 그 뒤에는 손건이 서 있는 것도 보였다.

유비는 부리나케 그들을 자기 배 위로 모셔들이고는 어떻게 된 일이냐고 묻자 공명이 미소를 머금은 채 대답하였다.

"이 몸은 강하로 가서 먼저 관우 장군을 만나 한진의 나루터로 급히 가라고 일렀습니다. 어차피 조조가 뒤쫓아온다면 주공께서는 강릉으로 향하지 않으시고 틀림없이 한진으로 향하실 것이라고 여겼기 때문이옵니다. 그런 까닭으로 해서 유기 공께도 수로로 오시도록 부탁한 것입니다. 그런 일을 마치고 저는 하구로 가서 그곳의 배는 하나도 남김없이 모두 끌고 달려온 것입니다.”

이로써 분산되어 있던 유비의 병력이 한 곳으로 집합하게 되었다. 조조 군을 어떻게 물리칠 것인지를 협의하니 공명이 이렇게 말하였다.

“하구(夏口)는 성의 요충지에 자리잡고 있고, 식량도 충분하여 당분간 머무를 수 있는 곳이니 당장 그곳으로 거처를 옮기십시오. 그리고 유기 공은 강하로 돌아가 계시다가 조조 군이 쳐들어오면 하구와 강하가 서로 협조해서 그들을 막으십시오. 그렇지 않고 강하 한 군데에 모여 있으면 도리어 고립되어 위험에 빠지게 될 것입니다.”

유기가 이 말에 동의하였다.

“군사께서 말씀하신 대로입니다. 다만 제 생각으로는 숙부님께서 일단 강하까지 가셨다가 모든 여건을 갖추시고 하구로 옮기심이 어떨까 하옵니다.”

유비도 유기의 말에 동의하여 그렇게 하기로 하였다. 결국 관우가 이끄는 오천 병력을 하구에 주둔시키고 유비·공명·유기 일행은 강하로 철수해갔다.

한편 조조는 관우가 뛰어나오자 행여 복병들이 숨어 있지 않을까 두려워하여 더 이상 추격을 하지 않고 혹시나 유비가 수상(水上)을 통해 한걸음 먼저 강릉에 도착하여 그곳을 점령해버리지는 않을까 해서 군사들을 이끌고 밤새도록 달려 강릉으로 향하였다. 이에 형주(아마 강릉을 잘못 표기한 듯하다. 원문에서도 이렇게 적혀 있으나 다른 해설로는 도시로서의 형주는 양양의 별칭이라고도 한다)의 수비를 맡고 있었던 등의(鄧義)와 유선(劉先) 두 장수는 양양에서의 일을 떠올리고는 도저히 조조 군을 당해낼 수 없다고 깨닫고는 스스로 성을 내놓았다.

조조는 입성하자 우선 백성들을 선무하고 옥중에 있던 한숭(韓嵩)을 석방하여 대홍려(大鴻臚:외교관의 일종)로 명하였다. 한숭은 과거에 유표의 사절로 허도에 가서 조조의 우대를 받은 것이 화근이 되어 두 마음을 품었다고 유표의 의심을 산 인물이었다. 조조는 그 밖의 관원들에게도 후한 상을 내린 뒤에 여러 장수들을 모아놓고 대책을 협의하였다.

"유비가 강하로 달아났다고 하는데 그가 만약 강동의 손권과 손을 잡았다가는 이만저만한 낭패가 아니라고 보오. 그렇게 되기 전에 어떻게 막을 계책이 없겠소?"

순유(荀攸)가 제의하였다.

"우리의 이 승세를 타고 강동으로 사절을 보내심이 어떻겠습니까? 그리하여 사냥이나 하자는 구실로 손권에게 강하의 유비를 치게 하여 형주의 땅을 나누어 가지자고 하고 오랫동안 우호 관계를 맺자고 말하는 것입니다. 그러면 손권은 두말 없이 승복할 것이니 그로써 우리의 뜻을 이룰 수 있을 것입니다."

조조는 급히 강동으로 사절을 보내는 동시에 보병과 기병 팔십삼만 명이라는 대군을 수륙 양면으로 배치시킨 뒤에 장강을 따라 진군하도록 명하였다. 이리하여 서쪽으로는 형(荊)과 협(峽), 동쪽으로는 기(蘄)와 황(黃) 등 삼백여 리에 이르는 진지를 설치하게 된 것이었다.

유비를 만난 노숙

한편 강동 땅의 손권은 시상군(柴桑郡)에서 모사들을 모아놓고 조조의 침략에 대비할 계책을 협의하였다. 조조의 대군이 양양까지 진격하여 유종이 자진해서 항복한 사실과 조조가 다시 강릉을 향하여 진군한다는 정보를 받고 그에 대한 수비를 논하고자 함이었다.

노숙(魯肅)이 먼저 입을 열었다.

"형주는 우리와 가까이 인접해 있으며 땅이 험요한 뛰어난 요충지일 뿐만 아니라 백성들도 풍족한 생활을 누리고 있는 곳입니다. 만약 그곳을 우리가 차지할 수 있다면 나중에 제왕의 자격을 갖출 터전으로 만들기에 충분할 것입니다. 지금 유표는 죽었고 유비 역시 패주하는 신세이니 이 기회에 소신이 주공의 명을 받들어 유표를 조문(弔問)하러 가는 사자로 강하로 가겠습니다. 그리하여 유표 휘하의 장수들을 설득시켜 유비의 편에 서도록 하고 유비로 하여금 우리와 협력하여 조조를 치게 하는 것입니다. 유비가 승낙하기만 하면 우리에게 큰 길이 열리게 되는 것이라 봅니다."

결국 이 제안대로 노숙이 조문을 위한 선물을 지니고 장강을 건너 유비를 만나러 떠났다.

한편 강하에서는 유비가 공명과 유기를 불러 여러 가지 방책을 궁리하였다. 공명이 먼저 아뢰었다.

"조조의 군세는 막강하여 우리의 힘으로는 어쩔 수 없습니다. 그러니 여기서 강동의 손권을 우리 쪽으로 끌어들여 조조와 대치하게 하고 우리가 그 사이에서 이익을 취하면 어떨까 합니다."

유비가 걱정스런 목소리로 말하였다.

"강동에는 뛰어난 인물들이 많은데 그들 사이에 원대한 계책을 세울 만한 이 하나 없겠소? 그러니 좀처럼 우리의 뜻대로 되기 힘들 것이오."

이에 공명이 미소를 지으며 말하였다.

"조조는 지금 일백만 대군을 이끌고 강하에 버티고 있습니다.

그러니 강동에서는 누군가를 보내어 상황을 엿보았을 것임에 틀림없습니다. 만약 강동에서 누군가가 온다면 제가 한달음에 달려가 삼촌불란지설(三寸不爛之舌:세 치 길이밖에 안 되는 짧은 혀로 말을 뛰어나게 함)로 조조와 손권을 대립시켜 보이도록 하겠습니다. 그리하여 만약 남쪽의 손권이 이기면 더불어 조조를 토멸하여 형주 땅을 차지할 수 있을 것이고, 반대로 북쪽의 조조가 이긴다면 우리는 그것을 계기로 장강 이남 일대를 고스란히 차지할 수 있을 것입니다."

유비가 기뻐하며 말하였다.

"과연 그럴듯한 생각이오. 그런데 과연 강동에서 사람을 보내올지가 의문이오."

이때 강동의 손권이 유표의 조문 사절로 노숙을 보냈는데 그 배가 방금 기슭에 닿았다는 보고가 들어왔다. 공명이 환하게 웃었다.

"일이 제대로 되어갈 모양입니다."

이렇게 말한 공명이 다짐하듯 유기에게 물었다.

"전에 손책이 죽었을 때 이쪽에서 조문 사절을 보낸 일이 있었습니까?"

유기기 이 말에 펄쩍 뛰며 대답하였다.

"조문 사절을 보내다니요? 강동의 손씨 집안과 우리 집안은 원수 관계인데 무슨 왕래가 있었겠습니까?"

공명이 고개를 끄덕이며 말하였다.

"그렇다면 노숙이 이곳에 온 것은 문상을 하러 온 것이 아니라 정세를 정탐하기 위한 목적에서 온 것이 분명합니다. 주공께서는 노숙이 찾아와 조조에 관해 무엇을 여쭙든지 간에 그저 모른다라고만 대답해주시기 바랍니다. 그래도 노숙이 계속하여 물어오거든 공명에게 물어보라고만 답하십시오."

이렇게 유비에게 당부를 하고 나서 노숙을 맞아들였다.

유기는 서로 인사를 나눈 후 예물을 주고받은 뒤에 노숙을 유비에게 소개시켜주었다.

이윽고 안채에서 노숙을 위한 연회가 베풀어졌다.

그렇게 술잔이 몇 순배 돌자 노숙이 먼저 유비에게 말을 건넸다.

"황숙의 존함은 진작부터 들어서 알고 있었으나 오늘 이렇게 직접 만나뵙게 되어 기쁘기 한량없습니다. 듣자 하니 이번에 조조와 맞서 싸우셨다고 하온데 그러시다면 그의 허와 실을 잘 알고 계시리라 믿습니다. 전체적으로 조조의 군단은 얼마나 되는지 궁금합니다."

유비가 시치미를 떼며 답하였다.

"저는 병력이 모자라서 늘 달아나기에 바빴기 때문에 조조의 허실이 무엇인지를 파악하지 못했습니다."

"하오나 제갈공명이 계략을 쓰신다고 들었습니다. 그래서 조조는 이미 두 번이나 화공을 당하여 간담이 떨어질 뻔했다 하는데 어찌 황숙께서는 조조의 허실을 모른다 하옵니까?"

"글쎄요, 그렇다면 이것은 공명에게 물어보시는 것이 좋을 것 같습니다."

"그럼, 공명은 지금 어디 계십니까? 한 번 만나뵙도록 해주십시오."

이에 유비가 공명을 불러내니 서로 예를 갖춰 인사를 한 뒤 노숙이 공명에게 물었다.

"현재의 상황이 어찌 되어 가는지를 여쭙고 싶습니다."

공명이 점잖게 말하였다.

"조조의 간계는 저의 눈에는 너무나 똑똑히 들여다보이는데 우리의 힘이 모자라기 때문에 그를 피하고 다니는 실정이지요."

"그러시다면 유 황숙께서는 그냥 이 고장에 계속 머무르실 작정이십니까?"

"주공께서는 예전부터 창오(蒼梧)의 태수 오신(吳臣)과 잘 알고 지내는 사이인지라 머지않아 그곳으로 가실 것입니다."

"오신에게는 군사들도 많이 없고 양식도 넉넉하지 못하니 홀로 서기가 어려울 것입니다. 그러니 찾아가셔도 헛일이라고 여겨집니다."

"물론 그곳에 오래 머물러 계시지는 않을 것이고, 다만 잠시 동안만 그에게 의지하여 새로운 방책을 궁리할 작정이지요."

여기서 노숙이 슬며시 제안하였다.

"우리 손권 장군께서는 여섯 군을 거느리시며 호랑이처럼 버티고 앉아 계시니 군사와 식량 모두 모자람이 없이 충실하고 더욱이 인재를 귀히 여겨 후하게 대접해주시므로 강동 땅의 모든 영웅호걸들이 모여 있습니다. 그러니 지금 이곳의 처지를 생각해보시고 어느 분이든 믿을 만한 사람을 강동에 보내시어 손권 장군과 더불어 큰일을 의논하심이 최선책이 아닐까 여겨집니다."

공명이 근심스러운 목소리로 답하였다.

"말씀은 고맙지만, 유 황숙은 아직 손 장군과 교분이 없으시니 스스럼없는 대화를 나누기는 어려울 깃이고, 더구나 사자로 보낼 만한 심복도 없습니다."

노숙이 걱정할 것 없다는 듯이 답하였다.

"귀공의 형님 되시는 제갈근(諸葛瑾) 선생께서 지금 강동 땅에서 참모로 계시는데 평소에도 늘 귀공을 만나고 싶어하셨으니 어떠십니까? 이제 저와 함께 강동으로 가셔서 손 장군을 만나 의논하는 것이 어떠실는지요?"

이 말을 듣고 있던 유비가 깜짝 놀라며 말하였다.

"공명은 이 사람이 사부로 모시고 있는 분이니 한시라도 보내

드릴 수가 없습니다.”

이에 노숙이 공명에게 함께 가자고 재삼 권유하였으나 유비는 일부러 보내고 싶지 않은 태도를 보였다.

마침내 공명이 유비에게 아뢰었다.

“이 일은 긴급을 요하는 일이오니 잠시만 다녀오도록 하겠습니다.”

이에 유비가 마지못해 허락하는 말을 하니 노숙은 유비와 유기에게 작별을 고하고 공명과 함께 배를 타고 시상군(柴桑郡)으로 향하였다.

이리하여 조조는 백만 대군을 이끌고 웅비할 자세를 취하고 공명은 일엽편주로 강을 건너 손권을 대면하러 가게 되었다.

과연 중원 천하는 누구의 손에 들어갈 것인가?

제 43 회 강동으로 간 공명

제갈량설전군유　　노자경력배중의
諸葛亮舌戰群儒　　魯子敬力排衆議

공명이 모사들을 상대로 설전을 벌이고
노숙은 힘써 반대론을 배격하다

조조의 격문

노숙과 공명은 시상군으로 가는 배 안에서 여러 이야기를 나누었다. 노숙이 공명에게 부탁하였다.

"손 장군을 만나실 때는 조조의 군사들이 별것 아닌 듯이 전해 주십시오."

"그렇게 부탁하지 않으셔도 잘 알고 있습니다."

이윽고 배가 기슭에 닿자 노숙은 일단 공명을 숙사로 안내하여 여장을 풀도록 하고 자신은 먼저 손권을 만나러 갔다. 손권은 이때 문무백관들을 모아놓고 회의를 열고 있었는데 노숙이 돌아왔다는 보고를 받고 급히 그를 불러들여 물었다.

"강하에 갔던 일은 어찌 되었는가?"

"천천히 말씀드리겠습니다."

이에 손권은 조조가 보내온 격문을 노숙에게 보여주었다.

"조조가 어제 사자를 통해 이것을 보내왔는데 일단 사신을 돌려보내고 지금 일동과 협의하고 있는 중이라오."

노숙은 격문을 읽어내려갔다.

나는 황제의 뜻이 담긴 조서를 받들어 역적들의 죄를 다스리고자 하는 바이오. 이에 우선 남정(南征)의 깃발을 펄럭이도록 한 뒤로 이미 유종이 스스로 투항하였고, 양주와 형주 백성들도 귀순해왔소.

이제 웅병(雄兵) 일백만 명과 장령(將領) 일천 명을 동원하여 강하 땅을 토벌하고자 하니 귀공은 나와 힘을 합쳐 유비를 토벌하고, 땅을 나누어 오래도록 동맹을 유지하고자 하는 바이오. 그러니 이리저리 궁리하실 것 없이 빠른 시일 내에 회답을 주기 바라오.

격문을 읽은 노숙이 물었다.

"주공의 생각은 어떠하십니까?"

"아직 정하지를 못하였다네."

손권이 침울하게 답하자 장소가 말을 받아 넘겼다.

"조조는 일백만 대군을 거느린데다가 황제의 이름을 내세워 자기의 말에 따르지 아니하면 모반이라고 몰아세우며 천하를 평정하려고 하고 있습니다. 지금까지 주공께서 조조에게 맞설 수 있었던 것은 오직 장강의 이점을 이용하고 있었기 때문이었으나 이제 조조가 형주를 손에 넣었으므로 형세가 일변하여 그 장강이 조조에게 유리하게 된 실정입니다. 그러니 이런 상황을 살펴볼 때 소신의 생각으로는 조조에게 항복함이 가한 줄로 아옵니다.”

그러자 거기에 있는 모든 모사들도 장소의 의견에 동의하며 맞장구를 쳤다. 손권이 생각에 잠겨 굳게 입을 다물고 있자 장소가 다시 다그치듯 말하였다.

“주공께서는 이럴까저럴까 망설이실 필요가 없사옵니다. 오직 항복함으로써 동오의 백성들도 안심할 수 있고 강동의 여섯 군도 보전될 수 있을 것이옵니다.”

그러나 손권은 여전히 고개를 숙인 채 대답을 하지 않고 앉아 있다가 갑자기 벌떡 일어나서 안으로 들어갔고 노숙이 얼른 그의 뒤를 따라나섰다.

손권은 그의 심정을 알기에 손을 덥석 잡고 물었다.

“그대의 생각은 어떠한지 궁금하구려.”

이에 노숙이 입을 열었다.

“저들은 모두 주공에게 잘못된 길을 가르치고 있을 뿐입니다. 그들은 하나도 남김없이 조조에게 투항할 수 있는 자들이오나 주공께서는 그러시면 안 되옵니다.”

“왜 그러는지 그 까닭을 말해보시오.”

“가령 저와 같은 이가 조조에게 항복을 한다면 고향으로 내려가 주(州)나 현(縣)의 말단 벼슬쯤은 얻을 수 있을 것이오나 주공의 경우에는 과연 어디로 가실 것입니까? 고작 허울좋은 ‘후(侯)’로 봉함을 받고 수레 하나에 말 한 필, 두서넛의 종복만 얻을 뿐입니다. 그래가지고서 어찌 천하에 ‘임금’ 행세를 할 수 있겠습니까? 요컨대 모신들은 모두 자신의 처지밖에 생각하지 않으니 그들의 말을 귀담아듣지 마시고 장군께서는 부디 서둘러 대계(大

計)를 세워주시기 바랍니다."

이에 손권은 한숨을 내쉬고 말하였다.

"나는 모사들의 논의에 실망하고 있던 차에 그대의 의견을 듣고 많은 위로와 안도를 받게 되었소. 이는 하늘이 그대를 나에게 보내준 것으로 아오. 그런데 조조는 지난번에는 원소의 군사를 자기 것으로 하더니 이제는 또 형주의 군사들을 자기 것으로 만들어버려 만만치 않은 상대가 될 것이오."

"사실 제가 제갈근의 아우 되는 제갈공명을 강하에서 이곳으로 모셔왔습니다. 그러니 먼저 그에게 하문하여 보시면 조조의 사정을 훤히 알 수 있을 것이라 여겨지옵니다."

"아니, 그럼 그 와룡 선생이 여기에 와 계시단 말이오?"

"그렇사옵니다. 지금 숙사에서 여독을 풀고 계십니다."

"그랬구려. 오늘은 이미 때가 늦었으니 내일 다시 문무백관들을 모으고 우리 강동의 인물을 그분에게 소개한 후 그쪽 사정을 들어보도록 하세."

노숙은 손권의 명을 받고 물러섰다가 이튿날이 되어 숙사로 공명을 찾아가 부탁하였다.

"오늘 우리 주공을 만나시거든 절대로 조조의 병력이 많다는 말씀을 삼가시도록 유념해주십시오."

이에 공명이 웃으며 답하였다.

"잘 알겠습니다. 걱정하지 마십시오."

공명과 모사들의 설전

이윽고 노숙이 공명을 넓은 객실로 인도하여 데리고 가니 장소와 고옹 등을 비롯한 문무백관 이십여 명이 일찌감치 대동하고 단정히 앉아 기다리고 있었다. 그들은 모두 머리에 높은 관을 쓰고 있었고 예복을 정갈하게 갖춰 입고 있었다.

공명은 그들과 일일이 인사를 나누고 자리에 앉았다. 장소를 비롯한 동오의 장수와 모사들은 공명의 예사롭지 않은 생김새와 얼굴에서 풍기는 기백을 대하고는 자신들을 설득시키러 왔음에 틀림없다고 꿰뚫어보았다.

먼저 장소가 도전하듯 공명에게 말을 건네었다.

"소인은 강동 땅의 보잘것없는 선비이옵니다. 한데, 듣자오니 선생께서는 융중(隆中)에 계실 때 자신을 스스로 관중(管仲)과 악의(樂毅)에 견주셨다고 하던데 과연 그러하신 것이 사실입니까?"

"그렇습니다. 저는 늘 그렇게 자처하고 있습니다."

공명이 태연히 시인하니 장소가 다시 물었다.

"또 근간에는 유 황숙께서 세 번씩이나 초려로 선생을 찾아가 부탁하신 끝에 간신히 선생의 허락을 받고 마치 물고기가 물을 만난듯이 형주 땅을 순식간에 석권하셨다고 하는데 그 형주를 이제 조조가 빼앗고 말았으니 이는 어찌된 일이온지요?"

공명은 그의 말을 들으면서 속으로 생각했다.

'장소는 손권 막하의 모신들 가운데에서도 제일 가는 인물이라고 들었다. 그러니 그런 장소에게 먼저 따끔한 일격을 가해 기세를 꺾지 않으면 도저히 손권을 설득할 수 없을 것이다.'

이렇게 생각한 공명이 또박또박 대답하였다.

"제 소견으로는 형주를 다시 찾는 것은 손바닥을 뒤집는 것처럼 쉬운 일입니다. 다만 유비 공께서는 인의를 존중하시는 분이시기에 같은 혈족의 영토를 차마 빼앗을 수 없어서 손을 대시지 않은 것뿐입니다. 그런데 어리석은 유종이 간신들의 손에 놀아나면서 스스로 조조에게 투항하였기에 조조가 기세등등해져 우쭐거리는 결과를 가져온 것이지요. 우리 주공께서는 지금 강하에 주둔하면서 따로 생각하는 바가 있으십니다. 여러분은 좀처럼 우리 주공의 뜻을 이해하실 수 없을 테지만요.”

장소가 짓궂게 물고 늘어졌다.

“그렇게 말한다면 나는 선생의 언행이 일치하지 않는다고 생각합니다. 선생께서는 스스로를 관중과 악의에 견주셨지만 관중은 재상이 되어 환공을 훌륭하게 보필하여 천하를 크게 평정하도록 하였고, 악의는 약체인 연나라를 도와 제나라의 일흔 개 성을 함락시켰습니다. 선생께서는 초려에 은거하면서 지내시다가 유비를 돕기로 하고 초려에서 나오셨으니 그를 도와 백성들을 위해 이익이 되는 일을 하고 해가 되는 것을 제거하며 역적을 토벌하는 것이 당연한 일 아닙니까? 그렇건만 유비 공께서는 선생의 보좌를 받기 전에는 거리낌없이 천하를 돌아다니며 많은 영토를 손에 넣었는데 선생의 도움을 받고부터는 어찌 되었습니까? ‘유 황숙은 이제 범이 날개를 얻은 격이니 쇠퇴한 한나라가 곧 황제의 혈통에 의해 부흥할 것이며, 조조는 끝장날 것이다’라고 모든 백성들이 기대를 했고 심지어 삼척동자까지도 그렇게 믿었습니다. 그리하여 조정의 옛 신하들은 물론이요, 산 속에 숨어 사는 선비들까지도 세상이 평정되어 태평성대를 누리기를 이제나 저제나 고대하고 있었습니다. 그런데 사실은 그와 정반대로 선생이 유비를 도운 뒤로 유비의 군사들은 조조 군과 맞부딪칠 때마다 허둥지둥대며 도망치기에 바빴습니다. 또한 위로는 유표의 은덕에 보답하여 백성들을 편히 돌보지도 못하고 아래로는 고아가 된 유기를 도와서 그 강토를 지켜주지도 못하였을 뿐 아니라 신야를 버리고 번성으로 도피하는가 하면, 당양에서 패하고 하구로 도망쳤으니 이제 어느 한 곳에도 의지할 곳이 없는 가련한 신세가 되지 않았습니까? 이러니 유비께서도 선생을 군사로 맞아들인 보람이 없는 셈이 되지요. 제 말이 너무 거침없다고 생각하지 마시고 과연 관중과 악의라면 어떻게 했겠는지 생각해보시기 바라오.”

 공명이 장소의 말을 듣고 나서 껄껄거리며 웃어대더니 말을 꺼냈다.

 “붕새(鵬-:날개 길이가 삼천 리로 단번에 구만 리를 난다는 중국 고대 전설에서의 상상의 새)가 만 리를 날으는 뜻을 어찌 잡새 따위가 알겠습니까? 여기 어느 사람이 병들었다고 합시다. 그를 회복시키기 위해서는 처음에는 미음을 먹이고 부작용이 없는 약을 지어 먹여야 합니다. 그리하여 체력이 회복되기 시작하면 일반적인 식사도 하게 되고 강력한 약도 처방해서 단숨에 병을 낫게 할 수 있을 것이지만 만약 몸에 기력이 생기기도 전에 무리하게 약을 먹이고 육식 같은 것을 먹이게 되면 환자는 회복되지 못하고 도리어 악화될 것입니다. 우리 주공의 경우가 이렇습니다. 우리 주공께서 지난번에 여남에서 패하여 유표에게 의지하였을 때 병력이라고는 일천 명도 채 되지 않았고 장령도 관우·장비·조운 이렇게 셋밖에 없었습니다. 이는 이를테면 내일을 기약할 수 없는 위독상태의 중환자였다고 할 수 있습니다. 또 신야는 벽촌에 있는 조그만 마을로 인적 자원도 적고 식량도 풍족하지 않았으므로 주공께서는 일시적으로 그곳을 근거지로 삼았을 뿐 언제까지나 그곳에 머무를 의사는 없었지요. 이렇게 제대로 된 군비나 성곽도 하나 없었고 군사들도 제대로 훈련되어 있지 않았을 뿐만 아니라 양식도 부족하였습니다. 그러나 그럼에도 불구하고 박망파에서는 조조 군의 군수품을 모두 불태우는가 하면 백하에서는 물을 이용하여 하후돈과 조인을 패하게 했던 것은 관중과 악의의 용병에 능가하는 일이 아닐까 여겨집니다. 그리고 유종이 조조에게 항복한 사실은 유비 공께서는 전혀 관여하지도 않아 모르는 일이었고 또한 남이 정신없이 난리 치루는 것을 기화로 같은 혈족의 영토를 차마 빼앗지 않았던 태도는 그야말로 대인.

과 대의를 지닌 태도라 할 수 있을 것입니다. 그리고 당양에서 패한 것은 유비 공께서 자신을 따르는 수십만의 형주와 양주 백성들을 도중에서 버리지 못하여 하루에 간신히 십 리를 행군할 수 있었을 뿐이므로, 이는 이를테면 패배를 감수한 패전이었으니 이 또한 대인과 대의에 따르는 태도였습니다. 무릇 과(寡)는 중(衆)의 적이 되지 못하니 싸움에 패한 것은 당연한 일이지요. 옛날 한나라 고조 유방(高祖劉邦)은 계속하여 항우(項羽)에게 패하다가 해하(垓下)의 한판 싸움에서 공을 이루셨는데 거기에는 한신(韓信)의 뛰어난 계책이 뒷받침되었기 때문입니다. 그런 한신도 오래도록 고조를 섬겨왔지만 결코 항상 이기기만 한 것은 아닙니다. 요컨대, 국가의 대계와 사직의 안위는 모두 구체적인 계략에 달려 있는 것이지 결코 입담 좋은 사람들의 의견에 좌지우지되는 것은 아니라 생각합니다. 모든 일에 임기응변으로 대항하려는 자는 필경 천하의 웃음거리가 되기 마련입니다.”

공명이 이렇게 막힘없이 장소의 물음에 하나하나 대답하니 장소는 더 이상 질문할 수가 없었다. 그러자 한 사람이 큰소리로 물으며 나섰다.

“조조는 지금 일백만 군사들과 일천 명의 장령을 데리고 강하를 취하려 하고 있는데 공은 이를 어찌 생각하시오?”

이렇게 말한 이가 누군가 하고 공명이 살펴보니 그는 바로 우번(虞翻)이었다. 공명이 대답하였다.

“조조 군단이 일백만 명이라고는 하지만 이는 원소와 유표의 오합지졸을 모아놓은 것이니 일백만이라고 한들 두려울 것이 없습니다.”

이에 우번이 냉소를 던지며 말하였다.

“당양의 싸움에서 패하고 하구에서는 발이 묶여 꼼짝하지 못한 채 남의 구원만 바라고 있는 처지에 두려워할 것이 없다고 말하니 당신은 허풍꾼이 아니시오?”

공명이 다시 답하였다.

“그렇지 않습니다. 저희 주공의 군단은 비록 수천 명도 안 되지만 인의를 바탕으로 한 군대입니다. 그런데도 도의를 모르는 백만의 포악한 조조 군을 당해낼 수 없어 하구에 일시적으로 물러앉은 것은 오직 때를 기다리기 위함입니다. 그런데 이 고장 강동은 어떻습니까? 이곳은 군세도 막강하고 식량도 충분할 뿐만 아니라 장강이라는 천혜의 지리적 이점도 안고 계시면서 여러분께서는 손 주공에게 투항하라고만 권고하시면서 부끄러워할 줄도 모르고 있으니 이것이 더 기가 찰 일이 아닙니까? 거기에 비하면 저희 주공께서는 정녕 조조를 두려워하지 않는다고 할 수 있을 것입니다.”

이에 우번도 입을 다물고 말았다. 그러자 이에 또 한 사람이 나서서 물었다.

“선생께서는 소진(蘇秦:진나라에 대항할 6개국을 동맹맺도록 한 달변가)과 장의(張儀:위나라의 정치가로 소진을 도운 달변가)처럼 이곳에 우리를 설득하러 오신 것이오?”

이렇게 말한 이는 보즐(步騭)이었다. 공명이 그에게 되물었다.

“그대는 소진과 장의를 단순히 말만 잘하는 인물로만 알고 계시나본데 그들은 사실 영웅호걸들입니다. 소진은 여섯 나라의 재상을 지냈고, 장의 또한 두 차례나 진나라의 재상을 지낸 바 있었습니다. 두 사람은 모두 남의 나라를 칠 계략을 내세운 바 있으되 결코 강한 자에게 아첨하고 약한 자를 학대하는 따위의 비겁자들은 아니었습니다. 그런데 여러분은 조조한테서 받은 격문한 통으로 벌벌 떨며 얼른 항복하자고만 떠들어대면서 어찌 소진과 장의 같은 인물들을 비웃고 나와 견주어보는 것입니까?”

보즐도 더 이상 대꾸할 수 없어서 물러나자 다시 공명에게 질문하는 자가 있었다.

"선생은 조조를 어떻게 평가하고 계시오?"

이렇게 물은 이는 설종(薛綜)이었다. 공명이 한 마디로 대답하였다.

"그는 물론 한나라의 국적(國賊)이오."

그러자 설종이 반박하며 말하였다.

"반드시 그렇다고만은 할 수 없소이다. 한나라는 연면히 오늘에 이르렀지만 그 명맥은 이미 다해가고 있소. 조조는 이미 천하의 삼분의 이를 영유하고 백성들 모두가 그에게 의지하고 있지 않습니까? 그런데 유비가 하늘의 때를 모르는 채 그와 다투려고 하는 것은 달걀로 바위를 치는 격이니 패하는 것이 당연한 일이오."

이에 공명이 언성을 높여 대꾸하였다.

"그대의 의견은 부모도 없고 임금도 모시지 않는 자가 하는 말과 같소이다. 무릇 사람이 사람답게 사는 길은 충효가 근본이 되어야 하는 법이오. 그대는 한나라 신하로서 의당히 한나라에 불신지심(不臣之心)을 품은 자가 생기면 목숨을 걸고서라도 그를 타도하여 인간의 도의를 지켜야 할 것이오. 조조는 그의 조국인 한의 국록을 먹은 은혜를 잊고 그에 보답하기는커녕 찬탈할 야심을 품어 천하의 분격을 사고 있소이다. 그대가 한나라를 갈음하는 새로운 천하의 임자로 조조를 보는 견해는 정말이지 어이없고 한심스러운 생각이오. 더 이상 아무 말씀도 듣고 싶지 않으니 입 다무시오."

설종은 이렇게 크게 창피를 당하고 더 이상 대꾸하지 못하였다. 이에 또 한 사람이 질문을 던졌다.

"조조로 말하자면 곁에 황제를 끼고 여러 제후들을 거느리고 있지만 상국(相國:재상)인 조참(曹參:고조의 공신)의 자손이오. 하온데 유비 공은 중산정왕의 혈통이라고는 하지만 확실한 증거도 없고, 다만 전에 벽촌에서 가마니를 짜고 짚신을 엮으며 지낸 인물로만 알려져 있으니 이런 자가 어찌 조조와 맞서 싸울 수 있겠소이까?"

이렇게 말한 이는 육적(陸績)이라는 자였다. 공명은 다시 미소를 머금은 채 대답하였다.

"공이셨군요. 옛날 원술의 대접을 받는 자리에서 귤 셋을 품에 감추었다가 발견되자 집에 계시는 어머니께 드리려 했다고 답하여 원술을 감동시켰다는 바로 그 육공(陸公:陸坊)이시군요. 자, 제가 드리는 말씀을 잘 들어보시기 바랍니다. 공의 말대로 조조가 조참의 후손이기는 하니 그러면 곧 한나라 신하의 집안인 셈이 되오. 그런데 조조가 오늘날 보이고 있는 행동은 군주를 군주로 섬기지 않을 뿐더러 한나라를 어지럽히는 신하인 동시에 조씨 일가의 불효자식임에 틀림없소. 반면, 유비 주공은 어엿한 황제의 핏줄을 이어받고 태어난 몸이시고 실제로 지금의 황제께서 계도(系圖)를 살피시어 작(爵)을 내리신 것이오. 그런데 증거가 없다니 그 무슨 망발이시오! 그리고 고조 유방께서는 사상(泗上)의 정장(亭長)이라는 말단 벼슬아치에서 시작하여 결국 천하를 장악하신 황제가 되시었소. 가마니나 짚신을 엮는 일이 어째서 부끄러운 일이라 할 수 있겠소? 공은 어린애 같은 말씀은 더 이상 삼가시오."

육적은 더 이상 할 말이 없었다.

이번에는 또 엄준(嚴畯)이라는 자가 나서서 물었다.

"선생의 말씀은 도무지 파격적인 논조여서 더 이상 재론할 여지도 없지만 다만 한 가지 여쭙겠소. 선생은 어떤 경전들을 연구하셨소이까?"

"남의 글줄이나 읽고 인용하는 것은 유생들이나 할 일이오. 정

작 나라를 일으키고 업을 달성시키고자 할 때는 아무런 쓸모가
없소이다. 옛날 신(莘)의 들에서 밭을 일군 이윤(伊尹:은나라 재상
으로 탕왕을 도와 하나라를 멸하고 선정을 베푼 정치가)을 비롯하여
위수(渭水)의 강가에서 낚시질한 자아(子牙:강태공을 일컬음), 또는
장량(張良)·진평(陳平)·등우(鄧禹)(이들은 후한의 광무제를 즉위시
키고 천하를 평정한 일등공신)나 경감(耿弇:후한 광무제 때의 명장) 등
은 모두 천하를 손 안에 넣고 경륜을 편 위대한 재인들이면서도
어떠한 경전을 평생 동안 연구했다는 말은 들어본 일이 없소이
다. 그러니 내가 어리석은 서생도 아닌데 어찌 경전이나 만지작
거리며 글줄을 외우겠소이까?”

　이에 엄준 역시 말을 잇지 못하였다. 이때 또 한 사람이 크게
소리를 지르며 나섰다.

　“선생은 꽤나 큰소리를 치시는데 진짜 교양이 있는 자인지 의
심스럽소. 그러다가 유생들의 웃음거리가 되는 것은 아닌지 걱정
스럽소.”

　그는 여남 사람 정덕추(程德樞)였다. 공명이 가볍게 받아넘겼다.

　“유생에도 군자의 유(儒)와 소인의 유가 각기 서로 구별되어
있소이다. 군자의 성품을 지닌 선비는 충군애국을 근본으로 삼아
정의를 지키고 사악함을 미워하며 덕을 세상에 펴서 이름을 후
세에 남기지만, 소인배의 성격을 지닌 선비는 한갓 책에나 파고
들어 문장이 능하다느니 서툴다느니 하며 많은 나날을 보내버리
지요. 젊은 날에는 시를 읊고 노래나 짓고 지내다가 백발이 성성
한 나이가 되면 경전을 공부했답시고 문장을 순식간에 천 마디
로 바꾸어 쓸 수는 있어도 가슴속에는 단 한 가지의 책략도 지
니지 못하는 법이오. 실제로 한나라의 문사였던 양웅(楊雄)도 문
장으로는 이름을 날렸으나 역신 왕망(王莽:전한 말기에 정권을 빼앗
아 국호를 신(新)으로 칭했으나 후한의 등장으로 몰락하였다)을 섬겼

다가 몸을 던져 자살하였으니 이는 소인배 같은 선비의 본보기가 되는 것이오. 그러니 시문을 아무리 잘 지은들 무슨 소용이 있겠소이까?"

정덕추도 그만 말문이 막혀버렸다. 그 자리에 있던 일동은 모두 공명의 물 흐르듯이 거침없는 대답에 대경실색하여 입을 벌리고 있을 수밖에 없었다.

그런 가운데에도 자리를 같이 하고 있었던 장온(張溫)과 낙통(駱統)이 또다시 공명에게 질문을 하고자 하는데 갑자기 밖에서 한 사람이 뛰어들어오며 소리쳤다.

"공명 선생은 당대의 기재(奇才)이시니 귀공들은 더 이상 부질없는 논쟁은 삼가시오. 이는 찾아온 손님에 대한 예의가 아니지 않소이까? 그리고 지금 조조의 대군이 공격해오려는 판인데 그에 대한 대책은 의논하지 않고 어찌 그리 쓸데없는 논쟁만 일삼고 계시오?"

일동이 그를 바라보니 그는 자를 공복(公覆)이라고 하는 영릉(零陵) 사람 황개(黃蓋)라는 인물로 지금은 동오에서 식량을 관리하는 일을 맡고 있었다.

그는 공명도 꾸짖었다.

"옛말에 쓸데없이 많은 말로 대답을 하는 것보다 차라리 침묵을 지켜 말하지 않는 것이 낫다고 하였습니다. 그러니 여기서 이들과 변론에 임하시어 시간을 허비하지 마시고 모처럼의 고견을 저의 주공께 들려주시기 바라옵니다."

공명이 겸연쩍어하면서 말하였다.

"여러 문무백관들께서 세상 돌아가는 상황을 모르면서 번갈아가며 자꾸 힐문하시길래 대답하지 않을 수 없었습니다."

공명과 손권의 대면

이리하여 황개와 노숙이 공명을 인도하여 손권에게로 데리고 가는 도중에 제갈근과 마주쳤다. 공명이 인사를 올리니 제갈근이 기뻐하며 말하였다.

"왜 강동에 와 있으면서도 나를 찾지 않았느냐?"

"저는 지금 유비 공을 섬기는 몸이옵고 공적인 일을 앞세우고 사사로운 일은 나중으로 돌리려는 생각에서 그러하였사오니 부디 혜찰해주십시오."

"그렇다면 공적인 일을 모두 마치고 나를 찾아오도록 해라."

제갈근은 이렇게 당부하고 가버렸다. 노숙이 공명에게 주의를 주었다.

"부디 조조 군단의 병력에 관해서 묻거든 조심스럽게 대답하여 주시기 바랍니다."

이 말에 공명이 고개를 끄덕이며 답하였다.

이들이 안채로 들어가자 손권이 예를 갖추며 공손히 맞아들이고는 공명을 상좌로 모셨다. 그러자 문무백관들도 모두 들어와서 양쪽에 나란히 앉았다. 노숙은 공명의 바로 곁에 서서 대화를 유도하도록 하였다. 공명은 먼저 유비의 인사말을 전하면서 손권의 생김새를 살펴보았다. 손권은 붉은 기가 도는 수염에 푸른 눈을 지닌 기이한 용모를 가진 자였다. 공명이 속으로 생각하였다.

'참으로 기이한 생김새를 지닌 인물이로구나. 보통이 아닌 것 같으니 설득하는 투로 대하기보다는 교묘한 말로 한꺼번에 감정을 건드리는 것이 상책이겠다.'

서로 차를 나눈 후에 손권이 먼저 말을 건네었다.

"귀공의 비범하고 출중한 재주에 대해서는 노숙을 통해 자주

들어 익히 알고 있었소. 모처럼 이렇게 어려운 자리를 해주셨으니 아무쪼록 가르침을 주시오."

공명이 고개를 숙이며 겸손한 투로 물었다.

"배운 것 없는 이 몸에게 무엇을 묻고자 하십니까?"

손권도 다정하게 대꾸하였다.

"귀공은 전에 신야에서 유공을 도와 조조와 결전을 벌이셨으니 물론 조조 군단의 허실에 대해 자세히 알고 계실 테지요?"

"저희 주공의 병력은 미약하기 그지없는 군세이고 더욱이 신야는 조그만 고을로 식량도 넉넉하지 못한데 어찌 조조 군에게 대항할 수 있었겠습니까?"

"조조 군단은 모두 얼마나 되오?"

"보병·기병·수군 등을 통틀어서 일백여 만 명은 될 것입니다."

"실제로는 그렇게 많지 않겠지요?"

"아닙니다. 그렇지가 않습니다. 조조는 연주에 있을 때 청주군 이십만을 거느리고 있었고, 그 뒤에 원소를 치고 얻은 군사가 오륙십만, 거기에 중원 땅에서 새로 모은 군사가 삼사십만, 또 지금 형주에서 이삼십만의 군사를 얻었으니 실제로는 백오십만에 가까운 숫자이오나 제가 일백만여 명이라고 한 것은 강동에 계신 여러분들이 놀라실까봐 일부러 그렇게 말씀드린 것입니다."

노숙이 공명의 말에 깜짝 놀라서 눈을 둥그렇게 뜨고는 공명에게 눈짓을 해보였으나 공명은 아랑곳하지 않고 말을 마쳤다.

손권이 다시 물었다.

"조조 휘하의 장령의 수효는 얼마나 되오?"

"노련하고도 용맹스러운 장령들이 일이천 정도는 족히 될 것입니다."

"조조는 형주와 초주(楚州)를 평정하였는데 이제 또 어디를 빼앗으려 할 것 같소?”

“지금 조조는 장강 연안에 끝도 없는 진영을 구축하여 놓고 군선도 만들게 하고 있습니다. 이는 강동을 노리지 않고 달리 어디를 노리는 것이라 하겠습니까?”

손권이 걱정스러운 목소리로 물었다.

“좋소. 조조가 그럴 생각이라면 우리가 맞서 싸울 것인가 어떻게 할 것인가에 대해 한 말씀 해주시오.”

“말씀 드리는 것은 어렵지 않사오나 혹여 주공께서 제 말을 따르지 아니할까 걱정되옵니다.”

“걱정하지 마시고 말씀이나 해보시오.”

공명은 천천히 말문을 열었다.

“예전에 천하가 혼란할 무렵에 장군께서는 이곳 강동 땅을 지반으로 하여 일어나셨고, 그 무렵 유비 장군께서도 한수의 강 남쪽에서 군사를 모아 조조를 상대로 천하를 놓고 싸웠습니다. 그러다가 조조는 이제 여러 제후들을 굴복시켜 큰 난리를 평정하고 나더니 이번에는 형주까지 손에 넣어 널리 위세를 떨치고 있는 실정이옵니다. 어떠한 영웅도 형세가 이쯤 되면 무분별하고 승산없는 싸움은 하지 않는 법이니 이에 유비 공께서도 잠시 피해 계시는 것이옵니다. 원하옵건대 장군께서는 장군 자신의 힘을 평가하시어 대책을 세우십시오. 그리하여 만일 강동의 병력으로 중원의 조조 군단과 맞서 싸울 수 있다고 판단되시거든 즉시 조조와 절교를 선언하시고, 그렇지 않고 조조를 상대해 싸우는 것이 무리라고 생각되시거든 모사들의 의견을 따라 무릎을 꿇고 북녘을 향해 신하의 예를 갖추어야 할 일이옵니다.”

손권이 이 말에 즉시 대답하지 않자 공명이 다시 말을 이었다.

“장군! 장군께서는 겉으로 조조와 타협할 생각을 갖고 계시면서도 내심으로는 불안하게 생각하고 계십니다. 그렇지만 사태가 긴박하오니 마냥 시간을 끌어 지켜볼 일이 아니라 생각합니다. 재앙은 이제 순식간에 닥칠지도 모르는 일이 아닙니까?”

손권이 공명의 말을 시인하며 답하였다.

“정녕 공의 말이 맞소. 그런데 왜 유비 공은 조조에게 투항하지 않는 것이오?”

“옛날의 전횡(田橫)*은 제나라의 장사(壯士)에 지나지 않았지만 그래도 의를 지켜 자신을 욕되게 하지 않았습니다. 하온데 저희 주공 유비는 황제의 혈통을 잇고 태어나신 몸이며 개세(蓋世:기개와 기력이 온 세상을 뒤덮을 만큼 왕성함)의 영재이시어 많은 사람들이 우러러 흠모하는 분이시옵니다. 일이 이루어지고 안 이루어지는 것은 하늘의 뜻에 달려 있다고 하온데 어찌 항복 같은 비겁한 짓을 할 수 있겠사옵니까!”

손권이 이 말에 화가 나서 벌떡 일어나 안채로 들어가버리니 거기에 모여 있던 문무백관들도 냉소를 흘리며 자리를 떴다. 그러자 노숙이 공명에게 따져 물었다.

“왜 그렇게 지나친 말씀을 하셨소이까? 우리 주공께서 관대한 성품이라 그나마 무사하신 것이지 그렇지 않았던들 큰일을 당할 뻔하였소. 선생의 말은 모두 우리 주공을 얕보고 하셨던 말들이었소.”

이에 공명은 한바탕 껄껄 웃고는 대답하였다.

“나는 손 장군이 그렇게 속이 좁으신 분일 줄은 미처 몰랐소. 저에게는 조조를 타도할 계략이 있었습니다만 주공께서 하문하지 않으셨기에 말씀 드리지 않았을 뿐입니다.”

---

* 전횡(田橫):B.C.?~202. 진(秦)나라 말에서 한(漢)나라 초 사람. 제(齊)나라 왕 전영(田榮)의 동생으로서, 제나라 재상이었으나, 제나라가 한신(韓信)에게 패하자 자립하여 제나라 왕이 되었다. 대세가 한나라 고조에게 기울자 부하 오백 명을 데리고 섬으로 도망쳤다가 고조가 투항할 것을 권하자 이를 수치스럽게 생각하여 부하와 함께 자살하였다.

"좋은 계책이 따로 계시다면 우리 주공께서 그것을 물어보시도록 말씀 드려보겠소이다."

"저에게 조조의 일백만 대군은 개미떼가 모여든 것으로밖에는 여겨지지 않소이다. 단숨에 그들을 쳐부술 계략을 말씀드리지요."

이에 노숙이 급히 안으로 들어가 손권을 만나보니 그는 아직 화가 풀리지 않은 상태로 손권이 노숙을 보고 말하였다.

"공명은 고약하게도 나를 업신여겼소."

노숙이 변론하였다.

"저도 그렇게 말하며 공명을 질책하였더니 공명은 주공께서 도량이 좁다며 어찌 조조에 대처할 방법을 물어오시지 않는지를 말했습니다. 공명은 묻지 않는 말에 가볍게 입을 놀리지 않는 인물이오니 다시 한 번 하문해보시는 것이 옳을 줄 아옵니다."

이에 손권은 노기를 가라앉히고 말하였다.

"흐흠, 공명은 계책을 가지고 있었으면서도 일부러 그런 말로 내 감정을 자극하였구려. 하마터면 내가 실수할 뻔하였군."

손권은 노숙을 대동하고 다시 공명을 만나러 나가 그에게 말했다.

"아까는 내가 너무 무례하게 하였으니 미안하게 되었소. 너무 언짢아하지 마시오."

공명도 사과를 하였다.

"이 몸도 지나치게 말씀 드린 것을 용서해주시기 바랍니다."

손권은 공명을 안채로 맞아들여 술을 대접하였다. 술잔이 몇 순배 오고간 뒤에 손권이 먼저 말을 꺼냈다.

"조조에게 걸림돌이 되었던 사람들은 여포·유표·원소·원술·유비와 나까지 대여섯 명 정도였소이다. 그런데 이제는 거의 정리되고 멸하여 나와 유비 공밖에 남아 있지 않은 상태이오. 나는 장강 이남의 오나라 땅 전지역을 영유하는 신분으로 남의 제약을 그대로 받을 수 없는 위치에 있소. 나의 생각은 굳어졌소. 그러니 나와 같이 조조를 상대로 대항할 인물은 유비 공밖에 없는데 그는 지금 싸움에 패한 직후이니 조조를 당해내기가 쉽지 않을 것이오. 어찌 이 난국을 대처할 수 있겠소?”

공명이 침착하게 아뢰었다.

“유공께서 비록 패하였다고는 하오나 관우 휘하에 일만, 강하의 유기에게도 일만 정도의 병력은 갖고 있습니다. 반면, 조조의 병사들은 먼길을 원정하여 왔기 때문에 피로에 지쳐 있습니다. 실제로 지난번에 유비 공을 추격해올 때는 기병들을 하룻밤에 삼백 리나 달리게 하는 강행군을 했었습니다. 그러니 그들의 군세는 아무리 힘있게 날아가는 화살이라도 너무 멀리 날면 장막도 뚫지 못하는 형상이옵니다. 더욱이 북방의 병사들은 물에서의 싸움에는 취약하며 또, 형주의 백성들이 조조에게 간 것은 기세에 눌려서일 뿐이지 진심으로 굴복한 것은 아니옵니다. 그러니 장군께서는 이제 유공과 손을 잡으시면 조조 군을 반드시 격파할 수 있을 것입니다. 그렇게 되면 조조는 북으로 물러설 것이니 이는 조조가 북에 있고, 유공이 형주에 있으며, 손 장군이 오(吳)에 머물러 정족지세(鼎足之勢:솥의 발처럼 세 세력이 맞선 형세)로 균형이 잡힐 것입니다. 성패의 핵심은 오늘에 있고 그 여부는 장군의 결심 여하에 달려 있습니다.”

공명의 말에 손권은 크게 기뻐하며 말하였다.

“선생의 말을 들은 덕분에 모든 의구심들이 구름 걷히듯 사라졌소이다. 나는 이제 결심이 섰으니 더 이상 다른 생각은 하지 않겠소. 이제 곧바로 모든 병력을 동원하여 유공과 더불어 조조를 격파시키겠소이다.”

손권은 즉시 노숙에게 명하여 자신의 뜻을 모든 문무백관들에게 알리게 하고 공명을 숙사로 모셔 편안히 쉬게 하였다.

반대하는 모사들

손권의 뜻이 전달되자 장소는 여러 문신들을 불러모아 부추겼다.

"우리 주공께서는 공명의 손에 놀아나신 것이오."

이에 일동이 안채로 들어가 손권에게 아뢰었다.

"주공께서 공명의 말만 듣고 군사를 일으켜 조조에 대항하시겠다는 결심을 들었습니다. 부디 주공께서는 주공 자신과 원소를 먼저 비교해보시기 바랍니다. 조조는 지난날 보잘것없는 군사들을 이끌고 그 거대한 원소 세력을 단번에 쓰러뜨렸습니다. 게다가 지금은 일백만 대군을 거느리고 남으로 쳐들어오겠다고 하는데 어찌 이를 낮추어보시는 것이옵니까? 만약 공명의 감언이설에 말려들어 섣불리 싸움을 일으키셨다가는 그야말로 화약을 짊어지고 불길 속으로 뛰어드는 격이 될 것이옵니다."

이 말에 손권은 고개를 수그린 채 침묵에 잠겨버렸다. 고옹도 끼어들었다.

"유비는 조조에 패하여 스스로는 아무것도 할 수 없는 실정이옵니다. 그래서 우리 강동의 병력을 빌려 설욕전을 벌이려고 획책하는 것이온데 왜 이런 일로 이용당하려 하십니까? 부디 장소의 의견을 받아들여 주시옵소서."

그래도 손권은 여전히 침묵만 지키고 있을 뿐이었다.

이윽고 장소 일행이 물러나자 노숙이 들어와 손권에게 아뢰었다.

"저들이 다시 항복하자고 항의하여 심난하셨으리라 생각되옵니다. 저들은 모두 자기 목숨과 처자만을 생각하고 있는 패들이옵니다. 그러니 그들의 말을 귀담아 들으실 필요가 없는 줄로 아옵니다.”

여전히 손권이 결단을 내리지 못하자 노숙이 다시 설득하였다.

“회의에 빠지시게 되면 저들이 다시 변변치 못한 소리들을 늘어놓을 것이 뻔하옵니다.”

“잠시 나를 혼자 있게 내버려두시오.”

손권이 이렇게 말하자 노숙도 하는 수 없이 물러갔다.

당시 손권 휘하의 무장들은 조조에 맞서 싸울 것을 내세웠고, 문관들은 모두 항복하자는 주장을 내세워 두 파의 이견은 좀처럼 좁혀지지 않았으며, 손권은 그 틈바구니에 끼어 결단을 내리지 못한 채 전전긍긍하고 있었던 것이다.

손권의 생모였던 오 태부인(吳太夫人)의 여동생으로 손권에게는 이모이자 서모가 되는 오 국태부인(吳國太夫人)이 이런 손권을 지켜보고 염려하여 물었다.

“무엇을 그리 깊이 생각하느라 식음마저 전폐하느냐?”

손권이 어두운 얼굴 표정으로 답하였다.

“지금 조조가 장강과 한수 일대에 일백만 병력을 배치하여 이곳 강남을 위협하고 있습니다. 그래서 문무백관들에게 의중을 물으니 어떤 무리는 항복하자고 하고, 어떤 무리는 맞서 싸우자고 합니다. 맞서 싸우게 되면 우리 병력이 모자라 불리하게 될 것이고 그렇다고 투항하자니 조조가 어떤 태도로 나올지 알 수 없기에 이렇게 결정을 내리지 못하고 마음속으로 방황하고 있는 것이옵니다.”

이에 오 국태부인이 조용히 일렀다.

“돌아가신 어머니가 임종 때 하신 유언을 잊었느냐?”

이 말에 손권은 단번에 눈앞이 환해짐을 느꼈다.

정녕 이것은 국모가 임종하실 때 남기신 말에 따라 주유(周瑜)를 불러들여 싸움에 맞서게 하려는 심산이었다.

제 44 회 손권의 결단

공명용지격주유　손권결계파조조
孔明用智激周瑜　孫權決計破曹操

공명은 지혜로서 주유를 설득시키고
손권은 계략으로 조조를 격파하려 하다

분열된 국론

오 국태부인이 손권에게 다시 귀띔해주었다.

"언니께서 임종하시며 남기신 말을 기억 못 하느냐? 나라 안의 일로 곤경에 처했을 때는 장소와 의논하고, 나라 밖의 일로 곤란할 때는 주유에게 자문을 구하라고 하지 않더냐? 그러니 어서 주유를 불러 도움을 받도록 하여라."

손권은 즉시 파양(鄱陽)으로 사자를 보내어 주유를 불러들이려 하였다.

주유는 그때 파양호에서 수군을 훈련시키고 있었는데 조조가 백만 대군을 이끌고 한수까지 진출해 있다는 정보를 접하고 즉시 시상군으로 돌아와 작전을 세울 생각을 갖고 있었으므로 손권이 보낸 사자가 아직 출발하기도 전에 도착하였다. 노숙은 주유와 각별한 사이였으므로 남들보다 앞서 그를 마중하고는 그간의 사정을 상세히 들려주었다.

노숙의 설명을 듣고 난 주유가 말했다.

"걱정하지 마시오. 나에게도 따로 생각이 있으니 우선 공명이나 불러주시오."

노숙이 말을 타고 공명을 모시러 나간 사이 주유가 쉬고 있으려는데 장소·고옹·장굉·보즐 등 네 사람이 찾아와서 주유를 향해 물었다.

장소가 먼저 입을 열었다.

"도독께서는 지금 강동이 어떤 위기에 처해 있는지 알고 계시오?"

"아니, 잘 모르고 있소이다."

"조조는 지금 백만 대군을 거느리고 한수의 연변에 진영을 구축하고는 강동을 집어삼킬 야심을 품고 있으면서도 격문을 보내어 우리 주공에게 강하로 와서 같이 사냥을 즐기자고 제안해 왔소이다. 그리하여 우리는 강동의 평화를 위해 주공께 항복을 권고하고 있었습니다만 노숙이 강하에서 유비의 군사로 있는 공명을 데리고 와서는 그 공명이 조조에게 패한 설욕전을 갚기 위해 우리 주공을 이용하려 하고 있소. 그런데 노숙은 아직도 그 점을 깨닫지 못하고 공명의 편만 들려 하니 부디 도독께서 주공께 결단을 내려달라고 해주시오."

주유가 물었다.

"그러면 여러분은 모두 같은 의견이시오?"

고옹을 비롯한 일동이 그렇다고 이구동성으로 대답하였다.

"실은 저도 전부터 투항하는 것이 좋다고 생각하고 있었으니 여러분은 이제 물러가주시오. 그러면 내일 아침에 주공을 만나뵙고 상의해서 결정을 내리도록 하리다."

이 말을 들은 장소 일행이 돌아가자 잠시 후에 이번에는 정보·황개·한당 등이 주유를 만나러 왔다.

정보가 주유에게 물었다.

"도독께서는 조만간에 강동이 타인의 손에 넘어갈 것이라는 사실을 알고 계시오?"

"아직 알지 못하오."

"우리들은 손 장군의 선친 때부터 창업의 기틀을 마련하고, 크고 작은 수백 번의 싸움에 나서 이렇게 강동 땅의 여섯 군을 얻었소이다. 그런데 주공께서는 오늘날 모사들의 안일한 말만 듣고 조조에게 투항하려 하니 이는 참으로 수치스러운 일이 아닐 수 없소이다. 우리는 항복하느니 차라리 죽음을 각오하고 싸우겠소. 그러니 부디 도독께서 주공을 만나시거든 끝까지 싸우시도록 권해주십시오. 우리는 어떠한 일이 있더라도 끝까지 싸우겠소."

"그래, 장군들의 의견은 모두 같으시오?"

주유가 이번에도 이렇게 물으니 갑자기 황개가 벌떡 일어서서 손으로 자기 머리를 만지며 말하였다.

"이 목이 베어지는 한이 있더라도 결코 조조에게는 항복할 수 없소이다."

이에 일동이 이구동성으로 항복할 수 없다고 말하니 주유가 말하였다.

"실은 나도 조조와 결전을 해야 된다고 생각하고 있었소이다. 항복이라니, 말도 안 되는 소리요. 그러니 여러분은 물러가 계시오. 제가 주공을 뵈옵고 결정을 내리도록 하겠소이다."

이리하여 정보 일행이 물러가니 또다시 제갈근·여범 등을 비롯한 문관 무리들이 찾아들었다. 먼저 제갈근이 입을 열었다.

"저의 아우 공명이 사자로 와서 유 황숙께서 강동과 동맹을 맺고 힘을 합쳐 조조를 치고 싶어한다고 전하는 바람에 문무백관들 사이에 의견이 백출하여 소란스러운 상태에 있습니다. 저는 그 사자가 남이 아닌 아우라서 함부로 입을 열 수가 없사오니 도독께서 부디 결단을 내려주시기 바랍니다."

주유가 반문하였다.

"그렇다면 귀공의 생각은 어떠신지요?"

"항복하기는 쉽고 대적하여 싸우는 것은 위험한 일이라 생각됩니다."

이어 여몽·감녕 등의 한패가 나타났다. 이들도 싸우자는 쪽과 투항하자는 쪽의 두 갈래로 나뉘어 갑론을박이었다.

이에 주유가 웃으며 답하였다.

"이 사람에게 생각이 있으니 내일 주공을 뵙고 결정을 내리도록 합시다."

이들 일동이 물러가자 주유는 시종 냉소를 금치 못하였다.

미인계를 내세우는 공명

해질녘이 되어서 노숙이 공명을 데리고 나타났다. 주유는 중문 밖까지 마중나가서 공명을 맞이하고는 안으로 모셨다. 이들이 서로 인사를 나눈 뒤에 자리에 앉으니 노숙이 먼저 주유에게 말을 건네었다.

"바야흐로 지금 국론이 양분되어 대립하고 있는 가운데 주공께서는 귀공의 의견을 고대하고 계시오. 그래 귀공의 견해는 어떠하시오?"

주유가 대답하였다.

"조조는 황제의 이름을 내세워 천하를 평정하고 있으니 좀처럼 그를 꺾기가 어려울 것이오. 더욱이 군세가 막강하여 섣불리 대적할 수 없으며 만약 섣불리 대적한다면 으레 패하기 마련이오. 그러나 반대로 항복하면 안전을 얻을 수 있을 것이오. 나는 결심이 섰소. 내일 주공께 말씀을 올려 즉시 투항하는 사절을 파견하도록 할 것이오."

노숙이 깜짝 놀라며 대답하였다.

"주공께서는 귀공에 의지하여 나라 밖의 안정을 도모할 작정이셨는데 그런 귀공마저 겁 많은 문관들의 주장에 찬성하시려는 것이오?"

"잘 생각해보시오. 강동 여섯 군의 수많은 백성들이 막상 전화를 당하는 시국에 직면하면 그들은 모두 이 사람을 원망할 것이오. 그러기에 나는 항복을 결심한 것이오."

"아니, 그렇지 않소이다. 귀공의 뛰어난 재주와 우리 동오의 천험한 지형에 의지한다면 조조가 반드시 이긴다고만 볼 수는 없을 것이오."

두 사람이 이렇게 의견이 엇갈려 서로 다투고 있는데도 공명은 그대로 앉은 채 미소만 흘리고 있었다.

이를 본 주유가 공명에게 물었다.

"선생께서는 무엇 때문에 웃고만 계십니까?"

"제가 웃는 것은 다름 아니라 노숙 공께서 너무나 때를 모르고 계신 것이 우스워서입니다."

노숙이 안색이 바뀌며 물었다.

"선생께서는 어째서 제가 때를 모른다고 하시는 것입니까?"

공명이 대답하였다.

"항복하자는 주공의 의견이야말로 정녕 실제적인 때를 알고 있는 것입니다.”

주유가 맞장구를 치며 말하였다.

“선생께서는 참으로 때를 잘 알고 계시어 이 몸과 뜻이 통하는 듯합니다.”

노숙이 발끈해서 공명에게 언성을 높였다.

“선생은 도무지 겉잡을 수 없는 말씀만 하시는군요.”

공명은 그에 응하여 말문을 열었다.

“조조는 전쟁에 탁월한 인물입니다. 그 점에 관해서는 아마 천하에 당해낼 자가 없을 것입니다. 전에는 여포·원소·원술·유표 등이 그에 필적(匹敵)하였지만 지금은 모두 조조의 손에 타도되어 버렸습니다. 그 뒤로는 천하에 이들을 비할 만한 사람이 아무도 없습니다. 오직 유 황숙께서 계시지만 그 역시 세상의 흐름에 눈이 어두워 무익하게 다투다가 이제는 강하에 고립된 채 어찌할 수도 없는 신세입니다. 그런 판에 주 장군께서 투항을 결의하신 것은 참으로 현명하신 처사입니다. 그렇게 함으로써 처자들도 무사할 것이고 자신의 부귀도 온전히 보존할 수 있을 것이 아닙니까? 나라의 운명 같은 것은 하늘이 정하시는 일로 그냥 내버려두어도 무방한 일이지 않습니까?”

노숙이 화가 치밀어 성을 냈다.

“선생은 지금 우리 주공께 국적(國賊) 앞에 머리를 숙이라고 권하시는 것이오?”

공명은 태연자약하게 말을 받아넘겼다.

“제게 책략이 있습니다. 그러니 구태여 항복하느니 맞서싸우느니 하고 소란을 피울 일도 없습니다. 손 주공께서 큰 강을 건너셔야 하는 수고와 시간을 소비할 필요도 없이 그저 단 두 사람만 조그만 배에 태워 조조에게 보내시기만 하면 됩니다. 그것으로 모든 일이 해결되니 조조는 그 두 사람이 손에 들어오는 대로 일백만 군사를 일시에 거두어 물러나고 말 것입니다.”

주유가 호기심을 가지고 물었다.

“그 두 사람이 도대체 누굽니까?”

공명이 답하였다.

“강동이 이 두 사람을 잃는 일쯤은 마치 커다란 나무에서 잎사귀 하나를 잃어버리는 꼴이며 커다란 곳간에서 좁쌀 한 톨이 줄어든 것과 마찬가지옵니다. 그런데도 조조는 그 두 사람을 얻고 크게 만족하여 물러갈 것입니다.”

주유가 거듭해서 물었다.

“그 두 사람이 도대체 누구고 또 어떻게 이용한다는 말입니까? 답답하니 속히 말해주시오.”

공명이 천천히 말문을 열었다.

“제가 융중에 있을 때 들은 일이오만, 조조는 장수(漳水) 강변에 거대한 고대를 쌓아 동작대(銅雀臺)라고 이름을 짓고 내부를 화려하기 이를 데 없이 장식하여 그 안에 천하 제일의 미녀들을 모아서 가르치고 있다 합니다. 조조가 색을 밝히는 인물이라는 것은 누구나 잘 알고 있는 일이온데 그러한 조조가 유독 눈독을 들인 것이 바로 강동 땅에 있는 교(喬)씨 성을 가진 이의 두 딸이라고 합니다. 언니는 대교(大喬)라 하고 동생은 소교(小喬)라 불리우는데 자매 모두가 뛰어난 재색(才色)을 겸비한 여인들인지라, 이들을 보고는 물고기도 부끄러워 물 속으로 가라앉고, 기러기가 그만 떨어지는가 하면 공중에 뜬 달도 흐려지고 꽃조차 수줍어 한다고 들었습니다. 조조 역시 두 여인에 대한 소문을 듣고 ‘내 뜻인즉슨, 첫째는 사해를 평정하여 황제가 되는 것이고, 둘째는 강동의 이교(二喬)를 동작대에 데려다놓고 만년을 즐길 수만 있다면 일생에 다른 소원이 없을 것이다’라고 말했다고 합니다. 이제 그가 일백만 대군을 거느리고 강동을 치려고 내려온 것은 다름 아닌 이 '이교'를 취하고자 함입니다. 그러니 공께서는 즉시 교공을 찾아내어 두 딸을 천금으로 사서 조조에게 보내십시오. 그러면 조조는 두 여인을 얻은 일에 만족해하며 싸움을 일으키지 않고 돌아갈 것입니다. 이는 옛날 오나라와 월나라가 싸울 때 범여(范蠡)*가 미녀 서시(西施)**를 오나라 왕에게 바친 계략과 일치합니다. 왜 진작 이 계략을 쓰지 않으셨습니까?"

"선생의 말대로 조조가 '이교'를 얻고 싶어한다면 그 증거가 있어야 하는데 과연 있습니까?"

주유가 공명에게 따지듯이 물었다.

"여부가 있겠습니까? 조조의 막내 아들 조식(曹植)은 글을 잘 짓기로 유명한데 조조가 조식에게 명하여 노래를 하나 짓게 하였답니다. 바로 '동작대부(銅雀臺賦)'라는 것이 그것이온데 이 노래에는 조조가 천하를 장악하면 맹세코 이교를 손에 넣어 즐길 것이라는 내용이 담겨 있습니다."

"그럼 선생께서는 그 노래를 외우고 계십니까?"

"예, 그 문사(文辭)가 하도 현란하고 아름다워서 제가 애써 암송하고 있었습니다."

"그러시다면 어디 한번 들려주실 수 있겠습니까?"

이에 공명은 즉석에서 '동작대부'를 암송해 보였다.

---

*범여(范蠡):기원 전 5세기 춘추시대 월(越)나라 구천(句踐)의 공신. 초(楚)나라 사람으로 자는 소백(小白). 월왕을 도와 미인계를 써서 오(吳)나라 부차(夫差)를 죽임으로써, 월왕이 회계(會稽)에서 오왕에게 생포되어 굴욕적인 강화를 맺은 치욕을 씻음. 이것이 회계지취(會稽之恥)라는 고사. 뒤에 제(齊)나라로 가서 이름을 시이자피(鴟夷子皮)로 바꾸고, 다시 송(宋)나라 도(陶)땅으로 옮겨 도주공(陶朱公)이라 자칭하고 크게 치부하였다고 함.
** 서시(西施):춘추시대 월(越)나라 미인. 월나라 구천이 오나라 부차에게 망하자 범여가 서시를 천상하니 이를 비(妃)로 삼고, 이에 반한 부차는 국사를 돌보지 않자 월나라의 침공을 받아 망하게 했음. 중국 고대의 미인의 대표자로, 서시봉심(西施捧心), 또는 서시빈목(西施矉目)이라는 고사를 낳기도 함.

명후를 따라 회유하세	從明后以嬉游兮
충루에 올라 정을 나누고	登層臺以娛情
넓게 펼쳐진 태부를 바라보세	見太府之廣開兮
성덕으로 운영하는 것을 보고	觀聖德之所營
높은 문 힘껏 세우세	建高門之嵯峨兮
쌍궐을 태청에 띄우고	浮雙闕乎太淸
중천에 화려한 망루를 세우세	立中天之華觀兮
서성에는 비각이 줄을 잇고	連飛閣乎西城
장수의 긴 강물이 임하였네	臨漳水之長流兮
과실나무의 풍요를 바라보고	望園果之滋榮
좌우에 세운 쌍대에 서세	立雙臺於左右兮
옥룡과 금봉이 있어	有玉龍與金鳳
이교를 동남에 두세	攬二喬於東南兮
조석에 모두 함께 즐기면서	樂朝夕之與共
황도의 아름다움을 굽어보세	俯皇都之宏麗兮
구름이 뜨고 가라앉음을 보며	瞰雲霧之浮動
군재를 모아 흠씬 즐기세	欣群才之來萃兮
곰이 날듯한 길몽을 얻고	協飛熊之吉夢
춘풍의 화목을 우러르세	仰春風之和穆兮
백조의 구슬픈 울음소리를 듣고	聽百鳥之悲鳴
구름은 하늘 끝까지 뻗어 있구나	雲天互其旣立兮
집안은 세력이 원대해짐을 기원하고	家願得乎雙逞
우주의 인화를 확장하세	揚仁化於宇宙兮
상경에 숙공을 다하고	盡肅恭於上京
환제와 문제의 무성함을 노래하세	惟桓文之爲盛兮
어찌 성명의 당당함만으로 족하리	豈足方乎聖明
훌륭하고 아름답도다	休矣美矣

그 혜택 멀리 날리네	惠澤遠揚
우리가 황가를 보좌하니	翼佐我皇家兮
사방이 모두 평안하네	寧彼四方
천지의 규율과 함께 하세	同天地之規量兮
일월의 빛과 함께 빛나고	齊日月之輝光
영원히 존귀하고 끝이 없음을 노래하세	永貴尊而無極兮
동황보다 임금이 더 장수하고	等君壽於東皇
용기를 지니고 놀아보세	御龍旂以遨遊兮
난가를 타고 두루 다니며	廻鸞駕而周章
임금의 은혜는 사해에 퍼지도다	恩化及乎四海兮
풍부한 물자에 백성들 평안하네	嘉物阜而民康
원컨대 동작대는 영원하고	願斯臺之永固兮
끝까지 즐기기에 다함이 없으리로다	樂終古而未央

공명이 암송을 마치자 묵묵히 귀를 기울이던 주유가 갑자기 표정을 바꾸며 격노하더니 그 자리에서 일어나 북쪽을 손가락질하며 외쳐댔다.

"늙은 역적 놈이 감히 나를 그렇게 모욕하다니!"

이에 공명이 그를 진정시켰다.

"옛날에 흉노의 왕 선우(單于)가 자주 국경을 침범하여 한나라 황제는 황실의 핏줄을 이어받은 여인을 그에게 보내어 화해를 한 적이 있습니다. 하온데 공께서는 일반인의 신분인 두 여인을 보내는 것 가지고 뭘 그리 아까워하십니까?"

"선생은 모르시고 하시는 말씀이오. 대교(大喬)라는 여인은 고인이 되신 손책 장군의 미망인이시고 동생 되는 소교(小喬)는 바로 저의 안사람이라오."

공명은 일부러 당황하는 체하며 대답하였다.

"아니, 그렇습니까? 저는 전혀 몰랐던 사실입니다. 참으로 엄청난 실언을 범하였사오니 부디 용서하시기 바랍니다."

주유가 흥분을 가라앉히고 말하였다.

"나는 그 늙은 역적 놈과 절대로 타협할 수 없소이다."

공명이 다짐을 받으려는 듯이 말하였다.

"그러나 후회하지 않으시도록 심사숙고하시기 바랍니다."

그러자 주유가 비로소 자신의 의중을 털어놓았다.

"나는 돌아가신 손책 장군의 부탁을 받은 몸이오. 그러니 조조에게 항복하는 일은 상상할 수도 없습니다. 지금까지는 모두 문무백관들의 마음을 떠보고자 한 것에 지나지 않습니다. 나는 파양호를 떠나올 때부터 북벌을 결심하고 왔습니다. 설혹 칼과 도끼 등으로 내 목숨을 위협한다고 하더라도 이 결심은 변할 까닭이 없습니다. 그러니 선생께서 꼭 협력해주시어 부디 함께 조조를 토벌하도록 합시다."

"물론 기꺼이 도와드리겠습니다. 그러니 언제라도 명령만 내리십시오."

공명도 마침내 응낙하니 주유가 힘을 얻은 밝은 표정으로 말하였다.

"내일 나는 주공을 만나 출병 여부를 담판 지을 작정입니다."

공명은 노숙과 함께 주유에게 작별을 하고 물러났다.

북벌을 제안한 주유

이튿날 손권이 회의 장소로 나가니 왼쪽에는 장소·고옹을 비롯한 서른 명 남짓의 문관들이 서 있었고 오른쪽에는 정보와 황개를 비롯한 무관들이 서른 명 가량 나란히 서 있었다.

얼마 뒤에 주유가 들어와 예를 갖추어 손권에게 인사를 올리니 손권 역시 그에게 위로의 말을 건네었다.

주유가 먼저 물었다.

"조조가 군사들을 한수 연변까지 내려보내고 우리에게 격문을 보냈다고 들었사온데 주공께서는 어떤 결심을 하셨는지요?"

손권은 조조가 보낸 격문을 꺼내 주유에게 보이니 그가 다 읽어보고는 미소를 지으며 말하였다.

"늙은 역적 놈이 강동 땅에는 인물이 없다고 업신여긴 문구이옵니다."

"그래, 공께서는 어떻게 대처해야 한다고 생각하시오?"

손권이 조심스런 표정으로 묻자 주유가 오히려 되물었다.

"주공께서는 먼저 여러 문무백관들과 의견을 나누어보셨습니까?"

"밤낮으로 의논하였소만 항복하자고 주장하는 무리가 있는가 하면 대항하여 싸우자고 주장하는 무리가 있어 이견이 대립되어 있소. 그래서 이쯤에서 공의 의견을 듣고 싶소."

"항복을 권하는 무리는 누구였습니까?"

"장소를 비롯한 문관 일동이라오."

주유는 장소를 향해 따지듯이 말하였다.

"왜 항복을 주장하시는 것입니까?"

"조조는 황제의 이름을 앞세워 천하를 정복하고, 황제의 이름을 팔며 자신의 행위를 정당화시키고 있소이다. 그런데다가 형주를 빼앗은 뒤로는 더욱 강대해져 있소. 우리 강동이 안전한 것은 장강이 가로막아 지형적 이점을 안고 있기 때문인데 조조가 지금 그 장강에 대규모의 함선을 수천 척 마련해놓고 수륙 양면으로 공격을 걸어올 작정이니 이를 어찌 당해낼 수 있겠소? 그러니 일단 항복하였다가 기회를 봐서 다시 방침을 세우는 것이 옳다고 생각하오."

주유가 그 말에 반박하였다.

"그것은 겁이 많은 선비들의 이론에 지나지 않습니다. 우리 강동은 나라를 개국한 지 이미 삼대를 지나왔으니 그렇게 쉽게 포기할 수는 없는 일이오."

손권이 주유에게 물었다.

"그러면 공은 어떤 계책을 갖고 계시오?"

주유가 흥분된 어조로 말을 꺼내었다.

"조조는 한나라의 승상이라고 일컫고 있지만 사실은 한나라의 국적임에 틀림없습니다. 그런데 주공께서는 뛰어난 무덕(武德)과 웅재(雄才)를 겸비하신 존재로 선친과 백씨(伯氏:형)의 유업을 이어 받으시어 강동 천지를 영유하며 막강한 군사와 풍부한 식량도 갖고 계시옵니다. 그러니 의당 천하에 거리낄 것 없이 국적을 제거하셔야 할 것이옵니다. 그런데 항복이라니요? 이는 어불성설입니다. 또 조조가 대군을 이끌고 쳐들어온다고는 하지만 이 싸움에 많은 과오를 범하고 있습니다. 북방에 아직 마등(馬騰)과 한수(韓遂) 등이 버티고 있으므로 완전히 평정되지 않아 방심할 수 없으면서도 남부 정벌로 나날을 소비하고 있다는 것이 곧 첫 번째 잘못입니다. 그리고 북방의 군사들은 수상전에 약하온데 조조가 말을 버리고 배에 의지하여 동오를 치겠다고 하는 것이 두 번째 잘못입니다. 또한 지금은 한참 매서운 바람이 부는 겨울이라 말에게 줄 말꼴이 부족하다는 것을 고려하지 못했음이 또한 세 번째 잘못입니다. 게다가 중원 땅의 군사들을 이끌고 풍토가 다른 이 고장으로 멀리 원정을 왔으니 많은 병자들이 발생하게 되는 것도 당연한 결과로 이것 역시 네 번째 잘못입니다. 이런 과오를 범하고도 무리하게 원정을 나왔으니 아무리 그 군사의 수효가 많다고 할지라도 종이에 그린 범에 지나지 않습니다. 이렇게 보면 오늘이야말로 조조를 사로잡을 수 있는 절호의 기회이옵니다. 이에 저에게 수천 병력을 내주시면 그들을 이끌고 하구로 나가 진지를 구축하여 단숨에 조조를 격파하겠습니다."

손권이 이 말을 듣고 자리에서 일어나며 말하였다.

"늙은 역적 조조 놈은 오래 전부터 한나라를 등지고 자신이 황제가 될 생각을 갖고 있었던 거요. 그놈은 원소·원술·여포·유표 그리고 나에 대해서 꺼려 하고 있었는데 모두 멸해버리고 이내 몸 하나만 살아 남아서 이제 저 늙은 역적 놈과 양립해야 하다니, 내 어찌 이를 참을 수 있겠소! 공은 조조를 쳐야 한다고 주장하는데 이것이 곧 내 생각이오. 하늘이 나를 위해 그대를 보내주신 것과 같소."

주유가 다시 답하였다.

"이 몸은 만 번 죽는 한이 있더라도 조조와 결전을 벌이겠습니다. 다만 제가 우려하는 것은 주공께서 결단을 내리시지 못하고 주저하시는 것이옵니다."

이 말에 손권은 자기의 비검을 빼어들고 눈앞의 책상 한 모퉁이를 내리쳐 베어 버리면서 말하였다.

"더 이상 조조에게 항복하라고 말하는 자는 모두 이 책상 꼴로 만들어버리겠다."

그러고나서 손권은 그 검을 주유에게 하사하고 그를 대도독(大都督)으로, 정보(程普)를 부도독으로, 노숙을 찬군교위(贊軍校尉)로 명하고, 만약 명령에 불복하는 자가 있으면 예외없이 이 검으로 베어 죽이라고 엄명하였다.

주유는 그 검을 받아들고 일동에게 선언하였다.

"나는 주공의 명을 받들어 조조를 치려고 하오. 그러니 제공들은 내일 강변의 진영에 모두 모이도록 하고 내가 세우는 군령에 따르도록 하시오. 만일 이를 어기는 자는 '칠금오십사참(七禁五十四斬)'의 군율에 따라 엄히 처벌하겠소."

주유가 이 말을 마치고 손권에게 하직 인사를 고하니 일동은 말없이 물러나왔다.

주유의 속셈과 총진격 준비

숙사로 돌아온 주유는 곧바로 공명을 모셔오도록 하여 그와 상의하였다.

"오늘 조조를 격파하기로 결정을 내렸으니 이제 선생께서는 조조를 타도하기 위한 훌륭한 방책을 일러주시기 바랍니다."

공명이 말하였다.

"손 장군의 결심이 아직 굳혀지지 않았으므로 계책을 말하기에는 아직 이르다고 봅니다."

"그것이 무슨 말입니까?"

"손 장군이 비록 조조를 치기로 결정하셨다고는 하나 아직도 마음속으로는 조조의 방대한 병력에 대해 위협을 느끼고 계십니다. 그러므로 아군이 나서도 중과부적(衆寡不敵)일 것이라는 의구심이 박혀 있습니다. 그러니 주 장군께서 군사의 수에 문제될 것은 하나도 없다고 달래고 설득하시어 그 의구심을 제거시키셔야만 큰일을 이룰 수 있을 것입니다."

"선생의 말씀이 과연 옳습니다."

주유는 다시 그 길로 손권을 만나러 가니 손권이 궁금한 얼굴로 물었다.

"아니, 다시 나를 찾아온 이유가 무엇이오?"

주유는 단호한 목소리로 물었다.

"내일 드디어 출병에 관한 분담을 장수들에게 명할 작정이온데 주공께서는 과연 확고부동한 결심이 서 계신지 궁금하옵니다."

이 말에 손권이 기다렸다는 듯이 답하였다.

"그렇지 않아도 조조가 워낙 대군을 이끌고 왔기에 중과부적의 싸움이 되지 않을까 염려하고 있었소이다."

주유는 손권의 대답에 웃음을 보이고 나서 답하였다.

"그러실 줄 알고 늦은 시간임에도 불구하고 일부러 찾아뵈온 것입니다. 주공께서는 조조의 격문에 수륙 합쳐 백만이라고 쓰인 문구 때문에 신경을 쓰고 계시지만 그 허와 실을 모르고 계십니다. 즉 일백만이란 '허'를 말하고 그 '실'은 조조가 병아리를 닭이라 속이며 키우듯 해온 중원의 군사 십오륙만을 말합니다. 게다가 그들은 먼 원정길로 모두 피곤에 지쳐 있으며, 그 밖에 원소에게서 빼앗은 군사 칠팔만이 있지만 이들 대부분이 본심으로 그에 복종하고 있는 것은 아니옵니다. 이렇듯 피곤에 지쳐 있고 본심이 모호한 군사들은 수적으로 아무리 우세해도 한낱 허세에 불과할 뿐입니다. 저 같으면 오만 병력으로도 그들을 단숨에 쳐부술 수 있을 것입니다. 그러니 부디 부질없는 걱정일랑 마시옵소서."

손권은 주유의 등을 두드리며 말하였다.

"공의 말씀으로 마음이 놓였소. 장소의 무모한 주장에 마음이 편치 않던 참이었소. 그대와 노숙이 나와 같은 마음이니 안심이 되오. 그러니 내일 즉시 노숙·정보와 더불어 출병해주시오. 그러면 나도 뒤따라 군사를 이끌고 군량미를 원활하게 보급하여 그대를 응원하리다. 그러다가 싸움에서 불리해지면 즉시 돌아와서 보고하시오. 그러면 내가 기필코 친히 나아가 조조와 결전을 벌일 것이오."

주유는 감사해하며 물러나오면서 속으로 생각하였다.

'공명은 이미 주공의 심중을 훤히 꿰뚫어보고 있었던 게야. 역시 그가 생각하는 일은 모두 나보다 한 수 위다. 언젠가는 필연코 강동 땅의 화근이 될 것이니 그리 되기 전에 미리 처치해야

겠다.’

이렇게 생각한 주유가 그날 밤에 노숙을 은밀히 불러 공명을 죽이자고 제의하자 노숙이 이를 말렸다.

“그건 안 될 말이오. 아직 조조를 처치하기도 전에 그런 일을 벌이는 것은 오히려 들어오는 복을 발로 걷어차는 것과 같소이다.”

“그렇긴 하지만 공명이 유비를 돕고 있는 이상 반드시 강동 땅에도 화를 입힐 것이오.”

“공명의 친형인 제갈근이 여기 있으니 그에게 말하여 공명을 이곳에 머무르게 하고 두 사람에게 벼슬을 내리도록 하는 것이 어떻겠습니까?”

주유는 좋은 방안이라고 생각하였다.

이튿날 아침 주유는 강변의 진영으로 나가 대도독의 좌석에 버티고 앉았다. 그의 좌우에는 칼을 빼어든 군사들이 시립(侍立)하여 있고 문무백관들은 모두 모여 명령이 내려지기만을 기다렸다.

거기에는 장수와 정보만이 참석하지 않았다. 정보는 주유보다 나이가 위인데 주유보다 아래 지위에 놓였으니 기분이 상해서 아프다는 핑계를 대고 장남 정자(程咨)를 대신 참석시킨 것이었다.

주유가 장수들에게 명령을 내렸다.

“왕법(王法)에는 친하고 먼 관계가 필요없는 법이오. 그러니 장수들은 각기 그 소임을 완수하기에 최선을 다해주시오. 조조는 지금 동탁 이상의 위세를 떨치며 황제를 허도에 가두어 놓고 군사들을 모두 전선으로 보내어 고생을 시키고 있소. 이 몸은 이번에 주공의 명을 대신 받들어 조조를 치려 하니 제공들의 분투를 기대하는 바이오. 전선에 나가 있는 동안에는 절대로 백성들을 괴롭히거나 부리는 일이 없도록 하기 바라오. 그리고 공을 세운 자에게는 상을 내리고 죄를 범한 자에게는 벌을 내리는 것을 분명히 하겠으니 그리 알도록 하시오.”

이렇게 말한 주유는 우선 한당과 황개를 선봉으로 선임하여 본대의 전선(戰船)을 이끌고 오늘 안으로 삼강(三江) 어구까지 가서 후속 명령에 대기하도록 하였다. 이어서 장흠(蔣欽)과 주태(周泰)를 제2부대로 하고, 능통(凌統)과 반장(潘璋)을 제3부대로, 태사자(太史慈)와 여몽(呂蒙)을 제4부대로, 육손(陸遜)과 동습(董襲)을 제5부대로 하고 따로 여범(呂範)과 주치(朱治)를 사방순찰사로 명하였다.

이리하여 모두 여섯 부대가 수륙 양면으로 나란히 전진하되 기일을 정하여 일제히 총진격하기로 하였다. 곧이어 출병하는 순서도 배정되니 장수들은 각기 출병 준비에 들어갔다.

이 모임에 참석하고 돌아온 정자가 부친 정보에게 주유의 능란한 지휘 솜씨를 보고하니 정보가 깜짝 놀라 말하였다.

“주유는 약골이라 대장의 그릇이 되지 못하는 나약한 선비로만 여겨왔는데 네 말을 듣고 보니 그게 아니었구나. 나보다 뛰어난 장수이니 가서 사과하고 그의 말에 따라야겠다.”

이에 정보는 진영으로 주유를 찾아가 사과했고, 주유 역시 겸손한 자세로 그에게 답례하였다.

이튿날 주유는 제갈근을 불러들여 그에게 말하였다.

“공의 아우인 공명 선생은 정녕 왕을 보좌할 재능을 타고난 몸이온데 왜 유비같이 나약한 인물에 붙어 고생하고 있는 것입니까? 지금 강동에 와 있으니 이 기회에 공께서 수고를 하시어 동생인 공명을 유비 곁에서 떠나게 하시고 동오에서 벼슬을 얻어 우리 주공을 보필하게 하심이 어떻겠습니까? 그렇게 되면 우리 주공께서는 훌륭한 신하를 얻게 되시고 공께서도 형제가 같이

있게 되니 피차에 좋은 일이 아닌가 싶습니다. 그러니 공께서 수
고 좀 해주십시오.”

이 말을 듣고 제갈근이 말하였다.

“제가 이곳 강동으로 온 뒤로 아직 조그만 공 하나 세우지 못
해 고민하고 있던 차에 모처럼 공께서 기회를 주시니 내 기꺼이
가서 동생을 만나보겠습니다.”

제갈근은 곧 말을 타고 공명의 숙사로 찾아가니 형제가 모처
럼 서로 만나 긴 회포를 나누었다. 제갈근이 먼저 말문을 열었다.

“너는 백이와 숙제에 대한 일을 알고 있겠지?”

이 한 마디에 공명은 주유가 형을 보냈다는 것을 알아차리고
대답하였다.

“두 분은 옛날의 성현들이었습니다.”

“그렇다. 백이(伯夷)와 숙제(叔齊)*는 모두 수양산에서 고사리
를 먹고 살다가 끝내는 굶어죽었는데 그러면서도 끝까지 떨어지
지 않고 지냈다. 그런데 우리는 한 형제이면서도 각기 주인을 따
로 섬겨 좀처럼 만날 수도 없으니 이는 두 성현들에게 부끄러운
일이 아닐 수 없다.”

공명이 답하였다.

“형님이 말씀하시는 것은 정(情)으로 보면 옳으나 저는 지금
의(義)를 지키고 있습니다. 우리 형제는 모두 한나라의 백성이며
유 황숙은 한나라 황제의 혈족이시기도 한 분이시니 형님께서
동오를 떠나 저와 함께 유 황숙을 섬기게 되신다면 위로는 한나
라 신하로 부끄러울 것이 없으며 아울러 형제가 한데 모일 수

---

*백이·숙제(伯夷·叔齊):은(殷)나라 고죽군(孤竹君)의 두 아들. 아버지는 동생 숙제
를 후계자로 삼으려고 하였으나 형제가 서로 양보하는 청렴결백한 사람들이다. 뒤
에 주(周)나라 문왕(文王)을 섬겼으나 일찍 죽고, 무왕(武王)이 은나라 주왕(紂王)을
치려고 하자 신하가 군(君)을 반역함은 부당하다고 말려도 듣지 않으므로 주나라
의 곡을 먹는 것이 부끄럽다고 수양산(首陽山)으로 들어가 고사리를 캐어 먹다가
굶어죽음. 이에 ‘채미가(采薇歌)’가 전해온다.

있게 되니 정과 의 모두 안정되게 마련이지요. 그렇게 생각하지 않으십니까?”

이 말을 듣고 제갈근은 속으로 생각하였다.

‘내가 아우를 설득하러 왔는데 도리어 내가 설득을 당하는구나.’

이에 제갈근은 더 이상 아무 말도 하지 못하고 헤어져 그 이야기를 주유에게 전하였더니 주유가 물었다.

“그러면 공의 뜻은 어떠신지요?”

“저는 손 장군의 후하신 은혜를 입고 있는 몸이온데 어찌 등을 돌릴 수 있겠습니까?”

“공의 뜻이 진정으로 그러하시다는 것을 알았으니 그것으로 족합니다. 내게 공명을 설득시킬 다른 계책이 있소.”

주유는 이렇게 장담하였다.

두 사람의 재능과 지모는 서로 견주어 조금도 기울거나 물러서지 않았다.

과연 주유는 공명을 설득시킬 수 있을 것인가!

제 45 회 조조의 실수

삼강구조조절병　　군영회장간중계
三江口曹操折兵　　群英會蔣幹中計

삼강구에서 조조는 크게 패하고
군영 모임에서 장간은 모략에 걸리다

공명과 주유의 대결

주유는 제갈근의 말을 듣고 공명을 시기하여 진심으로 죽일 생각이 들고 말았다. 이튿날 주유가 군사들의 열병식을 마친 뒤에 손권을 찾아가 하직 인사를 아뢰니 손권이 당부를 하였다.

"그대가 먼저 출발하시게. 그러면 내가 곧 뒤따라 나서겠네."

주유는 정보와 노숙과 더불어 출병하려다가 사람을 보내어 공명에게도 같이 가자고 권유하니 공명은 흔쾌히 따라나섰다.

이윽고 배에 올라탄 후에 돛을 내리고 많은 군선들을 이끌고 하구를 향해 나아갔다. 배가 삼강의 어구를 떠나 오륙십 리 되는 지점에 이르자 주유는 일제히 닻을 내리고 정지하라는 명을 내렸다. 그러고 나서 주유는 본진을 중앙에 설치하고 나머지 군대는 강기슭에서 서쪽 산을 따라 진지를 구축하라고 명하였다. 공명은 한 척의 거룻배에 있으면서 그곳에서 숙식을 취하였다.

주유가 어느 정도 군사들의 배치를 마치고 나서 의논을 핑계삼아 공명을 불러들이니 공명은 두말 않고 주유가 있는 본진으로 왔다.

먼저 주유가 말문을 열었다.

"옛날 조조는 적은 군사들을 이끌고 많은 군사를 가진 원소와 맞섰는데, 그때 그를 꺾을 수 있었던 것은 허유의 계책에 따라 오소에 있는 식량을 불태워 보급로를 차단했기 때문이었습니다. 지금 조조는 팔십삼만 명의 군사를 이끌고 와 있고 우리 강동은 고작 육만 정도의 군사밖에 안 되니 거기에 대항해 싸운다는 것은 무리일 것입니다. 그러니 아무래도 대전을 벌이기 전에 먼저 조조 군단의 식량 보급로를 차단해버려야 할 것입니다. 제가 탐문해보니 지금 조조 군단의 식량과 말꼴들은 취철산(聚鐵山)에 저장해두었다고 합니다. 선생은 한수의 어구에 오래 계셨으니 그 일대의 지리에 밝으실 것으로 여겨집니다. 제가 일천 병력을 원조하겠으니 선생께서는 관우·장비·조운 장군을 거느리고 취철산으로 가시어 조조 군단의 군량품을 습격해주시기 바랍니다. 이는 서로가 각자 주공을 위하여 하는 일이오니 부디 사양하지 말아주시기 바랍니다."

공명은 주유의 말을 듣고 속으로 생각하였다.

'내가 강동에 와서 벼슬을 얻어 손권을 보좌하라는 권고에 응하지 않으니 이런 교묘한 속임수를 써서 나를 없애려고 하는구나! 이제 여기서 거절하면 웃음거리가 될 테니 일단 응낙한 뒤에

나름대로 방책을 강구해야겠구나.'

이렇게 생각한 공명은 그렇게 하겠다고 승낙하였다. 주유는 기쁜 표정이 되어 공명과 작별을 고하고 그를 돌려보냈다. 이에 노숙이 주유를 찾아와 살며시 물어보았다.

"공명을 어쩌실 셈이오?"

주유가 태연히 대답하였다.

"나는 공명을 죽일 생각이오. 하지만 내 손으로 처치하면 세상의 비웃음을 사게 될 것이니 조조의 손을 빌려서 후환을 없애버릴 작정이오."

주유의 속셈을 들은 노숙은 즉시 공명을 찾아가 그가 눈치를 채고 있는지 어떤지를 탐색하려고 하였다. 그러나 공명은 지극히 태평스러운 자세로 노숙을 대하였다. 그리고 취철산으로 떠날 준비를 하고 있었다.

노숙은 공명이 안됐다는 생각이 들어 말을 건넸다.

"선생께서는 이번 일을 잘 해내실 수 있을 것 같습니까?"

이 말에 공명은 미소를 보이며 말하였다.

"저는 수전(水戰)·보전(步戰)·마전(馬戰)·차전(車戰)에도 그 비결을 모두 터득하고 있습니다. 그러니 강동의 귀공이나 주공과는 다르오. 두 분은 오직 한 가지 재능밖에 갖고 있지 못하지 않습니까?"

"저와 주공이 한 가지 재능만을 갖고 있다는 말은 무슨 근거로 하시는 것입니까?"

"제 말을 모르시겠습니까? 강동 땅의 어린 아이들이 이런 노래를 부르는 것을 들었습니다. '노숙은 잠복에 능하여 관문을 잘 지키고, 주유는 배를 잘 저어 수전에 능하다네'라는 노래지요. 그러니 귀공께서는 수전에 약해 육지에서 복병을 잘 부리시고 주공께서는 육지에서는 별 수 없고 수전에나 능하시다는 말입니다."

노숙이 즉시 이 말을 주유에게 전하니 주유는 화가 치밀어올라 버럭 소리를 쳤다.

"뭐라고요? 내가 육지에서는 맥을 쓰지 못한다고 하였소? 좋소이다. 공명을 보내지 않고 내가 직접 일만 기마병을 이끌고 취철산의 보급로를 차단해 보이겠습니다."

노숙은 주유의 말을 다시 공명에게 전했고 공명이 웃으며 답하였다.

"주공은 조조를 이용하여 나를 죽이려고 했던 것입니다. 그러기에 내가 한 가지 재능만 갖고 있다고 놀려댄 것인데 주공은 그 말을 참지 못하고 불끈하다니 참을성이 없는 인물입니다. 지금의 정세는 많은 인재들을 모아들일 때입니다. 이에 손권 장군과 저희 유 주공께서 진심으로 협력해야만 성공하는 법이지 서로 해치다가는 돌이킬 수 없는 사태에 이르고 말 것입니다. 잘 아시다시피 조조는 뛰어난 모략가여서 적군의 식량 보급로를 끊는 데에 노련한 솜씨를 가지고 있습니다. 그러니 어찌 취철산의 경비에 소홀한 점이 있겠습니까? 주유 장군이 그곳에 갔다가는 반드시 잡히고 말 것이니 우선적으로 해야 할 일은 먼저 수전으로 북군의 기세를 꺾는 일입니다. 그러니 주유 장군에게 어리석은 짓은 하지 않도록 일러주시기 바랍니다."

노숙이 돌아가서 주유에게 공명의 말을 전하니 주유는 발을 구르며 분통을 터뜨리고는 중얼거렸다.

"공명은 나보다 열 배나 더 뛰어난 인물이오. 그러니 그를 처치하지 않으면 동오의 장래가 위태로워질 것입니다."

그러자 노숙이 점잖게 꾸짖었다.

"지금은 인재를 모아야 할 때입니다. 조조를 쳐부술 때까지는 부디 나라 일부터 먼저 생각해주시기 바랍니다."

이리하여 주유는 일단 노숙의 말을 따르기로 하였다.

함정에 빠진 유비

한편 유비는 유기에게 강하를 맡기고 자신은 하구로 향하였다. 그렇게 하구로 가는 도중에 강 건너 남쪽 기슭을 바라보니 많은 깃발과 창이 어우러져 숲을 이루고 있는 것이 보였다. 유비는 강동의 군사들이 출병했음을 알아차리고 즉시 강하의 병력을 모두 번구(樊口)로 옮기고는 장수들을 모았다.

"공명이 동오로 간 뒤로 소식이 끊겨서 어찌 되었는지 알 수 없으니 누가 가서 상황을 알아보고 오지 않겠소?"

미축(糜竺)이 자청하고 나섰다.

"제가 다녀오겠습니다."

유비는 군사들을 위무한다는 명목으로 술과 고기들을 푸짐하게 마련하여 미축 편에 보내었다. 미축은 즉시 배를 타고 주유의 본진으로 찾아가 그를 만나 유비의 인사말을 전하고 선물들을 바쳤다. 이에 주유는 미축을 위해 환영의 연회를 베풀어주었다.

그 자리에서 미축이 넌지시 말하였다.

"공명 선생이 오래 전부터 이곳에 와 있기에 이번에 제가 같이 모셔갈까 합니다."

주유가 완곡히 거절하였다.

"모처럼 공동으로 작전을 세워 조조를 물리치려고 하니 지금은 돌려보낼 수 없습니다. 나 역시 유 황숙을 직접 만나뵙고 충분히 이야기를 나누며 대책을 세우고 싶지만 여기를 떠날 수가 없습니다. 그러니 만약 유 황숙께서 이곳으로 왕림해주신다면 더할 수 없이 고맙겠습니다."

미축이 그렇게 전하겠다고 답하고 돌아갔다.

노숙이 다시 주유에게 물었다.

"왜 유비를 만나려고 하십니까?"

"유비는 난세의 효웅(梟雄:사납고 용맹스러운 인물)으로 살려두어선 안 되는 인물이니 이번 기회에 그를 이곳으로 유인하여 죽여서 우리 동오의 후환을 미리 제거할 생각입니다."

노숙은 재삼 생각을 고쳐먹도록 부탁하였으나 주유는 고집을 꺾지 않고 마침내 비밀 지령까지 내리고 말았다.

"미리 쉰 명의 암살대를 장막 뒤에 숨겨놓아라. 그리하여 유비가 와서 회담할 때 내가 술잔을 던지는 신호를 보내거든 일제히 뛰어나와 처치하도록 하라."

한편 미축이 돌아와서 유비에게 주유의 부탁을 전하니 유비는 쾌히 승낙하며 즉시 배 한 척을 장만토록 하여 동오로 떠날 채비를 갖추었다.

이를 지켜 본 관우가 걱정스런 표정으로 말하였다.

"주유는 계략이 뛰어난 모사가입니다. 그의 속셈을 알기 힘든데다가 공명 선생에게서도 편지 한 통 없으니 가시지 않는 것이 좋을 것 같습니다."

그러나 유비는 관우를 타일렀다.

"나는 동오와 동맹을 맺어 조조를 쓰러뜨리려고 하는 것일세. 그런데 내가 만약 가지 않으면 이는 동맹을 원하지 않는다는 것을 뜻하니 가야겠네. 이렇게 앉아서 서로 의심만 하다가는 일이 하나도 진척되지 않게 마련이네."

"정 그러시다면 제가 같이 따라나서겠습니다."

관우가 이렇게 말하자 장비도 덩달아 나섰다.

"그럼, 저도 따라나서겠습니다."

유비가 장비를 설득하였다.

"그렇다면 관우는 나와 함께 가고 장비는 조운과 여기 남아서 진지를 지키게. 그리고 간옹에게는 악현(鄂縣)의 수비를 부탁하겠네. 내 갔다가 바로 돌아오도록 하겠네.”

결국 유비는 종졸 이십여 명과 관우만을 데리고 배에 올라 동오로 향하였다.

유비를 구한 관우

유비는 강동의 질서정연하게 늘어선 함선들과 오색으로 나부끼는 깃발을 들고 갑옷 차림으로 완전히 무장해 있는 군사들을 보고 든든한 마음이 생겨 얼굴이 환해졌다.

유비 일행이 도착하니 한 병사가 주유에게 달려가 아뢰었다.

“유 주공 일행이 도착하였습니다.”

“배가 몇 척이나 되더냐?”

“조그만 거룻배 한 척에 종졸들이 이십여 명 정도 따르고 있었습니다.”

이 말에 주유는 미소를 머금은 채 중얼거렸다.

“마침내 죽을 곳으로 스스로 찾아왔구나.”

주유는 즉시 암살대를 장막 뒤에 숨기고 나서 본진을 나와 마중을 나갔다. 유비는 관우와 종졸들을 거느리고 곧바로 본진으로 들어가 예를 갖춰 인사를 나누었다.

주유가 유비에게 상좌를 양보하니 유비가 사양의 뜻을 전하였다.

“장군의 존함은 천하에 널리 알려져 있고, 저는 보잘것없는 몸인데 어찌 이런 극진한 대우를 받을 수 있겠습니까?”

유비는 상좌를 사양하고 빈객의 자리에 앉으니 주유가 연회를 베풀었다.

이즈음에 공명은 강기슭에 나가 있다가 유비가 주유를 만나러 왔다는 전갈을 받고, 깜짝 놀라 부리나케 본진으로 찾아가 살펴

봤더니 주유의 얼굴에는 살기가 감돌았고 양쪽 장막 뒤에는 칼을 뽑아든 암살대가 기회를 엿보며 마른침을 삼키고 있었다. 공명은 소스라칠듯이 놀라서 어찌할 바를 몰라 안절부절못하다가 시선을 돌려 유비를 보니, 유비는 술잔을 앞에 놓고 태연자약하게 미소를 지으며 담소에 열중하고 있었다. 그 뒤에는 칼을 손에 쥐고 우직하게 서 있는 거한이 눈에 띄었다. 그는 바로 관우였다.

공명은 그제야 마음을 놓으며 빙긋 웃었다.

'관우 장군이 있으면 안심할 수 있겠구나.'

그러고는 다시 강가로 돌아가서 유비가 오기만을 기다렸다.

술좌석이 어느 정도 무르익어 절정에 이르려고 할 무렵, 주유는 자리에서 일어나 술잔을 집어들었다. 그리고 그것을 집어던져 신호를 보내려고 하다가 유비의 등뒤에 칼을 쥐고 우뚝 서 있는 관우의 모습이 눈에 들어왔다.

주유가 누구냐고 물었더니 유비가 웃으며 답하였다.

"내 아우 관우입니다."

"그러면 지난날 안량(顔良)과 문추(文醜)의 목을 벤 그 장수이십니까?"

"그렇습니다. 바로 그 관우이지요."

주유는 가슴이 철렁 내려 앉고 등줄기를 따라 식은땀이 흘러내림을 느꼈다. 그는 얼른 잔에 술을 따라서 관우에게 권하였다.

얼마 뒤에 노숙이 들어오니 유비가 그에게 말을 건네었다.

"공명 선생은 지금 어디 계십니까? 그를 만나게 해주십시오."

이에 주유가 옆에서 끼어들었다.

"조조를 물리치시고 난 뒤에 만나시는 것이 어떻겠습니까?"

유비는 더 이상 강요하지 않았다. 이때 관우가 이상한 낌새를 눈치채고 유비에게 눈짓을 하니 유비도 이를 알아차리고 일어섰다.

"일단 이쯤에서 작별하겠습니다. 조만간 적을 격파한 뒤 축하하러 다시 오겠습니다."

주유도 더 이상 붙들지 못하고 진문 밖까지 나와 유비 일행을 배웅해주었다.

유비가 관우와 같이 강가의 배 안으로 돌아와보니 거기에 공명이 기다리고 있었다. 유비는 공명을 만나 한없이 기뻤다. 공명이 먼저 물었다.

"오늘 주공께서 위태로운 일을 겪으실 뻔했던 사실을 알고 계셨습니까?"

"몰랐습니다."

유비가 깜짝 놀라 답하니 공명이 일러주었다.

"오늘 만약 관우 장군이 그 자리에 없었더라면 틀림없이 주유의 손에 화를 당하셨을 것입니다."

유비는 그제야 모든 상황을 깨닫고 공명에게 함께 번구로 돌아가자고 권유하였다.

"아닙니다. 저는 호랑이 굴에 있어도 안전하니 걱정하지 마십시오. 그러니 돌아가시거든 즉시 군사들과 함선들을 정리하여 준비시켰다가 오는 11월 20일, 갑자 날이 되거든 조운 장군을 배에 태워 장강의 남쪽 기슭까지 보내주십시오. 이 일에는 절대로 착오가 일어나지 않도록 만전을 기해주시기 바랍니다."

유비가 그 까닭을 물었으나 공명은 간단히 대답할 뿐이었다.

"동남풍이 불어오면 저는 반드시 돌아가겠습니다."

유비가 더 자세히 물으려고 했지만 공명이 어서 빨리 돌아가라고 재촉하는데다가 자신이 먼저 배에서 내려 돌아가버렸으므로 별수 없었다.

유비가 관우와 함께 종졸들을 이끌고 배를 저어나가다보니 사오 리쯤 간 곳에서 오륙십 척의 선단들이 상류로부터 내려오는 것이 보였다. 선두에는 대장 한 명이 사모(蛇矛)를 비껴 들고 뱃머리에 서 있었다. 그는 바로 장비였다. 유비에게 만일의 사태가 벌어지면 관우 혼자의 힘으로는 당해내지 못할 것이라 생각하고 부랴부랴 배들을 거느리고 달려온 것이었다. 이리하여 의형제 셋이 한데 어우러져 진지로 돌아왔다.

첫 승리를 거둔 주유

주유가 유비를 배웅하고 본진으로 돌아오자 노숙이 들어와서 말을 꺼냈다.

"공께서는 유비를 이곳으로 유인하여 죽이려고 하시더니 왜 그냥 돌려보내셨습니까?"

"관우는 사나운 범 같은 장수였습니다. 한시도 유비 곁을 떠나지 않고 지키고 섰으니 만약 이쪽에서 섣불리 손을 대었더라면 도리어 관우가 나를 죽일 것 같았소."

노숙은 이 말에 깜짝 놀랐다.

이때 조조가 사자를 통해 서신을 보내왔다는 보고가 들어왔다. 주유가 그 사자를 만나 서신을 받아보니 겉봉에 다음과 같이 써 있었다.

한나라 대승상이 이 서신을 주 도독으로 하여금 뜯어보게 하노라.

주유는 이것만으로도 성이 나서 편지를 뜯어보지도 않고 갈기갈기 찢어버리고는 당장 그 사자의 목을 베라고 명하였다. 이에 노숙이 이를 말렸다.

"싸움 중에는 적의 사자를 베어서는 안 되는 법입니다."

그러나 주유는 막무가내였다.

"무슨 소리를 하시오? 사자의 목을 베어서 적들에게 우리의 위엄을 보여주어야 하오."

결국 주유는 끝내 그 사자의 목을 베어 버리고 그를 따라온 종복에게 그 목을 가지고 돌아가도록 하였다. 그리고는 즉시 감녕을 선봉에, 한당을 좌익에, 장흠을 우익에 편성하고 주유 자신이 직접 본대를 지휘하기로 정한 후, 내일 날이 새기 전에 아침을 먹고 동이 터오거든 북을 치면서 진군하라는 명령을 내렸다.

한편, 조조는 자신이 보낸 사신을 주유가 목 베어 죽인 사실을 알고 크게 격노하고는 형주에서 투항해온 채모와 장윤을 전위로 내세우고 조조 자신은 본대를 이끌고 출정하였다.

조조가 삼강의 어귀까지 전선(戰船)을 지휘하여 나아가보니 벌써 강위로 새까맣게 다가오는 동오의 수군들이 시야에 들어왔다. 맨 앞에서 다가오는 배의 뱃머리에는 한 장수가 버티고 서서 조조를 향하여 소리쳤다.

"나는 감녕이다! 어느 놈이든지 나와서 덤벼보아라."

이 말에 채모가 자신의 아우 채훈(蔡壎)을 내보냈다. 양쪽의 전선이 서로 가까이 다가서는데 감녕이 활을 들고 화살을 메겨 날리니 이는 채훈에게 정통으로 날아가 꽂혔고, 그는 그 자리에서 죽고 말았다. 이에 감녕이 선단을 성큼 앞으로 전진시키고 비오듯 화살을 쏘아대도록 명하자 조조 군은 흔들리기 시작하였다. 더욱이 오른쪽에서는 장흠의 부대가, 왼쪽에서는 한당의 부대가 돌격해와 도저히 당해낼 수가 없었다.

조조 군은 원래 그 대부분이 수전에는 익숙하지 못한 청주와 서주 출신의 군사들이었으므로 배가 흔들리기 시작하자 모두들 배멀미를 하며 낯빛이 파랗게 변하더니 비틀거리기 시작하였다. 반면, 손권의 진영에서는 감녕·장흠·한당의 세 부대가 강물 위

를 종횡무진으로 누비며 공격하였고 거기에 주유마저 정면에서
공격을 가해오니 조조 군단은 엄청난 병력이 궤멸되었다.

싸움은 이른 아침부터 한낮이 지날 때까지 계속 되는가 싶더
니 끝내 주유가 이끄는 군단이 승리를 거두었다. 그러나 워낙 적
은 수로 북군을 대적하려 하니 주유는 오래 시간을 끄는 것이
불리하다고 판단하고 철수를 명하였다. 조조 군단도 크게 패하였
으니 철수하는 수밖에 없었다.

조조는 육지에 설치해놓은 막사로 돌아가 부대를 재정비하고
는 채모와 장윤을 불러 꾸짖었다.

"남군은 우리보다 그 수가 훨씬 적은데도 왜 그들에게 졌느냐?
이는 너희들이 딴 마음을 품고 최선을 다해 싸우지 않은 것이
아니냐?"

이에 채모가 나서서 변명하였다.

"형주의 수군은 오랫동안 훈련을 하지 못한 상태였고, 승상께
서 거느리시던 청주와 서주 출신의 군사는 수전에 경험이 없어
익숙하지 못하여 끝내 패하고 말았습니다. 그러니 먼저 수상에
진지를 세워 청주와 서주의 군사들을 그 안에 두고, 형주의 군사
들을 그 주변에 놓아 날마다 수전을 훈련시킨다면 우리에게도
승산이 있을 것입니다."

조조가 그래도 화가 난 목소리로 말하였다.

"장군은 수군을 이끄는 도독이오. 그런데도 그런 것을 일일이
나에게 의논하는 것이오? 잘 알아서 처리하도록 하시오."

채모와 장윤은 그날부터 수군의 훈련에 착수하였다. 장강 연변
일대에 스물네 개의 수문을 설치한 뒤 큰 배를 바깥쪽에 배치하
여 수채(水寨:수중의 목책)를 성곽으로 삼고 작은 배들을 안쪽으로
배치하여 자유롭게 움직이도록 하였다. 그리고 어두워지면 모든
배에 일제히 불을 밝히게 하였으므로 하늘과 수면이 모두 시뻘

건 색으로 물들었는데 그 불빛은 삼백여 리 가까이 이어져 일대
가 장관을 이루었다.

주유를 만난 장간

한편, 조조에게 이기고 진지로 돌아온 주유는 모든 군사들을
위로하고 후한 상을 내리는 한편, 손권에게 승리를 보고하였다.
그런 뒤 밤이 되어 높은 곳에 올라가 멀리 적진을 살펴보는데
서쪽 하늘이 온통 붉은빛으로 가득했다. 이를 궁금히 여긴 주유
가 주위 사람에게 무엇이냐고 물었더니 그가 알아보고 와서 일
렀다.

"북군의 불빛임에 틀림없사옵니다."

주유는 불안한 마음으로 하룻밤을 꼬박 지새우고, 다음날 아침
직접 탐색하러 나서기로 하였다. 그는 우선 누선(樓船) 한 척을
장만하여 악사들을 태우고 군사들에게는 활을 지니고 타도록 하
였다. 주유가 배를 저어 적군의 수채 가까이까지 바짝 다가가서
닻을 내리게 하더니 악대들에게 연주를 하라고 명하였다.

그 동안에 주유는 수군들의 수채와 주변을 살펴보고 혀를 내
두르며 말했다.

"이는 병법에 맞는 훌륭한 포진법이로구나. 수군의 도독이 누
구인지 아느냐?"

주위 사람들이 대답하였다.

"채모와 장윤이라고 하옵니다."

이에 주유는 생각에 잠겼다.

'그들은 오랫동안 강북에 있었으므로 수전에는 능한 자들이다.
그러니 그들보다 먼저 계략을 세워 제거해야겠다.'

이렇게 주유가 조조의 군단을 염탐하는 동안 조조의 진영에서

도 수비병이 그들을 발견하고 주유가 수채를 탐색하러 왔다고 조조에게 보고하였다. 이에 조조는 즉시 배를 내주며 주유를 사로잡으라고 명하였다. 주유 역시 수채 안에서 깃발이 움직이기 시작한 것을 보고는 재빨리 상황을 눈치채고 누선의 닻을 올리자마자 모든 노를 일제히 젓게 하여 나는 듯이 달렸다.

조조 군의 배가 수채를 나설 때쯤 해서는 주유의 배는 이미 수십 리나 도망친 뒤였으므로 더 이상 추격을 할 수 없었다. 조조는 장수들을 불러놓고 엄하게 일렀다.

"어제의 싸움에서는 얼마 안 되는 적군들에게 패하더니 오늘은 또 적이 우리 수채를 살펴보고 달아났다. 이제 적들을 격파시킬 대책이 없겠느냐?"

이때 좌중에서 한 사람이 뛰어나오며 아뢰었다.

"저는 주유와 어릴 적부터 벗으로 사귀어오고 있었습니다. 그리고 말에도 약간의 재주가 있으니 제가 강동으로 가서 그를 만나 설복시켜 항복하도록 해 보이겠습니다."

조조가 누군가 하고 살펴보니 그는 장간(蔣幹)이라는 장수로 자를 자익(子翼)이라 하는 구강(九江) 출신의 사람인데 지금은 조조의 식객으로 머무르고 있었다.

조조가 기뻐하며 그에게 물었다.

"그대와 주유가 벗 사이였다고 했소?"

"예, 그렇습니다. 그러니 승상께서는 마음을 놓으시고 지켜만 보십시오. 제가 반드시 성공해 보이도록 하겠습니다."

"그래, 거기에 가지고 갈 것은 없는가?"

"예, 어린 동자 하나와 배를 저을 사공 둘만 있으면 충분합니다."

조조는 크게 기뻐하며 그를 위해 술좌석을 마련하여 대접하며 장도(壯途)를 축복해주었다. 장간은 갈포(葛布:칡의 섬유로 짠 베)로

만든 두건에 무명옷을 걸친 차림으로 거룻배에 올라 곧바로 주
유의 본진으로 가서 그를 찾았다.
"옛 벗 장간이 찾아왔다고 일러라."
이때 주유는 작전회의를 하고 있었는데 장간이 찾아왔다는 보
고를 받고 얼굴에 미소를 띠더니 주위의 여러 장수들에게 말하
였다.
"세객(說客:능란한 말솜씨로 각지를 유세하고 다니는 사람)이 나를
찾아왔다고 하는구려."
그러고는 주위 장수들을 가까이 불러 귀엣말로 무엇이라고 명
하자 그들은 고개를 끄덕이고 물러갔다. 주유는 의관을 바로 고
쳐입고 비단 옷차림에 화려한 무늬를 수놓은 관을 쓴 수백 명의
부하들을 거느리고 장간을 맞이하러 나갔다. 반면, 장간은 검은
옷을 걸친 어린 아이 하나를 대동하고 들어섰을 뿐이었다.
주유가 반가이 인사를 하며 장간을 맞이하니 장간 역시 주유
에게 인사말을 건넸다.
"그 동안 별고 없었소?"
이에 주유가 대뜸 말하였다.
"아니, 이렇게 먼 곳까지 수고롭게 조조의 세객으로 오셨는가?"
장간이 뜨끔하였지만 시치미를 떼고 대꾸하였다.
"아닐세. 오랫동안 무심하게 지내왔기에 한번 방문해본 것인데
덮어놓고 나를 세객이라 하니, 지레짐작이 지나치군 그래."
주유가 빙그레 웃으며 말하였다.
"그렇게 눈치가 없는 나는 아닐세."
"그렇게까지 말한다면 이만 실례해야겠네."
그러자 주유가 장간의 팔을 붙들며 말하였다.
"자네가 조조의 세객으로 온 것이라면 곤란하지만 그렇지 않다
면 천천히 쉬었다 가게."

　그러면서 본진으로 장간을 데리고 가면서 강동의 인물들을 소개해주겠다고 말하였다. 이윽고 비단 옷차림의 문관들과 은을 입힌 갑옷 차림의 무관들이 두 줄로 나란히 들어오니 주유가 일일이 그들을 소개시켰다. 곧 연회가 시작되어 승리를 축하하는 음악이 연주되고 술잔이 돌려졌다.

　이렇게 몇 순배가 돌려지고 나서 주유가 일동을 향해 말하였다.

　"이분은 나의 옛 벗으로 강북에서 오셨소이다만 그렇다고 조조의 부탁으로 오신 것은 아니니 제공들께서는 공연히 의심하지 마시기 바라오."

　그러고는 허리에 찼던 배검을 풀어서 태사자(太史慈)에게 건네주며 다시 말을 이었다.

　"그대가 이 칼을 들고 이 술좌석을 지켜주게. 오늘의 이 연회는 옛 벗을 위하여 베푼 것이니 만약 이 자리에서 조조와 동오의 싸움에 관해서 입을 벌리는 자가 있으면 이 칼로 즉시 참하도록 하라."

　태사자가 주유의 명을 받들어 상좌에 자리를 잡고 서니 장간은 놀라서 입을 벌릴 수 없게 되었다.

　주유가 다시 입을 열었다.

　"내가 대도독을 맡은 뒤로는 술 한 모금 안 마셨는데 오늘은 옛 벗이 이렇게 찾아와주었으니 아무 거리낌 없이 술을 마시겠네."

　주유는 이렇게 말하고 나서 술잔을 들어 술을 마시기 시작하였고, 주위의 장수들도 분주하게 술잔을 주고 받았다. 이윽고 어지간히 술기운이 돌자 주유가 장간의 손을 잡고 막사 밖으로 데리고 나가는데 경비병들이 완전 무장을 하고 좌우에 늘어서 있었다.

주유가 그들을 보며 말하였다.

"어떤가? 훌륭한 군대라고 생각하지 않나?"

이에 장간이 장단을 맞추었다.

"아주 훌륭하네."

이어서 주유가 장간을 막사 뒤편으로 데리고 가니 거기에는 식량과 마초가 산더미처럼 쌓여 있었다.

"어떤가? 이만큼 마련되어 있으니 한동안 충분하지 않겠는가?"

"충분하고 말고. 소문으로 듣던 대로구먼."

주유는 웃어 보이며 취중의 실없는 농담처럼 내뱉었다.

"자네와 함께 공부했을 때 나에게 오늘과 같은 날이 있으리라고는 생각해본 일도 없었네."

"자네는 뛰어난 재주를 지니고 있었으니 이쯤 되는 것은 당연하네."

주유가 장간의 손을 잡고 말하였다.

"나는 세상에 장부로 태어나서 나를 알아주는 주인을 만나 밖으로는 군신의 의리로 맺어지고 안으로는 가족과 같은 은애(恩愛)로 맺어졌으며 내 말은 무엇이나 실현되고 내 의견은 무엇이나 받아들여지고 있다네. 이제 설혹 소진(蘇秦)과 장의(張儀) 또는 육가(陸賈)나 역생(酈生) 등이 되살아나서 대하를 흐르는 듯한 능변(能辯)을 구사하고 칼날처럼 예리한 설봉(舌棒)을 휘두른다 해도 어찌 나의 마음을 움직일 수 있겠소?"

이렇게 말한 주유가 큰소리로 껄껄거리고 웃어대니 장간은 얼굴이 흙빛으로 변해버렸다.

주유가 다시 장간을 데리고 막사 안으로 들어와 술을 몇 잔 마시고 나서 다시 여러 장수들을 보며 큰소리로 말하였다.

"오늘 이곳에 강동의 영걸들이 모두 모였으니 오늘의 이 술자리를 이름하여 '군영회(群英會)'라고 부르도록 하지."

　연회는 밤 늦도록 계속 되었고 주유가 자리에서 일어나 칼춤
을 추며 노래를 흥얼거렸다.

<blockquote>

대장부의 처세여 공명을 세움에 있네　　　　丈夫處世兮立功名

공명을 세움이여 평생을 위로하네　　　　　立功名兮慰平生

평생을 위로함이여 내 장차 취하려 하네　　慰平生兮吾將醉

내 장차 취함이여 미친 듯 노래 부르네　　　吾將醉兮發狂吟

</blockquote>

　이 노래가 끝나자 자리를 같이 한 모든 영걸들이 박장대소를
하며 즐거워하였다.
　이윽고 한밤중이 되자 장간이 더 이상 마시지 못하겠다며 숙
소로 돌아가자고 하였다. 이에 주유 역시 취한 척하며 장간에게
말하였다.
　"자네와는 오랫동안 떨어져 함께 잔 지도 꽤 되었으니 오늘 밤
은 같이 가서 잠자리에 들어보세나."
　그러면서 장간을 자기의 숙사로 데리고 들어갔으나 주유가 몸
도 제대로 가누지 못하고 옷을 입은 채 쓰러져서는 먹은 것을
모두 토해버렸으므로 장간은 잠을 이룰 수가 없었다.
　그렇게 얼마를 보내니 한밤중의 때를 알리는 북소리가 울려퍼
지고 주유는 세상 모르고 잠에 곯아 떨어졌다. 장간이 살며시 몸
을 일으켜보니 등잔불은 아직도 꺼지지 않고 타고 있었다. 그러
다가 문득 책상을 보니 한 뭉치의 편지들이 놓여 있는 것이 눈
에 들어왔다. 이에 장간이 잠자리에서 살그머니 빠져나와 가까이
다가가 살펴보니 그것은 여러 고장에서 온 편지들이었는데 그
가운데서 채모와 장윤이 보낸 편지 한 통도 눈에 띄었다. 그는
깜짝 놀라 그것을 들고 읽어보기 시작하였다.

저희들이 오늘날까지 조조에게 의지하여 지내고 있사오나 이 것은 본심으로 하는 행동이 아님을 살펴주시옵소서. 이제 북군을 수륙 양면의 요새 속에 가두어 넣을 궁리를 하고 있으며 기회를 보아 기필코 조조의 목을 장군께 바치겠습니다. 조만간 사자를 보내어 자세히 아뢰겠사오나 우선 급한 대로 이 글을 올리나이다.

장간은 놀라는 동시에 두 사람이 동오와 내통하고 있는 첩자임을 알고 충격을 금할 수가 없었다. 장간이 그 편지를 품속에 넣고 딴 편지들도 살펴보는데 침상에서 주유가 몸을 뒤척이자 당황하여 등잔불을 꺼버렸다. 장간은 다시 자리로 돌아와 누우니 주유가 잠꼬대처럼 중얼거렸다.

'내 곧 수일 내로 조조의 목을 베어 보여주겠네.'

장간이 시치미를 떼고 주유의 잠꼬대에 대꾸를 하려 하자 주유가 다시 비슷한 말을 반복하였다. 이에 장간이 다시 대답하려고 하였으나 주유는 이내 잠에 빠져버렸다. 장간은 결국 밤새도록 몸을 뒤척이며 잠을 이루지 못하다가 새벽을 맞이하였다.

이때 동이 틀 무렵 누군가가 막사로 들어와 주유를 불렀다.

"도독께서는 아직 주무십니까?"

주유는 그제야 잠에서 깬 척하며 주위를 살피고는 자기를 부른 부하에게 물었다.

"여기 내 옆에서 자고 있는 사람은 누구냐?"

주유가 이렇게 말하면서 누워 있는 장간을 가리키니 그가 대답하였다.

"아니, 오랫만에 옛 친구와 잠자리를 같이 하시겠다고 하시며 침상에 드시더니 그것이 기억나지 않으십니까?"

이 말에 주유가 뉘우치는 듯한 표정으로 말하였다.

"내 평소에 취하는 법이 없었는데 간밤에는 너무 취하여 부질없이 뭐라고 떠들어댄 것은 아닌지 모르겠구나."

이때 부하가 목소리를 낮추며 주유에게 아뢰었다.

"지금 강북에서 밀사가 도착하였습니다."

"쉿, 조용히 하거라."

주유가 그의 말을 제지하더니 장간을 불렀다.

"여보게, 장공!"

그러나 장간은 계속 잠이 든 체하였으므로 주유는 마음이 놓였다는 듯이 한숨을 내쉬며 그 부하와 밖으로 나갔다. 장간이 자리에서 일어나 귀를 기울이고 엿들으니 밖에서 소리가 들려왔다.

"장 장군과 채 장군께서는 지금 당장은 손을 댈 수가 없다고 전해왔습니다."

그 다음 이야기는 귀엣말로 속삭이는 듯하여 더 이상 들을 수가 없었다.

한참 후에 주유가 다시 돌아와서 장간을 불렀으나 장간은 이번에도 잠든 체하고 눈을 뜨지 않았다. 주유는 마음이 놓인다는 듯이 그제서야 옷을 벗고 다시 새벽잠을 즐기려고 침상으로 들어와 누웠다.

그 동안 장간은 이불을 뒤집어쓴 채 속으로 생각하였다.

'주유는 주의 깊은 사람이라 날이 샌 뒤에 편지 한 통이 없어진 사실을 알게 되면 틀림없이 나를 의심하여 죽이려 할 것이다.'

이런 생각이 들자 그대로 잠시 누워 있다가 날이 훤하게 샐 무렵에 살그머니 일어나 나직하게 주유를 불렀다. 그러나 주유는 잠이 들어 깨어날 줄 몰랐다. 그리하여 장간은 갈포 두건을 쓰고 막사를 빠져나와 데리고 온 어린 동자를 불러서 함께 진문을 나섰다. 그러자 경비병이 제지하였다.

"아니, 어디로 가시려고 합니까?"

"너무 오래 머물면 도독에게 폐가 될 것 같으니 내 일찌감치
돌아가려 하오."

장간이 이렇게 둘러대었더니 경비병은 더 이상 막지 않고 그
를 보내주었다.

주유의 간계에 넘어간 조조

장간은 거룻배에 올라 날듯이 조조의 군진으로 돌아와 그를
만났다. 조조가 노고를 치하하며 장간에게 물었다.

"그래, 수고가 많았소. 갔던 일은 어찌 되었소?"

"주유는 그 동안 큰 인물이 되어 있어서 좀처럼 남의 말에 넘
어갈 위인이 아니었습니다."

"그러면 그곳에 가서 허탕만 치고 웃음거리가 되어 돌아왔다는
말이오?"

"비록 주유를 설득시키지는 못하였으나 긴히 드릴 말씀이 있으
니 우선 주위 사람들을 물려주시옵소서."

장간의 부탁에 조조가 주위 사람들을 물리니 장간은 품속에서
훔쳐온 편지를 내놓으며 간밤의 경위를 낱낱이 보고하였다. 그러
자 조조는 불처럼 성을 내며 소리쳤다.

"그놈들이 감히 나를 속이려고 하다니!"

조조는 그 즉시 채모와 장윤을 불러들여 따지듯이 채근하였다.

"왜 어서 싸우러 나가지 않는 것이냐?"

이에 채모가 나서서 대답하였다.

"아직 군사들의 훈련이 덜 되었으므로 함부로 싸움터에 나가는
것은 무리입니다."

"그래, 훈련이 완료되면 내 목을 주유에게 보낼 작정인가?"

이 말에 채모와 장윤은 흡사 여우에 홀린 듯 두 눈을 두리번

거리며 할 말을 잃어버렸다. 조조는 무사들에게 당장 두 사람의 목을 베라고 명하니 잠시 후 두 장수의 목이 조조 앞에 바쳐졌다. 그 순간 조조는 자기가 속은 것을 알아채고는 한탄하였다.

"내가 내 꾀에 넘어갔구나."

장수들이 채모와 장윤의 처형 소식을 듣고 모여들어 그 까닭을 물었다. 조조는 자신이 주유의 간계에 속아 어리석은 행동을 했다는 말을 하고 싶지 않았기에 엉뚱한 변명을 늘어놓았다.

"이자들은 군무에 태만하였기에 처단하였다."

일동이 더 이상 아무 말도 하지 못한 채 옷깃을 여미며 그들을 애도하였다. 조조는 채모와 장윤을 대신하여 모개와 우금을 수군의 도독과 부도독으로 명하였다.

이 사실을 염탐꾼이 동오에 재빨리 알리니 주유가 뛸 듯이 기뻐하며 말하였다.

"골칫덩어리인 두 사람이 처치되었으니 이제 한시름 놓이는구나."

이를 지켜보고 있던 노숙이 감탄하여 말하였다.

"공의 모략은 천하 제일이니 어차피 조조도 당할 것이오."

그러자 주유의 낯이 어두워지며 말하였다.

"나의 이 모략을 눈치 챈 이가 하나도 없을 것 같지만 사실 단 한 사람이 있는데 그는 바로 제갈공명일 것이오. 그러니 노공께서 그에게 가서서 이 사실을 아는지 모르는지 살펴봐주시오."

주유는 이 정도로 공명을 의식하고 있었다.

과연 공명을 만나고 온 노숙은 무엇이라고 할 것인가?

한 무 희 박사

성균관대학교 중어중문학과 및 동대학원 졸업
성신여자대학교 한문학 박사
성대·이대·연대·고대·숙대 강사 역임
현재·· 단국대학교 중어중문학과 교수
　　　단국대학교 퇴계 기념 중앙도서관장
　　　한국 중어중문학 회장, 중국 현대문학 연구회 회장
저서·· 《고문진보》, 《당송팔대가 문선》, 《노신문집》, 《노신 평전》, 《손자병법4》,
　　　《중국문학사》, 《중국사상의 근원》, 《중국역대산문선》, 《중국예술정신》,
　　　《신편 기초 중국어》
논문·· <시경의 형성고찰과 문학적 가치>, <한·중 저항문학의 양상>,
　　　<노신의 문학관>, <굴원의 사상과 예술>, <중국문학 혁명운동의 연구>,
　　　<삼국지의 형성고찰과 문학적 가치>, <중국 현대산문의 형성배경과 그 특징>,
　　　<장자 산문의 연구>

우 주 형

<여성 생활>지·주간 춘추·삼중당 소설계 편집장, 자유문학사 초대 편집주간 역임
시사 일본어 연구 편집위원, 동서문화사 백과사전 팀장, 도서출판 예지사 주간
사단법인 대한체육회 편수 (기관지·출판물 전담), 황해도민 월남 50년 편집위원
역서·· 《게으름뱅이 정신분석 (上·下)》(깊은샘), 우신사 문고판 다수 번역
　　　이외 약 50여 권 번역

三國志
3

발　행·· 1998년 1월 10일
저　자·· 나　　관　　중
교　열·· 한　　무　　희
편　역·· 우　　주　　형
발행자·· 남　　　　용
발행소·· 일신서적출판사

주　소·· 서울 마포구 신수동 177-3(121-110)
등　록·· 1969.12. NO.10-70
전　화·· 영업부 703-3001~5　FAX 703-3009
　　　　편집부 703-3006~8　FAX 703-3008
　　　　대체구좌 012245-31-2133577

값 8,000원